Het woud

Eugenio Fuentes

HET WOUD

UIT HET SPAANS VERTAALD
DOOR RIKKIE DEGENAAR

DE GEUS

Deze uitgave is mede tot stand gekomen dankzij een bijdrage van het
Directoraat-Generaal voor Boeken, Archieven en Bibliotheken van
het Spaanse ministerie van Onderwijs, Cultuur en Sport

Oorspronkelijke titel *El interior del bosque*, verschenen bij Alba Editorial
Oorspronkelijke tekst © Eugenio Fuentes en Alba Editorial, 1999
Nederlandse vertaling © Rikkie Degenaar en De Geus bv, Breda 2005
Omslagontwerp Mijke Wondergem
Omslagillustratie © Hollandse Hoogte/Photonica
Foto auteur © Carlos Guardiola
Druk Koninklijke Wöhrmann bv, Zutphen
isbn 90 445 0548 3
nur 331

Verspreiding in België via Libridis nv, Industriepark-Noord 5a,
9100 Sint-Niklaas

Problemen zijn er altijd en na een moord blijft dat zo.

— J.C. ONETTI

I

Toen ze achteromkeek zonder dat daar een duidelijk aanwijsbare reden voor was, wist ze dat ze bang was. Geen schaduw, geen geluid, geen geur verstoorde haar vreedzame wandeling, maar er was iets, iets wat ze niet kon definiëren, wat haar zo aan het schrikken had gemaakt dat ze omkeek. Als je alleen bent in het bos ligt er altijd ergens een wolf op de loer, dacht ze, verbaasd over haar eigen angst. Dat was haar op haar wandeltochten door El Paternóster nooit eerder overkomen. Ze kende dit deel van het reservaat goed en hoewel er voorheen ook wel eens iets was misgegaan – een kampvuur dat haar en Marcos op een winderige dag bijna uit de hand was gelopen, ze was een keer aan een been gewond geraakt na een val, en ze had ooit een hert gevonden dat was opgehangen, met een hond erbij die zijn sperma oplikte – maar dat waren steeds toevallige incidenten geweest, het resultaat van onvoorzichtigheid of van wrede, lokale gebruiken, nooit omdat iemand haar met opzet kwaad wilde berokkenen. Vandaar dat ze stilhield, zich een halve minuut op haar ademhaling concentreerde en naar de diepe stilte luisterde die haast hoorbaar in het bos hing. Voor de eerste keer sinds ze anderhalf uur eerder bij het hotel was weggewandeld, zei ze iets hardop: 'Er is niets, er is niemand. Ik hoef nergens bang voor te zijn.'

Zelf vond ze haar stem weinig overtuigend klinken. Tot haar eigen verbazing merkte ze dat haar hart sneller begon te kloppen en dat het woord 'bang' in haar hoofd bleef rondspoken, als een ongewenste huurder die je er niet uit kreeg. En toen dacht ze aan iets wat ze drie weken geleden in haar dagboek had geschreven: 'Gisteren was ik bang voor hem, maar angst is geen onschuldig gevoel', en wist ze dat het haar in de eenzaamheid van het bos niet zou meevallen om haar angstgevoelens te onderdrukken.

Meteen na het ontbijt was ze er al op uitgetrokken, vroeg genoeg om op tijd de richels van de Yunque te bereiken, de berg waarin zich de grotten met de rotsschilderingen bevonden. Ze was van plan om daar eerst de picknick te gebruiken die ze in haar rugzak bij zich had en die ze in het hotel voor haar hadden klaargemaakt, om vervolgens de laatste details te bestuderen die ze nog nodig had om haar schilderijen te kunnen voltooien. Verder wilde ze voor ze terugging nog wat tijd overhouden om in alle rust over haar relatie met Marcos na te denken, genietend van het unieke uitzicht dat je haast zou doen geloven dat er geen vervuilde rivieren bestonden, geen donkere viezigheid in de lucht hing en nergens zwerfvuil lag. Ze had haar comfortabele Gore Tex-wandelschoenen aangedaan, een linnen lange broek en een licht mannenshirt aangetrokken, een pet opgezet en was op pad gegaan. Alles was in orde, er was niets bijzonders; geen enkele reden dus om toe te geven aan die idiote angst. Ze wist dat het kon gebeuren, dat zo diep in het woud, in die absolute eenzaamheid, de angst altijd de kop kon opsteken, en ze hield zichzelf voor dat ze toch een sterke, onafhankelijke vrouw was... Ze leefde sinds de dood van haar vader nota bene op haar eentje in Madrid, ze deed de voordeur altijd open als er werd aangebeld, zonder eerst te vragen wie er was... Voor haar geen dubbele sloten, geen angst voor het donker, geen verbitterde blikken vol wantrouwen. Zij had zichzelf altijd als immuun beschouwd voor die angst waar zoveel alleenstaande vrouwen aan lijden, voor wie de deurbel slechts bedreigingen aankondigt. Ze was al meer dan anderhalf uur onderweg en als ze nu omdraaide zou ze zichzelf niet echt iets te verwijten hebben, maar ze wist bijna zeker dat als ze nu alweer naar het hotel terugging, ze nooit meer de moed zou kunnen opbrengen er op haar eentje op uit te trekken, want ze wist hoe kwaadaardig het geheugen soms werkt. Ze trok de schouderriemen van haar rugzakje aan, nam een paar slokken water uit haar veldfles en ging met vastberaden tred verder.

Het pad dat ze volgde, dat aanvankelijk voor auto's begaanbaar was geweest, kwam uit op een open plek waar het zich in tweeën splitste. Het breedste, het linkerpad, ging naar beneden naar het stuwmeer. Zonder te aarzelen nam ze het rechterpad, dat omhoogliep en naar de grotten met de rotsschilderingen leidde. Terwijl ze de open plek overstak en het smalle pad oppikte, werd ze zich weer bewust van de stilte achter haar rug, alsof iemand haar van heel dichtbij bespiedde om er zeker van te zijn dat ze inderdaad de route koos die hij al een tijd eerder, vanaf het moment dat ze het hotel verliet, had voorzien. En ze vroeg zich nogmaals af of ze niet beter kon teruggaan, maar weer ging ze verder naar boven, al wist ze dat het vanaf hier hoogst onwaarschijnlijk was dat ze nog iemand zou zien of tegenkomen, want er waren maar heel weinig mensen – en dan ook nog maar heel zelden – die dat moeilijk begaanbare, eenzame pad namen. De meesten zwierven liever door de heuvels en dalen van het park om van het vele wild te genieten dat rond het stuwmeer leefde. De dieren waren zo weinig schuw, gedomesticeerd haast, dat ze zich van een afstandje rustig lieten fotograferen. Een zweetdruppel droop langs haar voorhoofd en biggelde tussen haar wenkbrauwen door naar haar neus. Ze veegde hem met haar mouw weg en keek zonder te weten waarom, misschien om de stand van de zon te bepalen, naar de hemel. Heel hoog in de lucht zweefden twee wouwen tegen het heldere blauw van de ochtend, langzaam en voldaan, bezig te verteren wat ze bij zonsopgang al hadden weten te verschalken aan muizen, slangen of aas. Ze had zich altijd verbaasd over de variëteit aan vogels die in het park te bewonderen was, rijker nog dan die aan planten en andere dieren: de ogenschijnlijk lome wouw met zijn vissenstaart, de gedrongen, majesteitelijke arend, de elegante aasgier met zijn witte servet om zijn nek, de schuwe zwarte ooievaar met zijn snavel vol kikvorsen, de vale gier, die van ieder aasdier een wellustig feestmaal maakt en het tot op het bot schoonvreet, de valk, die altijd op de schedel van zijn prooi mikt, de snelle, elegante gierzwaluw, de brutale ekster, de stille havik, die het tulen van de lucht doorsnijdt met de scherpe schaar van zijn vleugels, de wielewaal, die een belletje in zijn keel laat klinken, de patrijs, die een klapperend geluid met zijn vleugels maakt alsof zijn botjes breken tijdens het vliegen… Ze had die rijkdom altijd beschouwd als het beste bewijs dat het milieu in die regio nog buitengewoon zuiver en schoon was, ondanks alle vervuiling elders. De vogels in de lucht konden door niemand worden tegengehouden en als ze in El Paternóster bleven, dan was dat omdat ze daar een habitat vonden die elders bijna overal was verdwenen. Voor wilde zwijnen en herten kon je een kunstmatig reservaat aanleggen door een gebied met een hek af te sluiten, maar het was niet mogelijk de roofvogels een bepaald gedeelte van de lucht toe te wijzen om daar te leven en zich voort te planten. Het was maar goed, dacht ze bij zichzelf, dat het park nog niet zo bekend was dat het iedere zondag volstroomde met dagjesmensen, alhoewel ze op dat moment nog steeds zo bang was dat ze blij zou zijn geweest om stemmen in de buurt te horen, geschreeuw van kinderen, lachen… Zelfs een schallende radio die een voetbalwedstrijd uitzond zou haar welkom zijn. Ze had gehoord dat het park op het punt stond tot nationaal beschermd gebied of iets dergelijks verklaard te worden, en ofschoon dat natuurlijk allerlei voordelen met zich mee zou brengen, vroeg ze zich wel af of je dan nog steeds overal zou mogen komen, zo op je eentje en vrij, zonder al te veel verboden gebieden of verplichte routes. Ze hoorde een licht geluidje achter zich en haar angst vlamde weer op. Het klonk als het knappen van een droog takje dat breekt, maar, zei ze nogmaals tegen zichzelf, ook dat was geen enkele reden om meteen aan gevaar te denken. Integendeel, het bos werd pas griezelig als het er volledig stil was, niet als het zich met geluiden vulde. Opnieuw had ze een droge keel en ze stopte om een slok water te nemen. De veldfles die ze aan haar riem droeg was gewelfd, aangepast aan de vorm van haar lichaam. Ze voelde hoe het nog koele, frisse water door haar keel gleed en de stofdeeltjes wegspoelde die ze onderweg had binnengekregen.

Dat ervoer ze als het heilzaamst van het bos: dat je je weer bewust werd van zintuigen die door het leven in de stad afgestompt raakten, dat je ieder deel van je lichaam weer voelde, zelfs de meest intieme, kleinste plekjes. Terwijl ze de veldfles sloot bedacht ze dat het nergens heerlijker vree dan midden in het bos, zomaar op het gras, of in een tentje dat ze hadden opgezet aan de oever van een verborgen arm van het stuwmeer, waar ze na de liefde naakt ging zwemmen en dan, met alle poriën van haar lichaam wijdopen, het contrast met het koude water ervoer. Ze dacht aan hem, aan zijn weigering dat weekeinde met haar mee te gaan om in alle rust te kunnen praten over wat er mis was tussen hen, zonder elkaar verwijten te maken, zonder troost te vragen. Ze boog zich voorover om de fles weer aan haar riem te hangen. Toen ze opkeek zag ze de gestalte uit haar angstvisioen opdoemen, zag ze hoe hij zich met een mes in zijn hand op haar stortte, zo'n donker mes dat herders gebruiken en dat altijd nog maar net geslepen lijkt te zijn aan een stuk graniet. Het lemmet is na verloop van tijd niet meer recht maar wordt smaller op de plaats waar het het intensiefst wordt gebruikt, wat het mes tot een vreselijk effectief wapen maakt. Ze gaf een schreeuw en hief haar onderarmen in een poging zich te verdedigen. Ze voelde de pijn aan haar pols een fractie van een seconde eerder dan die in haar borst. Het mes boorde zich in haar linkerborst en ze voelde in alle helderheid hoe het staal het zachte, sponsachtige vlees uiteenreet. Een huivering van diepe doodsangst voer door haar heen. Het mes trok zich uit haar borst terug en stak nogmaals toe, de aanzet van haar hals zoekend. Ze hoorde het staal langs de pezen en het kraakbeen van haar luchtpijp zagen en een moment later veranderde haar tweede kreet in een dierlijk gorgelen. Ze verbaasde zich over de warmte die over haar heen spoelde, ze voelde de huid van haar borst nat worden, en haar keel schroeide alsof ze iets heel heets en stroperigs had gedronken, iets totaal anders dan het water van een paar minuten daarvoor, en ze kreeg een onweerstaanbare aandrang om te kotsen. Toen werd ze zich ervan bewust dat ze ging sterven, iets wat ze eigenlijk al had geweten vanaf het moment dat ze de open plek had verlaten en het pad naar de grotten was ingeslagen. Ze strekte haar armen uit naar haar beul en klauwde zich met haar laatste krachten aan zijn kleren vast, hoewel ze haar borst op die manier definitief aan het mes blootstelde. De speld die ze daarna in haar vinger voelde prikken deed pijn en zonder te weten waarom ze het deed, duwde ze hem dieper in haar vlees, alsof ze door die kleine, duidelijk afgebakende pijn de pijn aan haar keel zou kunnen vergeten. Ze voelde nog dat ze achteroverviel en wegzakte in een scharlaken-rode rivier; daarna verdween alles.

Hij had die morgen een schot gehoord en sinds hij in het bos woonde wist hij dat dat geluid bloed betekende. In zijn hol had hij ook een vrouw horen schreeuwen, en kort daarna het zich ver-wijderende, hortende geluid opgemerkt van zo'n machine waarin de mensen zich verplaatsen. Hij bleef nog een tijdje in zijn hol, de stilte proevend, de afwezigheid van trillingen op het aardopper-vlak. Een paar uur lang bleef hij onbeweeglijk in zijn duisternis zitten, vechtend tegen de honger, zich bewust van de aanwezig-heid van vlees, niet ver bij hem vandaan.

De rat stak zijn zwarte snoet door het gat van zijn hol naar buiten, het landschap afspeurend dat zich voor zijn kleine oogjes uitstrekte. Daar was alles zoals het hoorde, de bomen en de zon, de insecten en het stof. Hij kroop iets verder naar voren en hief zijn kop. Zijn neus ving een lichte geur op, die typische bloedlucht waarvan hij al droomde sinds het schot. Toch durfde hij er nog niet op af te gaan. Hij hoorde heel duidelijk het geluid van mensenstemmen, maar ze moesten een stuk lager zitten, op de open plek in het bos, zo ver weg dat hij zich er niet al te druk om maakte. Hij vreesde de mensen om hun moordmachines, niet vanwege hun aanwezigheid. Zonder hun wapens waren ze de onhandigste onder alle roofdieren, zo blind als mollen, met een reukvermogen van niets en belachelijk langzaam in hun bewegingen. Hij dacht terug aan een hond in de stad waar hij vroeger woonde: die was ratten bijna altijd te snel af en brak ze dan de nek met een droge klap tegen de grond. Daarna at hij ze niet eens op. Zolang de mensen op de open plek hem niet zagen, hoefde hij zich nergens zorgen over te maken.

Hij keek nogmaals om zich heen en sloeg toen zijn blik naar de hemel op. Hij wist dat daar zijn voornaamste vijanden zaten: de aaseters, die stipt acte de présence gaven als ergens kadavers waren, en de altijd hongerige roofvogels. Maar er vloog niets boven hem. Ineens besloot hij zijn hol te verlaten en hij sloop naar een beschermende dennenstam. Hij kon het zich niet permitteren te wachten tot het donker was. Net als hij zou een heel leger nachtelijke roofdieren het schot hebben gehoord en het bloed geroken, en hij wist zeker dat ze in hun schuilplaatsen zaten te wachten op de komst van de duisternis om zich te kunnen storten op de resten van de buit of op de kleinere dieren die erdoor waren aangelokt.

Een windvlaag bracht hem de geur met nog meer intensiteit. Nu rook hij er iets doorheen, de fijne, dunne geur van duizend bloemen die hij al wel eens eerder had geroken in de kleren en etensresten die de mensen na hun boswandelingen achterlieten. Hij speurde nogmaals de hemel af en liep toen op een holletje naar de plek waar het eten wachtte. Hij verschool zich tussen wat veldroosjes en keek om zich heen. Daar lag het kadaver, enorm en mals; genoeg eten voor een heel jaar, ware het niet dat mensenlijken in ongelooflijk korte tijd bederven en dan een stank afscheiden die zelfs voor ratten niet te harden is. Hij nam geen enkele beweging waar die op leven wees, het kon onmogelijk een valstrik zijn. Rondom de lippen krioelden nu al vliegen, de betrouwbaarste verklikkers van de dood. Bij het zien van zoveel voedsel en het opsnuiven van de intense bloedgeur werd zijn honger ondraaglijk. Zonder nog verder te aarzelen liep hij op het lichaam af en rende er een keer omheen, huiverend van vraatzucht en genot, als een bedelaar die voor een vorstelijke maaltijd is uitgenodigd en bij het zien van zoveel heerlijkheden niet weet waar hij moet beginnen.

Hij ging op zijn achterpootjes staan, met zijn voorpoten heel even steun zoekend op het voorhoofd van het lijk, waarbij zijn snorharen langs de koude ogen met de grote angstpupillen streken. Hij schrok van de onverdraaglijk strakke blik in die open ogen, zo dicht bij de zijne, en trok zich meteen weer terug. Op de huid van het kadaver bleven de aarden sporen van zijn drie minuscule vingertjes achter.

Ineengedoken naast de hals keek hij weer om zich heen, op zijn hoede voor eventuele concurrenten die sterker waren dan hij. Toen hij zeker wist dat er nog niemand was met wie hij zijn buit zou moeten delen, rende hij op een holletje naar de voeten, die iets uit elkaar lagen. Bij een voetzool hield hij even stil en snoof misprijzend de hagedissengeur op die ervan opsteeg. Hij klauterde boven op een van de wandelschoenen, en vandaar kon hij het enorme lichaam, dat hij helemaal voor zichzelf had, overzien. Het liefst had hij het mee willen slepen om het in zijn hol te verstoppen. Heel even raakte hij vervuld van afgunst jegens de mieren, niet vanwege hun kracht, maar om hun koppige, goed georganiseerde samenwerking als groep, die hen in staat stelde hun voorraadkamers te vullen. Maar een van de kenmerken van zijn soort was het vermogen onderling fel strijd te voeren en elkaar territorium en voedsel te betwisten. Met een sprongetje hopte hij naar de knieën en hij schuifelde langzaam verder. Onder zijn poten voelde hij gladde, vlezige dijen, waar hij zijn tanden in zou hebben gezet als de sterke linnen stof hem dat niet had belet. Een urinelucht lokte hem verder omhoog. Hij schuifelde nog een paar stappen verder en snuffelde in het kruis, waar een donkere vlek zijn bek deed wateren. Zo had het geroken in het huis in de stad waar hij vroeger woonde, voordat de kwaadaardige hond en de ijzeren machines hem hadden verjaagd. Hij likte aan de natte broek en wreef er met zijn buik tegenaan, dronken van genot. Daarna vervolgde hij zijn tocht. Hij bereikte de borst, begroef zijn snuit in het bloed van de eerste verwonding en hief genietend zijn kop. Het was minder dik dan hertenbloed, zoeter. Net toen hij aan zijn feestmaal wilde beginnen, zag hij een stukje verder naar beneden het mes in de keel steken. Blind van begeerte, zonder verder nog iets te zien, zonder aan iets anders aandacht te besteden dan aan het heftige roepen van zijn maag, begroef hij zijn vlijmscherpe tanden in het gerafelde vlees naast het staal en knaagde er een klein stukje af. Nooit eerder had hij zulk zacht, zulk mals vlees gegeten. Hij slokte het zo door, zonder te kauwen, en scheurde er nog een stuk af, als een roofdier, steunend op zijn bebloede voorpoten om zijn eten makkelijker los te kunnen rukken. Het was allemaal van hem, híj had het ontdekt, het was van hém. Hij voelde haat in zich opkomen, de haat van de veelvraat, tegen de vliegen die op de wonden neerstreken om hém te beroven, want al waren het maar minuscule porties, het was zíjn voedsel. Op het moment dat hij stappen naderbij hoorde komen ging hij zonder met kauwen op te houden op zijn achterpoten staan. Sinds hij zijn hol had verlaten waren die stemmen er steeds geweest, op een afstand, maar nu kwam er dan toch iemand aan. Hij zag een enorme vijandelijke gestalte aarzelend dichterbij komen en met gebogen hoofd stilhouden, die was vast en zeker ook op zoek naar voedsel. Het wezen keek op en ging weer verder. Nu was er geen twijfel meer mogelijk: het kwam zijn richting uit. Hij zou moeten vluchten en zijn feestmaal in de steek laten. Het was altijd hetzelfde. Net als de strijd om voedsel leek ook dat het permanente lot van zijn soort: het paradijs bereiken om daar ogenblikkelijk weer uit verdreven te worden, verlangen naar het leven van de arend en eindigen als een mol. Gulzig beet hij nog twee stukjes af en propte zijn wangzakken vol. Toen sprong hij met gezwollen wangen weg en ging ervandoor om zich opnieuw onder de grond te verstoppen.

Een groepje jongens tussen de twaalf en veertien jaar bereikte op mountainbikes de open plek. Ze hielden stil, gooiden hun fietsen tegen de, na vier jaren van droogte dorstende grond, en zochten lachend en roepend de schaduw van de dennenbomen om daar de broodjes te eten die ze in hun kleine, felgekleurde rugzakjes hadden meegenomen. Het was al diep in oktober en ze hadden nog maar weinig middagen te verwachten die lang genoeg waren voor dat soort uitstapjes naar de bergen. Terwijl ze aten zaten ze wat te dollen en dronken ze – hun afschuw verbergend – de zure wijn die een van hen van huis had meegejat. Na het eten kwam iemand met sigaretten aanzetten en een paar van hen staken er eentje op, de hoest in hun keel smorend. Een minuut of wat kibbelden ze of ze direct verder zouden gaan naar de grotten of een tijdje zouden wachten om het eten te laten zakken. En omdat het, als het verder toch niet zoveel uitmaakt, nu eenmaal makkelijker is toe te geven aan de luiheid, gingen de actieveren uiteindelijk akkoord met een halfuur pauze. In die tussentijd waren ze van plan zich te vermaken met het kinderlijk soort vertier waarin wreedheid gelijk op lijkt te gaan met spel en er zelfs vaak mee wordt verward. Ze haalden de tube lijm tevoorschijn die ze hadden meegenomen voor als iemand een lekke band kreeg, en drie van hen gingen op zoek naar stokken met een gevorkt uiteinde. Anderen maakten een cirkel met een doorsnede van een halve meter vrij van onkruid en stenen. Om de cirkel heen legden ze droog gras en twijgjes.

Pas toen ze zover waren verspreidde de groep zich rondom de open plek om schorpioenen onder de stenen vandaan te peuteren. Het was vroeg in de middag, een goed moment om ze te zoeken, maar ook het gevaarlijkst als je gestoken wordt omdat het gif effectiever wordt naarmate het warmer is. Het duurde niet lang of ze kwamen met de twee eerste schorpioenen aan, die ze in twee glazen potten hadden gestopt waar eerder hun eten in had gezeten. In de cirkel lieten ze hen los. De schorpioenen leken eerder bang dan agressief en zetten het als gekken op een rennen om uit die arena te ontsnappen waar geen beschermende stenen en onkruid voor hen waren, geen schaduw en geen enkel plekje om zich te verstoppen voor die enorme gestalten die van boven op hen neerkeken. Hun vluchtpogingen haalden niets uit, omdat ze met de gevorkte takken keer op keer weer naar het midden van de cirkel werden teruggeduwd. Verder stak een van de jongens – ondanks het nadrukkelijke verbod op de borden – het randje gras en droge stokjes dat ze eromheen hadden gebouwd in brand. Geschrokken van de rook verstijfden de dieren in een bedrieglijk gedweeë houding. Ondanks hun onbeweeglijkheid was het niet moeilijk je voor te stellen hoe hun hele systeem, hun ingewanden en klieren, als een razende bezig was met de productie van een zo groot mogelijke hoeveelheid gif.

Dat was het moment om het spel te beginnen. De twee jongens met de stokken drukten de schorpioenen met de vork zo stevig tegen de grond dat ze zich niet meer konden bewegen. Een derde draaide het dopje van de tube en liet uiterst zorgvuldig – maar zo handig en doelgericht dat het duidelijk was dat hij het niet voor het eerst deed – een druppeltje lijm op hun angel vallen, dat bijna meteen hard werd. Daarna trokken ze de stokken weg en lieten de dieren vrij. Ze bleven in hun spinachtige houding staan, onzeker over de beste strategie, en nog steeds bang vanwege die enorme bewegende gestalten en de rook die van het brandende randje rond de cirkel kwam, maar ongetwijfeld met het volste vertrouwen in hun gif en hun onwrikbare wilskracht. Toen bewoog de jongen die de lijm had laten vallen zijn hand in hun richting. De twee schorpioenen namen een verdedigende houding aan, angel naast angel, elkaar op die manier rugdekking gevend tegenover die enorme vijand, wiens lichaam bijeengehouden werd door botten en pezen die duizendmaal sterker waren dan hun tere schild. Toen de vinger vlakbij was tilden ze hun buik van de grond en richtten ze hun vlijmscherpe angels, maar omdat er een zware bal op het uiteinde zat – het leek wel wat op die merkwaardige knuppels die herders gebruiken – konden ze er niet meer mee steken, alleen maar mee slaan, als met een minuscuul vuistje. Ze vielen de vinger een paar maal aan, onder nerveus gelach dat van boven hen opklonk, en stopten toen om uit te rusten, volledig in de war door die harde bobbel die het hun onmogelijk maakte zichzelf te verdedigen. Toen durfden er meer jongens een vinger uit te steken om de diertjes te jennen, op te hitsen en uit te dagen, tot de schorpioenen uitgeput naast elkaar bleven liggen, zich eindelijk realiserend dat er iets raars met hen was uitgehaald. Toen namen twee jongens er ieder een in de palm van hun hand, brachten ze naar hun gezicht, lieten ze op de grond vallen en stampten erop tot ze openbarstten. Ze waren het spelletje nog niet zat, alsof ze twee tegenstanders hadden getroffen die te weinig tegenstand hadden geboden, en ze gingen onder de stenen op zoek naar een nieuw paar schorpioenen. Ze verspreidden zich weer rond de open plek. En toen, na een minuut of twee, hoorden ze hoe een van hen het uitschreeuwde en snel kwam terugrennen naar de veiligheid en de bescherming van de groep. De anderen dachten dat hij in zijn hand gestoken was bij het zoeken onder de stenen, maar toen hij weer bij hen was zei hij: 'Er ligt daar een dode vrouw.'

Hij zag zo bleek dat iedereen meteen begreep dat het geen grap was.

Daarna bracht hij zijn hand naar zijn hals en zei: 'Er steekt een mes in haar keel.'

Het was al even geleden dat de zon achter de helling van de Yunque was verdwenen, en bij gebrek aan voldoende licht was het nodig een aggregaat op te starten. Zo nu en dan flitsten er camera's. De vogels, die door al dat licht uit hun slaap werden gehouden, keken neer op een bont, irreëel tafereel. De guardia civil was drie uur geleden door de jongens die het lichaam hadden gevonden gealarmeerd en inmiddels was er een man of tien aan het werk, bijna allemaal in uniform. Ze scharrelden tussen de bomen door, ieder detail bestuderend, ieder dor, vertrapt grassprietje, ieder geknakt takje, iedere verplaatste steen.

Een man in uniform, een sergeant zo te zien, liep op een lange,

jongere man in burger af die in gesprek was met de onderzoeksrechter en de forensisch arts, die waren aangetreden om toezicht te
houden op het weghalen van het lichaam.

'We hebben de hele omgeving drie keer uitgekamd, luitenant.
Meer kunnen we niet doen in deze duisternis.'

De man in burger keek naar de onderzoeksrechter, in afwachting van diens goedkeuring. Pas toen hij knikte gaf de sergeant de
twee in het wit geklede ambulancemedewerkers een seintje dichterbij te komen. De ambulance was een stuk terug achtergebleven,
op de splitsing waar het pad naar boven begon. Ze tilden het
lichaam voorzichtig op en legden het op de brancard van zeildoek.
Ronde draagsteunen van glanzend aluminium weerkaatsten het
licht van de schijnwerpers.

'Alsof iemand op dit moment heeft gewacht. Tot eind vorige
week maakte de helikopter van de brandweer hier nog patrouille-
vluchten', zei de luitenant, terwijl hij aandachtig naar het vale
gezicht van de dode vrouw keek. Hij zag de kleine sporen van
aarde en bloed die de pootjes van de rat op haar voorhoofd en op
het lichte overhemd hadden achtergelaten. Het mes met het
houten handvat stak nog in haar hals. Niemand mocht het aanraken, er moesten eerst experts uit Madrid komen om het aan een
onderzoek te onderwerpen.

De ambulancemedewerkers haastten zich een laken over het
lichaam te trekken. Zelfs zij, die er toch aan gewend waren
uiteengereten verkeersslachtoffers te bergen, leken ontdaan door
de pure, beangstigende gewelddadigheid van die moord.

'Wacht', zei de onderzoeksrechter, terwijl hij zich over de brancard boog. 'Ik denk dat we haar hand nu open kunnen krijgen.'

Er was al meer dan twaalf uur voorbij sinds haar dood; de rigor
mortis was ingetreden en haar ledematen waren inmiddels stijf.
De vingerkootjes zaten samengeknepen tot een gesloten vuist met
knokkels die wat witter waren dan de rest van de huid, wat erop
wees dat ze iets vasthield.

'Een spoor, een klein spoor, als het maar iets is', fluisterde de luitenant, alsof hij tegen zichzelf praatte.

Het kostte de forensisch arts moeite de hand open te krijgen, vinger voor vinger, te beginnen bij de pink. Toen hij bij de middelvinger kwam zagen ze een klein metalen voorwerp in het topje steken. Het glansde in het licht van de schijnwerpers en de zaklampen die erop gericht waren. Het was een button. De sergeant pakte hem met een pincet op en hield hem omhoog voor de onderzoeksrechter en de luitenant voordat hij hem in een klein plastic zakje opborg. De button was rond met een rode rand, als een verbodsteken, met daarin in grote letters 'Mururoa' onder de afbeelding van het kleine eilandje in de Stille Oceaan, met een grote, opbollende radioactieve wolk daarboven, als protest tegen de atoomproeven die een paar maanden daarvoor door Frankrijk in het gebied waren uitgevoerd.

De luitenant boog zich over het lichaam en bekeek het shirt vanbinnen en vanbuiten, op zoek naar gaatjes die de speld van de button misschien in de stof had achtergelaten, hoewel hij al voorvoelde dat hij niets zou vinden.

'Het is tenminste iets', zei hij.

'Ja', antwoordde de sergeant, en het klonk sceptisch en oud. 'Het is iets.'

Op een teken van de arts tilden de twee ambulancemedewerkers de brancard op. Ze liepen het pad af naar de open plek, waar de ziekenwagen stond te wachten. De fotograaf maakte nog een paar opnamen van de plaats waar het lichaam het dorre gras en wat takjes had verpletterd. Een dun, wit kalklijntje gaf de omtrek aan.

'Ik denk dat we hier voorlopig klaar zijn', zei de luitenant. 'Drie man blijven hier. Morgenochtend, zodra het licht wordt, moet alles opnieuw worden doorzocht. Grondig. De hele omgeving moet met een metaaldetector worden uitgekamd.'

Ze liepen naar beneden, in de richting van de terreinwagen. De ambulance was al vertrokken. Uit het handschoenenkastje pakte de luitenant de papieren van het slachtoffer, die hij al in het

Europahotel, waar de vrouw de avond daarvoor haar intrek had genomen, had laten ophalen. Van de pasfoto op het identiteitsbewijs keek een lachende, aantrekkelijke jonge vrouw met blond haar dat in plukjes over haar voorhoofd viel, hem recht aan. Hij las nogmaals haar naam, Gloria García Carvajal, de datum en de plaats van uitgifte. Met enige opluchting bedacht hij dat hij het dit keer tenminste niet hoefde te doen, hij was niet degene die de woorden zou moeten zoeken om de vreselijke gebeurtenis aan de ouders mee te delen – hun naam en adres in Madrid stonden op de achterkant – nee, ditmaal viel zijn zelfingenomen collega's uit de hoofdstad de eer te beurt om hun pet af te nemen, hun hoofd te buigen en het gebaar van condoleance te maken. Hij liet de sergeant niet rijden, maar ging zelf achter het stuur zitten en zo begonnen ze aan de terugtocht over het zandpad.

2

Cupido was een kwartier te vroeg op de afgesproken plaats en hij zag hem aan komen lopen in de richting van de Chico Cabrera-bron, die het vertrekpunt vormde van bijna alle bergwandelingen, misschien omdat de wandelroutes vanuit de verschillende wijken van Breda daar samenkwamen, of omdat bijna iedereen zijn veldfles aan de bron wilde vullen met het schone, verrukkelijke bronwater waarvan werd beweerd dat het pijnlijke spieren kalmeerde en vele kwalen genas. Het verwonderde hem dat de man de twee lange kilometers vanuit de stad – die je in het zuiden kon zien liggen, op een wat lagere helling, omringd door steeneiken en olijfboomgaarden – was komen lopen. Breda had zich in de loop van de jaren zo uitgebreid, met wegen die er uitstaken als de spaken van een fietswiel, dat het al bijna onmogelijk was de oude, oorspronkelijke vorm te herkennen, van 'een duif die de tijd heeft platgedrukt tegen de grond'. Voor hem was wandelen iets ouderwets, en iedereen die hij kende zou de auto hebben genomen, zelfs als de afstand maar de helft bedroeg. Eigenlijk, zo peinsde hij, kwam het erop neer dat de traditie van het wandelen, het plezier daarin, in ere werd hersteld door de groepen dagjesmensen die in de weekeinden van de grote stad naar buiten trokken om te genieten van het afwisselende landschap en de rijke flora en fauna, of omdat ze simpelweg genoegen beleefden aan een heel oude sport, die tegenwoordig met een nieuw woord 'wandeltoerisme' wordt genoemd.

De man die nu naar hem toe kwam, op minder dan vijftig meter afstand, had zelf de plaats van de afspraak gekozen. Hij was de vriend van het meisje dat drie dagen daarvoor was vermoord en hij had op Cupido's antwoordapparaat de boodschap achtergelaten dat hij hem een opdracht wilde geven die met haar dood te maken had. Zelfs op die afstand kon hij zien dat het een jonge vent was, groot en sterk, zo'n type dat lange bergtochten maakt, een nieuwe generatie reizigers en toeristen die na tweeduizend jaar Julius Caesars oude adagium om lange marsen te maken weer serieus nemen, mensen die de namen van bomen en struiken die niemand boven de veertig nog kent aan de vergetelheid proberen te ontrukken waarbij ze ontdekken dat niet iedere eik zomaar een eik is. Het was een totaal ander verschijnsel dan de luidruchtige stadsfamilies die op zondag naar buiten trekken om daar onder aanvoering van een rokend, despotisch gezinshoofd de natuur te bevuilen. Zo iemand, die zelf weliswaar niet aan sport doet, is er alles aan gelegen zijn hele omgeving te laten meegenieten van de hysterische spanning van de voetbalverslaggevers. Nee, dit was een nieuw type toerisme: mensen die lange wandeltochten maakten en een gezond leven leidden. Cupido was ervan overtuigd dat ze zich in lichamelijke kracht en behendigheid – twee zaken die tot voor kort alleen op de plattelandsbevolking van toepassing leken – zouden kunnen meten met de sterkste jongemannen van een dorp, met afgetrainde lijven door de zware arbeid op het land, zonder dat je een weddenschap zou durven afsluiten op een zekere winnaar. Het was hem opgevallen dat deze mensen op een andere manier de natuur in leken te trekken, met meer respect voor de omgeving. Ze waren bijna allemaal net zo lang als Cupido zelf en gedroegen zich netjes en beleefd, zonder met een stadse superioriteitswaan hun manier van leven en praten boven de achterlijkheid van het buitenleven te stellen. Maar het was ook niet zo dat ze de zuiverheid van de lucht en de producten van het land op een overdreven manier ophemelden; eigenlijk is dat een andere uitdrukkingsvorm van eenzelfde minachting. Ze waren altijd voorzien van een uitstekende uitrusting, dure schoenen die geschikt waren voor het terrein en het weer, en lichtgewicht kleren die de grootst mogelijke bescherming boden tegen nattigheid en kou. Hij had hen vanaf het begin met sympathie, maar ook wat van een afstand bekeken, als een wereld die hem aantrok maar die hij te laat had leren kennen en waar hij nooit meer bij zou horen.

Met ieder van zijn lange schreden deed de man die op de detective af kwam lopen stof opdwarrelen van de door de langdurige droogte gemartelde aarde. Van dichtbij, toen hij stilhield naast de bron, met de zon recht in zijn gladgeschoren gezicht, bleek de man ouder dan hij had geleken toen hij aan kwam lopen. Hij was waarschijnlijk een jaar of dertig, maar kon zonder al te veel moeite doorgaan voor tien jaar jonger.

Cupido was eraan gewend dat zijn cliënten ouder waren, meestal zo tussen de veertig en de zestig, onzeker en stamelend, en duidelijk te week of te laf om hun eigen problemen en narigheid op te lossen, vandaar dat het hem enigszins verraste dat zo'n energieke jonge vent hem om zijn diensten verzocht.

'Ricardo Cupido?'

'Ja.'

'Marcos Anglada', zei hij, zijn hand uitstekend. 'Ik weet niet of dit de beste plek is om te praten, maar ik wilde zien waar het is gebeurd.'

'Jawel hoor,' antwoordde de detective, 'deze plek is uitstekend.' Het kwam hem zelfs wel goed uit dat ze daar hadden afgesproken, want hij gebruikte zijn appartement niet graag als kantoor. Hij wist dat het op potentiële cliënten een weinig professionele indruk maakte, de werkruimte van een amateur. Het leek in de verste verte niet op wat men over het algemeen verwachtte: geen ventilator met grote, langzaam draaiende schoepen aan het plafond, geen degelijke stalen archiefkast die op slot kon, geen weelderige secretaresse met gelakte nagels die bijna niets te doen had. En omdat hij drie dagen geleden met roken was gestopt rook het er niet eens meer naar tabak. Hoewel hij zelf heel goed wist dat geen van die dingen noodzakelijk was, was dat cliché van de privédetective zo diep geworteld in de geest van zijn klanten dat hij bij de kennismaking altijd een eerste blik van bevreemding en teleurstelling waarnam als ze geen van de verwachte symbolen aantroffen.

Cupido keek naar het noordwesten, naar de blauwe hellingen van de Volcán en de Yunque waar de grotten met de rotsschilderingen zich bevonden, in de richting van de plek waar het meisje was vermoord.

'Bent u hier bekend?' vroeg hij.

'Ja, ik ben wel eens met haar mee geweest. We hebben ooit een lange trektocht gemaakt en toen zijn we hier, bij deze bron, gestopt om onze veldflessen te vullen, zoals men ons had aanbevolen', antwoordde de man en hij wees naar de zwartmetalen buis waardoor het water in een diepe granieten bak stroomde.

'Welke route hebt u toen genomen?'

'We gingen via een pad dat zij al kende, en dat naar de grotten met de rotsschilderingen voerde.'

De detective knikte. Hij herinnerde zich dat pad, dat hij jaren geleden zelf ook zo vaak had gelopen.

'Is het daar gebeurd?' vroeg Anglada, omhoogkijkend.

'Ja, op het pad.'

Hij boog zich over de donkere pijp waar de bron in uitstroomde en hield zijn hand onder de koude straal water. Het rook kruidig.

'Ik denk dat u de aangewezen man bent voor deze opdracht', zei hij, zonder hem aan te kijken maar zonder enige aarzeling. 'U komt hier zelf vandaan en u kent de omgeving en de mensen.'

'Wat houdt de opdracht precies in?'

'Ik wil weten wie haar heeft vermoord. U moet hem vinden en ik wil ook weten waarom hij het heeft gedaan, eerder dan de politie', zei hij. Zijn gedempte, kille stem klonk rustig en vastbesloten, de stem van een man, dacht de detective, die gewend is om bevelen uit te delen, om zelf te beslissen over wat er gebeurt, iemand die zelf bepaalt in welke volgorde iets wordt uitgevoerd en door wie. Die kille toon kon alleen voortkomen uit een verlangen naar persoonlijke wraak en een diep wantrouwen in de officiële

rechtsgang. Hij leek genoeg geduld te hebben om niet op te geven, zelfs als het lang zou duren voordat het moment van wraak aanbrak. En toch vond Cupido het een merkwaardige opdracht.

'Over het algemeen zoekt men onze diensten om verdwenen mensen op te sporen of voor banalere zaken, maar eigenlijk nooit om de dader van een misdrijf te vinden. Dat is werk voor de politie.'

Anglada keek op van het water en wierp hem een nieuwsgierige blik toe.

'U hebt gelijk. In dit land maakt men zich graag druk om verdwijningen, vooral als het om jonge vrouwen gaat. Degene die zo'n zaak oplost voelt zich een held. Wie daarentegen een moordenaar opspoort heeft het gevoel op de stoel van de rechter te zitten, en dat is een rol die niemand wil. We krijgen al kippenvel als we alleen maar horen práten over juryrechtspraak en ons voorstellen daarvoor opgeroepen te kunnen worden. Ik ben advocaat', besloot hij. 'Misschien dat ik daardoor mijn vertrouwen in de politie kwijt ben.'

'Als zij hem niet vinden, zal het voor mij ook niet meevallen.'

'Ik betaal u goed om het te proberen. Vertelt u me uw tarief maar', drong hij vriendelijk maar koppig aan, met die kenmerkende zekerheid die een man die gewend is te bevelen onderscheidt van iemand die gehoorzaamt.

'Dertigduizend peseta per dag, inclusief onkosten. Plus een vast bedrag als de opdracht slaagt, onafhankelijk van de tijd die ik eraan heb besteed.'

'Akkoord, dertigduizend per dag, en een miljoen daarbovenop als u hem vindt', accepteerde de man meteen, alsof hij haast had om er vanaf te zijn en over te gaan tot werkelijk belangrijke zaken.

Cupido knikte. Het was iets waar hij nooit aan zou wennen in zijn werk, over geld te praten. Hij vond het iets kils hebben, iets akeligs, om over een prijs te moeten onderhandelen met iemand die waarschijnlijk wel dringender problemen aan zijn hoofd had. Het gaf hem een ambivalent gevoel, haast alsof hij de cliënt onder druk zette. Maar hij wist ook dat die zich nog onrustiger en ongemakkelijker zou voelen dan hij als ze het niet van tevoren eens werden.

'Weet u waar het precies is gebeurd?' vroeg Anglada.

'Ja', antwoordde Cupido. Hij was er de dag daarvoor al geweest, nadat hij de boodschap op zijn antwoordapparaat had afgeluisterd.

'Ik wil er graag heen. Als u het goedvindt, kunnen we onderweg praten.'

De privé-detective was blij dat het hem zo gemakkelijk werd gemaakt. Anglada was degene die hij als eerste moest ondervragen en het was een uitstekende gelegenheid om dat te doen terwijl ze erheen reden. Er was maar één probleem.

'Er kunnen daar wél mensen zijn', zei hij.

'Nog steeds?' vroeg de man verwonderd.

'Ja, bij een misdrijf als dit wordt zelfs de plaats waar het is gebeurd nieuws. Verder bestaan er lieden met morbide belangstellingen, of kan er nog een laatste fotograaf langskomen. De guardia civil heeft de plek nog niet vrijgegeven.'

'Dat maakt niet uit. Laten we gaan.'

'Wat was uw relatie met haar?' vroeg Cupido toen ze in zijn wagen stapten.

'We hadden trouwplannen. We waren het er al over eens, we wilden samenwonen, en wisten hoe we dat zouden organiseren, alhoewel we nog geen bepaalde datum in de nabije toekomst hadden geprikt.'

De detective bekeek hem van opzij. Anglada was een aantrekkelijke man, met een gebronsde huid, een kleine neus en kort donker haar. Hij bleef het vreemd vinden, zo'n jonge vent die wraakgevoelens koesterde die eigenlijk meer bij een ouder iemand hoorden, die door een dergelijke moord alles kwijt zou zijn geraakt, iemand die de kracht niet meer zou kunnen opbrengen een nieuw leven te beginnen. Volgens hem zou het beter voor de man zijn als hij alles probeerde te vergeten, zich ervoor afsloot; hij had nog een lange toekomst voor zich en kon maar beter proberen de draad van het leven weer op te pakken. Wroeten in verdriet was even absurd als zinloos.

'Waarom was ze ditmaal alleen? U vertelde dat u wel eens meeging.'

'Ik heb het voorgesteld, maar zij wilde niet.' Hij zweeg, alsof het nog te vroeg was om daarover te spreken. 'Ze zat de laatste tijd niet helemaal goed in haar vel en wilde een paar dagen alleen zijn. Dat deed ze wel vaker. Haar ouders komen uit Breda en hoewel Gloria in Madrid is geboren, had ze heel sterk het gevoel dat haar wortels hier lagen. Toen haar ouders nog leefden brachten ze er regelmatig de zomervakantie door. Gloria kende de streek goed en vond het heerlijk om er te komen. Ik kon haar enthousiasme niet delen. Er zijn allerlei plekken waar het mooier is, en prettiger om te verblijven. Maar behalve dat, ze werkte aan een serie schilderijen over het landschap en over de rotsschilderingen in de grotten.'

'Schilderde ze?'

'Ja, ze was kunstenares van beroep.'

'Waren meer mensen ervan op de hoogte dat ze dit weekeinde naar het park zou gaan?'

'Iedereen die het haar zou hebben gevraagd. Gloria praatte er graag over hoe mooi het hier wel niet was', vertelde hij met een gebaar dat erop wees dat hij haar voorliefde absoluut niet deelde.

'Kende ze veel mensen in Breda?'

'Bijna niemand. Ze kwam hier ook niet om bekenden op te zoeken. Ze had wat vage vakantievrienden van vroeger die ze groette, maar van sommige kon ze zich niet eens de naam herinneren. Ze kende een van de parkwachters, Molina heet hij, geloof ik. Hij heeft haar geholpen om een speciale vergunning te krijgen waarmee ze ook in de voor het publiek afgesloten gebieden mocht om daar te schilderen. Ik ben ook een keer met haar mee geweest om een oom en tante op te zoeken en een jongere neef, de enige familie die ze nog had.'

'Herinnert u zich hoe die heetten?'

'Clotario. Hij was een broer van Gloria's vader. De jongen heette David.'

'Had ze verder nog familie?'

'Volgens mij niet. Gloria bezat hier een huisje, maar dat stond al sinds de dood van haar ouders leeg en was nog niet bewoonbaar, vandaar dat ze in het Europahotel logeerde als ze kwam. Maar de afgelopen tijd heeft ze er het een en ander aan laten doen. Het dak en het sanitair zijn hersteld en ze was van plan het stukje bij beetje te renoveren. Haar familie adviseerde haar bij het zoeken van de juiste klusjesmannen. En ze heeft er ook wat kleine meubels en gebruiksvoorwerpen naartoe gesleept die ze in Madrid toch overhad.'

'En nu?'

'Wat bedoelt u?'

'Wie krijgt het huis?'

'Het huis, het appartement en het atelier in Madrid. Ik heb haar nooit over een testament gehoord. Aan dat soort dingen denk je niet op je achtentwintigste.'

'Het moet een behoorlijke erfenis zijn die ze nalaat.'

'Zeker. Ze was niet vreselijk rijk, maar alles bij elkaar zijn haar bezittingen een vermogen waard. Er moet natuurlijk een fiks bedrag aan successierechten over betaald worden, maar uiteindelijk zal er een respectabele som overblijven. Volgens de wet erft de naaste familie.'

Expliciter hoefde hij niet te zijn. Het leek Cupido wel duidelijk wat hij bedoelde. Of zouden advocaten zich misschien altijd zo uitdrukken… Maar als bewezen kon worden dat de familie in Breda iets met haar dood te maken had, zouden ze de erfenis niet in handen krijgen.

'Is er behalve uzelf verder nog wel eens iemand uit Madrid met haar meegegaan?' vroeg hij verder. Hij moest zich er altijd toe zetten, tot 'het vuile werk', zoals hij het vergaren van die eerste informatie placht te noemen: het zoeken naar gegevens, naar dorre feiten. Het was vaak vervelend routinewerk, maar het moest nu eenmaal gebeuren.

'Een paar vrienden, Camila en Emilio in ieder geval.'

Cupido wachtte of er nog wat zou komen, maar Anglada zei niets meer.

'Wie zijn dat?'

'Gloria en Camila dreven samen een galerie in Madrid, La Galería.'

'Waren ze zakenpartners?'

'Ja, ze kenden elkaar al jaren en vulden elkaar goed aan. Camila is efficiënt, punctueel en zakelijk. Zij concentreerde zich meer op de bedrijfsvoering. Gloria bracht haar deskundigheid op artistiek gebied in. Haar intuïtie, zoals ze zelf altijd zeiden. Ik geloof daar eigenlijk niet in, maar in hun geval leek het goed te werken. En verder, met de openingstijden van La Galería, hield ze genoeg tijd over om te schilderen.'

'En Emilio?'

'Haar vriendschap met Emilio is van recentere datum. Wat hen verbond was hun toewijding aan de kunst.' In zijn stem klonk lichte ergernis of misschien zelfs spot door, en het was of hij zich ongemakkelijk voelde bij die woorden waarvan hij de reikwijdte niet goed leek te bevatten.

'Schildert Emilio ook?'

'Nee, hij is beeldhouwer. Hij heeft een buitenhuis hier in Breda dat hij van zijn grootouders heeft geërfd, dacht ik. Het is een enorm huis, en hij trekt zich er van tijd tot tijd terug als hij bij moet komen of een opdracht heeft en alleen moet zijn. Emilio speelt de bohémien, de armoedige, onbegrepen artiest, maar eigenlijk zou hij maar wat graag beroemd zijn en gelauwerd door de kritiek. Wat dat betreft is hij mislukt', zei Anglada, en de detective hoorde nu een duidelijk schampere toon in zijn stem. 'Hij is al jarenlang met van alles en nog wat bezig, maar maakt nooit wat af. De laatste tijd werkten ze samen aan een project dat de rotsschilderingen van daarboven tot onderwerp had', zei hij en hij wees naar de Yunque.

'Het was Gloria's idee om samen iets te doen met verschillende materialen en technieken. Hij heeft zelfs een eigen expositie in La Galería gekregen, maar daar kan ik verder niets over zeggen. Ik ben er niet meer geweest sinds…' en hij twijfelde even, alsof hij naar de woorden zocht die het minst pijn zouden doen '…sinds ze is vermoord. Eigenlijk heeft het me nooit erg geïnteresseerd. Ik wist dat Gloria gelukkig was, met La Galería, haar schilderijen en haar vrienden. Dat was genoeg voor me, ook al maakte het dat we minder tijd voor ons tweeën hadden. Ik paste niet goed in haar vriendenkring. Ik ging wel eens mee, maar het klikte nooit echt. Te bohémien voor mij. Ik heb vaste werktijden en die lui niet. Zij hoeven aan niemand verantwoording af te leggen. Als ik met ze uitging kostte het me altijd de grootste moeite om me ontspannen te gedragen. Gloria daarentegen was altijd dezelfde Gloria, of ze nu met mij was of met hen. Eigenlijk waren haar vrienden het enige waarover we het niet altijd met elkaar eens waren.'

'We zijn er bijna', zei Cupido toen Anglada niets meer toe te voegen had. Hij had aandachtig naar hem geluisterd, zonder hem te onderbreken. Het verbaasde hem dat iemand die ogenschijnlijk zo zeker van zichzelf was toch zo openhartig over zulke intieme zaken en over zijn eigen zwakheden kon praten. Achteraf bleken dergelijke gesprekken altijd uiterst belangrijk, vaak zelfs beslissend te zijn.

Ze bereikten de open plek en Cupido zette de auto stil. Aan de andere kant, tegen de bosrand aan, was een geel lint tussen de bomen gespannen om de plek af te zetten. In tegenstelling tot wat hij had gevreesd, was er geen mens te bekennen. Misschien zou de komende maanden niemand zich meer alleen op dat pad wagen, net zoals er ook niemand meer gaat schuilen onder een boom waaraan iemand zich heeft verhangen.

'Was het hier?' vroeg Anglada.

'Ja, maar er is niets meer van terug te vinden, er is geen enkel spoor achtergebleven. De politie heeft de hele omgeving herhaalde malen uitgekamd.'

Anglada bleef nadenkend naast het lint staan, zonder dat hij de afgezette plek durfde te betreden. Toen keek hij diep in gedachten naar de grond, en weerstond de verleiding om de rij processie-rupsen die zich langzaam maar zeker het afgezette terrein in bewogen, plat te trappen. Cupido bleef een paar meter achter hem staan en vroeg hem vanaf daar: 'Wie zou haar willen vermoorden?'

'Haar vermoorden? Nee, niemand.'

'Iedereen heeft wel ergens een vijand', antwoordde hij op neutrale toon.

'Maar niemand die zo ver zou durven gaan.'

De detective zweeg, hij dacht terug aan al die gezichten en namen van mensen die het wel hadden gedurfd, die de kans een moord te plegen niet voorbij hadden laten gaan, op de dag dat ze geloofden dat hun daad onbestraft zou blijven.

3

De detective wandelde door Breda; het dorp was in een luttele vijftien jaar in een kleine stad veranderd. De heropening van het oude kuuroord en de toeristische ontsluiting van het park waren belangrijke impulsen geweest, maar daarnaast had zich er een tiental middelgrote bedrijven gevestigd die weliswaar slechts aan drie- à vierhonderd mensen werk boden, maar inmiddels hadden bewezen betrouwbaar en stabiel te zijn. Met behoud van het oorspronkelijke dorpse karakter was Breda erin geslaagd zich te ontwikkelen tot de middelgrote stad met voornamelijk dienstverlenende bedrijven die het gemeentebestuur voor ogen had gestaan.

Hij was vijf jaar geleden teruggekeerd, en eerst had hij drie jaar lang allerlei verschillende baantjes gehad waar hij het nooit in had kunnen vinden, of het nu kwam doordat hij de streng hiërarchische verhoudingen op het werk niet verdroeg of er maar niet aan kon wennen om vroeg op te staan en acht uur lang hetzelfde werk te doen... Hij, die zijn hele leven iedere sleur was ontvlucht! Uiteindelijk had hij zich als zelfstandig ondernemer gevestigd en een bordje op de deur van zijn appartement gehangen: 'Ricardo Cupido. Privé-detective'. Net als alle collega's die hij kende, had hij het vak niet uit roeping gekozen. Ook Cupido had een turbulent, gebroken leven achter zich en in zijn vorige werk was hij mislukt. Hij was tot de conclusie gekomen dat iemand die detective wordt daar altijd voor kiest vanuit een fiasco. Het was overigens een beroep dat die stad hem nooit zou vergeven. Hij had zich al tijden geleden buiten de gemeenschap gesteld en was zich ervan bewust dat Breda hem nooit liefdevol zou opnemen zolang hij zich bezighield met dingen aan het licht te brengen die veel van zijn stadgenoten liever verborgen hielden. Alkalino had het hem ooit voorgehouden: 'In deze stad zul je met jouw vak nooit rijk worden. Het heeft zo weinig aanzien dat het hier alleen uitgeoefend zou kunnen worden door een zeer gerespecteerd persoon. En jij, met jouw verleden, bent dat niet.' Maar het kon hem eigenlijk niet meer zoveel schelen, zei hij tegen zichzelf. Hij begon zich er langzamerhand in te schikken dat hij zijn leven in eenzaamheid moest leven, en verder, het was uiterst gevarieerd werk dat genoeg opleverde om van te kunnen bestaan. In het begin had hij het ongelooflijk gevonden, die diversiteit van cliënten en opdrachten: het hele repertoire aan haat, ongerustheid en wraakgevoelens dat hij langs zag komen, de nare, minderwaardige misdrijven die hij moest zien op te lossen, van het vinden van de dader van kleine veediefstallen tot het achterhalen van een familielid dat dertig jaar geleden naar Costa Rica was vertrokken, van het innen van schulden bij weigerachtige wanbetalers tot het aandragen van de treurige, banale bewijzen van overspel, van het oplossen van een bedreigingszaak tot het opsporen van een van huis weggelopen meisje dat hij zo snel en discreet mogelijk terug moest zien te brengen, voordat de verdwijning bekend zou worden en haar eer en goede naam was bezoedeld. Hij was zelfs aan de eenzaamheid van zijn kleine appartement gewend geraakt waar – zonder dat hij precies wist hoe het kwam, want hij was zich niet bewust van de aantrekkingskracht die van hem uitging – zo nu en dan een vrouw op het toneel verscheen, die gewoonlijk na enige tijd ook weer verdween, zodra ze doorhad dat hij iedere binding afwees en behalve wat genegenheid en seks niets te bieden had, zodra ze merkte dat de gedachten in het hoofd dat ze liefkoosde en de gevoelens in het lichaam dat ze omhelsde haar nooit helemaal zouden toebehoren.

Haast ongemerkt was hij al in de buurt van de nieuwe kazerne van de guardia civil beland, die op een perceel net buiten de stad was gebouwd, uitgerekend gepland naast – de ironie van de stadsuitbreiding – zo'n ranzig ouderwets bordeel met in de gelag-

kamer nog tafels met vuurpothouders eronder en in ieder pees-
kamertje een spiegelkast. Zodra het eerste fundament was gestort,
werd de hoerenkast zonder verdere plichtplegingen naar de andere kant van Breda gebonjourd, zo ver mogelijk van de nieuwe
geüniformeerde buren vandaan. Die verhuizing was alweer een
aantal jaren geleden, maar Cupido moest nog altijd lachen als hij
terugdacht aan de treffende woorden van Alkalino, die hem
tijdens het ochtendgloren ooit mee naar dat bordeel had proberen
te sleuren en zich erover beklaagde dat ze zo ver weg waren gaan
zitten: 'Die temeiers hadden daar nooit weg moeten gaan. Het
oudste en het één na oudste beroep van de wereld horen naast
elkaar. Ze zijn tenslotte nauw met elkaar verbonden: het eerste is
ontstaan omdat iedereen nu eenmaal zijn behoefte aan liefde
moet kunnen bevredigen, het tweede om ervoor te zorgen dat
niemand dat op eigen houtje doet met zijn behoefte aan haat.'

Hij keek op naar het degelijke, lelijke complex van rode baksteen, gebouwd halverwege de jaren tachtig, en hij kon het niet
laten zich af te vragen welk percentage van het totale bouwbedrag
in de zakken van dat kleine mannetje zou zijn verdwenen, van
Luis Roldán, onder wiens toezicht de bouw was uitgevoerd.
Hoeveel zou hij hebben gevangen van iedere baksteen, van iedere
zak cement, van de kraaienpoten die overal rond het gebouw
lagen, niet alleen om te voorkomen dat mensen er hun auto
parkeerden maar ook als voorzorgsmaatregel tegen een terroristische aanval, die overigens hoogst onwaarschijnlijk was zo ver van
het noorden en van de hoofdstad van het land. Hij herinnerde
zich de oude kazerne, toen Breda nog een groot dorp was met de
merkwaardige vorm van een duif, met een snavel en gespreide
vleugels. Het gebouw lag bijna in het centrum, in een niet al te
brede straat, met stallen die genoeg ruimte hadden voor de
paarden waarmee de guardia's indertijd hun ronden maakten
en achter de smokkelaars aangingen die over de grens met Portugal kwamen, maar die veel te klein waren om de auto's en de
motoren te herbergen waar de guardia civil tegenwoordig over

beschikte om haar dubbele taak uit te voeren: het handhaven van de openbare orde en de bewaking van het park. De oude kazerne was afgebroken en op de plaats waar hij had gestaan – niemand die er nog met een boog omheen liep – was nu een openbare parkeerplaats. Met het gebouw was ook de stilte die altijd in de straat had gehangen verdwenen, alsof honden er verboden waren en de mensen die er woonden minder luidruchtig dan de rest van de bevolking. Vijfentwintig jaar geleden hadden zelfs de kinderen zich geïntimideerd gevoeld door die mengeling van angst en ontzag die als een deken over het gebouw en zijn bewoners lag. Terwijl ze bij sommige van hun kinderspelletjes heel Breda in bezit namen, hadden ze de straat van de kazerne altijd gemeden – zonder dat er iets over was gezegd, zonder dat er iets over was afgesproken – als een gebied dat voor kinderen taboe was, als een luchtbel die je maar beter niet kon aanraken. Cupido veronderstelde dat het voornamelijk kwam door de terughoudendheid van de volwassenen om contact te hebben met de kazernebewoners, een angst waarmee ze hun eigen kinderen hadden besmet. Omdat de guardia's met hun gezinnen in de kazerne woonden, strekte die angst zich ook uit over hun kinderen, een hechte ploeg van allerlei leeftijden, die altijd als één groep naar school kwamen alsof ze tot een bepaalde sekte behoorden en buiten hun eigen kring geen vrienden maakten, misschien omdat ze het wantrouwen voelden waarmee ze zelfs tijdens het spelen werden bejegend.

De soldaat die op wacht stond, een jongen van nauwelijks twintig jaar in een onberispelijk uniform, bracht zijn rechterhand naar zijn pet.

'Ik zou de luitenant graag willen spreken.'

'Mag ik uw papieren?'

Cupido overhandigde hem zijn identiteitsbewijs en de jongen ging het wachthokje in. Door het raam zag hij hoe de wacht de telefoon opnam en zijn gegevens voorlas. Men liet hem nog een paar minuten wachten, tot er een korporaal kwam die hem zonder verder iets te zeggen voorging naar binnen. Hij wist dat hij zijn onderzoek met dit gesprek moest beginnen, maar hij had er absoluut geen zin in, het was iets wat hij het liefst zou uitstellen. Maar er zat nu eenmaal niets anders op: wilde hij over de medewerking en de goedwillendheid van de wetsdienaren beschikken, dan moest hij zich eerst tot hen wenden, voordat ze er op een andere manier achter kwamen dat hij met een onderzoek naar dezelfde moord bezig was. De guardia civil was altijd uiterst gevoelig voor inmenging van buitenaf. Verder had hij nog geen enkel aanknopingspunt en was dit de plek bij uitstek om de eerste gegevens bijeen te sprokkelen. Er werd de laatste tijd steeds vaker een embargo afgekondigd bij zaken die nog onder de rechter waren, een embargo dat overigens gewoonlijk een dag later al werd geschonden door onderonsjes tussen de op nieuws azende pers en omkoopbare ambtenaren, of soms door de verdachten zelf, die er belang bij hadden om zo veel mogelijk verwarring te zaaien en hun eigen wandaden te verdoezelen met halve waarheden die zowel op schuld als onschuld konden wijzen. Maar in dit geval had hij daar nog niets over gehoord.

De luitenant zat achter een houten bureau op hem te wachten, zijn handen samengevouwen op een map, de trouwring aan zijn ringvinger goed zichtbaar. Verder zag Cupido een witte telefoon, een computer en een afbeelding van de symbolen van alle rangen van de guardia civil. Het was een schoon, efficiënt ogend kantoor, dat goed paste bij de indruk die de luitenant zelf maakte: een officier die jong genoeg was om tijdens zijn opleiding niet aan alle muren van de Academie het portret van Franco te hebben zien hangen. Hij was bruinverbrand, hij had donker haar dat al wat dunner begon te worden, met een kale plek die boven zijn voorhoofd in de vorm van een hoefijzer omhoogkroop. Op het eerste gezicht was het net alsof hij geen uniform droeg, geheel in lijn met de halfslachtige manier waarop de leden van de guardia civil zich in de loop van de laatste twintig jaar waren gaan presenteren: grijze ambtenaren als ze op straat dienstdeden, zo veel mogelijk opgaand in de omgeving, trots in uniform tijdens militaire parades en binnen hun kazernes. Maar het viel niet mee om je deze luitenant voor te stellen met de officiële tricorne op zijn hoofd. Cupido wist dat hij zijn naam al een aantal malen had gehoord, maar het lukte hem niet die naar boven te halen. Er kwam daarentegen wel een roddel in hem op die over de man werd verteld. Het verhaal ging dat hij in Campo de Gibraltar, zijn vorige standplaats, nauwelijks een jaar geleden zijn hele carrière op het spel had gezet. Tot in de kleinste details werd verhaald hoe hij op een vrije avond naar een discotheek was gegaan om een borrel te drinken. Toen hij aan de bar zat had hij gezien hoe een aantal broodmagere jongeren, met de schichtige manier van doen die hem maar al te goed bekend was, een voor een naar een man waren gelopen die in een verborgen hoekje aan een tafeltje zat. Hij had een heel jong meisje bij zich, een kind nog haast. Elke keer dat er iemand naar zijn tafel kwam, stond de man op en liet hij zich volgen naar de toiletten. Meer had de luitenant niet nodig om te weten waar het om ging. Het lag niet in zijn karakter om een dergelijke handel aan te zien zonder er iets aan te doen. Hij liep naar het tafeltje in de hoek, identificeerde zichzelf en zei de man dat hij hem wilde fouilleren. Die protesteerde niet en maakte ook geen bezwaar tegen het feit dat de luitenant in burger was. Hij stelde slechts één voorwaarde: dat hij het niet ter plekke zou doen, waar het meisje bij was. Hij was bereid met hem mee te gaan naar de kazerne. De luitenant had naar het meisje gekeken, zo jong nog, en met grote angstogen, en hoewel hij een moment lang aarzelde, voelde hij ook medelijden en wilde hij het voor haar niet nog moeilijker maken door haar te dwingen getuige te zijn van een grondige fouillering die zou uitlopen op een arrestatie. Daar was hij zeker van, hij was ervan overtuigd de man op heterdaad te hebben betrapt. Hij bracht hem zonder zich verder nog te bedenken naar de kazerne. Toch moet de man onderweg kans hebben gezien zich te ontdoen van het spul dat hij verkocht – of hij droeg het niet zelf bij zich, maar misschien het meisje met de angstige ogen – want toen hij in een cel werd gefouilleerd had hij niets op zich, hij was brandschoon. Ze moesten hem onmiddellijk zonder aanklacht laten gaan, hoewel hij zijn handtekening al had gezet en er een aantekening was gemaakt van zijn arrestatie. Vijf dagen later werd de luitenant op het matje geroepen bij een van zijn superieuren, die buitengewoon geïrriteerd was door een boosaardig bericht in de pers en alle heisa die daardoor was ontstaan: er hing hem een aanklacht wegens onrechtmatige arrestatie en mishandeling boven het hoofd en er was niets wat in zijn voordeel sprak. Hij had zonder gerechtelijk bevel gehandeld, in een besloten discotheek, niemand was verder getuige geweest van drugshandel, en de man had niets op zich gedragen. Hij hoefde niet lang te wachten om te horen hoe het provisionele vonnis luidde: een schorsing van een maand met inhouding van salaris, vanwege het overschrijden van zijn bevoegdheden. De luitenant was in hoger beroep gegaan en nadat de zaak opnieuw was bekeken werd de straf herroepen. Maar zijn carrière had een knauw gehad en hij werd overgeplaatst.

Cupido keek naar hem en vroeg zich af of hij wat geleerd zou hebben van dat incident, of hij voorzichtiger en onzekerder zou zijn geworden, in hoeverre hij behoefte zou hebben aan een persoonlijk succes dat zijn prestige bij zijn meerderen wat zou opkrikken.

De luitenant stond op toen hij binnenkwam, maar bleef achter zijn bureau staan, op afstand. Vanaf daar gaf hij hem een hand en hij wees hem een stoel om te gaan zitten.

'Zegt u het maar.'

'Ik ben Ricardo Cupido…'

'Dat weet ik wel', onderbrak hij hem. 'We hebben elkaar nooit persoonlijk gesproken, maar ik ben ervan op de hoogte hoe u allerlei kleine probleempjes die men hier in de stad eigenlijk liever maar onder tafel wil houden probeert op te lossen. Alsof wij er uiteindelijk toch niet altijd achter komen', voegde hij er spottend, arrogant haast, aan toe.

'Er heeft gisteren iemand contact met mij gezocht, Marcos

Anglada, de vriend van het meisje dat gisteren in het park is vermoord', zei Cupido zonder op zijn commentaar in te gaan.

'Ja, de advocaat. Hij heeft ons geholpen het lichaam te identificeren.'

'Hij heeft me de opdracht gegeven uit te zoeken wie haar heeft vermoord', vertelde hij.

Hij vreesde een geërgerde reactie van de luitenant – Gallardo, de naam schoot hem nu weer te binnen – maar hij zag hem knikken, alsof Cupido's woorden bevestigden wat hij al had gedacht toen hij hem binnen zag komen.

'Híj heeft geen vertrouwen in ons, maar u komt daarentegen wel eerst naar ons toe', zei hij op droge toon, alsof hij aarzelde om toe te geven dat de detective blijkbaar wel bereid was om samen te werken waar Anglada dat niet was geweest.

'Ja. Ik zou natuurlijk kunnen beginnen om het hotelpersoneel waar het meisje heeft overnacht te vragen of ze iemand bij haar in de buurt hebben gezien. Of de parkwachters. Maar het lukt me natuurlijk nooit om meer boven water te krijgen dan u.'

'Wat wilt u precies weten?'

'Of u al wat hebt. Ik heb geen zin mijn tijd te verdoen met zoeken naar dingen die een ander al heeft opgelost.'

'We hebben iets', antwoordde de luitenant, en hij liet zijn woorden even hangen om Cupido zich af te laten vragen wat het kon zijn. Toen voegde hij eraan toe: 'Verdachten.'

Cupido, die de ironie wel kon waarderen, grijnsde.

'Dat heb ik de afgelopen drie dagen in de kranten kunnen lezen', antwoordde hij.

'Waarom zou ik u informatie geven die ik de journalisten onthoud?'

'Omdat ik die niet publiceer.'

Gallardo aarzelde even. Cupido was bang dat hij het op de officiële richtlijnen zou gooien om een eind aan het gesprek te maken en bood het enige aan wat hij had, zich ervan bewust dat het niet veel was: 'Ik ben bereid u alles wat ik ontdek door te spelen.'

'Daar hebben we niets aan. U hebt ons niets te bieden wat we elders niet gratis kunnen krijgen. U en uw plaatsgenoten, met al jullie geruchten en al jullie oude verhalen over onbelangrijke akkefietjes, jullie hebben hier niets mee te maken. Het gaat hier om een misdrijf.'

Op dat moment ging de telefoon. De luitenant nam op en luisterde een halve minuut. Hij draaide zijn stoel om zodat Cupido hem van opzij zag, de hoorn buiten diens gezichtsveld, alsof de detective zou kunnen zien wat er aan de andere kant werd gezegd. Het was duidelijk dat het bericht hem niet beviel, want hij verstijfde en Cupido kon de spanning van zijn gezicht aflezen.

'Eén man, niet meer dan één?' vroeg hij geïrriteerd. 'Wat willen jullie eigenlijk, dat ik mijn post hier verlaat en hen persoonlijk ga ondervragen?'

Hij keek op en maakte een gebaar ten afscheid naar de detective, die was opgestaan en zich naar de deur begaf. Cupido liep de gang door zonder iemand tegen te komen en stak de binnenplaats over, waar hij aan de andere kant een van de deuren van de garage waarin de auto's gestald werden open zag staan. Hij bereikte het wachthokje bij de ingang en terwijl de wacht hem zijn identiteitsbewijs teruggaf hoorde hij binnen de telefoon gaan. Hij was nog maar een paar stappen verder toen de soldaat hem riep: 'De luitenant wil u nog even spreken.'

Gallardo zat ongedurig met zijn vingers op het bureaublad te trommelen.

'Ik denk dat we het eens kunnen worden.'

Cupido vermoedde dat die plotselinge verandering iets te maken had met het telefoongesprek, maar hij durfde niets te vragen. Hij wachtte het voorstel af.

'Ik heb Madrid om assistentie gevraagd, en ze geven me één man om aan de zaak te werken', zei hij, als om aan te tonen dat zijn veranderde houding geen gril was of gebaseerd op enige persoonlijke sympathie, maar zuiver en alleen het gevolg van verwarrende bureaucratische complicaties. 'Ze zeggen dat zij ook een tekort aan mensen hebben. Onzin. Voor hen is gewoon alles wat buiten de hoofdstad gebeurt van ondergeschikt belang; een moord in de provincie is een tweederangsmoord die ze geen moer interesseert en geen bedreiging vormt voor henzelf of voor hun gezin. Dus, ik denk dat we het eens kunnen worden', herhaalde hij.

'Ja?'

'U wilt weten wat wij al hebben. Ik heb iemand nodig die in Madrid met de vrienden van het slachtoffer kan gaan praten. U bent in de arm genomen door de vriend van het meisje en dus zullen ze eerder geneigd zijn om uw vragen eerlijk en uitvoerig te beantwoorden dan de onze. Ik wil dat u me alles doorgeeft wat ze zeggen.'

'Akkoord, tot zover.'

'En verder, u komt toch uit Breda?' vroeg hij, met een vaag gebaar naar het raam.

'Jawel', antwoordde Cupido. Door de ramen zag hij dat er boven op het dak een grote schotelantenne stond, waar twee duiven op neerstreken.

'Ik wil dat u me op de hoogte houdt van alles wat hier wordt rondverteld, het soort roddels die iedereen hoort behalve wij, de kletspraatjes en de geruchten die nooit worden aangegeven bij de politie. In deze stad heeft nog nooit iemand met ons samengewerkt, ze zien ons nog steeds als indringers. Ze liegen altijd, en wat erger is, ze denken ook nog eens dat we hun leugens slikken.'

'Akkoord', herhaalde de detective. Hij zag onmiddellijk de voordelen van zo'n samenwerking, want het paste precies in zijn eigen plannen, alhoewel hij zich er maar al te zeer van bewust was dat het voor Gallardo eenvoudiger was om hem te belazeren dan omgekeerd.

'Voordat ik naar Madrid ga moet ik alle details weten.'

'Hebt u al met iemand gesproken?'

'Alleen met Anglada.'

'Vergeet hem maar', zei de luitenant en hij haalde wat papieren uit de map. 'Hij was die morgen in Madrid, hij moest een cliënt vertegenwoordigen voor de rechtbank. Ik heb het al gecheckt en er is geen enkele reden om aan zijn verhaal te twijfelen. U zult in de directe omgeving van het meisje moeten beginnen. Hoewel ze veel mensen kende, was haar kring intieme vrienden, mensen die konden weten dat ze dit weekeinde naar El Paternóster zou gaan, maar heel beperkt. Er is een vriend, Emilio Sierra, een rare kerel. Beeldhouwer', voegde hij eraan toe, alsof dat beroep alleen al reden genoeg was om hem verdacht te maken. 'Hij was dit weekeinde ook hier, in Breda, in het oude familiebuiten.'

'Anglada heeft het al met me over hem gehad', zei Cupido.

'Hij heeft ons verteld dat hij die dag aan een paar beelden heeft gewerkt, hoewel niemand hem heeft gezien. U kunt hem beter nog maar een keer ondervragen.'

'Dat zal ik doen.'

'Er is ook een vrouw met wie Gloria samenwerkte. Ze waren compagnons. Misschien dat ze u wat meer vertelt dan ze ons heeft gedaan.'

'Ik kan het me moeilijk voorstellen dat een vrouw een dergelijk mes gebruikt om een moord mee te plegen', zei Cupido. Het was dit naar buiten gekomen feit waar de regionale pers de meeste nadruk op had gelegd want net als in de landelijke media was men geneigd bloederige details breed uit te meten. De foto van het wapen had op de voorpagina's gestaan: het had een gekromd lemmet, zo'n mes dat zowel bruikbaar is om brood mee te snijden als om een lam mee te kelen.

'Ik heb wel onvoorstelbaardere zaken gezien', sprak Gallardo hem tegen, terwijl hij hem een beetje spottend aankeek, alsof hij met een amateur te maken had die eigenlijk te naïef was voor dit soort werk. 'Verder zijn we ook nog te weten gekomen dat het meisje een tijd geleden een verhouding heeft gehad met een veel oudere man, een of andere leraar die kort daarna van zijn vrouw is gescheiden', zei hij, waarmee hij nog een feit toevoegde aan de lijst van kleine geschiedenissen van mislukkingen, redenen van wantrouwen jegens alles wat niet tot de normale orde hoorde, niet routinematig was en de schijn van geluk verbrak. 'Zijn naam is Manuel Armengol. U kunt meer details lezen in de papieren die ik u meegeef.'

'Het meisje had familie in Breda. Anglada suggereerde dat die haar bezittingen erven.'

'Wíj houden ons bezig met de mensen hier. Verder zou ik het niet in die richting zoeken. We hebben een voorwerp in de hand van het slachtoffer aangetroffen dat naar iets anders wijst. Van wat ik u nu ga laten zien heeft de pers geen weet, omdat wij denken dat het een belangrijk spoor is.'

De luitenant liet een stilte vallen, in afwachting van een vraag van Cupido, maar die kwam niet, ondanks het feit dat hij zat te popelen. Alles wat ze tot nu toe hadden besproken was routine, feiten die hijzelf ook zonder al te veel moeite boven water zou hebben gekregen.

'Het slachtoffer had zo'n ding in haar hand geklemd waar jonge mensen tegenwoordig zo gek op zijn, een button. We weten inmiddels dat er duizend van zijn gemaakt voor een protestactie tegen de Franse atoomproeven in Mururoa, in de zomer van '95. Ze werden in Madrid verkocht door een groep milieuactivisten die handtekeningen verzamelden en manifestaties organiseerden tegen de explosies.'

'Kan hij niet van haarzelf zijn geweest?'

'Nee, de rest van het speldje waarmee je hem aan je kleding vastzet, hebben we niet gevonden. En verder is er niets dat erop wijst dat zij hem heeft gedragen. Het laboratorium was daar uitgesproken over. Ze kan hem ook niet van de grond hebben opgeraapt, want er zat geen korreltje aarde op. Alles wijst erop dat ze het van de kleren van haar aanvaller heeft gerukt: een deel van de speld zat diep in het topje van haar middelvinger. Het is als aanwijzing niet veel, omdat ze hem zo stijf heeft vastgeklemd dat mogelijke vingerafdrukken zijn weggevaagd, maar het is wel ons enige spoor. In de weinige bagage die ze in het hotel had achtergelaten, was niet eens een agenda, geen stukje papier dat ons verder op weg kon helpen. In haar tas had ze haar identiteitspapieren, een kassabonnetje van wat schildersbenodigdheden, twee metrokaartjes, wat geld en haar creditcards. Ze was niet verkracht en er is niets wat erop wijst dat er voordat ze stierf sprake is geweest van geweld. De vrouw was niet zwanger, ze rookte niet en gebruikte geen drugs', vervolgde hij zijn betoog, en het was duidelijk dat hij het een buitengewoon moeilijke zaak vond. 'Ze moet zo'n meisje zijn geweest dat goed op zichzelf paste.'

'Kan ik die button zien?'

'Ja.'

Gallardo trok een van de laden van zijn bureau open en haalde er een doorzichtig plastic zakje met een button uit. Cupido bekeek de afbeelding door het plastic heen: binnen een rode verbodscirkel zag hij op de onderste helft een groene ondergrond met het woord Mururoa, met daarboven een blauwe zee met het atol. Uit het midden van het eiland steeg een nucleaire paddestoelwolk omhoog.

'Wanneer vertrekt u?' vroeg de luitenant, terwijl hij de button weer wegborg.

'Morgen.'

'Ik kijk uit naar uw berichten', antwoordde hij en hij stond op. Hij kwam achter het bureau vandaan en liep met hem mee naar de deur van het kantoor. Ten afscheid drukten ze elkaar kort en stevig de hand.

Cupido verliet het gebouw, dat nog steeds geen deel uitmaakte van de buitenwereld. De angst was weliswaar verdwenen, maar het latente wantrouwen, de argwaan bleef. Hij vermoedde dat de luitenant oprecht was geweest in zijn aanbod met hem samen te werken, maar dat was slechts een uitzondering die voortkwam uit de omstandigheden, omdat ze een gemeenschappelijk belang hadden. Samenwerken met de guardia, dat zou hem niet meevallen. Hij voelde weerzin tegen hun strikte opvattingen over discipline, tegen die clanachtige uitstraling, hun blinde gehoorzaamheid aan strenge wetten en regels, een manier van leven waaraan Cupido, met zijn gevoel van onafhankelijkheid, nooit zou kunnen wennen. Toch had hij in de loop van zijn carrière geleerd dat het nuttig was als je op hun medewerking kon rekenen.

Voordat hij naar huis terugging liep hij naar het Casino, een gezelligheidsvereniging waar de dood van het meisje ook na drie dagen nog het belangrijkste gespreksonderwerp aan alle tafeltjes zou zijn. Daar zou hij zeker Alkalino treffen, en hem zou hij kunnen uitvragen over alle theorieën die de plaatselijke bevolking over de misdaad had bedacht, van de meest fantasierijke tot de meest redelijke, van de meest inconsistente tot de meest doordachte. Je wist maar nooit of hij tussen alle namen van mogelijke schuldigen die Alkalino zou noemen, niet iets zou horen wat een grond van waarheid bezat, een zekerheid, een feit, gebaseerd op wat een herder die zaterdagmorgen misschien had gezien, een jager die geen zin had om met de guardia civil te praten, of een automobilist die in het voorbijgaan van het hotel iets vreemds was opgevallen.

Het Casino besloeg de hele benedenverdieping van een oud herenhuis tegenover de grootste kerk van de stad. De rest van het huis stond leeg en de luiken voor de ramen van de bovenverdiepingen waren gesloten. Het was een sociëteit die was gesticht door een vereniging, La Sociedad de Amigos del País, en een eeuw lang de belangrijkste ontmoetingsplaats was geweest van de lokale bourgeoisie; de leden vergaderden er, legden een kaartje en speelden domino, maar tegenwoordig waren de art-decotafels met hun albasten blad en hun gesmede poten – speciaal voor het Casino ontworpen, met een opvallende C – bijna allemaal onbezet. De diepe wandkasten met honderden boeken erin werden nooit geopend, zelfs niet om schoon te maken, en ook de achterste ruimte, die van de grote zaal was afgescheiden en een lager plafond had waardoor het wat gezelliger aandeed, was leeg. Die wat kleinere ruimte gaf toegang tot een tuin met drie palmen en wat platanen, en was in het begin van de jaren zeventig door een aantal oudere leden verbouwd in een vergeefse poging om hun kinderen, met hun lange haren en hun onbegrijpelijke gewoonten, met vreemde onbekende geuren om hen heen, te betrekken bij hun verenigingsleven, in de hoop dat ze, al speelden ze niet dezelfde spelletjes, toch minstens zo op het Casino gesteld zouden raken als zijzelf. Maar bij de nieuwe generatie was het niet aangeslagen; hun kinderen wilden een ander soort licht, andere kleuren op de muren, ze wilden andere stoelen, waarin ze breeduit konden hangen, iets wat in de stijve, harde stoelen van het Casino niet mogelijk was. Alleen op dinsdag vulde het Casino zich met een bedrijvigheid die de rest van de week ondenkbaar was, want dan werd er een evenement gehouden dat men 'De Beurs' noemde, een wat gezwollen benaming waarmee men zowel de activiteit als de plaats aangaf. Op die dag kwamen een stuk of dertig lokale veehouders bij elkaar die dan bestookt werden door vier of vijf handelaren die in het geheim allang onderlinge prijsafspraken hadden gemaakt om de prijs van de dieren zo laag mogelijk te houden.

Alkalino was een partijtje domino aan het spelen met drie, zo op het eerste gezicht gepensioneerde mannen. Altijd alert op wat er om hem heen gebeurde, zag hij Cupido binnenkomen en gebaarde hem even te wachten. De detective bestelde een kop koffie en constateerde dat die gelukkig niet was veranderd. Ook vroeger, toen goede koffie nog uit Portugal gesmokkeld moest worden, was het de beste van de stad geweest, een milde koffiesmaak, vermengd met precies de juiste dosering pittige branding. Even later zag hij hoe Alkalino wat geld van de tafel pakte, zijn plek afstond aan iemand anders en op hem af liep.

'Zij hebben het meeste geld', zei hij, over zijn schouder een gebaar naar achteren makend. 'Alles is omgekeerd. Tegenwoordig zijn het de ouderen die de jonge mensen vrijhouden.'

Cupido glimlachte. Alkalino was altijd dezelfde. Al hield je hem onder water, dan nog zou hij blijven rebbelen. Dat was

47

precies waarom hij hem was komen opzoeken.

'Je wilde me spreken?' vroeg hij.

'Ja.'

Ze hadden het altijd goed met elkaar kunnen vinden, vooral omdat Alkalino's onophoudelijke geklets en zijn onalledaagse theorieën goed combineerden met het vermogen tot luisteren van de detective. Het was een heel donker, klein en nerveus mannetje met een slecht gebit en levendige ogen, omzoomd door korte wimpers die afgeschroeid leken door al dat om zich heen kijken. Iedereen noemde hem Alkalino omdat hij net als de batterijen van dat merk steeds maar doorging. Toen hij zich eenmaal in die bijnaam had geschikt, had hij bedongen dat die dan op zijn minst met een K gespeld zou worden, om tegemoet te komen aan zijn progressieve ideeën. Al gaf je hem vitriool te drinken, hij zoop iedereen onder tafel. Hij kon drie dagen wakker blijven zonder enig teken van vermoeidheid, een week lang praten zonder om woorden verlegen te zitten en, wat veel lastiger is, zonder zijn publiek te vervelen. Hij had over iedereen en over alles wat hij zag een mening, maar zonder zijn opvattingen op te dringen. Er werd van hem gezegd – soms bewonderend, soms met vrees of haat – dat hij alles wist wat er in Breda omging en dat hij zich de naam kon herinneren van iedere vreemdeling die ooit een tijdlang in de stad had verbleven. Hij kwam openlijk uit voor zijn sympathieën voor de Communistische Partij, waar hij al jaren lid van was, en toch bewoog hij zich net zo gemakkelijk in de behoudende, wat decadente sfeer van het Casino en voelde hij zich er thuis.

'Ik heb een belangrijke opdracht', zei Cupido nadat de ober Alkalino zijn onvermijdelijke cognacje had ingeschonken.

'Gefeliciteerd.'

'Van de vriend van het vermoorde meisje.'

Alkalino keek hem zonder enige verbazing aan en nam een slokje voordat hij antwoord gaf.

'Ah, om uit te vinden wie het heeft gedaan, hier in Breda.'

'In Breda en in Madrid.'

'Als het waar is wat ze hier zeggen, wordt dat nog een hele klus.'

'Wat zeggen ze?'

'Iedereen heeft zo zijn eigen versie en trekt zijn eigen conclusies. In deze stad is iedereen ervan overtuigd de beste detective te zijn, en dat hij, als hij zijn gang zou kunnen gaan, de schuldige in een paar uur te pakken zou hebben. Een paar mensen denken zeker te weten dat haar eigen vriend de moordenaar is, andere dat het de minnaar van het meisje is, en weer andere...'

'Minnaar?'

Alkalino trok zijn wenkbrauwen op, verbaasd dat hij het onderzoek met zo weinig informatie dacht te kunnen beginnen.

'De beeldhouwer. De familie Sierra. Ben je er nooit geweest?'

'Nee.'

'Als hij in Breda is staan de deuren altijd wijd open, en hij heeft bij verschillende gelegenheden al mensen van hier uitgenodigd.'

'Ik heb wel over hem gehoord. Een beetje extravagant type', herinnerde Cupido zich. Het verhaal ging dat hij daar, in dat mooie, statige familiehuis op de rechteroever van de rivier, feesten organiseerde voor mensen van buiten het dorp, avonden waarop alles mogelijk was. Hij had zelf wel eens gezien dat er een auto voor de deur stond en de deuren open waren, maar hij had ongetwijfeld tot veel minder plaatsen toegang dan Alkalino.

'Weet je zeker dat hij de minnaar van het meisje was?'

Alkalino maakte een gebaar van twijfel, hij durfde het niet met zekerheid te zeggen. In een klein provinciestadje als Breda hoefde iemand zich maar afwijkend te gedragen om aanleiding te geven tot roddel en achterklap, zelfs al deed hij niets bijzonders.

'Ze zeggen dat ze minnaars waren omdat ze wel eens samen gezien werden, maar ik zou mijn hand er niet voor in het vuur durven steken. Als een man en een vrouw samen een huis binnengaan denken we hier in Breda al meteen dat ze dat doen om ogenblikkelijk samen het bed in te duiken. Dat zal wel zijn omdat we zelf te weinig neuken en er daarom altijd aan denken.'

De detective moest lachen, alhoewel Alkalino bloedserieus was. 'Weer anderen denken zeker te weten dat het een familiekwestie is, dat het om de erfenis gaat', ging hij verder. 'Een paar van ons echter denken aan heel andere mensen.'

Hij nam een flinke slok van zijn cognac, klakte zachtjes met zijn tong, boog zich dichter naar Cupido toe en fluisterde: 'Een paar van ons denken aan doña Victoria.'

'Doña Victoria?'

'Ja. De doña. Ken je haar?'

'Wie kent haar niet? Maar ze zeggen dat ze een beetje gek is.'

Alkalino hief zijn elleboog en sloeg de rest van zijn cognac achterover, in een gebaar dat zo rap was dat het glas zijn lippen niet leek aan te raken. Hij wenkte de ober hem nog eens bij te vullen.

'Nee, ze is niet gek. Tenzij je het een daad van krankzinnigheid noemt als iemand al twintig jaar een bij voorbaat verloren strijd levert met een veel machtiger vijand.'

'Als dat geen teken van gekte is', hield Cupido vol.

'Jij bent hier een paar jaar weg geweest,' zei Alkalino op milde toon, zonder het erover te hebben waar hij die tijd had gezeten, 'juist toen het conflict tussen haar en de nieuwe, autonome regering op zijn felst was. Ze hadden het park net officieel tot beschermd natuurgebied verklaard en tot de uitbreiding ervan besloten. Het is een bitter gevecht geweest, dat moedig door de doña is gestreden. Heeft niemand je erover verteld?'

'Alleen geruchten. Ik zou het allemaal graag nog een keer horen, van het begin tot het eind.'

'Het is een lang, absurd verhaal. Het conflict speelt al twintig jaar, het stamt nog uit de tijd van de dictatuur, toen een van de laatste ministers van die technocratenregering de hele bergketen waar de Volcán en de Yunque deel van uitmaken plus de bergen rond het stuwmeer tot natuurreservaat verklaarde. Ik denk niet dat zijn besluit van indertijd ook maar iets te maken had met de ecologische opvattingen die tegenwoordig zo in zwang zijn. Zelfs wij van de Partij – en wij waren toch het progressiefst in ons denken – hadden een dergelijk concept niet in ons program.' Er klonk een vleugje ironie door in zijn stem. 'Het ging hun er eigenlijk om, het gebied te behouden voor de jacht. Ik weet niet of je nog weet dat Franco hier ooit eens heeft gejaagd.'

'Ja, ik herinner me dat ze toen alle kinderen uit school haalden en ons een nationaal vlaggetje gaven om mee te zwaaien naar een paar enorme zwarte auto's die voorbijkwamen. Je kon niet eens zien wie erin zaten.'

'Er wordt altijd gezegd dat Franco zo dol was op stuwmeren. Onzin. De dorst van deze streek kon hem geen donder schelen. Anders had hij er wel voor gezorgd dat het water dat ze in Asturias te veel hebben naar de woestijnen van Almería kon worden gevoerd. Hij had het kunnen doen, want niemand die het indertijd gewaagd zou hebben te protesteren, met dat gierige egoïsme waarmee het noorden zich tegenwoordig verzet. Waar Franco echt warm voor liep waren de jachtreservaten die en passant ontstonden in de toevloeiingsgebieden boven de stuwmeren. Je weet natuurlijk dat de stuwdammen dienen om elektriciteit mee op te wekken en dat het water wordt gebruikt voor irrigatie, maar het gebied erboven is voor de jacht. Nou goed, doña Victoria bezat wat stukken weidegrond in de vruchtbare, lager gelegen dalen, en die werden onteigend voor de aanleg van het stuwmeer. Aanvankelijk ging ze akkoord met die beslissing en verzette ze zich niet. Het algemeen belang eist soms offers van het individu. Maar omdat het grotere wild veel ruimte nodig heeft om zich te kunnen voortplanten en het oorspronkelijke jachtgebied te klein was, besloot men het te onteigenen gebied uit te breiden middels een verordening, wat in die tijd een gebruikelijke praktijk was. Het was die tweede beslissing die de doña in het verkeerde keelgat schoot, plus de slordige manier waarop die werd uitgevoerd. Ze was de laatste erfgenaam van een familie die altijd verbonden was geweest met dat land en ze voelde dat als een historische verant- woordelijkheid die ze op haar schouders torste, als je dat zo kunt zeggen, in de terminologie van de Partij. Het verhaal gaat dat ze zelfs het aanzienlijke bedrag afsloeg dat men haar aanbood toen ze merkten hoe koppig en vastbesloten ze was, een bedrag dat overeenkwam met de werkelijke waarde van het land dat haar was afgenomen. Er speelde namelijk nog iets anders in dat conflict. Ken je El Paternóster?'

'Ja', antwoordde Cupido. Het waren de overblijfselen van het dorpje waaraan het park zijn naam had ontleend. Het water had het grotendeels opgeslokt en er was nog maar een klein schiereiland van over: een heuvel met een oud kerkhofje erop, dat de mensen slechts één dag per jaar, op Allerzielen, mochten bezoeken.

'Het dorp had indertijd nog maar weinig inwoners, de meeste waren al in de jaren zestig weggetrokken. De overblijvers werden naar Breda gedeporteerd, om daar het geïrrigeerde land te bewerken dat hun in eigendom was gegeven. Doña Victoria was weduwe, al wat ouder, maar rijk en aantrekkelijk, een goede partij die heel wat mannen maar al te graag zouden binnenhalen. Maar de doña is een bijzondere vrouw. Op die begraafplaats rusten de stoffelijke overschotten van haar echtgenoot, die kort na hun trouwen is overleden, en dat van haar zoontje, dat is gestorven voordat het een jaar oud was. Haar enige kind. Aan de ene kant was er de wet, die voorschrijft dat een graf niet gelicht mag worden voordat er een aantal jaren – ik weet niet hoeveel – verstreken is. Aan de andere kant had Madrid haast om het jachtgebied voor de generaal in orde te hebben. Iedereen wist dat het een van zijn laatste grillen was, vandaar dat ze alles vlot moesten organiseren: zijn galgenmaal als het ware. Met ieder jaar dat verstreek werd zijn schot slechter, beefde zijn hand meer; men moest voor steeds grotere stukken wild zorgen, en die steeds dichter op zijn neus zetten. Ze konden domweg niet langer wachten, er moest een hek om het reservaat komen. Maar doña Victoria was niet van plan om haar bezoekjes aan de graven van haar echtgenoot en haar kind op te geven, en ook niet om toe te staan dat de laarzen van de militairen eroverheen stampten. Zo op het eerste gezicht had het iets macabers, haar wekelijkse gang naar het kerkhof. Ze ging iedere zondag bloemen op de graven leggen en bleef dan even bij hen, zachtjes in zichzelf pratend.'

'Macaber en ontroerend', zei Cupido. Hij herinnerde zich niet haar ooit in iets anders dan in het zwart gezien te hebben, haar kin omhoog, met antieke, glanzende gouden sieraden om haar hals en in haar oren, die de rouw van haar kleren nog benadrukten.

'Ja, vijfentwintig jaar geleden was het misschien ontroerend. Dat soort dingen komt tegenwoordig niet meer voor. Weduwen blijven niet lang weduwe vandaag de dag. Maar goed, de doña spande een proces aan tegen het ministerie, om de tweede onteigening ongedaan gemaakt te krijgen. Men zei dat tijdens de procedure, behalve dat er een ernstige vormfout werd gemaakt, de juiste termijn voor de uitwinning niet in acht was genomen en dat zij uiterst handig gebruik heeft gemaakt van die fout van het ministerie – waar men er vast en zeker van uitging de gebruikelijke verdeel-en-heerstactiek te kunnen toepassen, en bovendien onderdanig gedrag gewend was van mensen met wie ze in conflict waren – om tijd te rekken in haar zaak, die zich voortsleepte van rechtbank naar rechtbank, waardoor uiteindelijk alle mogelijke tijdslimieten overschreden werden. In Madrid hoopte men waarschijnlijk dat ze er genoeg van zou krijgen, en zou opgeven. Of dat ze dood zou gaan. Maar de doña was niet van plan te sterven. Integendeel, ze wist dat Franco dertig jaar ouder was dan zij. Daar was ze zeker van, want ze had hem persoonlijk een kop koffie geserveerd tijdens zijn eerste, korte verblijf in Breda, in het begin van de burgeroorlog, toen hij onderweg was naar Salamanca. Ze was als jong meisje lid van de Falange geweest en zij was met nog een paar meisjes uitverkoren om hem tijdens dat bliksembezoekje te bedienen. Ik heb er een foto van gezien. Als er niets bijzonders gebeurde, zou hij eerder aan de beurt zijn dan zij. En ze moet geweten hebben dat zonder hem de dictatuur met al haar verordeningen zou vallen als overrijp fruit. Er gingen al heel wat stemmen op tegen het bewind, waaronder, en dit terzijde, de onze, die van de Partij, het krachtigst klonk. Terwijl haar zaak muurvast zat, bereidde doña Victoria zich geduldig voor op haar wraak. Ze wist dat er tussen de gedeporteerde bewoners van El Paternóster een weeskind zat, een jongetje van zo'n jaar of acht, tien, dat op school opviel door zijn superieure intelligentie. Op zijn vierde las hij de oude mensen van het dorp de krant al voor, en op zijn zevende gaf hij les aan jongens die tweemaal zo oud waren als hij. Ze praatte met zijn familie en bood aan de jongen onder haar hoede te nemen. Ze stuurde hem naar een school in Madrid, naar zo'n dure, prestigieuze school; de helft van de leden van ons huidige parlement is daar opgeleid. Ze was zich er toen al van bewust dat haar een lange strijd te wachten stond, en dat ze de beste wapens nodig zou hebben die er maar bestonden, als ze niet wilde verliezen.'

'Een verbazingwekkende berekendheid voor zo'n langdurend project', zei Cupido.

'Maar ze had wel gelijk', antwoordde Alkalino, terwijl hij een hand op zijn arm legde, zelf ook volledig in de ban van zijn verhaal. 'Wat de doña had voorspeld kwam woord voor woord uit. Franco stierf korte tijd later, de dictatuur viel, en in een referendum stemde het volk voor democratie. Maar in haar proces was zo'n tien jaar nadat het was aangespannen nog steeds geen definitieve uitspraak, het ging van rechter naar rechter in de hoop dat de nieuwe wetgeving een uitweg zou bieden uit de impasse. Niet zo verwonderlijk in dit land, als je bedenkt dat het ook jaren heeft geduurd voordat er een uitspraak was over het schandaal met de giftige koolzaadolie en dat van de damdoorbraak van Tous.'

'De Rumasa-corruptiezaak staat nog steeds open', voegde Cupido eraan toe.

'In de tussentijd had de jongen die ze onder haar hoede had genomen rechten gestudeerd. Er heeft nog een foto van hem in de lokale krant gestaan omdat hij als beste van zijn jaar was geslaagd, en bovendien de jongste was. Hij had in zijn werk en zijn leven slechts één doel voor ogen: ervoor te zorgen dat de oude dame haar onteigende land terugkreeg, plus het stukje land waar de beenderen van haar geliefden rustten. Nu ze haar bezetenheid op hem had overgebracht kon zij na zoveel onzekere jaren rusten. Ik ben niet op de hoogte van alle juridische bijzonderheden van deze geschiedenis, maar ik weet dat toen de democratie van kracht werd, eerder genomen besluiten zijn teruggedraaid, een aantal tenminste: onder het mom van zand erover en met een schone lei beginnen. Doña Victoria, nu bijgestaan door haar nieuwe, briljante advocaat, hij heet overigens Octavio Expósito, moet geloofd hebben dat het verder een fluitje van een cent zou zijn: ze zouden alles wat ze haar illegaal hadden afgenomen, teruggeven. Ze was blij dat ze zo lang had volgehouden. Dit keer vergiste ze zich echter. Haar zaak zat na twee à drie jaar nog steeds muurvast, tot de regering een aantal bestuurlijke taken, waaronder milieuzaken, overdroeg aan de autonome regio's. In Madrid moeten ze opgelucht adem hebben gehaald toen die hete aardappel die maar niet wilde afkoelen van hun bordje was. Enfin, toen puntje bij paaltje kwam moet de doña ontdekt hebben dat de nieuwe politici opvattingen koesterden die haar maar al te zeer aan het verleden deden denken. Toen wierp ze zich voluit in de strijd, onbevreesd en openlijk. Ze ging het reservaat in wanneer het maar bij haar opkwam, zonder dat de parkwachters, die normaal gesproken streng tegen indringers optreden, haar ook maar een strobreed in de weg durfden te leggen; ze hadden diep ontzag voor de vrouw, die altijd een bos bloemen bij zich droeg om op een van de oude graven te leggen, en die hun haar oude eigendomspapieren toonde, die nooit definitief ongeldig verklaard waren.'

'Ik herinner me haar uit die tijd', zei Cupido. 'We waren bezig met een documentaire, een amateurfilm over het reservaat, met de rotsschilderingen en opnamen van de fauna. Toen we er rondzwierven op zoek naar geschikte locaties, stond ze samen met een van haar werknemers ineens voor onze neus. Ze vroeg wat we daar

aan het doen waren en hield ons voor dat we háár om toestemming hadden moeten vragen, en niet de autoriteiten van de
autonome regio. Later, toen haar duidelijk was dat we haar autoriteit erkenden, was ze uiterst vriendelijk tegen ons.'

'Dan weet je vast ook nog wel dat ze toen ze eenmaal doorhad
dat ze door de democratisch gekozen regering precies hetzelfde
werd behandeld als tijdens de dictatuur, ze een van de jeeps van de
parkwachters in brand heeft gestoken. Niemand heeft haar een
lucifer zien aansteken, maar iedereen wist dat het haar werk was.
En eindelijk, nog geen jaar geleden, heeft de Hoge Raad een
uitspraak gedaan: het Hof verklaarde de definitieve onteigening
rechtsgeldig. Dit had tot gevolg dat doña Victoria niet meer vrij
kon rondzwerven over haar land, zoals ze tot dan toe had gedaan.
Al haar inspanningen, de rechtskennis van Expósito, alles was
tevergeefs geweest. Na een strijd van twintig jaar leken ze definitief
verslagen. Maar nog gaven ze zich niet gewonnen, en ze gingen in
beroep bij het Europese Gerechtshof in Luxemburg. Die uiteindelijke uitspraak moet nu zo'n beetje komen.'

'Maar wat heeft de moord op het meisje daarmee te maken?'
vroeg Cupido, hoewel hij al wel vermoedde wat het antwoord zou
zijn.

'Sinds de uitspraak van de Hoge Raad heeft men vaart gezet
met de verdere ontwikkeling van het park. Door alle procedures
kon men tot dan toe lang niet alle mogelijkheden van het reservaat
uitbuiten. Er werd meteen een nieuw toeristisch project op poten
gezet: er kwamen ruiterpaden en wandelroutes door gebieden
waar je voorheen niet mocht komen, men stelde plekken van
minder ecologisch belang open voor het publiek en richtte nieuwe
observatieposten in, waar bezoekers de roofvogels en de herten
konden bekijken. Er was een nieuw type toerisme ontstaan, met
veel aandacht voor ecologie en natuur, en men rook geld. Het
park is zo mooi en het heeft zoveel interessants te bieden dat de
bezoekersaantallen met de week toenemen. Het fotograferen van
de herten, de zonsondergangen boven het stuwmeer, de graven op

het verlaten kerkhof, ze vinden het allemaal even schitterend', zei hij met een gebaar van minachting. 'Het meisje schijnt op een van die wandelroutes te zijn vermoord. Geloof jij dat doña Victoria een traan om haar dood zal laten als die de invasie van mensen indamt in een gebied dat ze altijd als haar eigendom is blijven beschouwen?'

'Nee, vast niet. Maar ik zie haar ook niet in staat een opdracht tot moord te geven.'

Alkalino maakte een meewarige hoofdbeweging, alsof hij van tevoren al had geweten dat Cupido dat zou gaan zeggen.

'Jullie jongelui van tegenwoordig hebben geen fantasie', mopperde hij. Maar hij was helemaal niet zo oud, net zomin als Cupido zo jong was. Ze scheelden niet meer dan een jaar of zes, acht.

'Misschien heb je gelijk.'

'Dat heb ik, dat heb ik. De tijd zal het leren', besloot hij en hij sloeg de rest van zijn cognac achterover.

De privé-detective bedacht dat als Alkalino zo bleef drinken, zijn lever het niet lang zou uithouden. Hij betaalde hun consumpties terwijl hij keek hoe de ander naar de speeltafel terugkeerde.

4

Hoewel Cupido de luitenant had gezegd dat hij de volgende dag al naar Madrid zou gaan, besloot hij de reis nog vierentwintig uur uit te stellen om eerst in Breda wat meer informatie te kunnen vergaren. Hij had met Gallardo en met Alkalino gesproken, maar die hadden het vermoorde meisje geen van beiden persoonlijk gekend.

De volgende morgen – niet al te vroeg, want zoals gewoonlijk had hij uitgeslapen – begaf hij zich naar het Europahotel, waar de meeste reizigers die het park wilden bezoeken hun intrek namen. Het hotel was aangesloten bij een reisorganisatie die gespecialiseerd was in ruraal toerisme, en via hun vestigingen konden mensen eenvoudig overal vandaan boeken.

Het was een voormalig paleis dat tot hotel was verbouwd. Hij reed door de grote poort in de muur met de kantelen die het hele plein voor het gebouw omsloot, en parkeerde recht voor de ingang. Hij had nog precies in zijn hoofd hoe het eruitzag, en toch kon hij het niet laten om even bewonderend naar het wapenschild van de familie De las Hoces te kijken, dat vijf eeuwen daarvoor in het graniet boven de deur was gebeiteld: twee dreigende sikkels boven een korenhalm, vastgehouden door twee sterke handen.

Het gebouw had drie verdiepingen, en met de tralies voor de ramen en de kantelen in de stijl van Córdoba leek het op een fort. Boven het schild in het midden van de voorgevel was het centrale balkon, met daarachter de beste suite van het hotel. De huidige eigenaar, die dezelfde, al vijf eeuwen oude familienaam droeg, had een internationale hotelketen het recht gegeven het dertig jaar lang te exploiteren. Het waren niet de wat magere huuropbrengsten die hem hiertoe hadden gebracht, als wel de belofte van zijn huurder om het grondig te restaureren. Het was de enige manier waarop hij het historische gebouw in stand kon houden, want het viel onder de monumentenwet, iets waar toeristen meer plezier aan beleven dan de eigenaars zelf, want aangezien restauratie over het algemeen duurder is dan sloop en herbouw hebben die gewoonlijk niet genoeg geld om hun huizen op te knappen.

De nieuwe huurder had de stenen muren gereinigd en de door vocht aangetaste stukken weggehakt en vervangen, de roest van al het smeedijzerwerk verwijderd en een nieuw walmdak op het gebouw gezet dat een exacte kopie was van het origineel, met vier vlakken om het water af te voeren. Het merkwaardige echter was dat naarmate het gebouw meer en meer werd ontdaan van zijn oude patina van verval, het zijn oorspronkelijke karakter kwijt leek te raken: het paleis werd weggerukt uit de geschiedenis en verplaatst naar een nieuwe tijd, die het gretig opnam, als de leden van een nouveaux riches-familie die de laatste, geruïneerde telg van een nobel geslacht verrukt ontvangen om hun maatschappelijk aanzien wat op te vijzelen. Met enige weemoed dacht Cupido terug aan de prachtige, met mos overgroeide verwilderde Italiaanse tuin, waar het witte, tere marmer van een naakte Andromeda had geglansd, met kogelgaten in haar borsten en in haar geslacht. Hij vroeg zich af waar ze gebleven zou zijn, nu er een protserig zwembad voor die tuin in de plaats was gekomen.

Toen hij voor de balie van de receptie stond, werd hij begroet door een piepjong meisje met een kunstmatige glimlach: 'Goedemorgen, mijnheer.'

'Goedemorgen. Ik zou graag met de manager willen spreken. Ricardo Cupido is mijn naam.'

Het meisje belde via de binnenlijn en een paar seconden later verscheen Teo, José Teodoro Monteserín.

'Ik kan wel raden wat jou hier brengt', zei hij, terwijl ze elkaar de hand schudden. Ze waren sinds hun kindertijd bevriend, maar hadden zulk verschillend werk en zo'n ander leven dat ze uiteen waren gegroeid. Cupido had vanwege tabakssmokkel een tijd in de gevangenis gezeten en Teo had het tot manager van het beste hotel van de stad weten te schoppen, gevestigd in het oudste stenen huis van de streek. Maar als jongens waren ze vaak samen over de kantelen van de muur geklommen, als ze daar hadden afgesproken met een Nederlandse vrouw, de vrouw die een man van hen had gemaakt. 'Om te praten over dat meisje dat in het bos is vermoord.'

'Juist.'

'Ik weet nog precies wat ik de luitenant heb geantwoord. Brand dus maar los. Wil je misschien ondertussen iets drinken?' vroeg hij en hij wees naar de bar.

'Ja, graag, koffie.'

'Prima.'

Ze installeerden zich in diepe, brede fauteuils, onder het hoge plafond met de houten draagbalken, naast een raam dat uitzicht gaf op het groenblauwe water van het zwembad, met daarachter een steunmuur met nissen voor beelden, die tegenwoordig leeg waren.

'De luitenant is ook al geweest. Hij heeft mij en iedereen die die dag dienst had verhoord', zei hij toen de ober weer weg was. 'Op de receptie zat overigens hetzelfde meisje dat je net hebt gezien. Wil je dat ik haar roep?'

'Misschien later. Ik wil eerst van jou horen wat je over het slachtoffer weet, alles.'

'Ze was erg op zichzelf. Ze heeft hier meerdere malen gelogeerd. De eerste keer dat haar naam in het register voorkomt is twee jaar geleden, een paar maanden na de opening. Ze kwam gewoonlijk op weekeinden of vrije dagen, en vroeg altijd een eenpersoonskamer. Ze heeft maar twee keer een tweepersoons geboekt, toen ze iemand bij zich had, haar vriend waarschijnlijk. Maar van hem hebben we geen gegevens genoteerd, omdat zij een soort vaste klant was', legde hij uit. Hij liet zijn lege handen zien en zei als afsluiting: 'Niemand herinnert zich iets bijzonders over haar, behalve dat ze sympathiek was, en heel knap. Een beetje triest misschien, dat wel.'

'Afgelopen weekeinde, wanneer is ze aangekomen?'

'Vrijdagavond laat. Het was al middernacht.'

'Heeft ze nog een bericht ontvangen?'

'Geen geschreven bericht, maar de receptioniste herinnert zich wel twee telefoontjes. Een mannenstem.'

'Wanneer?'

'Zaterdagmorgen, voordat ze vertrok.'

'Verder niets?'

'Nee, verder niets. Ze weet nog dat het een man was, maar ze herkende zijn stem niet en weet ook niet meer hoe lang het gesprek heeft geduurd. Als gasten van buiten worden gebeld, hangen ze zelf op. Ze hoeven niet naar de receptie terug te schakelen.'

'Hoe laat is ze die morgen vertrokken?'

'Om negen uur. Ze had een wake-up call gevraagd om acht uur. Om negen uur zagen de kok en zijn assistent haar weggaan. Zij kwamen net aan, ze beginnen om die tijd. Hun verhaal klopt met wat de receptioniste vertelt. Wil je haar nu spreken?' vroeg hij.

'Ja, alsjeblieft.'

Hij stond op en kwam binnen een minuut met het meisje terug. Teo bood haar een stoel aan, maar ze bleef liever staan.

'Was ze alleen?' vroeg de detective.

'Ja. Ze gaf me haar sleutel om op het bord te hangen.'

'U hebt niet gezien of iemand haar volgde, toen meteen of een paar minuten later?'

'Nee, tenminste, zeker niet meteen. Ik denk dat het me zou zijn opgevallen, want ik vroeg me nog af of ze het niet eng vond om zo in haar eentje de bergen in te trekken.'

'Hoe wist u dat ze ging wandelen?'

'Vanwege haar kleren, en ook omdat er een lunchpakket voor haar klaarstond, dat heb ik haar zelf nog gegeven', antwoordde ze stellig. 'Ze had bergschoenen aan en droeg een kleine rugzak, waar ze de picknick van het hotel in stopte.'

'Onze gasten kunnen een koude lunch bestellen om mee te nemen op hun wandelingen', zei Teo als toelichting. 'Ze hoeven het alleen de avond van tevoren op te geven, en dan staat het pakket de volgende morgen als ze vertrekken bij de receptie klaar.'

'Hebt u gezien of ze iets op haar kleding droeg?'

'Wat bedoelt u?'

'Een button of iets dergelijks?'

'Nee, dat geloof ik niet, tenminste niet dat ik me kan herinneren.'

De detective kreeg precies het soort antwoorden waar hij bang voor was geweest. Hij had ook niet verwacht dat zijn gang naar het hotel veel nuttigs zou opleveren, maar hij moest alle mogelijkheden nagaan, want in het verleden was het hem meermalen overkomen dat portiers en conciërges met feiten kwamen die de cliënten die hem betaalden zelf niet hadden kunnen vertellen.

Teo maakte een gebaar naar de receptioniste, en zij liep weer terug naar haar plekje achter de balie.

'Wie is je opdrachtgever?'

'De vriend van het meisje. Hij wil dat ik de moordenaar vind.'

Met opgetrokken wenkbrauwen slaakte de manager een diepe, pessimistische zucht.

'Dat zal je niet meevallen, volgens mij is het de daad van een maniak. Ik herkende het meisje meteen toen de luitenant me de foto op haar identiteitsbewijs liet zien. Zelfs als ik haar maar één keer had ontmoet, zou ik haar nog meteen herkennen. Ze was veel te aantrekkelijk om er zo helemaal alleen op uit te trekken. Maar je moet wel krankzinnig zijn om een vrouw als zij te willen ombrengen. Het is dat die vriend je al in dienst heeft genomen, anders had ik het zelf gedaan. Het is niet goed voor de zaken, deze moord, het begint allemaal net een beetje te lopen', zei hij, naar het schitterende landschap wijzend dat hen omringde.

Cupido begreep nu waarom hij zijn vragen met zoveel bereidwilligheid had beantwoord. Het hotel was opgezet vanwege de toeristische mogelijkheden van de streek en als het bij de reis-organisaties bekend werd dat er een moordenaar vrij rondliep in het park, zou het bij gebrek aan klandizie moeten sluiten. Hij dacht aan doña Victoria en ook de woorden van Alkalino bleven in zijn hoofd rondspoken.

'Je kunt ons altijd bellen, we zullen alles doen wat in onze mogelijkheden ligt om je te helpen', zei Teo nog.

'Dankjewel.'

'Succes!'

Het eerste wat je zag als je op de basispost van het park kwam was de van boomstammen gemaakte brandtoren, die met zijn hoogte van vijftien meter de hele omgeving domineerde en ruim uitstak boven de daken van de gebouwen en de boomtoppen. Aan de voet van de toren stonden schuren voor de voertuigen van de parkwachters en de tankwagens van de brandweer, een opslag-plaats voor gereedschap, en een klein gebouwtje dat soms als kantoor dienstdeed, hoewel het hoofdkantoor zich in Breda be-vond. Een klein stukje verder had je het waterreservoir waar de helikopters in noodgevallen water konden innemen, de heliport, sinds tien dagen zonder helikopter, en de drie huizen die de directie van het park ter beschikking stelde aan werknemers die daar wilden wonen. Er was er maar één bezet, dat van Molina, de wachter die op de dag van de moord in het desbetreffende gedeelte van El Paternóster dienst had gehad. De overige werk-nemers woonden in Breda, hoewel dat ze daarmee afzagen van gratis huisvesting en ze iedere dag naar hun werk moesten rijden. Zij prefereerden het leven in de stad boven het isolement van het park; het grootste gedeelte van het jaar tenminste, op het jacht-seizoen na, als er op donderdag en tijdens het weekeinde gejaagd mocht worden.

Op het geluid van de auto kwam een vrouw het huis uit, met een baby op de arm en een kind van een jaar of vier, vijf vlak achter haar. Cupido vroeg zich af of het niet al de leeftijd had om naar school te gaan. Zonder naar hem toe te komen keek de vrouw met een nerveus soort nieuwsgierigheid hoe hij uit zijn auto stapte, alsof ze had geweten dat er iemand zou komen, maar niet wie en waarom.

'Ik ben op zoek naar Molina, de parkwachter. Ik heb gehoord dat hij hier woont.'

'Ik ben zijn vrouw. Hij komt er zo aan.'

De detective keek naar haar terwijl ze wachtten. Ze was misschien pas een jaar of vijfentwintig, maar omdat ze er een beetje vies en onverzorgd uitzag leek ze ouder. Haar halflange haar had die trieste strokleur die eigenlijk nauwelijks echt een kleur te noemen is en achter de pieken die over haar voorhoofd vielen verborg ze de onderdanige, wantrouwige blik van iemand die alle vertrouwen is verloren, zowel in de buitenwereld als in zichzelf. Ze droeg een slonzige, bruine lange broek en een mannenshirt dat vast niet voor haarzelf was gekocht, want de mouwen waren veel te lang. Ondanks haar uiterlijk had ze blijkbaar geen enkele poging gedaan om haar haren nog wat te ordenen of haar kleren recht te trekken toen ze een bezoeker aan had zien komen, alsof ze eraan was gewend een slechte indruk te maken en zich al lang geleden in die rol had geschikt.

Molina verscheen in de deuropening. Zijn haar was vochtig en zojuist gekamd. De detective vermoedde dat hij net zijn siësta had gehouden en waarschijnlijk was opgestaan toen hij het geluid van de auto hoorde. Zoals ze daar naast elkaar stonden werd het contrast met zijn vrouw nog groter. Cupido herinnerde zich hem wel eens in de stad te hebben gezien. Hij nam het donkere, verweerde gezicht aandachtig op, het hoofd dat te klein leek in verhouding tot het lichaam, de dikke bos donker haar met een enkele grijze lok aan de slapen, de slanke gestalte. De man had iets zigeunerachtigs, iets elegants in de manier waarop hij zijn kaplaarzen en zijn zwarte pilo broek droeg, die hij prefereerde boven het vaalgroene uniform waarin de andere parkwachters gekleed gingen. Hij leek een jaar of veertig, beduidend ouder dus dan zijn vrouw, maar hij was het type man dat op zijn veertigste steviger en sterker is dan met vijfentwintig.

Molina liep op de detective af. Hij was zich bewust van de reden van diens bezoek.

'Wat wilt u?' vroeg hij.

'Ik zou u graag een paar vragen stellen.'

'Waarover?' vroeg de man, zonder een poging te doen zijn wantrouwen te verbergen. Hij was lang en donker en het gebaar waarmee hij zijn hoofd naar achteren gooide deed uitdagend aan.

'Over de dag dat het meisje werd vermoord.'

'Politie?'

'Nee.'

'Journalist', concludeerde hij.

'Nee, ik ben privé-detective.'

Ditmaal nam Molina hem met meer nieuwsgierigheid op, over die onvoorziene mogelijkheid moest hij even nadenken.

'Ga maar naar de guardia civil. Die heb ik alles verteld wat ik wist.'

'Dat heb ik al gedaan. Ze zeiden dat u de enige was die die morgen in dat deel van het park dienst had om te controleren of er geen onbevoegden binnenkwamen en of niemand zich buiten de voor kamperen en wandelen aangewezen gebieden begaf.'

De parkwachter keek hem strak aan en vroeg zich af wat de guardia civil hem nog meer zou hebben verteld en in hoeverre de luitenant en de detective samenwerkten, gezien de informatie die de laatste kreeg doorgespeeld.

'Tweeduizend hectare is een groot gebied, te groot om iedereen die komt of gaat in de gaten te kunnen houden', antwoordde hij snel, alsof het een uit het hoofd geleerd antwoord was dat hem al vaker van pas was gekomen.

Cupido begreep dat hij op deze manier niet veel verder zou komen. Molina was een achterdochtig type, sluw en voorzichtig, en gewend om informatie achter te houden. Hij moest hem duidelijk zien te maken dat er met hem niet te spotten viel.

'U kende dat meisje', zei hij en hij zag dat de wachter gespannen op zijn woorden reageerde en dat ook de vrouw verrast opkeek.

'Wie heeft u dat verteld?' vroeg hij. Hij leek onaangedaan, maar de detective zag dat het hem was gelukt de man uit zijn evenwicht te krijgen.

'Marcos Anglada, de vriend van het meisje.'

'Werkt u voor hem?'

'Ja.'

'Het klopt dat ik haar heb gekend', zei hij, alsof de wetenschap dat Anglada de opdrachtgever was hem geruststelde. 'Ik ben haar een paar keer tegen het lijf gelopen.'

'Wanneer?'

'De eerste keer was toen het kampvuurtje dat zij en die vriend hadden aangelegd uit de hand liep. Een andere keer moest ik als gids met haar mee, om haar naar plekken te brengen die ze wilde schilderen; net zoals wanneer ik jagers naar een schuilhut moet leiden, alleen was zij niet van plan iets te schieten. Ze had toestemming van de directie.'

'Hebt u haar zaterdag gezien?'

'Nee. Daar was ook weinig kans op, omdat ze zich op het moment van de moord nog in het gebied bevond dat vrij toegankelijk is en daar is minder toezicht. Verder valt het niet mee om in het park iemand te traceren die te voet is en alleen.'

'Bent u daar die morgen nog op enig moment in de buurt geweest?'

'Nee', herhaalde hij, en er klonk irritatie in zijn stem door. 'Die morgen heb ik een andere route genomen.'

'Bent u iemand tegengekomen? Iemand in een auto?'

'Ik heb u al gezegd dat ik niemand heb gezien.'

De parkwachter keek met een demonstratief gebaar van ongeduld op zijn horloge. Daarna keek hij op in de richting van het bos, alsof daar iemand op hem wachtte en zei: 'Was dat het?'

'Voorlopig wel, voorlopig heb ik geen vragen meer. Tot ziens', voegde hij er nog aan toe, waarbij hij zich ook tot de vrouw richtte.

Op de terugweg vroeg hij zich af of Molina het meisje gedood zou kunnen hebben en het verbaasde hem niet van zichzelf dat hij hem inderdaad tot moord in staat achtte. Hoewel hij eerder de indruk maakte een type te zijn voor het kleine werk, diefstallen en steekpenningen bijvoorbeeld, leek hij hard genoeg om verder te gaan als dat niet anders kon. Cupido's ervaring was dat het vermogen tot moorden net zo goed voortkomt uit een bepaalde geestesgesteldheid als uit bepaalde omstandigheden. Molina leek hem uitermate geschikt voor de oorlog: hij zou wat je noemt een modelsoldaat kunnen zijn als hij kon doden met een bepaald excuus of onder een banier. Maar er was iets in de dood van het meisje wat niet klopte met het beeld dat hij zich zo langzamerhand van de man vormde: als hij de dader was geweest, zou hij zijn slachtoffer vast verkracht hebben voordat hij haar vermoordde. Voor vrouwen die op viriliteit vielen moest Molina een aantrekkelijke man zijn, maar niet voor dit meisje uit de grote stad, daar twijfelde hij niet aan, gezien het idee dat hij inmiddels van Gloria had: een jonge, knappe, onafhankelijke vrouw, die meer prijs stelt op tederheid dan op hardheid, meer op geduld dan op heftigheid.

De vrouw in het zwart had hem gezegd waar hij haar man kon vinden: op een kleine boerderij met een moestuin en olijfbomen, drie kilometer buiten Breda, halverwege de stad en het park. Terwijl hij erheen reed realiseerde hij zich dat het wel eens een lastig gesprek kon worden. Hij had informatie nodig, maar kon de oude man niet zo aanpakken als de guardia civil, met een systematische ondervraging: 'Wat deed u die dag, op dat uur?' 'Wat voor soort relatie had u met haar?' 'Wanneer hebt u haar voor het laatst gezien?' 'Kent u mensen die haar zouden willen vermoorden...?' Hij kende Clotario al twintig jaar, sinds zijn kindertijd. Hij had hem zo vaak zien langskomen over de oude weg door de gemeenschappelijke weidegronden, op het makke, oude muildier dat onder de akelige plekken zat, hetzelfde muildier dat hem had gedragen op die tocht waar hij zijn trots was kwijtgeraakt. Clotario had in zijn jeugd in het Legioen gediend, maar hij had het daar niet ver geschopt en hij was naar Breda teruggekeerd om een kroeg te beginnen en zijn niet al te vruchtbare lap grond te bebouwen, in een tijd dat de ontvolking van het platteland al volop aan de gang was. In die periode stond hij bekend om zijn wetskennis, hij was een heftig, trots man, die graag opschepte over zijn reizen en zijn talenkennis. Hij sprak een paar woordjes gebroken Frans. Iedereen noemde hem 'don Notario', maar hij vatte die spottende ondertoon nooit. Gloria's vader was zijn jongere broer, die ook militair was, maar met meer succes. Hij had als vrijwilliger dienstgedaan in de Spaanse luchtmacht, want toen al was hij slim genoeg geweest om te voorzien welk legeronderdeel later in de eeuw onder invloed van de technische vooruitgang in belang zou toenemen en welke andere onderdelen gedoemd waren minder belangrijk te worden of zelfs helemaal te verdwijnen. Hoewel hij het tot gezagvoerder had geschopt, ging in Breda het verhaal dat iedereen die met hem moest vliegen daar doodsbenauwd voor was en dat het onbegrijpelijk was dat hij een vliegtuig in de lucht wist te houden en te landen zonder zichzelf of zijn machine te vernietigen. Een rekruut die in dezelfde eenheid als Clotario's broer had gediend, had Cupido jaren geleden het verhaal verteld dat de man ooit de fantastische eigenschappen en de geavanceerde technologie van een bepaald tweepersoons gevechtsvliegtuig had moeten demonstreren aan een hoge militair uit een Arabisch land. Hij drukte per ongeluk op een verkeerde knop en zijn doodsbange copiloot werd met stoel en al gelanceerd. Hij had het alleen maar kunnen overleven doordat zijn parachute automatisch openging. Maar of die verhalen nu op waarheid berustten of niet, hij was hoog gestegen in de militaire hiërarchie. En zo was ook in deze familie de paradoxale situatie ontstaan die je wel vaker ziet, waarbij van twee broers die allebei dezelfde opvoeding en dezelfde kansen hebben, de ene rechtstreeks op het succes afstevent, en de ander voorbestemd lijkt te mislukken.

Clotario's arrogantie was omgeslagen in berusting na die treurige geschiedenis met Rosario, zijn jongste dochter. De detective glimlachte weemoedig toen hij aan haar dacht. Dat jaar, hun laatste schooljaar, waren alle jongens verliefd op haar geweest. Nu was een nichtje van haar vermoord, maar Gloria had hij nooit gekend. Hij vroeg zich af of zij Rosario's glimlach had gehad, of ze ook zo knap was geweest en dezelfde aantrekkingskracht op mannen had uitgeoefend. Ze draaiden om haar heen als vogels om een klokkentoren. Rosario was er die zomer vandoor gegaan met een stierenvechter die tijdens de jaarlijkse stadsfeesten in Breda was opgedoken. Sinds die tijd was Clotario zijn aanzien en zijn trots kwijt, hij had het café gesloten en was gevlucht in een vernederde, bittere stilte. Wie weet had hij Breda toen liever verlaten, om te vertrekken naar de grote stad waar niemand hem kende en waar hij een broer had die in de luchtmacht gestaag hogerop klom. Maar dat deed hij niet en waarschijnlijk is toen zijn wrok ontstaan, want afgunst loopt uiteindelijk altijd uit op wrok. De ene broer die successen viert terwijl de andere is mislukt. De ene broer die een hoge vlucht neemt terwijl de andere ertoe is veroordeeld te leven van de miezerige oogst aan groente, graan en olie die zijn land opbrengt; onderworpen aan zijn onvruchtbare land, dat hem nooit rust zal gunnen. En terwijl de rest van de wereld al begon te rekenen in hectaren en tonnen, bleef Clotario produceren in morgens en schepels, vasthoudend aan anachronistische landbouwmethoden die hij nooit zou veranderen. 's Nachts ging hij heimelijk op jacht, met de oude buks die hij nog uit Afrika had meegenomen, op de wilde zwijnen die van tijd tot tijd de beschermde omgeving van het park verlieten om op zijn land rond te wroeten. Met de vinger aan de trekker wachtte hij hen in zijn schuilplaats op, niet omdat hij hun vlees wilde of omdat hij van de jacht hield, maar omdat ze de schamele oogst die zijn land hem opleverde vernielden. Marcos Anglada had Cupido gesuggereerd dat Clotario en zijn gezin alle bezittingen van Gloria zouden erven, de flat in Madrid, het atelier, het kleine huisje in Breda, de auto, de schilderijen. Zou Clotario de waarde van dat alles beseffen?

Hij parkeerde de auto naast het hek dat de vrouw hem had aangeduid en liep verder. Voordat hij iemand zag, hoorde hij het ritmische geluid van de speciale bijlen waar olijfbomen mee worden gesnoeid, en uit de frequentie van de slagen leidde hij af dat er twee man aan het werk waren. Hij kon naar hen toe lopen zonder dat ze hem opmerkten en even bleef hij staan kijken hoe ze met krachtige, doeltreffende slagen de takken van de ruwe, grijze, knobbelige bomen terugsnoeiden. Als ze hun bijlen zwaaiden schitterde de zon in het blad, en zoals wel vaker voelde de detective bewondering in zich opkomen voor de handigheid en de kundigheid van boeren, die dergelijke volmaakt effectieve werktuigen wisten te scheppen, zo volledig aangepast aan hun behoeften. Op de achterkant van het brede blad van een sikkel was een bijl gelast die wat kleiner was, maar met een scherper, dunner blad en een steel van zo'n veertig, vijftig centimeter. Het was een vreselijk wapen, dodelijk als dat nodig was, welke kant je er ook van gebruikte. Hij peinsde over het onbehaaglijke gevoel dat sommige aspecten van het boerenleven bij mensen uit de stad opriepen, met name de kille wreedheid die altijd latent aanwezig was in het werk en het gereedschap.

Het was al een tijd geleden dat Cupido hem had gezien, maar hij was niet veel veranderd: nog steeds dezelfde stugge, harde uitdrukking op zijn gezicht, maar zijn huid was gerimpelder en zijn gestalte meer gebogen. Zijn zoon was een jaar of zestien, zeventien, geboren toen zijn ouders eigenlijk geen kind meer verwachtten, en hij leek precies op zijn vader, net zo mager en pezig. Zo samen, terwijl ze de jonge loten wegsnoeiden, ieder werkend aan een eigen boom, maakten ze een indruk van gesynchroniseerde macht, kracht en doelmatigheid. Ze keken gelijktijdig op, en de slagen stopten gelijktijdig. Terwijl Cupido op hen af kwam keken ze hem zonder een sprankje nieuwsgierigheid aan, want ze wisten meteen wat hem daar bracht, waarom hij hen in die olijfboomgaard opzocht.

'Mag ik u een paar vragen stellen?' zei hij tegen de oude man. Het was de tweede keer in twee uur dat hij die woorden uitsprak, en hij vroeg zich af hoe vaak hij ze nog zou moeten herhalen voordat hij de hele waarheid boven tafel had, hoeveel leugens hij nog zou moeten aanhoren.

Clotario knikte met dezelfde berusting waarmee hij twintig jaar geleden met lege handen was teruggekeerd van die vergeefse zoektocht naar zijn weggelopen dochter. Hij had dat als een enorme schande beschouwd, terwijl de jonge mensen van Breda het, zelfs in die tijd al, de zoveelste belachelijke tragedie hadden gevonden, die ze weten aan de voorwereldlijke, verpestende plattelandsmentaliteit waar het hele dorpsleven van doortrokken was.

'Ik heb opdracht om uit te vinden wie uw nicht heeft vermoord', zei Cupido, en hij hoopte maar dat ze zijn woorden niet als een provocatie opvatten maar waardering zouden kunnen opbrengen voor het feit dat hij er eerlijk voor uitkwam. Clotario kende hem immers en wist wat hij deed voor de kost.

'Wie? Die vent die zegt dat hij haar vriend is?' kwam de jongen tussenbeide voordat de vader kon antwoorden.

'Ja', antwoordde Cupido, enigszins verrast door de weerzin en de achterdocht die in die woorden doorklonken, en door de nerveuze, onvolwassen snelheid waarmee hij had gereageerd.

De jongen draaide zich om en begon met nog meer energie op de boom in te hakken. De detective moest zijn stem verheffen om zich verstaanbaar te maken.

'Jullie mogen hem niet?' vroeg hij.

Clotario keek op, er zaten wat houtsplinters in zijn smerige stugge haar, maar opnieuw was het de jongen die als eerste antwoordde: 'Nee, we mogen hem niet. Een rijkeluiszoontje.'

De detective wachtte zwijgend af of de jongen nog meer zou zeggen, maar die hield voorzichtigheidshalve verder zijn mond. Toen kwam hij wat dichter bij de oude man staan.

'Vertel me over Gloria…' vroeg hij hem. Hij realiseerde zich verrast dat het de eerste keer was dat hij haar naam hardop uitsprak en hij had het gevoel door zoiets simpels als het noemen van haar naam dichter bij haar te komen, alsof alles wat hij tot dan toe had gezegd een soort proloog was geweest – noodzakelijk, dat zeker, maar niet productief – die had geleid tot dit moment.

'Er valt niet zoveel te vertellen. We hadden maar weinig contact met haar, alhoewel we elkaar de afgelopen maanden, sinds ze het huis begon op te knappen, wat vaker zagen. Als haar vader en ik het beter met elkaar hadden kunnen vinden, misschien dat we haar dan beter hadden gekend.'

'Had u ruzie met uw broer?'

'We hadden nauwelijks contact. Hij zocht ons soms op als hij in Breda was en met de kerstdagen belde hij. Hij zat in Madrid, en had een goede baan. Onze verwijdering dateert al van heel lang geleden en tegen zijn dochter hadden we niets. Maar haar vader had me kunnen helpen toen hij al in Madrid woonde en ik nog in Afrika zat. Ik had toen wel wat steun kunnen gebruiken. Maar hij heeft niets voor me gedaan', zei hij met ingehouden rancune.

En weer constateerde Cupido hoe lang bij boeren wrok kan doorvreten: mannen in pilo broeken en verslaafd aan de rode wijn, die een kleine belediging tientallen jaren kunnen blijven onthouden, net zoals ze op zolders en vlieringen hun afgedankte werktuigen bewaren waarvan niemand meer enig idee heeft waar ze voor dienen, of van die grote, zwartijzeren sleutels waar je geen deur meer mee open krijgt. In de stad, dacht hij, is alles sneller, daar is het domweg onmogelijk om zoveel dingen te bewaren, en daarom is er dus ook minder ruimte voor zoveel wrok.

'En Gloria?'

'Gloria wilde er niets mee te maken hebben. Met ons heeft ze er nooit over gesproken. Ze bracht ons van tijd tot tijd een bezoekje en dan deed ze haar best om aardig te zijn, maar we hadden elkaar niet veel te vertellen.'

'Gloria was anders', kwam de jongen weer tussenbeide, terwijl hij naar een volgende boom liep. Er klonk bewondering in zijn stem door, merkte de detective verbaasd op. Het leek de stem van een ander. Hij begon de jongen verontrustend te vinden, maar behalve Anglada had verder niemand iets over hem verteld. Hij kon niet eens op zijn naam komen.

'Heeft ze jullie de dag daarvoor opgezocht?'

'De dag daarvoor?'

'De dag voordat ze haar vermoordden.'

'Nee', antwoordde de oude man. 'We hadden er geen idee van dat ze het weekeinde zou komen. Zaterdagochtend waren we hier bezig met hetzelfde werk. We hoorden de volgende dag pas dat ze dood was.'

De vraag of iemand hen om halfelf 's morgens aan het werk had gezien, brandde de detective op de lippen, maar hij besloot die niet te stellen; hij was de luitenant niet.

'Heeft ze u ooit wel eens verteld of ze ergens bang voor was?'

'Nee,' zei Clotario, 'daar heeft ze het met ons nooit over gehad.'

'Degene die haar heeft vermoord moet met haar mee zijn gegaan', zei de jongen. Voor het eerst wierp zijn vader hem een blik toe die hem beval zijn kop te houden.

'Wat bedoel je?'

'Gloria had ook iets met die beeldhouwer, die kerel met het huis aan de rivier. Dat weet iedereen.'

'David!' riep zijn vader uit.

'Vraag het maar aan anderen. Wij weten niets', zei hij nog.

Cupido haalde het papiertje uit zijn zak waarop hij de afbeelding van de button had nagetekend en hield dat de beide mannen voor.

'Hebben jullie deze tekening eerder gezien?'

Vader en zoon keken aandachtig naar het papiertje.

'Nee', antwoordden ze.

Hij stopte het weer in zijn zak, nam afscheid en liep terug naar zijn wagen. Achter zijn rug klonk onmiddellijk het droge geluid van het staal tegen het verwrongen olijfhout weer op.

'U bent Ricardo Cupido, naar ik heb gehoord, en ik heb ook gehoord dat u de dood van dat meisje onderzoekt, en dat u zeer getalenteerd bent.'

'Dat laatste is niet waar', antwoordde Cupido. 'Dat is te veel eer. Zoveel lof wordt alleen de doden toegezwaaid', grapte hij.

Over het gezicht van de oude vrouw speelde een lichte glimlach, die haar lippen nauwelijks bereikte maar wel de rimpels op haar gezicht accentueerde. Heel even vond hij haar ouder lijken dan hij had gedacht toen hij zich naar haar toe boog om haar een hand te geven en hem het kleine ovale, gouden horloge was opgevallen. Ze moest ongeveer zeventig jaar zijn en zelfs zittend, in die diepe stoel met die hoge rug, kon je zien dat ze vroeger een statige vrouw was geweest. Haar bleke gezicht contrasteerde met de donkere bekleding van de stoel, en ze bezat een elegantie waar Cupido geen betere beschrijving voor kon vinden dan 'gedistingeerd'. Ze droeg haar haar, fijn en grijs als spinnenweb, in een chignon, hoog genoeg om haar niet ongenaakbaar te doen lijken. Ze droeg een ketting met bijpassende oorringen: sieraden van oud goud, op een barokke manier bewerkt die niet meer gebruikelijk was. De detective herinnerde zich dat zijn moeder soortgelijke sieraden had gedragen, maar zij had die in het diepst van haar kasten bewaard; de familiejuwelen en de traditionele, zware jurken werden alleen voor heel speciale gelegenheden tevoorschijn gehaald. Doña Victoria echter droeg ze alsof ze die sieraden alle dagen om had en zich niet bekommerde om hun waarde. Ze was in het zwart, maar maakte geen droevige indruk.

'Kan ik u iets aanbieden? Een glaasje port of cognac?'

'Cognac alstublieft.'

'Octavio?'

De man die, na hem met 'Octavio Expósito, aangenaam' te hebben begroet, wat verder weg was gaan zitten, op de achtergrond, stond weer op en begaf zich naar een donkere kast achter in de grote kamer. Hij vulde een glas met cognac en twee kleinere met goud filigrein versierde glazen met port en plaatste die op een dienblad waarop een geborduurde linnen doek lag. Cupido zag doña Victoria's initialen in een van de hoeken. Alles in dat huis, ieder gebruiksvoorwerp, ieder frutseltje, leek waarde op zichzelf te hebben, onafhankelijk waarvoor het diende, van het graniet van de voorgevel tot die kamer met de zo perfect onderhouden, glanzend met bijenwas opgewreven antieke meubels, van de grote hanglamp met de bronzen armen waaraan niet één kristallen druppeltje ontbrak tot de marmeren trap waarvan de detective had horen vertellen dat iedere trede, op een plek die op het eerste gezicht niet te zien was, de naam van een overledene droeg.

Ze wachtten tot hij de cognac naar zijn lippen bracht voordat ze zelf een nipje namen. Nu was Expósito voor het hoge raam gaan zitten en in het licht kon Cupido zien dat hij wondjes op zijn onderlip had, de typerende blaasjes van een koortslipinfectie. Het was het eerste wat hem aan de man opviel, en dat verbaasde hem van zichzelf omdat hij normaal altijd eerst naar de ogen keek van iemand met wie hij sprak; alleen bij dieren die mogelijk gevaarlijk waren keek hij als eerste naar hun bek. Expósito was lang, slank en nogal bleek. Hij droeg een bril met een te zware metalen rand, die hem in combinatie met zijn lichte huid het saaie, droevige uiterlijk gaf van een priesterstudent die geen sociale contacten heeft en aan niets anders denkt dan aan zijn studie.

'Ik veronderstel dat ik al ter sprake ben gekomen als een van de eerste verdachten van de moord op dat meisje', zei doña Victoria nadat ze haar glaasje op de tafel had neergezet.

De detective aarzelde even, een afweging makend of hij zou liegen of niet.

'Niet met die woorden', antwoordde hij.

Weer speelde dezelfde glimlach over doña Victoria's gezicht, alsof ze dat antwoord had verwacht. Tussen de smalle lippen zag je heel even haar tanden glanzen, te wit om echt te zijn.

'U bent ook buitengewoon hoffelijk, en dat hadden ze me niet verteld. Maar ik verzoek u om in dit gesprek eerlijk te zijn, en de waarheid niet uit vriendelijkheid te verbloemen. Ik weet precies hoe het is in deze stad,' zei ze, met een hoofdgebaar naar het raam, 'en ik weet dat de helft van de mensen naar mij wijst. Ze hebben me nooit begrepen. Ze hebben vast gezegd dat ik, gezien alles wat ik tot nu toe al heb durven doen, niet zou terugschrikken voor moord, zeker nu er na twintig jaar eindelijk een eind lijkt te komen aan dit slepende conflict.'

'Een eind?' vroeg Cupido. Hij voelde bewondering voor de trots en de hooghartige vastbeslotenheid van die vrouw die twintig jaar lang tegen twee nationale regeringen had gevochten om te voorkomen dat men haar afnam wat naar haar mening haar rechtmatig eigendom was, voor haar koppige inspanning om de grond te behouden waar ze was geboren en die haar voorouders twintig generaties had gevoed. Misschien, dacht hij, stapelen generaties trots op trots, net zoals ze rijkdom vergaren, en geven ze die door aan hun nakomelingen.

'Ja, een eind', zei ze en ze keek weer in de richting van het raam. Het licht van de middag weerkaatste tegen de witgekalkte muren van de straat, en viel gefilterd door witte vitrage de kamer binnen, het gezicht oplichtend dat de detective van opzij zag. Aan haar gave huid en haar glanzende donkere ogen kon je zien dat ze vroeger een buitengewoon knappe vrouw moest zijn geweest.

'Maar daar in het dorp weten ze het nog niet dat we gaan verliezen', voegde ze eraan toe. 'Twintig jaar, en we verliezen. Als ze het wisten, zouden ze niet met die belachelijke verdachtmakingen komen. Ze hopen dat we verslagen worden, om martelaren van ons te kunnen maken. Zo is het altijd al gegaan. Deze stad verandert nooit.'

'Zegt u dat toch niet,' kwam Expósito tussenbeide, 'het is niet zeker dat dát de uitspraak wordt.'

Hij verhief zich uit zijn stoel en ging naast haar staan. Doña Victoria pakte zijn hand en keek hem liefdevol aan, dankbaar voor zijn vertrouwen.

'We hebben nog nooit eerder zo'n goede kans op een gunstige uitspraak gehad. Het is voor het eerst dat we voor een onpartijdig hof verschijnen. Hebt u verstand van juridische zaken?' vroeg Expósito de detective.

'Nee', antwoordde deze, alhoewel hij zich zijn eigen rechtszaak, die indertijd tot zijn veroordeling had geleid, nog tot in de kleinste details voor de geest kon halen.

'Het Hof van Luxemburg heeft ons hoger beroep iets meer dan een jaar geleden in behandeling genomen, in aanmerking nemend dat de hele procedure die aan de onteigening is voorafgegaan onrechtmatig is geweest. In dit licht bezien zijn alle uitspraken, dus ook de laatste, wettelijk ongeldig, om niet te zeggen misdadig, en is er maar één uitkomst mogelijk', zei hij. Zijn pijnlijke lippen bewogen snel terwijl hij dat juridisch jargon uitsprak.

Doña Victoria luisterde met een treurige glimlach naar zijn woorden, als iemand die weet dat het feit dat je gelijk hebt niet altijd hoeft te betekenen dat je ook wint. Daarna richtte ze zich tot Cupido en vroeg: 'Weet u dat ik uw vader nog heb gekend?'

'Nee, dat wist ik niet', antwoordde hij verbaasd.

'Hij heeft ooit een opdracht voor me uitgevoerd met die prachtige vrachtwagen van hem, die Daf die hij schroefje voor schroefje had opgeknapt. Hij was een geweldig man. En discreet. Ik heb hem indertijd gevraagd er met niemand over te spreken en nu merk ik dat zelfs zijn eigen zoon er niets van weet. Ik ben hem nog altijd dankbaar.'

Cupido zweeg. Nu begreep hij waarom doña Victoria hem had laten komen voordat hij zelf had kunnen proberen om haar te spreken te krijgen.

'Ik heb u hier uitgenodigd om u iets te vertellen waarvan ik vermoed dat u er zelf niet mee durft te komen, zodat u niet overal rond hoeft te vragen of iemand ons die morgen heeft gezien of waar wij waren op het moment dat ze het meisje vermoordden. Ik zal u vertellen wat ons alibi is, zo heet dat toch?'

'Inderdaad.'

'Wat een akelig woord. En zo makkelijk te creëren met slechts een klein leugentje. Wij waren in ons huis in Madrid. Octavio heeft die morgen een paar bloedtesten laten doen in een laboratorium. Dat moet voor u heel makkelijk na te gaan zijn. We bevonden ons dus op een afstand van tweehonderdvijftig kilometer van het park, vandaar dat ik het niet op prijs stel als u nog een keer terugkomt om ons dezelfde vragen te stellen als die luitenant heeft gedaan. Maar voor andere zaken staan de deuren van dit huis voor u altijd open.'

Cupido knikte, maar hij wist dat hij niets kon beloven.

'Het is duidelijk dat de moord op dat meisje ons niet slecht uitkomt, maar we hebben er niets mee te maken', voegde Expósito eraan toe.

De detective dacht bij zichzelf dat dit wel eens waar zou kunnen zijn. Maar de ervaring had hem al lang geleden geleerd dat 'Wie heeft het meeste belang bij de dood van het slachtoffer?' niet altijd de beste vraag was als je de dader wilde vinden. Als je dat deed, en louter uitging van de simpele logica van oorzaak en gevolg, sloot je de irrationaliteit die een moord vaak omgeeft uit. Hij zag Expósito zijn hand in de zak van zijn colbert steken en er een zwartleren portefeuille uit halen.

'Ik ben om ongeveer tien uur met de auto van huis naar het laboratorium gegaan, nuchter. Daar moest ik een kwartiertje wachten voordat ze wat bloed afnamen', legde hij uit, en hij liet een formulier van de kliniek zien met zijn naam en bloedgroep, de afgenomen tests en het tijdstip: tien uur drieënveertig.

'Was u ziek?'

'De week daarvoor voelde ik me niet helemaal lekker. Onze huisarts in Madrid raadde me aan de tests te laten uitvoeren.'

'Hij zag er niet goed uit, hij kon niet eens werken', kwam doña Victoria tussenbeide. 'Maar ik heb moeten aandringen om hem zover te krijgen dat hij naar de dokter ging.'

'Hebt u de resultaten al?'

'Ja. Vanmorgen, ik heb ze vanmorgen afgehaald, voordat ik uit Madrid vertrok. Niets bijzonders, geen virusinfectie. Nadat ik in de kliniek was geweest, heb ik een krantje gekocht en heb ik in een café een stevig ontbijt genomen om bij te komen. Ik schat dat dat een halfuur in beslag heeft genomen, ik weet het niet precies. Daarna heb ik wat boodschappen gedaan die ik met mijn creditcard heb betaald', zei hij, terwijl hij een kassabon van El Corte Inglés liet zien. 'Het is dat de luitenant me zo kort daarop heeft ondervraagd, anders had ik hem vast niet bewaard. Daarna heb ik mijn auto opgehaald en ben ik naar huis gereden. Dat is alles wat ik die ochtend heb gedaan.'

Het klopte allemaal perfect. Hij moest er persoonlijk geweest zijn om het bloed af te laten nemen. Er was voldoende bewijs om aan te nemen dat hij zich op dat tijdstip op een grote afstand had bevonden van de plaats waar het meisje werd vermoord.

'Kende een van u beiden haar?'

'Nee.'

'Nee.'

Hun antwoord klonk tegelijk en hoewel de stem van de advocaat minder vast klonk dan die van de oude dame, werd Cupido bekropen door het vage gevoel dat ze dit antwoord hadden afgesproken. Het was merkwaardig dat die twee woorden zo snel werden uitgesproken, zo perfect synchroon... Het klopte niet, niet in dat huis waar alles langzaam was, iedere stap, het licht dat door de vitrages viel, de bewegingen van het aantrekkelijke dienstmeisje dat hem had binnengelaten, en heel even voelde hij zich door hun gedrag gealarmeerd, had hij het idee dat hij bedrogen werd, dat ze logen.

'Ik geloof niet dat ik verder nog vragen heb', besloot hij en hij stond op.

'U hebt een mooie naam', zei de oude dame, hem recht in de ogen kijkend. 'Ricardo Cupido. Ik had me u anders voorgesteld. U ziet er niet uit als een proleet of een alcoholist, zoals ik me mensen met uw beroep altijd had voorgesteld.'

Cupido moest lachen. Die tijden waren allang voorbij, dat een detective die niet rookte en niet dronk als een tempelier werd beschouwd als een schande voor het beroep. Hij stond op het punt haar te vertellen dat hij nog maar vijf dagen geleden met roken was gestopt, maar hield zich in omdat hij vermoedde dat ze, net als de meeste mensen die nooit hebben gerookt, de moeite die het kostte niet op waarde zou weten te schatten.

'Ik vind u eigenlijk veel te sympathiek voor zo'n akelig beroep', voegde ze er nog aan toe.

'Het is het enige wat ik kan', zei hij.

Hij begaf zich naar de deur en liep naar buiten, met op zijn netvlies nog het beeld van die oude vrouw in haar stoel, en die zwijgende, lange bleke jonge man met de koortsuitslag op zijn lip.

Die avond, om halftien, toen de detective zijn eten achter de kiezen had, had hij geen zin meer om nog met iemand te praten. Het was een dag met te veel woorden geweest en hij wist zeker dat sommige van die woorden waren gebruikt om hem voor te liegen, maar op dat moment was hij nog niet in staat te zeggen welke. Hij plofte zonder schoenen op de bank neer, en hij verdomde het om verder nog na te denken. Hij had aantekeningen gemaakt van alles wat hij die dag had gehoord en had zijn verslag naast het rapport van de luitenant gelegd zonder tegenstrijdigheden tegen te komen, en hoewel hij in eerste instantie geneigd was om alles nogmaals door te nemen en zich de gelaatstrekken van het meisje voor de geest te halen, een gezicht dat hem uiteindelijk net zo vertrouwd zou worden als dat van een geliefde, greep hij toch maar naar de afstandsbediening van de televisie en zapte alle kanalen langs zonder iets te vinden wat hem kon boeien. Ondanks dat was hij niet blij toen de bel ging, tweemaal, alsof degene die voor de deur stond gehaast was of iets heel dringends had.

In de deuropening stond David, Gloria's jongere neef. Hij kwam net onder de douche vandaan en had zijn natte haar met een kaarsrechte scheiding één kant op gekamd. Ook de schone kleren die hij droeg wezen erop dat hij het grootste belang hechtte aan zijn bezoek. Hij stond verlegen zwijgend voor de detective, schuw en schuchter, zonder te durven vragen of hij binnen mocht komen – misschien zat hij nog in zijn maag met zijn onbehouwen gedrag van die middag – maar zich er ook van bewust dat hij iets kwam vertellen wat niet in de deuropening gezegd kon worden.

'Kom binnen.'

Hij bood hem een stoel aan en de jongen ging op het uiterste puntje zitten, zonder achterover te leunen, nog steeds niet in staat om te ontspannen.

'Wil je een biertje?'

'Ja, graag, een biertje.'

Cupido liep naar de keuken en nam er even de tijd voor om de flesjes te openen om de jongen de gelegenheid te geven tot rust te komen, de omgeving in zich op te nemen en zich wat op zijn gemak te gaan voelen in die onbekende ruimte.

Hij reikte hem zijn drankje aan en ging tegenover hem zitten, in afwachting van wat hij te vertellen had.

'Ik wilde met u praten', zei hij uiteindelijk. Het klonk haast hartelijk, alsof hij zijn eerdere harkerigheid wilde goedmaken.

'Je kunt me tutoyeren als je wilt', onderbrak Cupido hem, die wel vertrouwd was met dergelijke plotselinge stemmingswisselingen bij jonge mensen die onder spanning stonden. 'Oké?'

'Oké.'

'Is er iets wat je vader of jij niet hebben verteld?' drong hij aan.

'Ja.'

'Waar gaat het over?'

De jongen nam een grote slok bier.

'Over de tekening die u ons liet zien. De cirkel met het eiland en de bom. Vanmorgen, met mijn vader erbij, kon ik u niet vertellen… je,' verbeterde hij zichzelf ogenblikkelijk, 'dat ik die al eerder had gezien. Hij kan er niet tegen als ik over schilderen praat.'

De detective voelde een tintelend gevoel in zijn vingertoppen, alsof hij voor de eerste keer tijdens dat onderzoek iets in handen kreeg, een feit, iets tastbaars dat écht kon blijken te zijn.

'Waar heb je het gezien?'

'In haar dagboek.'

'Had Gloria een dagboek?' Niemand die hem dat had verteld. Anglada niet, de luitenant niet. Als ze wisten dat het bestond, hadden ze het voor hem achtergehouden.

'Ja.'

'Wanneer was dat?'

'Nog geen maand geleden, de laatste…' zei hij, en verbeterde zichzelf opnieuw, 'de voorlaatste keer dat ze naar Breda kwam. Ik had haar auto naast haar huis zien staan en kwam kijken of ze misschien iets nodig had.'

'En daar zag je haar dagboek?'

'Ja. Ik klopte op de voordeur, die openstond, en omdat ze niet reageerde ging ik ervan uit dat ze bezig was en me niet had gehoord. Links van de ingang is een klein kamertje en daar zag ik het schrift, open op tafel. Ik riep Gloria nog een keer en weer antwoordde ze niet. Ik liep naar het raam en toen ik naar het schrift keek, zag ik de datum van die dag en één zin, die ze volgens mij net geschreven had, want er lag nog een pen zonder dopje op het schrift, alsof ze door iets of iemand was gestoord.'

'Herinner je je nog wat er stond?'

'Ja, ik kon het niet uit mijn gedachten krijgen, want ik begreep het niet en het bleef nog dagenlang door mijn hoofd spoken. "Gisteren was ik bang voor hem, maar angst is geen onschuldig gevoel."'

De detective dacht diep na. Hij kon weinig opmaken uit die uit hun context gerukte woorden, behalve dat er een vage, anonieme dreiging van de twee zinnen uitging.

'Verder niets? Geen enkele naam?' vroeg hij. Heel even kwam de gedachte in hem op dat de jongen loog, maar dat verwierp hij onmiddellijk: hij kon zich niet voorstellen dat hij die woorden, die zo moeilijk te begrijpen waren zonder de context van het dagboek, uit zijn duim zoog.

'Het was het enige wat ze onder die datum had geschreven. Pas toen ik de pagina's daarvoor doorbladerde, realiseerde ik me dat het een dagboek was en wilde ik niet verder lezen, maar toen had ik die tekening waar u ons vanmorgen naar vroeg al gezien.'

'Weet je zeker dat het dezelfde is?'

'Ja, ik zou hem zo na kunnen tekenen.'

Hij keek om zich heen en zag op een boekenplank een pen en het schrift met Cupido's aantekeningen over het onderzoek en stond op om ze te pakken. Toen hij weer aan tafel zat tekende hij op een blanco bladzijde de afbeelding van de button zonder ook maar iets weg te laten, zonder zich te vergissen, het enige wat enigszins afweek waren de verhoudingen tussen de verschillende elementen. De detective stond verbaasd over de trefzekerheid waarmee de jongen iedere lijn neerzette en over de vaardigheid waarmee hij de pen hanteerde, zonder enige aarzeling of twijfel. Hij vroeg zich af of de jongen die aanleg voor tekenen waarvan hij nu blijk gaf, te danken had aan dezelfde genen die Gloria in staat hadden gesteld te leven van haar kunst.

'Dat is hem', bevestigde hij. 'Schilder jij ook?'

De jongen boog zijn hoofd; zijn houding drukte een mengeling van verlegenheid en trots uit. Of het nu lag aan de vreemde omgeving of dat hij het fijn vond over schilderen te kunnen praten, de vijandige, agressieve houding die hij in de olijfboomgaard tentoongespreid had, was helemaal verdwenen.

'Een beetje. Soms teken ik landschappen, of een portret.'

'Aquarellen?'

'Nee, olieverf. Ik heb een complete schildersuitrusting. Van haar gekregen.'

'Van Gloria?'

'Ja, maar niemand weet het. Mijn vader had het nooit goedgevonden dat ik zo'n cadeau van haar aannam. Daar is hij veel te trots voor. Verder zijn mijn ouders te oud om me te begrijpen.'

'Heeft Gloria je leren schilderen?'

'Leren schilderen? Nee. Was het maar zo, maar dat heeft ze nooit aangeboden', legde hij uit. Cupido dacht een lichte wrok in zijn stem te horen. 'Ze had het altijd veel te druk als ze hier was, met wandeltochten in het park, met die beeldhouwer… Maar ik heb een paar keer naast haar gestaan als ze een landschap schilderde bij het stuwmeer. Of de herten. Ik droeg haar ezel en keek dan hoe ze werkte, hoe ze de kleuren mengde op haar palet. Als ik dan terug was, probeerde ik precies na te volgen wat ik haar had zien doen. Nee, Gloria heeft me niet leren schilderen, ik heb het mezelf geleerd.'

De detective stelde zich voor hoe de jongen roerloos vlak achter haar stond, sprakeloos van bewondering, zowel voor haar schilderkunst als voor haar schoonheid, en met wijdopen ogen alles in zich opnam, haar handen, haar hals en schouders, haar heupen, pas wegkijkend als hij zijn verlangen haast niet meer kon inhouden.

'Zocht je haar thuis ook vaak op?'

'Niet vaak, een paar keer maar. Om haar boeken over schilders te bekijken, of haar dingen over Madrid te vragen. Ik haat het werk op het land, en ik zou het liefst weggaan. Zelfs mijn vader heeft gereisd. Maar het erge van vaders die ooit zijn vertrokken maar met lege handen zijn teruggekeerd, is dat ze niet willen dat hun kinderen dezelfde weg gaan', zei hij met een voor een zestienjarige verbazingwekkend helder inzicht.

'Is het nooit in je opgekomen Gloria om hulp te vragen?' vroeg Cupido vriendelijk.

'Nee.'

Cupido wist zeker dat hij goed zat met zijn oordeel over de gevoelens van de jongen: een blinde bewondering voor zijn duizelingwekkend aantrekkelijke nichtje dat een paar jaar ouder was en het soort leven leidde waarvan hij slechts kon dromen, vermengd met een diep gevoel van wrok vanwege dat oude conflict dat die familievete had veroorzaakt. Hij moest doodsbang zijn dat de geschiedenis van zijn vader zich in hem zou herhalen: het rijke familielid uit de grote stad tegenover de arme verwant van het platteland, die is veroordeeld tot een leven van beestachtig harde inspanning.

David dronk zijn biertje leeg, zette het flesje op tafel en bleef met gebogen hoofd naar zijn licht trillende handen zitten kijken. Cupido vermoedde dat hun gedachten dezelfde loop volgden: nog vier, vijf jaar ploeteren met zware landbouwwerktuigen en die vingers, geschapen voor fijnzinniger werk, zouden voor altijd nutteloos zijn, niet meer in staat een penseel te hanteren met het gevoel en de precisie die nodig zijn om een kunstwerk te scheppen. Hij vroeg zich af of de jongen die tegenover hem zat ooit had stilgestaan bij het idee dat Gloria's dood hem in staat zou stellen alles te doen waarnaar hij verlangde.

'Heb je nog meer gelezen in haar dagboek?' hield hij vol.

'Ik kan me verder niets meer herinneren. Het was maar heel even. Gloria kwam meteen daarop binnen en ze betrapte me terwijl ik erin keek, maar ze werd niet boos. Ze moest lachen, deed het schrift dicht, drukte het tegen haar borst en zei: "Dit is geheim. Het bevat mijn leven."'

Hoewel het bestaan van het dagboek van het grootste belang kon zijn, was Cupido niet overmatig enthousiast. Hij hield er niet van als het onderzoek zich leek toe te spitsen op het vinden van een enkel voorwerp, want hij wist maar al te goed hoe makkelijk pistolen verdwijnen op de bodem van stuwmeren en hoe snel papier verbrandt.

'Wat vond je vader ervan dat je haar opzocht?'

'Hij heeft nooit geweten dat ik haar zo vaak zag. Hij vond het prima dat ik haar hielp bij het transport van dingen of als er iets bij haar in huis moest gebeuren, maar hij zou alles wat maar met schilderen te maken heeft hebben verboden. Ik ben de enige van zijn kinderen die nog hier in Breda is gebleven en hij zou me nooit toestemming geven ook te vertrekken.

'Dankjewel dat je me dit bent komen vertellen', zei Cupido. 'Mocht je je nog iets herinneren wat met haar te maken heeft, aarzel dan niet, je bent altijd welkom.'

'Afgesproken.'

5

Het was een hoog gebouw van staal en glas, zo'n gebouw waar topmanagers en dure callgirls door niet meer dan een dunne wand van elkaar gescheiden, naast elkaar wonen. De lange gang leek met al dat marmer op die van een hotel, met zowel aan de linker- als aan de rechterkant deuren die toegang gaven tot appartementen waar de ruimte tot de laatste vierkante centimeter volledig werd benut. Een architectuur die de bijen tot voorbeeld heeft genomen zonder de mens te reduceren tot een insect.

Cupido belde aan en hoorde meteen daarop resolute voetstappen naar de deur komen. Hij werd verwacht, want hij had zijn komst vanuit een telefooncel aangekondigd. Anglada deed open zonder eerst door het spionnetje te loeren en nodigde hem met een paar woorden en een handgebaar binnen. Hij was in badjas en had elegante leren slippers aan die een slepend geluid op het parket maakten. Zijn haren waren nat, alsof hij net onder de douche vandaan kwam.

'Ik kleed me snel aan en dan gaan we. Maak het u gemakkelijk', zei hij en hij verdween door een deur.

Het was een appartement van gemiddelde grootte, met een woonkamer die uitkeek op de Calle Comandante Zorita. Door een open deur keek je de smetteloze keuken in; nergens een bord te bekennen, nog geen broodkruimpje op het aanrecht, geen enkel huishoudelijk apparaat dat aanstond, alles schoon en zo te zien weinig gebruikt, met die kille, metalige steriliteit van een huishouden zonder kinderen, typisch voor mensen die weinig koken en haast altijd buitenshuis eten.

De twee ramen in de woonkamer hadden kunststof kozijnen en zonnewering die tussen het dubbele glas weggewerkt zat. Anglada had naast een van de ramen een hoekje als kantoor ingericht, of als studeerhoek om thuis te kunnen werken. Op het kleine tafeltje daarnaast stond een computer. Er waren haast geen boeken maar de muren hingen vol schilderijen. Toen hij er beter naar keek, zag Cupido twee gravures, een portret van Anglada met een treffende gelijkenis en verschillende aquarellen, allemaal met Gloria's signatuur, in dat ronde, nette handschrift dat voor zijn gevoel, en hij had geen idee waarom, niet bij een schilder leek te horen, alsof iemand die in staat was dergelijke schilderijen te maken, ze vervolgens niet op die manier hoorde te signeren, zo onschuldig en ongekunsteld. Aan het smalle stukje muur tussen de twee ramen was net genoeg ruimte voor de afstudeerfoto van Anglada's jaar, met daaronder het officiële document van zijn benoeming tot advocaat, goed zichtbaar voor iedere bezoeker.

Anglada was gauw klaar en ze gingen naar beneden, waar ze pas na tien minuten een taxi te pakken kregen die hen naar Gloria's woning bracht, aan de Calle Cea Bermúdez. Het verkeer was rampzalig vanwege een staking van het metropersoneel, dat het niet eens was met het veranderde beleid van het gemeentebestuur en het verkeer onder de grond volledig had platgelegd, met als gevolg dat het op het asfalt boven de grond een gekkenhuis was.

Onderweg vertelde Anglada hem het een en ander over de wijk waarnaar ze op weg waren. Zoals alle militairen was Gloria's vader iemand geweest met een grote behoefte aan zekerheid, die wellicht een projectie op hun privé-leven is van wat hun op de militaire academie wordt bijgebracht, want tijdens die opleiding moeten ze uiteindelijk leren anticiperen op de volgende stap die de vijand zet, in de strijd, bij een aanval, in wat voor een noodtoestand dan ook. Vandaar dat hij een ruime flat had gekocht in een wijk waar destijds veel te koop stond, en voor niet al te veel geld. Die buurt stroomde in die jaren vol met militairen die in de kazerne van Moncloa waren gelegerd. Later had Gloria met haar eerste zelfverdiende geld – en ongetwijfeld ook met de steun van haar ouders, dacht Cupido – in hetzelfde gebouw een zolderetage gehuurd en die later gekocht. Aanvankelijk hadden die zolders als opslagruimte en overdekt terras gediend, maar later waren ze verbouwd tot ateliers en penthouses. Anglada en Cupido gingen eerst naar het zolderappartement.

'Hier ging ze heen om te werken, of als ze alleen wilde zijn', zei Anglada, terwijl hij Cupido voor liet gaan.

Het atelier was een grote, rechthoekige lichte ruimte, met twee dragende pilaren in het midden. Het licht viel door drie ronde ramen in een van de lange zijden, wat de ruimte een kunstzinnig karakter verleende. Door de ramen keek je uit over een landschap van rode daken met daarachter de diepgroene achtergrond van het Dehesa de la Villa-park. Tegenover de ingang waren twee gesloten deuren, die waarschijnlijk toegang boden tot een badkamer en een kleine slaapkamer, met daartussen een stellingkast met veel ruimte tussen de planken, met stapels met van alles en nog wat erop, blikken verf, penselen, mappen, schriften en wat boeken, in de aantrekkelijke wanorde die Cupido wel vaker was opgevallen op foto's van schildersateliers. De laatste muur was bestemd voor de schilderijen; sommige waren opgehangen, maar andere stonden ertegenaan, met hun voorkant naar de muur, stille getuigen van de weerzin van de kunstenaar om een doek te laten zien dat niet af was maar waar ze ook nog niet overheen had willen schilderen. Eigenlijk komt het er toch op neer, zo peinsde hij, dat ieder onvoltooid schilderij het drama is van een kleine mislukking, net zoals voor schrijvers ieder onuitgewerkt idee of plot, ieder onvoltooid verhaal of iedere roman waar ze halverwege in blijven steken, het bewijs is van onkunde of van een verkeerde inschatting van hun eigen capaciteiten of talent. En hij wist dat ook voor een detective iedere zaak die hij niet kan oplossen een nederlaag betekent.

De schilderijen die Gloria net had voltooid of die haast af waren, stonden wel in het zicht, tegen de twee dikke pilaren, tegen de wand tussen de ramen en op twee ezels die in het volle licht stonden. Het was een serie olieschilderijen over El Paternóster, hij zag het ruige landschap van de Yunque en de Volcán, de kleine, tussen de hellingen verborgen dalen, de groepen herten die tegen de schemering naar de rand van het meer komen om te drinken en de damherten waarvan alleen de bladen van hun geweien boven de struiken waarin ze verborgen zitten uitsteken. Andere, kleinere doeken waren geïnspireerd op de rotstekeningen van de grotten die Cupido twintig jaar geleden zelf ook zo vaak had bekeken. Ze had hier en daar foto's van de originele tekeningen tegen de muur geprikt. Hij kon er geen systeem in ontdekken, maar voor Gloria hingen ze daar misschien wel in een strikte, geheime ordening. Hoewel de schilderijen op het eerste gezicht heel verschillend waren, had hij het gevoel dat de series elkaar complementeerden – de aarde en zijn bewoners – met een delicaat evenwicht tussen het verhalende en het poëtische, alsof die magische rotstekeningen met hun kleur van verbleekt geoxideerd ijzer, waar zij als jongens twintig jaar geleden overheen piesten om die op te halen, hun rechtvaardiging alleen vonden in dat landschap, waar de harde prehistorische realiteit zich vermengde met echo's van een verloren paradijs. Die tere beelden op de grens van het figuratieve waren soms niet meer dan een miniem lijntje dat het beeld van de mens die vecht om te eten en om te overleven tot de essentie terugbracht, maar soms stelden ze meer voor: in haar behoefte te ontdekken hoe de mens is geworden tot wat hij nu is, had Gloria haar figuren een gezicht gegeven en in die donkere, rode gezichten gevoelens van angst, verlangen en blijdschap gebracht.

Cupido liep naar de stellingkast. Daar lagen verschillende met rood lint dichtgebonden portfolio's barstensvol aantekeningen en schetsen. Verder nog schrijfblokken, catalogi van exposities en monografieën over verschillende stijlen en schilders.

Anglada had niets gezegd, hij keek naar de schilderijen en liep wat in het appartement rond. Het was duidelijk dat het een voor hem vertrouwde omgeving was, maar hij gedroeg zich respectvol, zonder iets aan te raken, als een ouder die de kamer van een dochter die op tragische wijze te jong is gestorven tot in de kleinste details bewaard wil houden.

'Wist u dat Gloria een dagboek bijhield?' vroeg de detective.

'Het dagboek!' riep Anglada uit en hij sloeg tegen zijn voorhoofd. 'Natuurlijk wist ik dat, hoewel ik het nooit heb gezien. Ze heeft het er vaak genoeg over gehad. Is het belangrijk?'

'Mogelijk. Wellicht heldert het een paar zaken op. Gloria heeft het één keer mee naar Breda genomen, maar dat laatste weekeinde had ze het niet bij zich. Het zat tenminste niet tussen haar spullen.'

'Hoe weet u dat ze een dagboek had?'

'Van David, Gloria's neef. Hij heeft het een keer gezien, toen ze er net iets in had geschreven. Ik denk dat we moeten proberen het te vinden.'

Hij zag dat Anglada gespannen op die opmerking reageerde, alsof hij gealarmeerd was door iets wat hij niet had voorzien. Het was meer dan waarschijnlijk dat Gloria er ook dingen over hem in had geschreven, hoe ze over hem dacht, intimiteiten, dingen waar ze blij mee was, kleine ergernissen, seksuele avonturen, en Cupido ging ervan uit dat Anglada bang was dat hij in dat alles zou gaan wroeten en zich in allerlei intieme zaken zou verdiepen die met het onderzoek niets te maken hadden. Toch maakte hij geen tegenwerpingen: 'In dit geval zou ze er vast geen bezwaar tegen hebben.'

'Waar kan ze het verstopt hebben?'

'Ik herinner me dat ik een keer als grapje dreigde dat ik het stiekem zou lezen. Zij antwoordde toen dat ik het nooit ofte nimmer zou vinden, omdat ze het bewaarde achter de allerveiligste deuren', zei hij nadenkend.

Ze lieten hun blik over het hele atelier gaan, peinzend over mogelijke plekjes waar het verstopt kon zitten.

'Ik geloof nooit dat het hier is. Het ligt vast ergens beneden. Als u straks het huis ziet, begrijpt u wel waarom.'

'U had gelijk', zei Cupido toen ze beneden waren.

Het appartement had ongewoon hoge plafonds met nogal

overdadig pleisterwerk en enorme plafonnières. De hal gaf toegang tot een ruime woonkamer die door een scheidingswandje met een dubbele schuifdeur in twee symmetrische helften werd verdeeld. Het zag er met een overvolle inrichting niet uit als het huis van een jonge vrouw, maar dat kwam doordat ze het nog maar kortgeleden van haar ouders had geërfd. Gloria had het exclusieve meubilair en alle prulletjes en foto's die zij in de loop van hun leven hadden verzameld, niet weg willen doen, maar ze had er ook een aantal meubels van zichzelf in gezet en wat van haar eigen schilderijen op de laatste lege plekjes aan de muur gehangen. Het resultaat was een groot, overvol huis met allerlei hoekjes en gaatjes om iets te kunnen verstoppen.

'Het kost minstens een hele dag om dit allemaal grondig te doorzoeken', zei Anglada. 'Neem bijvoorbeeld die kast', en hij wees naar een soort buffet van een ongebruikelijk ontwerp. Het bestond uit drie delen, het grootste gedeelte had kleine lage laatjes die wel wat deden denken aan letterkasten van ouderwetse drukkerijen, de andere twee waren ruime kasten om glaswerk in op te bergen. 'Het is een eigen ontwerp van Gloria, en ze kan makkelijk ergens een geheim laatje hebben weggewerkt.'

'Als we het samen doen kost het maar een halve dag', stelde Cupido voor. Hij geloofde nooit dat als het dagboek ergens was verstopt, het in een geheim hoekje in een meubel zou zitten. Het moest een plek zijn die makkelijk toegankelijk en moeilijk voorstelbaar was.

Hij veronderstelde dat Anglada het liever in zijn eentje zou zoeken en lezen, maar hij kon nu moeilijk weigeren. Hij was zelf degene die het onderzoek betaalde en het zou wel heel vreemd zijn als hij nu allerlei obstakels ging opwerpen.

'Goed, laten we meteen aan de slag gaan. Over een paar dagen komt u er misschien niet meer in', zei hij terneergeslagen. Zelfs toen Cupido hem voor het eerst had ontmoet, die dag dat Anglada hem kwam vragen om het onderzoek te doen, had hij niet zo geklonken. 'Maar eerst moet ik even bellen.'

Hij nam de telefoon, koos uit zijn hoofd een nummer en deelde mee dat hij de eerste uren niet naar kantoor zou komen omdat hij nog een aantal dingen af te handelen had. Hij legde neer en keek de detective aan.

'Laten we met de slaapkamer beginnen.'

Het werd een langdurig, minutieus en systematisch onderzoek. Ieder hoekje en gaatje, iedere ruimte tussen twee dozen of tussen twee kledingstukken in de kasten, iedere plank met kunstboeken, verhandelingen over luchtvaart of militaire biografieën werd grondig door de twee mannen doorzocht: Anglada, die van tijd tot tijd even stopte alsof zich een gedachte aan hem opdrong, alsof hij zich iets herinnerde, en de detective, die het verwarrende gevoel had een indringer te zijn. Het huis was precies zoals toen ze nog leefde, en door het plotselinge karakter van haar dood was het net alsof het verrast was in de routine van alledag, alsof het nog wachtte op de spoedige terugkeer van zijn bewoner, met allerlei dagelijkse gebruiksvoorwerpen voor het grijpen, een epileertangetje naast een kleine loep, een half ingevuld kruiswoordraadsel uit de laatste krant, een leeg colablikje dat ze had laten staan, een klassieke cd in de speler. Cupido probeerde zo veel mogelijk te vermijden haar ondergoed te moeten aanraken, dat liet hij aan Anglada over, die het liefkozend door zijn handen liet glijden. Iedere geur die de detective ontdekte in een zakdoek of in een oud tasje dat ze vast niet meer gebruikte omdat het uit de mode was, iedere kam, iedere lipstick die hij ergens vergeten onder een kussen vond... al die dingen vertelden hem meer over haar smaak, haar grillen en kleine eigenaardigheden, over dat wat haar vreugde had geschonken of waar ze genoeg van had en ergens in een hoekje liet slingeren. Al die details bij elkaar gaven hem het beeld van een vrouw die buitengewoon gevoelig was voor beelden en geuren, met een zekere neiging tot weemoed. In hoekjes en laatjes van kasten had hij gedroogde takjes tijm gevonden, van die kleine, uit hout gesneden, geparfumeerde vruchtjes, en zakjes met allerlei soorten bloemblaadjes die vaak een nauwelijks waarneembaar luchtje afgaven en dan ineens, soms zelfs vlak daarna, een intense combinatie van diepe geuren. En haar hele garderobe, haar tassen en al haar persoonlijke gebruiksvoorwerpen hadden opvallende, sensuele kleuren die erom vroegen met elkaar gecombineerd te worden.

Soms stelde Cupido Anglada een vraag over een voorwerp of iets wat zijn aandacht had getrokken, dan weer was het Anglada die hem iets liet zien, een beeldje dat ze als souvenir van een reis had meegenomen, een album met foto's van hen beiden. Bij het zien van de foto's viel het de detective op dat ze nooit vlak naast elkaar stonden, er was altijd wel iets of iemand tussen hen in, een schilderij van een expositie bijvoorbeeld, of op een foto die in Anglada's flat was genomen, het bureau, waar ze hand in hand allebei aan een kant zitten, terwijl de honderd kleine gezichtjes van de afstudeerfoto streng op hen neerkijken.

Tot zijn grote verrassing trof de detective in een aardewerken pot vol kleine frutseltjes net zo'n button aan als Gloria in haar hand had geklemd, de dag dat ze stierf.

'Wat is dit?' vroeg hij.

De advocaat pakte het op zonder er al te veel aandacht aan te besteden.

'Het was het logo van zo'n groene protestactie waarvan je van tevoren al weet dat het nooit iets uithaalt. Het is een ontwerp van Gloria, of ze heeft er in ieder geval aan meegewerkt. Later preste ze iedereen in haar omgeving er eentje te kopen. Bij mij thuis moeten er ook nog verschillende rondslingeren.'

Ze doorzochten alles grondig, maar het dagboek vonden ze niet, het dagboek waarin Gloria had geschreven: 'Gisteren was ik bang voor hem, maar angst is geen onschuldig gevoel', die woorden waar Cupido niets van kon maken en waarvan hij geen idee had op wie ze betrekking hadden, maar die uiting gaven aan een diep angstgevoel. Hij keek naar Anglada, die op dat moment naast de stereo zat en al de cd's waarnaar ze samen zo vaak moesten hebben geluisterd door zijn handen liet gaan, zich de nummers herinnerend die misschien nu al ver weg, en lang geleden be-

93

gonnen te lijken. De advocaat hief plotsklaps zijn hoofd en keek om zich heen, alsof hij even niet meer wist waar hij was, wat hij zocht en hoe hij daar beland was. Hij stond weer op en zette de cd's terug. De woonkamer was de laatste ruimte die ze hadden doorzocht en ze wisten allebei zeker dat ze alles tot op de millimeter nauwkeurig hadden bekeken. Anglada wreef in zijn ogen, doodmoe van die drie uur zoeken. Toen ze honger hadden gekregen en zich realiseerden hoeveel ze nog moesten doen hadden ze van Cafetaría Rodilla broodjes laten komen. Met een gebaar van teleurstelling stonden ze op en liepen naar het atelier terug, waar ze met hernieuwde hoop achter alle schilderijen keken en verder zochten. Gezien het feit dat er geen meubels stonden en er verder niets aan de muren hing, waren er maar weinig plaatsen waar iets verstopt kon zitten. Ze moesten tot hun spijt concluderen dat het dagboek zich niet in de flat of in het atelier bevond.

'Dan hebben we alleen haar kantoor nog', zei Anglada. 'Het is niet erg waarschijnlijk dat ze het daar bewaarde, maar het is de enige mogelijkheid die ons nog rest.'

'Haar kantoor?'

'Ja, in de galerie. Ik kan me alleen niet langer vrijmaken. Ik stel voor dat we een kop koffie drinken en dat ik u er daarna heen breng. Camila is er en zij zal u verder helpen. Ze kan u ook meer over Gloria vertellen.'

'Hoe lang kenden jullie elkaar?' vroeg Cupido toen ze achter een kop koffie zaten.

'Drie jaar. Drie jaar', herhaalde hij.

'Was ze bang voor iets van vroeger, voor iemand die ze pijn had gedaan, misschien zelfs zonder opzet?' vroeg Cupido verder. Hij wist dat het wel vaker voorkomt dat men zich na een dergelijk drama realiseert dat er wel degelijk reden was geweest om bang te zijn, en dat alle ellende voorkomen had kunnen worden.

'Nee', antwoordde hij stellig. 'Gloria was heel open. Ze was misschien niet altijd even gemakkelijk te begrijpen, maar een duister verleden had ze nooit achter kunnen houden, als u dat bedoelt. Daar was ze nog veel te jong voor.'

Hij zat met gebogen hoofd aan de bar, geconcentreerd zijn koffie roerend die nog te heet was om te drinken. De detective vroeg zich af wat Gloria over Anglada in haar dagboek zou hebben geschreven. Hij was het type man waar vrouwen op vallen: aantrekkelijk, zelfverzekerd, een goede baan en waarschijnlijk met de juiste instelling om ook nog te genieten van wat hij verdiende. Het plotselinge gebaar waarmee hij het lepeltje liet vallen en zijn vuist op de bar liet neerkomen verraste hem.

'Ik had haar niet alleen moeten laten gaan', zei hij terneergeslagen, alsof hij zichzelf schuldig verklaarde aan een nalatigheid die hem tegelijkertijd op subtiele wijze van de moord vrijsprak.

'Waar was u die morgen?' vroeg Cupido, zonder dat er ook maar de minste argwaan in zijn stem doorklonk.

'Het verbaast me dat u die vraag niet eerder hebt gesteld, net zoals het me verbaast dat u eerst anderen hebt ondervraagd en niet met mij bent begonnen.'

'Als iemand zich bij uw kantoor meldt, stelt u hem dan ook dergelijke vragen?'

'Nee, ik ga er vanaf het begin van uit dat de cliënt die me betaalt de waarheid spreekt. Dat moet ik wel. Vanaf ons eerste gesprek wist ik al dat u dan misschien wel een goede detective bent, maar een slecht advocaat zou zijn. U moet de waarheid zien te achterhalen om te kunnen werken. Wij advocaten hoeven alleen ons werk maar te doen, of we de waarheid nu kennen of niet.'

Cupido bedacht glimlachend dat als híj nu al met zijn mond vol tanden stond, Anglada een geducht tegenstander moest zijn, zeker als het in een rechtszaak aankomt op een snelle uitwisseling van vragen en antwoorden.

'Het was een rustige ochtend', vervolgde hij. 'Die luitenant in Breda heeft me hetzelfde al gevraagd, vandaar dat ik alles wat ik die dag heb gedaan toen naar boven moest halen. Ik ben om negen uur naar kantoor gegaan...'

'Zo vroeg, op zaterdag?' onderbrak Cupido hem.

'Bijna alle zaterdagen. Vroeg op kunnen staan is een van de belangrijkste voorwaarden om een succesvol advocaat te worden. Als je het niet voor elkaar krijgt om een halfuur eerder aanwezig te zijn dan de rechter, dan heb je de zaak al verloren.'

De detective knikte, het klonk overtuigend. Zijn onmacht om vroeg op te staan was de tweede reden waarom een carrière als jurist voor hem niet was weggelegd. Hij was onder de indruk van Anglada's bereidwilligheid zijn vragen te beantwoorden, de man was immers gewend zelf de vragen te stellen!

'Op kantoor heb ik samen met mijn secretaresse de laatste hand gelegd aan papieren die ik een halfuur daarna namens een cliënt persoonlijk aan een rechter ben gaan overhandigen. Op de terugweg van de rechtbank ben ik ergens gestopt om een kop koffie te drinken en de krant door te bladeren. Daarna ben ik weer naar kantoor gegaan om het werk van maandag voor te bereiden. Behalve de rechter zijn er op kantoor minstens tien getuigen die kunnen bevestigen wat ik u zojuist heb verteld.'

Dat was niet nodig. De detective twijfelde niet aan de waarheid van zijn woorden, die overigens exact overeenkwamen met wat hij van de luitenant had gehoord.

Anglada stond erop de koffie af te rekenen en ze verlieten het café. Ze hadden geluk, en hoefden dit keer niet lang op een taxi te wachten. Een halfuur later waren ze bij La Galería. Twee mannen waren druk bezig met het afbreken van een net beëindigde expositie van metalen sculpturen die Cupido op het eerste gezicht bekend voorkwamen.

Ze liepen de ruimte door en kwamen bij een openstaande deur die toegang gaf tot een kantoor met een aantal kasten, posters van exposities aan de wanden en twee bureaus. Op een van de bureaus stond een gesloten kartonnen doos en lagen stapels met mappen en portfolio's. Achter het andere zat een vrouw officieel aandoende stukken te lezen. Toen ze hun aanwezigheid opmerkte stond ze op om Anglada met een beleefde kus op zijn wang te begroeten. De advocaat stelde hen aan elkaar voor: 'Ricardo Cupido. Camila.'

De vrouw schudde hem de hand en keek hem onderzoekend aan.

'Hij is de privé-detective', voegde Anglada er kil aan toe, op onaangedane toon.

Camila kon een gebaar van verrassing niet verbergen. Waarschijnlijk klopte Cupido's uiterlijk niet met wat ze verwachtte na wat Anglada haar eerder had verteld.

Ze was zo om en nabij de vijfendertig, een paar jaar ouder dan Gloria. In de kasten die ze zojuist hadden doorzocht had hij een garderobe gezien die blijk had gegeven van een spontaan soort eigenzinnigheid, maar Camila maakte een heel andere indruk. Hoewel ze aantrekkelijk en goedverzorgd was, waarschijnlijk met de hulp van crèmes en epileerbehandelingen, was haar uiterlijk zo opvallend dat het een barrière opwierp tussen haar en de wereld, met overigens wel net dat discrete vleugje parfum om die afstand niet al te groot te maken. Het soort vrouw dat een en al ordelijkheid en efficiency lijkt te zijn, maar bij wie je je afvraagt of ze in staat is een man gelukkig te maken.

'Ik heb je een paar keer proberen te bereiken, thuis en op kantoor, maar kreeg je niet te pakken. Ik heb al Gloria's spullen ingepakt. Ik ging er tenminste van uit dat jij ze wilde hebben', zei ze tegen Anglada, naar de kartonnen doos en de mappen op het bureau wijzend.

De advocaat maakte aanstalten de doos open te maken, zonder zijn ongeduld te verbergen.

'Weet je of haar dagboek hier in zit?' vroeg hij.

'Gloria's dagboek? Nee, dat niet. Ik heb het allemaal zelf ingepakt, het zijn persoonlijke spulletjes, maar het dagboek zit er niet bij. Volgens mij bewaarde ze dat thuis.'

'Hebt u het wel eens gezien?' vroeg Cupido.

'Ja, een paar keer.'

'Hier?'

'Nee, bij haar thuis.'

'Weet u of Gloria er vaak in schreef?'

'Volgens mij juist heel weinig, ze noteerde alleen wat ze belangrijk vond, gebeurtenissen en gevoelens. Tenminste, dat heeft ze me een keer verteld, alhoewel ze me nooit iets heeft laten lezen. Waarschijnlijk schreef ze er het soort dingen in op dat wij vrouwen niet graag met anderen delen', antwoordde ze, waarmee ze indirect aangaf dat zij diezelfde hang had om bepaalde dingen voor zichzelf te houden, alsof ze zich met Gloria op één lijn wilde stellen.

Anglada keek op zijn horloge en pakte de kartonnen doos en de mappen.

'Ik moet nu echt gaan', zei hij. 'Op kantoor heb ik nog een aantal dingen voor morgen voor te bereiden. De rest van de middag ben ik daar. Bel me gerust als u dat nodig vindt.'

En vervolgens wendde hij zich tot de vrouw: 'Hij wil met je praten.'

'Natuurlijk.'

'Goed dan, ik ben weg.'

'Je bent zeker met de motor', zei Camila, terwijl ze met hem meeliep naar de deur van het kantoor.

'Nee.'

'Dan kost het je minstens een uur om naar kantoor te komen. Deze staking is een ramp, je komt nergens.'

'We hebben daarnet een taxi genomen en het viel wel mee. Misschien heb ik weer geluk.'

De detective en Camila bleven samen achter. Cupido wist niet goed hoe hij moest beginnen, en zij was enigszins verrast door het contrast tussen die degelijke politieagenten die haar eerder hadden ondervraagd en deze aantrekkelijke privé-detective, die zo casual gekleed ging en zo'n vriendelijke indruk maakte. Bij hem zag je tenminste niet bij iedere beweging die hij maakte dat hij een pistool onder zijn oksel droeg.

Wat Cupido betreft, die was zich er ineens pijnlijk van bewust dat hij slecht geschoren was, dat zijn haar in de war zat en zijn kleren niet meer al te schoon waren na die drukke uren waarin ze in Gloria's flat en atelier naar het dagboek aan het zoeken waren geweest. Hij was zich er ook van bewust dat hij alleen maar last had van dat soort gevoelens in het gezelschap van vrouwen die hij aantrekkelijk vond. Hij dwong zichzelf zich weer te concentreren op het werk waarvoor hij werd betaald en op de vragen die hij haar moest stellen.

'Vertel me alstublieft over Gloria', vroeg hij. Ze was de eerste jonge vrouw die hij bij deze opdracht ontmoette en hij was benieuwd naar háár deel van de waarheid.

'Gloria', fluisterde ze. 'Geen mens die haar echt heeft gekend.'

Ze keek hem even aan, zonder verder iets te zeggen, zonder te weten waar ze moest beginnen om een vraag die zo'n reikwijdte had te beantwoorden. Daarna liep ze ineens naar de deur en zei: 'Kom.'

Cupido volgde haar terwijl ze gedecideerd naar de tentoonstellingsruimte liep, duidelijk de eigenaar. De werklui hadden de laatste beelden ingepakt en waren die in een hoek neer aan het zetten, naast de deur naar de straat. De tentoonstellingsruimte was verlaten, en met die enorme naakte wanden, de spotlights uitgeschakeld en de sokkels leeg, leek het niet eens meer op een galerie; er zou net zo goed een bar, een winkel of een kantoor in kunnen zijn gevestigd.

'Gloria heeft deze tentoonstelling zelf ingericht. Ze was er persoonlijk nauw bij betrokken. En ineens, nu ze er niet meer is, zonder haar om op te leunen, is het alsof die beelden en zelfs degene die ze heeft gemaakt, in rook zijn opgegaan. Gloria was onvervangbaar. Er zijn mensen die kunnen verdwijnen zonder dat iemand merkt dat ze er niet meer zijn', zei ze, terwijl ze haar blik langs de lege, nutteloze sokkels liet glijden. 'Maar zij zal door iedereen gemist worden. Ze laat een leegte achter, voor ons allemaal, voor iedereen die haar nabij was.'

Die vage woorden waren niet die waarop Cupido had gehoopt. Maar hij wist ook dat ze noodzakelijk waren, want zelfs de meest alledaagse mededelingen kunnen meer informatie bevatten dan de spreker eigenlijk kwijt wil. Het zag ernaar uit dat het een langdurige klus zou worden om uit te vinden wie dat wrede schaapherdersmes had gehanteerd en ieder gesprek zou een klein straaltje meer licht moeten brengen. Voor hem was het zaak ervoor te zorgen dat elk woord dat over het slachtoffer gezegd werd, zelfs als het volslagen onbelangrijk leek, niet zoals in het evangelie op onvruchtbare aarde viel maar in de rijke grond van de herinnering. Hij moest geduldig afwachten tot hij genoeg gegevens bijeen had gesprokkeld om de hele waarheid aan de oppervlakte te kunnen brengen. En verder zou ieder nieuw feit dat hij aan de informatie kon vastknopen die hij al had, bijdragen tot een beter begrip van alles wat daarvoor was gezegd, op dezelfde manier waarop je door een nieuwe taal te bestuderen de beheersing van de talen die je al kent verbetert.

'Van wie zijn die beelden?'

'Van Emilio Sierra.'

'Met wie Gloria bevriend was?'

'Ja.'

Nu begreep hij waarom die verwrongen, gestileerde figuren van ijzer hem bekend voorgekomen waren, hij zag hoezeer ze steunden op het werk dat hij enkele uren daarvoor had gezien, hoezeer ze ermee verbonden waren.

'Ze lijken op sommige van Gloria's schilderijen.'

Camila lachte voor het eerst, ze leek verrast over zijn observatie, onder de indruk bijna. Uit een van de nog niet verzegelde kisten haalde ze een sculptuur van een centimeter of vijftig hoog, dat van metalen pijpen en platen was gemaakt. Het riep het beeld op van een met een boog bewapende jager. Ze plaatste het op de grond.

'Kijk maar eens goed. Zelfs Emilio werd door haar beïnvloed', legde ze uit. 'Gloria beweerde dan wel dat ze vanuit twee volstrekt verschillende uitgangspunten werkten, dat het twee van elkaar onafhankelijke interpretaties van de rotsschilderingen waren, maar als je naar de resultaten kijkt zie je onmiddellijk wie de ware creativiteit bezat en wie plagieerde. Gloria's figuren leven en bewegen, die van Emilio zijn statisch. Gloria's figuren hebben een gezicht, deze hier niet meer dan maskers. Zo ging het altijd met haar: ze beïnvloedde alles en iedereen. Ik heb het meegemaakt dat vrouwen, na een etentje bijvoorbeeld, of na een paar uur met haar te hebben gewerkt, haar manier van praten nadeden en haar speciale glimlachje probeerden te imiteren, ondanks dat ze natuurlijk een heel andere mond hadden.'

'Maar als zij degene was die de tentoonstelling heeft opgezet,' zei Cupido, naar het beeld wijzend, 'dan moet zij zijn werk toch hebben gewaardeerd.'

'Ach welnee. Eigenlijk vond ze het zelfs wel vleiend dat iemand die zo van zichzelf overtuigd is als Emilio, haar probeerde te imiteren. Behalve dat ze schilderde, had Gloria zo haar eigen opvattingen over kunst, was ze heel reflectief. Volgens mij is dat overigens een kenmerk van alle grote creatieve geesten. De laatste maanden betekenden een nieuwe fase in haar ontwikkeling, haar werk werd introspectiever. Dat Emilio haar imiteerde betekende alleen dat zij verder was dan hij. En bovendien – ik neem aan dat ik u niets nieuws vertel – waren er meer, persoonlijker dingen die hen verbonden.'

'Waren ze minnaars?'

Een van de werkmannen hoorde die vraag en keek geïnteresseerd op, maar na een afkeurende blik van Camila ging hij meteen weer verder.

'In ieder geval deden ze alsof.'

'Wist Anglada ervan?'

'Dergelijke dingen wéét je, ook als je ze niet weet, vindt u ook niet?'

'Ik denk het wel', antwoordde Cupido. Hij had het gevoel dat ze iets suggereerde, maar begreep niet precies wat. 'Maar ze had toch een stabiele relatie met Anglada? Ze waren zelfs van plan om in de nabije toekomst te trouwen...'

Camila lachte sceptisch.

'Trouwen? Geloof niet alles wat Marcos u vertelt. Misschien

hebben ze het erover gehad, maar ik geloof niet dat Gloria klaar was voor een dergelijke stap. Tenminste, op dat moment nog niet. Ze was een hartstochtelijk mens, iemand die nooit zou trouwen uit verstandelijke overwegingen, zelfs niet als een soort wederzijdse overeenkomst, of om een pact tegen de eenzaamheid te sluiten. Ze zei wel eens dat als een liefdesrelatie je niet naar het paradijs voert en je alleen nog maar bij elkaar blijft uit een soort plichtgevoel, je uiteindelijk in de hel terechtkomt. Ze zei ook dat bij alle stellen die ze kende, een van de twee partners de leiding had en de ander volgde, dat er een sneller vooruit wilde en de ander de neiging had om af te remmen. Hoewel Marcos en Emilio allebei van haar hielden, waren ze ook een blok aan haar been.'

Cupido vroeg zich af wat voor soort vrouw Gloria was geweest, gezien de fascinatie die iedereen voor haar had gekoesterd, en of hijzelf ook voor de aantrekkingskracht die ze moest hebben uitgestraald zou zijn bezweken.

'Sinds hoe lang loopt de expositie?' vroeg hij.

'Negen dagen. De opening was vorige week woensdag.'

'Was Sierra er steeds bij?' vroeg hij, hoewel hij het antwoord wist. Hij had van de luitenant al gehoord dat de beeldhouwer dat weekeinde in Breda was geweest.

'Als u bedoelt of hij zaterdag hier was, nee, dat was hij niet. De weekeinden zijn we dicht. Ik was hier zelf wel, de hele ochtend, om de boeken bij te werken. Gloria had een hekel aan dat soort werk, vandaar dat ik het naar me toe heb getrokken. Ik heb hier die ochtend verder niemand gezien', antwoordde ze, keurig in de val trappend die Cupido voor haar had opgezet. Hij voelde zich daar altijd wat ongemakkelijk bij, want hij had het gevoel dat zo'n overduidelijke opzet toch eigenlijk niet gemist kon worden door een gesprekspartner, maar tot zijn verwondering lukte het eigenlijk bijna altijd. In dit geval kon hij uit Camila's woorden afleiden dat er niemand was die haar die ochtend op kantoor had gezien.

'Had Gloria vijanden in de kunstwereld?'

'Er is niet één kunstenaar die niet een heel leger vijanden onder collega's heeft', zei ze zelfverzekerd en ze glimlachte een beetje kwaadaardig. 'Er heerst een klimaat van enorme haat en nijd. U zou eens moeten horen hoe ze iemand achter zijn rug de grond in stampen. Maar als u de moordenaar in die kringen zoekt, denk ik dat u zich vergist. Niet omdat ze het niet gewild zouden hebben, maar omdat kunstenaars lafaards zijn. De kunst maakt hen zo, veel gedachten maar ze komen nergens toe. De geschiedenis van de kunst kent heel wat zelfmoorden, maar geen moorden. Verder was de manier waarop Gloria is vermoord zo…' ze aarzelde even om het juiste woord te vinden, 'zo barbaars, daartoe is alleen iemand in staat die volkomen afgestompt is.'

Cupido twijfelde aan die bewering, maar sprak haar niet tegen. Hij haalde het papiertje met de tekening van het logo van de button uit zijn portefeuille.

'Kent u deze tekening?'

Camila keek er even naar, met de korte blik van een expert. Ze kneep een beetje met haar ogen, alsof ze eigenlijk een leesbril nodig had maar die misschien uit ijdelheid niet opzette.

'Ja.'

'Waar hebt u die eerder gezien?'

'Kom', zei ze en ze liep terug naar het kantoor. Ze maakte een kast open, rommelde wat in een houten kistje en hield hem op de palm van haar hand drie dezelfde buttons voor.

'Die kochten we van Gloria. Zij heeft meegewerkt aan het ontwerp. Het was het logo voor een actie van een groep milieu-activisten. Ik vind het persoonlijk niet zo'n sterk ontwerp, het komt niet krachtig genoeg over om wie dan ook te overtuigen. Ik betwijfel trouwens of de Fransen zich ook maar iets hebben aangetrokken van alle protesten. Er waren mensen die al die tijd dat er proeven plaatsvonden met zo'n button op liepen.'

De detective liet niets blijken van zijn teleurstelling. Iedereen vertelde hetzelfde verhaal over die button en op één persoon na leek iedereen er minstens eentje in zijn bezit te hebben. Als belastend materiaal viel de button af.

Een van de werklui kwam het kantoor binnen om Camila voor akkoord met de gedane arbeid te laten tekenen. Cupido maakte van zijn aanwezigheid gebruik om afscheid te nemen.

Inmiddels was het verkeer op dat late uur in de namiddag een regelrechte ramp, met een miljoen mensen die allemaal dezelfde route terug naar huis namen. Het was die morgen al een gekkenhuis geweest door de staking, maar nu ging iedereen nóg langzamer, met een nóg dieper gebogen hoofd. Het kostte Cupido een halfuur om te voet het adres in Las Vistillas te bereiken, de wijk in het oude centrum waar de beeldhouwer woonde. Hij begaf zich naar de vierde etage van een gerenoveerd pand en belde aan. De elektrische schel klonk ver weg, maar de deur ging bijna meteen open.

'Emilio Sierra?'

'Ja.'

'Ik ben Ricardo Cupido...'

'Ja', werd hij onderbroken, waarmee hem de moeite werd bespaard zichzelf te moeten introduceren. 'De laatste keer dat ik Marcos belde, heeft hij me over je verteld', zei hij, de detective tutoyerend. 'Het lijkt wel of privé-detectives altijd namen hebben die je niet makkelijk vergeet. Kom erin.'

Ze gingen de woning binnen, die uit twee verdiepingen bestond, waarvan de onderste als woonruimte was ingericht. De verdieping daarboven bestond uit één grote, lichte ruimte die als atelier in gebruik was, hoewel het smeedwerk van de metalen sculpturen die her en der stonden onmogelijk daar verricht kon zijn. Op een in het oog springende plek stond een sokkel met een stronk hout erop waar hij waarschijnlijk op dat moment aan bezig was; door de golvende vormen deed het denken aan Afrikaanse kunst of een prehistorisch beeld. Op een tafel vol met papieren brandde een kaars in een kandelaar.

'Ik was aan het werk. Als het je niet uitmaakt, ga ik verder terwijl we praten', zei hij.

'Prima.'

Sierra ging voor het blok hout zitten, op een hoge draaikruk die eruitzag of hij uit een kroeg was meegejat, pakte zijn hamer en een smalle beitel, boog zich lichtjes naar voren om het juiste perspectief terug te vinden, en begon met droge, zekere slagen kleine spaanders van het blok te hakken.

'Ik denk niet dat je van Marcos veel goeds over me hebt gehoord', zei hij, en zijn stem klonk zelfingenomen, misschien zelfs minachtend. 'Nu Gloria er niet meer is, hoeft hij de schijn niet meer op te houden. Toen hij me vertelde dat hij jou in de arm had genomen, wist ik niet of het als mededeling was bedoeld of als waarschuwing.'

'Het enige wat hij me heeft verteld is dat u en Gloria goed bevriend waren', antwoordde Cupido, zonder mee te gaan in het tutoyeren.

De beeldhouwer stopte even met hakken. Zijn handen bleven een moment stil en aarzelend in de lucht hangen, voordat ze verdergingen met het verwonden van het hout, alsof ze met werk bezig waren dat het midden hield tussen snoeien en het bedrijven van geometrie. Terwijl Sierra het gereedschap hanteerde keek de detective bewonderend naar de brede onderarmen en vuisten, waarop de aderen zich duidelijk aftekenden, een toonbeeld van kracht.

'En was u dat?'

'Wat?'

'Goed bevriend?'

In plaats van geïrriteerd te reageren, glimlachte Sierra geamuseerd, geduldig en spottend, misschien zelfs wat gevleid het onderwerp te zijn van dergelijke verdachtmakingen.

'Ik vraag me af hoe het komt dat als er een mooie jonge vrouw wordt vermoord iedereen altijd lijkt te denken dat er een derde partij bij betrokken is, en dat er een driehoeksverhouding achter zit', merkte hij op ironische toon op.

Omdat die driehoeksverhouding maar al te vaak de oorzaak

van de moord is… dacht de detective. Maar hij durfde zoiets nog niet tegen de man te zeggen. Hij mocht hem niet. Hij vond hem arrogant en sarcastisch, het type man dat hij in kunstenaarskringen wel vaker was tegengekomen, mannen die uiterst scherp en uitdagend konden uithalen als iemand het oneens met hen was, alsof er altijd een rekening te vereffenen was.

'Hadden Gloria en u een verhouding?' drong hij aan, omdat Sierra dat soort vragen leek te verwachten.

'Ja', antwoordde hij zonder enige aarzeling. 'Heb je dat van Camila?'

Cupido gaf geen antwoord. Een detective mag zijn bronnen nooit onthullen. Sierra liet nog een serie korte slagen op de stronk neerkomen en legde vervolgens zijn gereedschap op de sokkel. Hij leek geen inspiratie meer te hebben.

'U mag Camila niet?'

'Gloria was de enige die het goed met haar kon vinden. Als ze maar even aardig tegen me was, werd Camila al jaloers. Ze is op geen enkele manier behulpzaam geweest bij het inrichten van de expositie, en na Gloria's dood heeft ze nog geen vier dagen gewacht om de tentoonstelling op te doeken.'

'Tegen mij heeft ze gezegd dat uw werk weinig succesvol was.'

'Wat nu, succes. Succes?' Sierra reageerde geërgerd. 'Ze heeft er zelf voor gezorgd dat de expositie geen succes kón hebben, door alleen haar eigen vriendjes uit te nodigen, van wie ze zeker wist dat ze mijn stijl niet konden waarderen. Critici die mijn werk positief zouden kunnen beoordelen, sloeg ze gewoon over.'

Terwijl de man zijn handen waste in het kleine wasbakje aan de muur, nam Cupido hem nog eens goed op. Hij moest een jaar of vijfendertig zijn, maar kleedde zich alsof hij nog achttien was. Zijn haar was heel kort, geschoren haast, en hij had lange bakkebaarden. Hij bezat het soort jeugdige ijdelheid die voortkomt uit gedrevenheid, arrogantie en zelfvertrouwen, waar hij eigenlijk al te oud voor was. Als wat Camila over hem had gezegd waar was, dat hij geen talent bezat en in de schaduw van Gloria werkte, en als hij zich zelf ook bewust was van zijn beperkingen, dan bleek in ieder geval uit niets dat hij dat gegeven erkende en accepteerde. Misschien dat hij daarom zo overdreven heftig op Cupido's woorden reageerde. Zo'n zogenaamd temperamentvol kunstenaar die zijn middelmatigheid achter zijn woede probeert te verbergen... oordeelde hij, in zijn element in de discussie, alleen op zijn gemak in de directe confrontatie. Hij bedacht dat de luitenant hem waarschijnlijk ook niet zou mogen, omdat hij, militairen eigen, vast de pest had aan alles wat excentriek en gemaakt was.

'Heeft ze je ook verteld dat nu Gloria dood is zij de enige eigenaar van La Galería is?' vroeg hij ineens op beschuldigende toon, terwijl hij doorging met zijn handen wassen.

'Nee, daar heeft ze niets over gezegd', antwoordde Cupido. Ook Anglada had hem daarop gewezen toen ze het tijdens hun eerste ontmoeting over de erfenis hadden.

'Waar was u op zaterdagochtend?'

Sierra keek hem glimlachend aan, veegde zijn handen aan de handdoek droog en begaf zich naar de rommelige tafel. Hij nam een sigaret uit een koker en bood de detective er ook een aan.

'Wil je er ook een?'

'Nee, dank u', zei hij. Hij had nu zes dagen niet meer gerookt maar werd nog steeds onrustig als hij iets te roken aangeboden kreeg.

Sierra stak de sigaret aan met de kaarsvlam, die hij vervolgens uitblies.

'Ik vroeg me al sinds de bel ging af wanneer je die vraag zou gaan stellen. Ik was in Breda, in mijn huis daar. Ik moest een paar sculpturen lassen waar ik een opdracht voor had. Hier kan dat niet, vandaar dat ik daar altijd heen ga als dat nodig is. Ik mag de smidse gebruiken.'

'Was u daar de hele dag bezig?'

'Alleen 's middags. Ik was die ochtend thuis om alles voor te bereiden.'

'Wanneer bent u in Breda aangekomen?'

'Vrijdagmiddag.'

Cupido vond het maar vreemd dat een kunstenaar zijn eigen, net geopende expositie na twee dagen al in de steek liet, terwijl hij toch juist aanwezig zou moeten zijn om zijn werk te promoten en de verkoop te stimuleren, tenzij hij er diep in zichzelf al van overtuigd was dat het een flop zou worden en hij geen getuige wilde zijn van zijn eigen mislukking.

'Heeft iemand u die morgen gezien?'

'Nee, dat denk ik niet. Ik heb nauwelijks contact met de mensen uit het dorp. Op een paar uitzonderingen na zijn ze weinig toeschietelijk voor iemand die er andere gewoonten op na houdt dan zij.'

De detective glimlachte. Sierra had gelijk met die uitspraak.

'Weet je wat ze deden toen mijn grootvader elektrisch licht in het dorp introduceerde?'

'Nee.'

'De helft van de bevolking vluchtte de eerste dag dat het licht aanging de bergen in, omdat ze bang waren dat de lampen zouden exploderen en het glas overal in het rond zou vliegen.'

Toen wist Cupido het weer. De beeldhouwer was de laatste telg uit een illuster geslacht. Zijn grootvader was een politicus geweest die in de jaren twintig in ongenade was gevallen en zich toen een tijdlang in Breda had teruggetrokken. Toen hij als gevolg van de grilligheid van de politiek weer werd gerehabiliteerd, was een van zijn eerste daden geweest ervoor te zorgen dat het dorp elektriciteit kreeg, als dank aan de mensen die hem hadden bijgestaan tijdens zijn verbanning en hem hadden geholpen bij alles wat hij nodig had, in plaats van hem als een paria te behandelen. Nog later had hij het grote huis aan de rivier laten bouwen.

'Wist u dat Gloria dat weekeinde ook van plan was naar Breda te gaan?'

'Nee, dat wist ik niet. Het moet op het laatste moment in haar opgekomen zijn, zoals ze zoveel dingen in een opwelling deed.

Twee dagen eerder waren we nog samen op de expositie, en toen heeft ze er niets over gezegd. Ik heb haar daarna nooit meer gezien.'

'Herkent u deze tekening?' Hij liet hem het inmiddels gekreukelde papier zien.

'Ja, ik heb een button met datzelfde ontwerp.'

'Zou ik die mogen zien?'

'Natuurlijk.'

Hij liep naar de enorme wanordelijke tafel en zocht in een laatje tussen allerlei rommeltjes die hij daar had verzameld.

'Is het erg belangrijk?' vroeg hij.

'Nee', loog Cupido.

'Hier heb ik hem', zei hij eindelijk, en hij liet hem de button zien, met het silhouet van een radioactieve paddestoel boven een groen eiland.

6

Het was een rotdag geweest. Hoewel het schooljaar nog maar nauwelijks een maand geleden was begonnen, waren de leerlingen buitengewoon onrustig, dwars en weigerachtig; ze raffelden alle opdrachten af, hun gedachten bij de plannen voor het komende weekeinde. Hij wist dat ze in mei zijn vak al zat zouden zijn en dan geen enkele belangstelling meer voor zijn lessen zouden kunnen opbrengen. Niet dat ze er nu erg in waren geïnteresseerd. Kunstzinnige vorming was nu eenmaal geen vak waar ze ontzag voor hadden, niet zoals voor de talen of de exacte vakken. Zijn vak eiste slechts een minimale inspanning, maar zelfs daartoe was het merendeel van zijn leerlingen niet bereid. Hij haatte het, al vanaf het moment dat hij besefte dat het bij het onderwijs aan die pubers niet ging om de kennis die de docent bezat, maar om het vermogen hen te motiveren. Al was je nog zo goed, een geniaal kunstenaar, je kon volslagen ongeschikt zijn om die genialiteit bij anderen tot ontwikkeling te brengen. Na een jaar of twee, drie lesgeven had hij zich gerealiseerd dat de muur van onbegrip tussen hem en zijn leerlingen niet het gevolg was van zijn gebrek aan ervaring als docent, of van onwetendheid van zijn kant van de complexe processen die meespelen bij het verwerven van de kennis die de maatschappij onmisbaar acht voor de toekomst van jonge mensen, nee, het was domweg te wijten aan hun absolute ongeïnteresseerdheid in alles wat maar met kunst te maken had.

Het verschil tussen mensen en dieren, zo peinsde hij, was dat dieren iedere generatie weer alles opnieuw moeten ontdekken − vandaar dat ze altijd dezelfde plaats op de ladder van de evolutie blijven innemen − terwijl mensen hun kinderen generatie op generatie doorgeven wat er al is geleerd, waardoor elke nieuwe generatie doorgaat op het punt waar hun ouders zijn gestopt, in de estafetterace die wij 'beschaving' noemen. De microscoop, penicilline, de *Don Quichotte*, *Las Meninas*, het Romeins recht, de hefboom, het schrift of het vuur zijn evenzovele hordes die een mensenkind dat nu wordt geboren niet meer hoeft te nemen. Hoewel, zei hij tegen zichzelf, als de mensheid louter bestond uit mensen als zijn leerlingen, dan zou de wereld toch wel een stapje terug doen. Nadat iedere poging om hun interesse te wekken was doodgelopen, had hij een aantal jaren geleden geopteerd voor onverschilligheid, in de hoop dat ze zich dan ten minste een beetje zouden gedrágen, zoals niet meer dan normaal is tussen mensen die verder niets met elkaar te maken hebben. Maar ook dat had niet gewerkt. Zijn leerlingen hadden schamper gereageerd, alsof ze behoefte hadden aan docenten tegen wie ze zich konden afzetten en ze door zijn desinteresse nog meer de schurft aan hem hadden dan voorheen.

Hij maakte de deur van zijn kleine appartement open. Honger had hij niet, maar hij wist dat hij iets moest eten om de pijn in zijn maag te kalmeren. Het enige wat hij die dag binnen had gekregen, waren de tapas die waren geserveerd bij de wijn die hij 's middags in vier of vijf cafés bij hem in de buurt had gedronken. Hij begon een soort stamgast te worden: het was hem opgevallen dat sommige obers al voordat hij iets had besteld een consumptie voor hem neerzetten, uiterst professioneel, maar hij vond het een verontrustend teken; hij bleef liever een vreemde.

Hij keek om zich heen: de kleine woonkamer, de open slaapkamerdeur met daarachter het onopgemaakte bed, het aanrecht van de open keuken vol vieze vaat en etensresten. De aanrechtrand zag eruit alsof de ratten eraan geknaagd hadden, omdat hij de gewoonte had de hals van de talloze flesjes bier die hij consumeerde er met een doffe knal tegenaan te slaan om de dop eraf te krijgen. De smerigheid van zijn woonomgeving was veelzeggend; het getuigde van zijn eenzaamheid en zijn teloorgang, maar ook van zijn gebrek aan zelfrespect. Alles om hem heen schreeuwde om een grote schoonmaak. Het was maar een klein appartement en er stonden niet veel meubels, maar het betekende zo'n enorme inspanning voor hem om eraan te beginnen dat hij het gewoonweg niet kon opbrengen. De eerste maanden na zijn scheiding had hij zich nog zo voorgenomen om tenminste de schijn op te houden, en ervoor op te passen dat hij, zoals hij zo vaak had gezien bij mensen die op zichzelf leven, zou verzuipen in zelfverwaarlozing. Hij was vast van plan geweest een paar minimale regels aan te houden, op zijn gezondheid te letten en zijn huis bij te houden, dat misschien niet al te comfortabel was, maar dan tenminste netjes zou blijven. Maar ook hij had het er steeds meer bij laten zitten, en uiteindelijk was hij tot een dergelijke staat van zelfverwaarlozing vervallen dat het met de dag moeilijker werd daar nog uit te komen. Soms werd hij 's nachts wakker en lag hij in het donker over zijn leven van vroeger te piekeren, dat niet ongelukkig maar ook niet echt gelukkig was geweest, met een huwelijk dat niet bijster opwindend, maar ook niet veel saaier was dan gemiddeld, met een echtgenote die ermee door kon en twee kinderen om wie hij iedere maand die verstreek zonder hen te zien, minder gaf, alsof ook de liefde een gewoonte was, een bloeiende plant die regelmatig aandacht nodig heeft maar verdort als je hem verwaarloost. Het was allemaal misgelopen toen hij Gloria had leren kennen. Vanaf dat moment waren alle andere vrouwen veranderd in vervelende, onbeduidende wezens, alsof ze alleen hadden gediend als een soort oefenstof, die nodig was geweest om hem voor te bereiden op het moment dat hij haar ontmoette. Nuttige oefenstof weliswaar, anders had hij nooit een relatie met haar aan kunnen gaan, maar om die vast te houden was het onvoldoende gebleken. Na haar vond hij alle andere vrouwen slechte imitaties. Als hij een hoer had geneukt, niet eens al te dik of te smerig, of een vluchtig avontuurtje beleefde, werd hij daarna altijd door de neiging bekropen zo'n vrouw onmiddellijk de trap weer af te donderen. Na Gloria voelde hij zich opgelicht door iedere andere naakte vrouw. Hij was zo bezeten van haar geweest dat hij het niet had kunnen verbergen. Het had maar twee maanden gekost om zijn huwelijk uiteen te laten vallen. En nauwelijks een maand na zijn scheiding had Gloria hem al voor het eerst bedrogen.

Hij ging in de smerige, met kruimels bezaaide leunstoel zitten en sloeg de krant open op de pagina met het korte bericht van haar dood. Vier dagen geleden was zijn oog er toevallig op gevallen, toen hij in het portiershok op school een sleutel kwam afgeven. Het artikel gaf verder geen foto's of nadere bijzonderheden over het slachtoffer, alleen haar naam en leeftijd, maar ging wel uitgebreid in op het moordwerktuig, een grof mes dat herders wel gebruiken, dat haar eerst licht aan haar borst had verwond voordat het fataal had toegestoken, in haar hals, de meest kwetsbare plek van het menselijk lichaam, omdat daar de luchtpijp en de aderen die onmisbaar zijn voor het leven doorheen lopen en er nauwelijks beschermende botten zijn. En weer voer er een huivering door hem heen, net als die morgen, toen hij zich ondanks een snerpende pijn in zijn hartstreek gewroken voelde.

Gedreven door dorst – zijn mond was kurkdroog en hij voelde zijn maag branden – liep hij naar de ijskast en haalde er een fles wijn uit die nog zo goed als vol zat. Hij keek rond of er nog een schoon glas tussen de vuile vaat stond, maar toen hij er niet direct een vond zette hij de fles zo aan zijn mond en nam een diepe, gorgelende, lange teug. Het was of er water op hete stenen werd gesprenkeld; hij voelde de damp via zijn keel omhoogkomen en hem naar zijn hoofd stijgen, het plotseling opkomende gevoel verdrijvend dat hij zijn leven met een lijk deelde.

Het was zo lang geleden dat er iemand bij hem was langsgekomen dat hij schrok toen de elektrische bel ineens ging. Normaal zou hij aan een kwajongensstreek van een paar van zijn leerlingen hebben gedacht, die achter het angstvallig bewaarde geheim van zijn adres waren gekomen: hij was bang voor agressie. Maar hij wist bijna zeker dat het nu om Gloria zou gaan, en opnieuw voelde hij een golf van haat in zich opkomen, omdat ze hem zelfs in haar dood nog achtervolgde. Voordat hij opendeed zette hij de fles nogmaals aan zijn mond en liet de wijn zijn maag in stromen. Toen stond hij op en maakte de twee sloten open. Er stond een lange man tegenover hem, maar er ging geen dreiging van hem uit. Hij zag er niet uit alsof hij van de politie was.

'Manuel Armengol?'

'Ja', antwoordde hij, inwendig vloekend omdat zijn stem verwrongen klonk, als een soort gegrom.

'Ik ben Ricardo Cupido, ik ben bezig met een onderzoek naar de dood van Gloria.'

De leraar keek naar de handen van zijn bezoeker, die beweginloos ter hoogte van zijn dijen bungelden, wachtend tot hij iets zou laten zien, een insigne, een identiteitsbewijs of iets anders dat een dreiging inhield.

'Politie?' vroeg hij uiteindelijk.

'Nee, ik ben privé-detective.'

Cupido had verwacht dat de man vervolgens wel zou vragen wie zijn opdrachtgever was, maar hij deed een stapje opzij om hem binnen te laten, alsof hij opgelucht was dat hij niet voor de politie werkte. Hij bood Cupido een leunstoel aan waar hij eerst een opengeslagen krant uit viste. De detective kon nog net de kop van het bericht over Gloria lezen. Toen pas viel zijn oog op de rommel om hem heen, het onopgemaakte bed in de slaapkamer, de aangebroken fles wijn op tafel zonder een beker of een glas ernaast. Aan Armengols ogen en aan zijn stem kon je merken dat hij had gedronken. Cupido wachtte tot de man twee glazen uit het wandmeubel had gehaald en tegenover hem was gaan zitten, en vroeg toen: 'U weet hoe ze is gestorven?'

'Ja, ik las het toevallig een paar dagen geleden in een oude krant. Het was een vreselijke verrassing. Als een nachtmerrie', zei hij. Hij had een slecht gebit, met tanden zo geel als maïskorrels, en ten gevolge van zijn beroep, de wijn en te veel sigaretten klonk zijn stem schor. Hij had de verwonderde, waakzame blik van een kluizenaar.

Hij bracht het glas naar zijn lippen en dronk. Vervolgens stak hij een sigaret op en zoog de rook diep naar binnen. Hij had de gretige manier van roken die voor mensen die net zijn gestopt enorm aanstekelijk is.

'Wie heeft u over mij verteld?'

'De luitenant die met het onderzoek is belast. Zijn ze nog niet bij u geweest?'

'Jawel, op de school waar ik werk. De man was discreet, gelukkig', zei hij mistroostig. 'Maar ik had het idee dat het bij die verklaring zou blijven.'

'Het is nog maar net begonnen', antwoordde Cupido.

Armengol keek hem een paar seconden zwijgend aan, vanachter de rook die omhoog kringelde, zich afvragend wat hij met die laatste woorden aan moest. Vervolgens zei hij bruusk: 'Voor jullie ben ik natuurlijk de perfecte verdachte: een man alleen, volledig door haar geobsedeerd en met meer dan genoeg reden om haar te haten.'

Hij heeft te veel gedronken om zo te praten, peinsde Cupido, met een zijdelingse blik op de hoeveelheid wijn die er nog in de fles zat.

'Hoe lang is het geleden dat u haar voor het laatst hebt gezien?'

'Een hele tijd, al een hele tijd. Vlak na Oud en Nieuw, het zal zo'n maand of zes, zeven geleden zijn geweest. Ik had hier nog wat dingen van haar en ik heb haar gebeld omdat ik die terug wilde geven. Sindsdien hebben we elkaar niet meer gezien. Dat portret dat ze van me heeft gemaakt is het enige wat ik van haar heb gehouden', zei hij met een gebaar naar een schilderij waarop hij er tien jaar jonger uitzag.

'Heeft Gloria dat geschilderd?'

'Ja, ik lijk daar wel tien jaar jonger', zei hij en hij voegde eraan toe: 'Er is niets over van de man die u daar ziet.'

Cupido had zich wel vaker afgevraagd wat sommigen van zijn cliënten ertoe bracht om hem – hij was toch een betrekkelijk onbekende – hun zielenroerselen toe te vertrouwen, met hetzelfde soort openheid als tegenover hun biechtvader; hoe kwam het toch dat ze tegenover hem toegaven het slachtoffer te zijn van een krankzinnige afpersing of van overspel, van zaken die ze hun beste vrienden nooit zouden bekennen? Hij vermoedde dat het zijn werk was, want de morele kant, en soms zelfs het illegale karakter van een opdracht, laat een privé-detective in principe koud. Hij stelt zich nooit op als rechter of priester, verklaart niemand schuldig en legt geen straffen op. Het enige wat hij doet is luisteren naar mensen, toegeven en tegemoetkomen aan hun wensen, als een hoer. Alleen als er goed werd betaald, uiteraard.

'Toen ze me verliet was er geen houden meer aan', ging de man verder.

Cupido was er zeker van dat de man te veel op had en hij wist dat een enkele vraag van hem voldoende zou zijn om hem los te doen barsten in het relaas van zijn ongeluk, maar na zo'n lange dag als hij achter de rug had, kon hij het onmogelijk opbrengen om er geduldig naar te luisteren.

'Herkent u deze tekening?' vroeg hij, terwijl hij hem het ontwerp van de button liet zien.

Armengol wierp er een vluchtige blik op.

'Nee, die herinner ik me niet.'

Dat was het antwoord dat de detective verwachtte: de button was van een paar maanden nadat Gloria de verhouding had verbroken. Het enige spoor dat ze hadden leek nergens heen te leiden.

'Schildert u zelf ook?'

'Niet meer. Ik heb het een tijdlang geprobeerd, tot ik besefte dat als je het niet in je hebt, je maar beter kunt stoppen en je ertoe beperken de kunst van anderen te bespreken. Op die manier ben ik Gloria tegengekomen.'

De detective maakte een vragend gebaar.

'In de loop van het schooljaar brengen we met onze leerlingen altijd een keer een bezoek aan een tentoonstelling. La Galería is niet ver weg, en het afgelopen schooljaar hadden we besloten om daarheen te gaan, alhoewel ik dacht dat het wel weer vergeefse moeite zou zijn en de leerlingen toch niet de geringste belangstelling zouden kunnen opbrengen voor wat ze te zien kregen. Maar toen we binnenkwamen en naar de schilderijen keken werden zelfs de meest apathische leerlingen geraakt, en keken ze ademloos rond. Ik denk dat het de laatste keer was dat ik ze heb weten te boeien. De kunstenares was op dat moment zelf in de galerie aanwezig; het was een jonge vrouw en ze zag onze reacties. Ze vond het een leuk initiatief om met leerlingen op pad te gaan. We raakten in gesprek en de volgende dag belde ik haar op om te vragen of ze tijdens mijn lessen een praatje wilde komen houden over haar werk. Misschien zouden ze naar haar met meer aandacht luisteren dan naar mij. En de rest… dat kunt u zelf wel invullen.'

'Hoe lang heeft het geduurd?'

Armengol lachte als een bedelaar wiens bord tijdens een maaltijd wordt weggegrist. Hij schonk zich nogmaals in voordat hij antwoordde: 'Nog geen vijf maanden. Te lang om haar te kunnen vergeten, te kort om haar niet te missen.'

'Waar was u zaterdag?' vroeg Cupido meteen daarop.

'Ik sliep', antwoordde hij gedwee, na een korte stilte. 'De nacht daarvoor had ik slecht geslapen en ik voelde me beroerd. Ik ben tot halverwege de middag in bed gebleven.'

Cupido noteerde het ongeduld waarmee de handen naar het glas grepen. Hij kreeg ineens haast, hij wilde zo snel mogelijk ontsnappen. In dat gesloten appartement heerste de benauwde atmosfeer van een broeikas; hij snakte naar schone, frisse lucht – de zes dagen dat hij nu al niet meer rookte begonnen vruchten af te werpen – en hij wilde zo gauw mogelijk naar buiten en vrolijke, vriendelijke gezichten zien.

7

Er was al een week voorbij sinds Gloria's dood, en Cupido was in Breda teruggekomen zonder dat zijn onderzoek noemenswaardige resultaten had opgeleverd. Hij had geen idee hoe het verder moest, maar daar maakte hij zich niet druk om, want hij wist maar al te goed dat net als altijd, ook in deze zaak geduld cruciaal was. Hij liet het aan de anderen over om zich bezorgd te maken, al die mensen die op de een of andere manier met Gloria verbonden waren geweest, die op dat moment waarschijnlijk onrustig waren, verstard afwachtend tot er iets zou gebeuren dat hen zou bevrijden van de last tot de verdachten te behoren.

Hij stond die ochtend laat op en begaf zich zonder haast te maken naar de kazerne om met de luitenant te praten. Omdat ze hem inmiddels kenden, hoefde hij nauwelijks te wachten aan de poort.

'En, hoe is het gegaan in Madrid?' vroeg Gallardo.

'Veel woorden, maar niets om op door te gaan.'

De luitenant knikte mismoedig.

'Ik heb een hekel aan die stad. Ik haat alle grote steden. Iedereen heeft er haast en niemand kent elkaar. Het is niet zo vreemd dat misdadigers zich het liefst in de grote stad verbergen, en dat we ze daar nooit kunnen vinden.'

Cupido had de dag daarvoor het laatste nieuws over de moord in de regionale pers gelezen: een officieel perscommuniqué dat vaag optimistisch van toon was. Maar hij wist dat als een woordvoerder van de autoriteiten meldt dat een onderzoek bevredigend vordert en dat alle sporen worden nagetrokken, er in werkelijkheid niets is gevonden en ze geen idee hebben hoe ze verder moeten. Het is net zoiets als bij oorlogsverslaggeving: als een generaal vol optimisme en zelfvertrouwen meldt dat men aan alle fronten strijd levert, houdt die mededeling in werkelijkheid in dat er nog geen enkel gevecht gewonnen is.

'Met wie hebt u gesproken?'

'Opnieuw met Anglada, met Camila, en met die beeldhouwer die hier in Breda een buitenhuis heeft. Verder met de leraar, Armengol, een wat merkwaardige man die een tijdlang een verhouding met het meisje heeft gehad. De enige met een goed alibi voor die morgen is Anglada.'

'Dat hadden wij ook al vastgesteld.'

'De rest heeft niemand die voor hen kan getuigen. Camila zegt dat ze de hele ochtend in La Galería was, in haar eentje. Sierra, de beeldhouwer, was hier in Breda, maar bezweert dat hij zijn huis niet heeft verlaten. Armengol lijkt de hele ochtend in bed te hebben gelegen, waarschijnlijk om zijn roes uit te slapen. Hij is een zware drinker.'

De luitenant vergeleek Cupido's verhaal met wat er in de getypte pagina's stond die voor hem lagen. Hij pauzeerde even om een sigaret op te steken en bood Cupido er ook eentje aan. De detective merkte tot zijn vreugde dat hij al veel minder moeite had een sigaret af te slaan dan een paar dagen daarvoor.

'Ze hebben ons precies hetzelfde verteld', zei de luitenant. Hij husselde de papieren tegen de tafel om een mooi, gelijk stapeltje te krijgen. 'Expósito was die morgen ook in Madrid; we hebben een uitgebreid formulier van het laboratorium waar bloed bij hem is afgenomen voor een aantal tests. Wat betreft de mensen hier in Breda, daar is niets echt duidelijk over. De familie van het slachtoffer...' ging hij verder, die zo kille, juridische term gebruikend die niets zei over geslacht of leeftijd en die Cupido juist probeerde te vermijden, omdat hij bewust naar woorden zocht die haar typeerden, om te voorkomen dat Gloria een van de velen werd, dat ze deel ging uitmaken van de anonieme massa van de doden. '...vader en zoon, vertellen allebei een identiek verhaal, maar ze zeggen steeds woordelijk hetzelfde, en dat zou erop kunnen wijzen dat ze liegen. Ook Molina, de parkwachter, houdt mogelijk iets achter. Hij beweert die morgen een andere route genomen te hebben. Dit gaat een moeilijke zaak worden. We zijn terug bij af.'

'Het is nog te vroeg om daar iets over te zeggen. Iedereen is nog doodsbang', zei Cupido.

'Bang?'

'Angst is een slechte raadgever. Bange mensen worden wantrouwig en aarzelen om met dingen te komen. Een dergelijk misdrijf maakt ze voorzichtig.'

In tegenstelling tot de luitenant had Cupido geen haast. Hij had geen deadline, en hij voelde zich niet onder druk gezet, niet door familieleden, niet door superieuren en niet door de pers. Journalisten maken in hun oordeel over politiewerk vaak de fout geduld en inefficiëntie te verwarren. Geduld was altijd een van Cupido's sterke punten geweest, en de tijd had altijd in zijn voordeel gewerkt.

'En de button? Bent u daar meer over te weten gekomen?'

'Iets, hier en in Madrid.'

De luitenant ging wat rechter in zijn stoel zitten. Vanaf het moment dat ze hem in de gesloten vuist van het meisje hadden aangetroffen, met de ijzeren punt in het topje van haar middelvinger, had hij de button beschouwd als het enige duidelijke spoor dat ze mogelijkerwijs konden volgen. Maar tot dan toe had het nog nergens heen geleid.

'Iets?' drong hij een beetje bruusk aan.

'Gloria's neef heeft het ontwerp van de button in het dagboek gezien dat het meisje bijhield. Hij kan niet gelogen hebben, want hij bleek hem ter plekke precies te kunnen natekenen.'

'Tenzij hij dat ontwerp al kende omdat hij de button zelf eerder had gezien, wat veel interessanter zou zijn.'

'Ja, als hij de enige was.'

'Zijn er dan meer?'

'Allemaal, of bijna allemaal. Die button was gemeengoed in de kring kunstenaars en schilders rond Gloria, omdat zij heeft meegewerkt aan het ontwerp en er daarna bij iedereen op aandrong er eentje te kopen om een protestactie te steunen. Iedereen kende de button en iedereen had er eentje, behalve Armengol. Maar in die tijd zagen ze elkaar al niet meer.'

'Zei u daarnet dat het meisje een dagboek bijhield?'

'Ja, en het zou veel zaken kunnen ophelderen. Hebben jullie er niet naar gezocht?'

'Nee, want niemand heeft het tegenover ons genoemd. Maar normaal gezien is dat soort dingen het eerste waarnaar we zoeken. Die lui uit Madrid hebben ons verzekerd dat ze haar huis grondig hebben doorzocht. Als ze het waren tegengekomen, zouden ze er zeker iets mee hebben gedaan.'

De twee mannen zwegen, er was verder niets meer te zeggen. Het was niet veel. Misschien stond de moordenaar niet eens op hun lijstje met verdachten. De button was het enige wat hen had doen geloven dat de moord niet het werk was geweest van een gek, maar van iemand uit Gloria's directe omgeving.

'Het sectierapport is klaar. Dat geeft verder ook geen aanwijzingen. Geen enkel spoor dat naar iemand wijst, nog geen draadje onder de nagels van het slachtoffer. Niets', besloot de luitenant.

Misschien was dat laatste niet eens zozeer bedoeld om uitdrukking te geven aan zijn moedeloosheid of aan het onmachtige gevoel de zaak niet tot een goed eind te kunnen brengen, maar wilde hij op die manier zijn vertrouwen in de man tegenover hem uitspreken. Mogelijk stond hij verbaasd over zichzelf – een politieman, gewend aan discipline en vaste structuren, trots op zijn uniform, met een stevig wantrouwen naar mensen die niet tot de club behoorden – dat hij zo goed kon opschieten met een detective die in zijn archief nota bene vermeld stond als iemand met een veroordeling wegens smokkel aan zijn broek. Maar de omstandigheden hadden hen bij elkaar gebracht, en al kon hier natuurlijk nooit echte vriendschap uit ontstaan, het begon toch veel te lijken op een gevoel van wederzijds vertrouwen. Tot nu toe waren ze het steeds eens geweest over nieuwe stappen die genomen moesten worden, en waren ze bij de analyse van die paar gegevens waarover ze beschikten ongeveer tot dezelfde uitkomsten gekomen. Dit evenwicht had er ongetwijfeld toe bijgedragen dat ze beiden hadden besloten open kaart te spelen.

'We zullen nog een keer naar de rechtbank moeten', zei Gallardo na een korte stilte. 'Ik denk niet dat het moeilijk zal zijn om toestemming te krijgen hun telefoon af te tappen. Hoewel ik vrees dat we daar ook niets mee opschieten. Alles wijst erop dat we met een alleen opererende gek te maken hebben.'

8

'Ik vind het een beetje eng om hier alleen te moeten blijven', zei ze. Het was een meisje van een jaar of twee-, drieëntwintig, met een verwend kinderstemmetje. De sensualiteit van haar lichaam werd benadrukt door haar strakke truitje en de nauwsluitende spijkerbroek, die zo oud was dat hij vol slijtplekken zat en aan de onderkant rafelde. Haar zwarte haar omlijstte een schoon, glad gezicht, waarop de eerste zomersproetjes tevoorschijn kwamen na een hele dag buiten in de zon tijdens hun wandeling en het opzetten van hun kamp.

De sterke, lange jongen in korte broek en met bergschoenen aan, ongeveer van dezelfde leeftijd, nam haar in zijn armen tot hij voelde dat hij opgewonden raakte. Sinds hij haar nauwelijks een maand geleden had leren kennen, was hij bezeten van dat warme, weelderige lichaam.

'Kom nou, doe niet zo kinderachtig. Ik heb ook geen zin om te gaan.' Hij kuste haar licht op haar mond en hield haar billen nog wat steviger vast. 'Met de auto ben ik binnen het halfuur terug. We kunnen de tent en alles hier toch niet zomaar achterlaten. Het zou gestolen kunnen worden.'

'Maar als er toch niemand is', protesteerde ze.

'Er zwerft altijd wel iemand in het bos rond die we niet kunnen zien', antwoordde hij met de arrogantie van een expert.

'We kunnen toch wel zonder batterijen', drong het meisje aan, zo poezelig en verleidelijk mogelijk. Ze keek op en bood hem nogmaals haar lippen terwijl ze de achterkant van zijn nek liefkoosde. 'We gaan gewoon vroeg naar bed en er zijn genoeg dingen waar we geen licht voor nodig hebben.'

De jongen voelde door dat gekriebel van haar vingers in zijn nek haast onweerstaanbare rillingen van genot in zich opkomen. Hij glimlachte gevleid, maar maakte zich met een plotselinge beweging naar achteren los en stapte in de auto. Het was een terreinwagen, het ideale voertuig voor mensen die zich in het ruigste stuk van het park van de wereld wilden terugtrekken.

'Ik ben binnen een halfuur terug', beloofde hij.

Ze bleef doodstil voor de felblauwe tent staan, die als een glanzende reflectie van de hemel afstak tegen het donkere bruin van de droge aarde, schichtig om zich heen kijkend als een prachtig dier dat zich ineens geïsoleerd ziet van de kudde. Ze bleef de auto, die zich in een grote stofwolk verwijderde, nog lang nakijken, luisterend naar het verre geluid van de motor, zelfs toen ze de wagen al niet meer kon zien. Toen ze definitief alleen was haalde ze een pakje sigaretten tevoorschijn, stak er een op en ging op een grote steen vlak voor de tent zitten roken. Ze keek op haar horloge, haalde berustend haar schouders op en bereidde zich voor op een halfuur wachten. Ze dacht na over haar vriendje, over de manier waarop hij haar hier alleen had achtergelaten en bezwoer zichzelf dat dit de laatste keer was dat ze met hem meeging. Ze paste ervoor om nog een keer alleen gelaten te worden midden in dat bos waar ze de godganse dag niemand gezien hadden sinds ze die morgen de beschaafde wereld achter zich hadden gelaten. Ze paste ervoor om niet te mogen roken omdat hij last had van de rook. Hij verdomde het zelfs om haar te kussen als haar lippen naar rook smaakten! Ze paste ervoor om blikvoer en broodjes te eten en warme cola te drinken. Ze paste ervoor om, zoals ze vandaag hadden gedaan, twaalf, vijftien kilometer over geitenpaden te lopen, met stenen die zich in haar voetzolen boorden… en dat alleen om naar die rare rotstekeningen te kijken waar ze niets van had begrepen. En toen ze dan eindelijk terug was, met dikke voeten, en alleen nog maar wilde liggen en uitrusten, en verlangde naar een massage van top tot teen, moest ze zo nodig de wacht houden bij de tent, moederziel alleen in dat bos, dat iets dreigends had, zeker die dag, de 1ste november, Allerzielen. Ze had spijt als haren op haar hoofd dat ze was ingegaan op het voorstel voor dit afgrijselijke uitstapje. Ze zag een dikke zwarte mier tussen haar voeten scharrelen, tilde een voet op en verpletterde hem, een paar keer woest draaiend met de punt van haar schoen. Toen ze weer opkeek, merkte ze dat het ineens merkwaardig stil om haar heen was geworden, alsof de hele natuur verrast had toegekeken toen ze die zinloze, wrede kleine executie uitvoerde, en haar dat verweet met een zwijgende veroordeling. Nu werd ze pas echt bang, maar ze weigerde er verder bij stil te staan, want ze wist dat als ze er in deze situatie aan zou toegeven, ze haar angst pas weer de baas zou zijn als ze andere mensen om zich heen had of als de jongen terugkwam en haar in zijn armen sloot. Ze keek om zich heen om zich ervan te verzekeren dat de stilte niet werd veroorzaakt doordat er een roofdier in de buurt zat. Maar het was meer dan alleen stilte, er bewoog ook niets meer. Ze kon een plotselinge rilling niet inhouden en begon te klappertanden. Zonder verder om zich heen te kijken sprong ze op, gooide de brandende sigaret op de grond en kroop de tent in. Met een krampachtige ruk trok ze de rits dicht. Binnen bleef ze op haar knieën voor de opening zitten, haar ogen wijdopen. Haar hart klopte heftig en joeg het bloed door haar aderen, en ze voelde zich overweldigd door een paniek die ze met geen mogelijkheid kon bedwingen. Ze had het gevoel of er in haar buik iets naar beneden geduwd werd en kreeg ineens zo'n aandrang om te poepen dat ze het nauwelijks kon inhouden. De lage middagzon projecteerde de schaduw van de boomtakken op het blauwe dak van de tent en veroorzaakte een vaag patroon van onregelmatige vlekken op de lichte binnentent. Ineens kwam het in haar op dat ze een week geleden bij het doorbladeren van een krant iets had gelezen over de gewelddadige moord op een meisje dat helemaal alleen een wandeltocht door een bos aan het maken was. Ze kon zich niet meer herinneren waar het precies was gebeurd, maar stelde zich net zo'n omgeving voor als waar ze zich nu bevond. Als iemand haar iets aan wilde doen, dan zou er in een straal van vele kilometers om haar heen niemand zijn die haar hoorde schreeuwen, niemand die haar te hulp kon komen. Ze herinnerde zich weer wat haar vriendje daarnet had gezegd: 'Er zwerft altijd wel iemand in het bos rond die we niet kunnen zien', maar nu leken die woorden haar geen onzin meer, geen flauwekul, maar een griezelige voorspelling. En ze vroeg zich nogmaals af hoe ze zo stom had kunnen zijn om met zijn plannen in te stemmen en met hem mee te gaan op dit vreselijke uitstapje, met een tent! Ze had een vijfsterrenhotel moeten eisen! Ze haatte het, de keiharde, uitgedroogde aarde waaraan ze op dat moment haar knieën bezeerde, de geur van het warme plastic, het gewicht dat ze mee moesten sjouwen, de smerige lucht van bederf van de beginnende herfst, de bergschoenen die haar voeten afklemden als die van een mummie, de slijmerige slakken die ze op haar hoofd kon krijgen als ze onder een boom door liep, de minuscuul kleine beestjes waar ze de hele dag al strijd mee voerde en die steeds onder haar kleren kropen, de insecten die op haar bloed afkwamen, waardoor haar huid over een week vast nog geïrriteerd zou zijn. Als dat nu de genoegens van het wandelen waren die iedereen altijd zo ophemelde, dan konden ze haar verder gestolen worden. Van haar hoefde het niet, al dat gedoe. Ze had ingestemd met het kampeerplan vanwege het aanlokkelijke idee om dan te kunnen doen waar ieder verliefd koppel nu eenmaal van houdt: je terugtrekken op een eenzaam plekje om ongestoord van elkaar te kunnen genieten. Maar het had niet zo uitgewerkt als ze had gehoopt. Als de jongen terugkwam, zou ze onmiddellijk van hem verlangen dat ze de tent afbraken, en dat ze naar dat prachtige, kasteelachtige hotel gingen dat ze hadden gezien toen ze door het kleine stadje reden waar hij nu heen was om batterijen te kopen. Ze zou zich niet meer laten aanraken tot ze haar zin had. Ze voelde een instinctieve weerzin tegen haar eigen lichaam, zweterig van het lopen, tegen haar haren, die stijf stonden van het stof, tegen haar lippen, die waren uitgedroogd door zon en wind.

Toen merkte ze dat die gevoelens van haat de scherpte van de paniek hadden gehaald en dat haar woede als een krachtig serum tegen de giftige beet van de angst had gewerkt. Ze was nog steeds bang, maar kon de angst nu terugbrengen tot een aanvaardbaar niveau. Ze was zo zenuwachtig dat ze behoefte had aan nog een sigaret. Ze zocht in haar zakken, maar daar vond ze niets, tot ze zich herinnerde dat ze het pakje en de aansteker op de steen voor de tent had laten liggen. Ze vermande zich en deed de rits open, zichzelf voorhoudend dat het daarbinnen heus niet veiliger was en dat ze binnen net zo bang was als buiten. Haar vriend kon ieder moment terugkomen en dan zouden ze samen kunnen lachen om haar overdreven angst. Op haar knieën kroop ze iets naar voren en stak zo voorzichtig als een schildpad haar hoofd naar buiten. Ze keek om zich heen en zag niemand. Zo bleef ze even zitten, zonder het stekende gevoel van zich af te kunnen zetten dat er achter de bomen iemand naar haar stond te loeren. Ze was geen meisje dat gewend was om alleen te zijn, ze had altijd vriendinnen om zich heen, of jongens en mannen die zich aangetrokken voelden door de dierlijke sensualiteit van haar lichaam. Ze wist het inmiddels precies wanneer ze haar aanstaarden, vanaf het andere perron van een metrostation, vanaf de plek aan de bar in een kroeg, vanuit het schemerduister van een discotheek. Ze voelde het nu ook, die mengeling van bewondering en begeerte waarvan ze wist dat ze die opwekte als mannen naar haar keken. Ze luisterde aandachtig, in de hoop dat ze in de verte het motorgeluid van de auto zou horen, maar ving nog niets op. Het meest onbeschaamde compliment, het meest directe en obscene voorstel zou haar liever zijn dan de stilte die haar nu omringde. Waarom moet het zo lang duren om een paar stomme batterijen te kopen... vroeg ze zich geërgerd af. Alles zal wel dicht zijn vanwege Allerzielen, hield ze zichzelf voor. De zon zakte al bijna weg achter de bergen. Ze ging weer op de steen zitten, knipte de aansteker aan en hield uit gewoonte haar linkerhand beschermend om het vlammetje, een zinloos gebaar, want er stond geen zuchtje wind. De sigaret gloeide rood op toen ze gespannen twee diepen halen nam, en toen ze weer opkeek zag ze de donkere schaduw die zich op haar stortte, het verbeten gezicht, het mosgroene jack en vooral het mes met het gekromde lemmet dat ze op de hoogte van haar mond naar zich toe zag komen. Ze wist wat er ging gebeuren en hief haar handen om haar hals te beschermen. Alsof het mes die verdediging had voorzien, zocht het een opening tussen de vingers en zette door, tot het bij de hals kwam. Daar stopte het even om zich te kunnen verlustigen in het zoete, warme bloed voordat het zich terugtrok, de kou in. Daarna, als de mond van een uitgehongerd wild dier en zonder verdere tegenstand van de handen die het meisje voor zich uitgestrekt hield, begroef het zich weer in de hals. Daar bleef het zitten tot het hart eindelijk ophield met pompen.

Een piepjonge guardia, vast niet ouder dan een jaar of twintig, had bij hem thuis aangebeld met het verzoek of hij mee wilde komen. 'Er is daarboven in de bergen weer een meisje vermoord. De luitenant vraagt of u meteen mee kunt komen', had hij vanuit de deuropening gezegd, zonder binnen te willen komen. Hij probeerde de houding aan te nemen van iemand die gewend is een slecht-nieuws-bericht te brengen. Cupido was naar de woonkamer teruggelopen, waar hij aan het eten was, had andere schoenen aangetrokken en zijn sleutels gepakt. Tot zijn eigen verbazing voelde hij in zijn zakken rond met het gebaar van iemand die iets belangrijks vergeet maar niet weet wat het is. Het duurde even voordat hij zich realiseerde dat hij zijn sigaretten zocht. Het was niet voor het eerst dat die oude, twintig jaar ingesleten gewoonte hem op die manier als een soort verraad overviel. Hij had al tien dagen niet gerookt, en hoewel het verlangen minder kwaadaardig leek te worden, verraste het hem nu toch hoe zijn verslaving zich via trucs en kronkels leek uit te sloven om zijn besluit te ondermijnen, als een tegenstander die een duel eerlijk heeft verloren, maar weigert zijn verlies toe te geven en vanaf dat moment zijn toevlucht neemt tot subtielere strijdmiddelen, gebaseerd op list en bedrog. Cupido volgde de soldaat naar de auto en weer gingen ze op weg naar El Paternóster. De jongen wist niet veel bijzonderheden te vertellen over de moord, want omdat de luitenant hem meteen naar de stad had teruggestuurd toen ze ter plekke kwamen, had hij het lichaam niet gezien.

De tent stond vlak bij het water, in een van de talloze, half verborgen inhammetjes die waren ontstaan door de aanleg van het stuwmeer. Het lichaam van het meisje lag naast een steen, waar ze waarschijnlijk op had gezeten toen ze werd aangevallen, in de merkwaardige, haast onbeschaamde houding die dode lichamen hebben als ze met hun gezicht naar de hemel op de grond liggen. Haar bebloede handen lagen geopend naar boven, alsof ze bad, of een verklaring vroeg voor de twee enorme wonden in haar hals. De hele voorkant van haar trui zat onder het bloed. Het stroomde niet meer en was langzaam op de grond aan het stollen.

Cupido had wel verwacht dat het een afgrijselijk gezicht zou zijn, hij had geprobeerd zichzelf onderweg te stalen voor wat hij te zien zou krijgen. Hij had Gloria's lichaam niet zelf gezien, maar wat de luitenant hem had verteld, in combinatie met de foto's die hem waren getoond, had een voldoende duidelijk beeld geschetst van de manier waarop het was gebeurd. En toch werd hij overvallen door een golf van medelijden en voelde hij een vage, troebele haat in zich opkomen toen hij het heft van het mes in de hals van het meisje zag steken, de uitpuilende angstogen, haar wijdopen mond, alsof ze naar adem had gesnakt, als een astmaticus die voelt dat hij gaat stikken.

'Mijn god', riep de soldaat naast hem die hem had opgehaald. Zijn mond bolde op als een ballon en hij racete heftig kokhalzend naar de waterkant. Ze hoorden zijn kots met een kletterend geluid in het water terechtkomen. De luitenant wierp de jongen een diep verwijtende blik toe.

In het licht van de schijnwerpers was een hele groep mannen druk bezig met een minutieus onderzoek van de omgeving. Het was voor het eerst dat Cupido getuige was van de eerste fase van een onderzoek, hij had nooit eerder gezien hoe zorgvuldig men daarbij te werk ging. Een volmaakte misdaad bestaat niet, herinnerde hij zich, alleen onvolmaakt onderzoek. Hij was onder de indruk van die gedisciplineerde samenwerking, alsof er mieren bezig waren, die alles besnuffelden en aan een nauwkeurig onderzoek onderwierpen, steeds met hun voelsprieten informatie uitwisselend om elkaar niet te hinderen en om te voorkomen dat er werk dubbel werd gedaan. Een van hen maakte foto's van het lichaam en van alles wat mogelijk een aanwijzing kon betekenen, een ander besprenkelde het doek van de tent met een saffraangeel poeder om eventuele vingerafdrukken zichtbaar te maken, er waren mannen bezig het terrein dat ze wilden onderzoeken met een geel plastic lint af te zetten en weer anderen liepen rond in een groter gebied, waar ze met behulp van sterke zaklampen iedere steen die was verplaatst en ieder korreltje aarde met een afwijkende kleur opraapten, zodat later in het laboratorium kon worden bepaald waar het vandaan kwam.

De luitenant maakte een eind aan zijn gesprek met iemand in een witte jas en kwam naar hem toe.

'Ik heb u meteen laten halen, zodat u het zelf kunt zien. Dit begint een nachtmerrie te worden.'

'Hetzelfde als de vorige keer?'

'Ja, daar ziet het wel naar uit. Eenzelfde mes, dezelfde verwonding, vergelijkbare omstandigheden. Dezelfde dader.'

De detective keek naar de tent. Het blauwe plastic glom in het licht van de schijnwerpers.

'Dat ze het durfde, hier te komen na die andere moord...'

'Ze was niet alleen', antwoordde Gallardo. Hij wees naar een jongen die op een steen zat, een stukje verder weg, zijn ellebogen op zijn knieën en zijn handen voor zijn gezicht. Hij leek nergens iets mee te maken te hebben, volledig verloren in al die activiteit om hem heen, het enige wezen dat niet bewoog te midden van een stuk of tien mannen die koortsachtig aan het werk waren na dit nieuwe bloedbad. 'Hij zegt dat ze een paar dagen samen wilden zijn, ver van de wereld. Vlak voor het donker werd heeft hij haar een halfuur alleen gelaten om beneden een paar batterijen te kopen die ze waren vergeten. Anders hadden ze 's nachts zonder licht gezeten. Toen hij terugkwam vond hij haar zo, leegbloedend. De jongen weet iets van reddingswerk in de bergen en van EHBO, maar hij kon niets meer voor haar betekenen.'

'Hebben jullie zijn verhaal gecontroleerd?'

'Ja, hij liegt niet. Zijn verklaring klopt op de minuut met die van de pompbediende op het benzinestation waar hij de batterijen heeft gekocht. Verder staat het tijdstip op de kassabon. Hij had haar nooit alleen mogen laten.'

'Dit kan al onze theorieën overhoopgooien', zei Cupido.

'Ja, deze nieuwe moord verandert alles. Misschien is het andere meisje toch niet uit persoonlijke motieven vermoord. Ik neig nu tot de gedachte dat we met een gek te maken hebben, of met iemand die niet op bezoekers gesteld is.'

'Ja, als die button er niet was geweest', merkte Cupido op. 'Mag ik met de jongen praten?'

'Natuurlijk.'

Ze liepen naar de plek waar hij zat. Toen hij hen hoorde, keek hij omhoog en stond op. Hij keek hen strak aan en leek eerder verward dan verdrietig.

'Vertel me alles maar, van het begin af aan', vroeg Cupido.

'We waren van plan hier een paar dagen te blijven. We hadden de tent meegenomen om samen te zijn, we wilden geen andere mensen zien als we daar geen zin in hadden. Overdag lieten we alles in de auto, hieronder naast het meer, waar we de tent wilden opzetten, en we zijn de berg op gegaan naar de grot met de rotstekeningen', vertelde hij. Iedere zin werd begeleid door een nerveus handgebaren, naar de tent, de auto, in de richting van de grotten. 'Toen we 's middags terugkwamen, laadden we onze spullen uit de auto en hebben we de tent opgezet. Toen realiseerde ik me pas dat we geen batterijen voor de zaklampen hadden en de hele nacht zonder licht zouden zitten. Ik besloot snel naar de stad te rijden om ze te kopen. Zij moest hier blijven om onze spullen in de gaten te houden, want als we onze kampeerplek alleen lieten, zou alles zomaar gestolen kunnen worden. Ik zou per slot van rekening in een klein halfuurtje al heen en weer zijn. Ik kende de weg. Ze vond het een beetje eng en wilde eigenlijk niet, maar ik wist haar ervan te overtuigen dat er niets zou gebeuren. Ik had haar haar zin moeten geven', zei hij. En toen, eindelijk, brak zijn stem en begon hij te huilen. Cupido en de luitenant bleven naar hem staan kijken, zich afvragend of ze hem even de tijd moesten gunnen.

'Waarom kwamen jullie hierheen?'

'Ik kende de omgeving. Ik was er al een keer of twee, drie geweest, en het leek me een ideale plek om een paar dagen helemaal op onszelf te zijn.'

'Jullie wisten niet dat nog geen week geleden hier vlakbij een meisje is vermoord?'

'Nee, daar hadden we geen idee van. Dat hoorde ik net pas. Als we dat hadden geweten, waren we hier nooit heen gegaan.'

'Waar komen jullie vandaan?'

'Uit Madrid.'

'Was er verder nog iemand van jullie uitstapje op de hoogte?'

'Nee, niemand. Het was een geheim. We hebben thuis allebei gezegd dat we er met vrienden op uitgingen. We kenden elkaar nog maar een maand en wilden het nog geheimhouden tot we wisten of het werkte.'

Het leek allemaal heel plausibel. Uiteraard moest nog worden nagegaan of het meisje en hij niemand kenden uit de kring rond Gloria en of er inderdaad geen enkel raakvlak was. Als dat zo was, zag het ernaar uit dat het allemaal op toeval berustte. In dat geval zou Gloria gestorven zijn omdat ze zich op het verkeerde moment op de verkeerde plek bevond, en zou voor het andere meisje hetzelfde gelden. Nader onderzoek naar de sociale omgeving van beide jonge vrouwen was dan verder weinig zinvol: ze zouden op zoek moeten naar een gestoorde moordenaar, of de moordenaar moeten zoeken in de kringen van de tegenstanders van de openstelling van het natuurgebied, die een volkomen willekeurig slachtoffer gekozen konden hebben. Tenzij het iemand juist te doen was geweest om het onderzoek een andere richting op te sturen. Cupido kon die kleine button nog steeds niet uit zijn hoofd zetten.

'Hebben jullie iemand gezien in de loop van de dag, hier in de buurt, of bij de grotten? Zijn jullie onderweg naar boven iemand tegengekomen?'

'Nee, geen mens, niemand. Vanuit de grotten hebben we heel ver weg een auto zien rijden, maar bij ons in de buurt niemand.'

De luitenant werd geroepen en Cupido liep achter hem aan. Voor de tweede keer in tien dagen droegen de ambulancemedewerkers het lichaam weg van een meisje met een mes in haar keel. Toen hij zag hoe onaangedaan ze zich dit keer voortbewogen, bedacht de detective dat een mens niet veel tijd nodig heeft om te wennen aan geweld.

'Of we hebben hem gauw te pakken, of er vallen meer slachtoffers', zei de luitenant naast hem.

'Ja.'

'En verder zijn we weer terug bij af en durf ik twee tegen een te wedden dat we dit keer geen enkel spoor vinden.'

9

Net als altijd maakte hij die ochtend een paar minuten voor acht aanstalten om de metalen deur van de garage van de basispost open te schuiven. Hij was altijd de eerste. De twee andere parkwachters die dienst hadden, en de mensen die belast waren met het voeren en verzorgen van de dieren kwamen later; zij hadden geweigerd om een van de dienstwoningen die het parkpersoneel ter beschikking stonden te betrekken en moesten iedere dag uit Breda komen, maar Molina weet hun eeuwige te laat komen niet aan de afstand die ze moesten afleggen, maar aan de lamlendigheid die het gevolg is van het leven in de stad. Het buitenleven daarentegen stimuleerde juist om vroeg op te staan, alsof die enorme fauna, al die altijd bezige, lawaaiige, minuscule diertjes zich zo ergerden aan luiheid dat ze zo veel mogelijk geluid probeerden te maken om luiwammesen uit bed te jagen.

De directeur van het park kwam maar een of twee keer per week langs, en ook hij was nooit vroeg, niet eens zozeer omdat het hoofdkantoor van de organisatie in Breda gevestigd was, als wel omdat hij een bleek stadsmannetje was dat weinig op had met wandeltochten in de vrije natuur, waar hij altijd werd bevangen door een irrationele, panische angst om gestoken te worden, door wat voor insect ook. En omdat ook de brandweerhelikopter, die in de perioden dat er gevaar voor bosbrand bestond met personeel en al in gereedheid werd gehouden om uit te rukken, al was teruggetrokken, had de wachter het gevoel dat het park weer van hem was: hij de eigenaar, een koning die zes maanden per jaar mocht regeren, als het bos tot rust kwam tijdens de paartijd van de herten, de tijd van de regen en van de vallende blaadjes. Als het weer oktober werd en hij door niemand meer werd lastiggevallen, kwam er altijd een uitbundig gevoel van vrijheid over hem, want al had hij zelf niemand meer te bevelen, er was tenminste ook geen mens meer om hem rond te ordonneren.

Maar die morgen was hij moe; hij kon zich niet herinneren de laatste tijd zo moe te zijn geweest. Hij had de hele nacht geen oog dichtgedaan. Zelfs nadat hij zijn vrouw had geneukt – hij had zich niets aangetrokken van haar gezeur dat ze al sliep, dat hij te snel en te hardhandig was – had hij de slaap niet kunnen vatten, terwijl seks hem normaal gezien altijd ontspande en tot rust bracht. Pas tegen zonsopkomst, toen het eerste licht door de rolluiken naar binnen filterde, lukte het hem een paar minuten in te dommelen, vlak voordat hij door de aanhoudende herrie van de dieren gedwongen werd om op te staan.

Het was hem gelukt de gevolgen van Gloria's dood zo in zijn leven in te passen dat zijn belangen, zijn gewoonten en zijn rust er niet door werden verstoord. Maar de dood van het tweede meisje op Allerzielen, twee dagen geleden, ging werkelijk alle perken te buiten. Terwijl hij de sleutel in het slot van de zware garagedeur stak, keek hij achter zich, in de richting van het bos dat zich voorbij de open plek uitstrekte: of hij naar een ondoordringbare muur keek. Het was ineens stil geworden, alsof elk levend wezen in dat bos op hem lette en al zijn bewegingen aandachtig volgde. De knip op de deur zat vast en hij moest kracht zetten om hem open te krijgen, waarbij hij zijn knokkels bezeerde aan een roestig, uitstekend stukje ijzer. Hij vloekte zachtjes, want wonden op een gewricht waren lastig, ze raakten makkelijk ontstoken en deden er lang over om te genezen. Hij liep naar de auto, waar hij in het handschoenenkastje een EHBO-doos bewaarde met jodium, gedestilleerd water en alcohol, wat verbandspullen, gaasjes, pleisters, aspirine en materiaal om een wond mee te kunnen hechten, een basiskit waarmee alle ploegen die in het natuurreservaat werkten waren uitgerust, nadat ze eerst een EHBO-cursus hadden moeten volgen. Hij had alleen ervaring met het hechten van gewonde herten, bij mensen had hij het nooit gedaan. Hij ontsmette de wond met een scheutje alcohol en plakte er een pleister op om het bloeden te stelpen. Toen hij de doos weer teruglegde kwam de onverwachte herinnering aan een andere wond en ander bloed omhoog.

Hij had gekeken hoe ze over het lastige pad van de grotten naar beneden kwam. Met zijn sterke verrekijker had hij al haar bewegingen geobserveerd: hoe ze haar haren uit haar gezicht veegde, dat was bezweet door de inspanning van het lopen, de behoedzame manier waarop ze over losse stenen stapte, het lichte wiebelen van haar borsten als ze over iets heen sprong dat op haar weg lag. Het was moeilijk om dat meisje uit je hoofd te zetten, het was onmogelijk de verleiding te weerstaan haar te bespioneren en hij was zo ver weg dat ze het toch niet merkte. Bovendien, zijn functie verleende hem er het alibi toe, het was tenslotte zijn werk: hij werd betaald om het gedrag van de mensen die zich in zijn territorium, in El Paternóster, bevonden te bekijken, te observeren en te bespioneren. Hij was zich er vagelijk van bewust dat de jarenlange uitoefening van een dergelijk beroep niet alleen de vaardigheden aanscherpt die daarvoor nodig zijn, maar ook diepe sporen achterlaat in iemands ziel. Het was het soort werk dat iemands karakter vervormt, en hij had zich meer dan eens laten verleiden tot een gluren en loeren dat veel verder ging dan zijn werk als parkwachter vereiste en dicht tegen voyeurisme aan zat. Hij wist dat mensen hun ware natuur tonen als ze alleen zijn, maar hij was er niet zozeer op uit om de bezoekers te betrappen op het overtreden van de regels, dan wel hen te bespioneren op hun meest intieme momenten, hun gedrag te observeren als ze dachten dat ze alleen waren. Als hij een uur lang van een afstand naar mensen had zitten kijken, wist hij meer over hen dan hij te weten zou zijn gekomen als hij een hele dag met hen had opgetrokken. Boven op een rots liggend of tegen een boomstam geleund, met zijn verrekijker onder zijn wenkbrauwen dicht tegen zijn gezicht aan, wist hij binnen een paar minuten hoe het er met de mensen naar wie hij loerde voor stond: kende hij hun intenties, hun angst, hun mate van vertrouwdheid met het bos en hun ervaring met de flora en de fauna om hen heen. Heel langzaam had die ervaring ertoe geleid dat hij onvoorzichtiger werd, en van tijd tot tijd had hij aanzienlijke risico's genomen. Een paar keer, bij jagers van wie hij wist dat ze graag een trofee mee naar huis wilden nemen en bereid waren daar veel voor te betalen, was hij naderbij geslopen om het wild vlak onder hun neus weg te jagen zonder dat de jager of de gids die hen begeleidde er ook maar enig idee van had waardoor de buit hun op het laatste moment was ontsnapt. Op die manier werden ze nog gretiger, en daar kon hij later zijn voordeel mee doen. Andere keren was hij zo steels als een wolf achter groepen wandelaars aangeslopen omdat hij er door hun gedrag van overtuigd was dat ze zich buiten de toegestane gebieden zouden gaan begeven. Hij wachtte dan het moment af dat ze duidelijk een overtreding begingen om hen vervolgens op heterdaad te betrappen. Ook loerde hij wel naar stelletjes, die koortsachtig naar een open plekje tussen twee rotsen of in de bosjes zochten, om van alle intieme details van hun minnespel te kunnen genieten en ze te horen kreunen op maar een paar meter afstand van zijn ogen en handen.

Vanaf zijn observatiepunt had hij een paar minuten naar Gloria's afdaling zitten kijken. Het meisje had de haarspeldbochten die de afdaling minder steil maakten willen afsnijden en op het laatste stukje, voordat ze weer op het gewone pad aansloot – hij was alweer onderweg naar de jeep – zag hij haar twee of drie stappen struikelen en strompelen, waarna ze in een droge, keiharde greppel belandde. Ze kwam zo lelijk terecht dat ze zich ernstig bezeerd moest hebben. Zonder er verder bij na te denken rende hij naar zijn wagen, die in een knik van de weg half verstopt onder de bomen stond en hij was binnen drie minuten bij haar. Ze had een afritsbroek aan en haalde met een van pijn vertrokken gezicht een van de pijpen eraf. Hij remde scherp toen hij vlak naast haar was, sprong uit de wagen en vroeg: 'Wat is er aan de hand?', zonder er verder bij na te denken dat zijn woorden konden verraden dat hij haar had zitten bespieden. 'Ik ben gevallen en met mijn been ergens op terechtgekomen', had ze geantwoord, naar de buitenkant van haar dij wijzend, maar nog zonder te weten of de verwonding ernstig was of niet. Toen zag hij de kleine zijtak van de veldroos, een bebloed, recht stuk hout, scherp als de punt van een mes. Gloria had zijn blik gevolgd. 'Die tak was het', zei ze met een grimas van pijn, alsof die bevestiging de werkelijke omvang van haar verwonding beter aangaf dan wat voor andere verklaring dan ook. Hij knielde naast haar om de wond te onderzoeken en Gloria haalde de roodbevlekte zakdoek weg waarmee ze het bloeden had proberen te stelpen. Het bloed liep in een klein straaltje langs haar knie naar beneden, en stroomde haar sok in, die al volledig doorweekt was. De wond was niet breed, niet meer dan een centimeter of twee, maar wel heel diep: het vlees stond open, als twee lippen. En het bloeden was zo moeilijk te stoppen dat er een belangrijke ader geraakt moest zijn. Met een van pijn vertrokken gezicht werd het meisje langzaam bleker, en hij had de neiging de wond met zijn vingers dicht te duwen, de randen voorzichtig tegen elkaar te drukken, maar hij durfde de gezwollen huid rond de wond nog niet aan te raken. Het bloed had iets losgemaakt in zijn onderbewustzijn en hij voelde een diep verlangen de wond te kussen en uit te zuigen, om de achtergebleven splinters en de restjes aarde met zijn mond te verwijderen, zoals hij dat met een giftige slangenbeet gedaan zou hebben. Toen hij zijn ogen weer naar haar opsloeg, keek ze hem met een blik vol vertrouwen aan, als een gehoorzaam klein meisje dat van een volwassene verwacht dat hij de pijn wegtovert. Hij stond op en zei: 'Het moet gedesinfecteerd worden', en liep naar de auto, met in het handschoenenkastje de reglementaire EHBO-doos. Hij ging op zijn knieën zitten, zette de doos voor zich neer, maakte hem snel open en haalde de fles met gedestilleerd water en een vierkant, metalen doosje tevoorschijn, waar hij twee gaasjes uitnam. Hij goot er wat van het water overheen en met zijn hand in de lucht keek hij haar aan voordat hij de doorweekte

138

gaasjes op de wond legde, en zei: 'Het gaat geen pijn doen, het is alleen maar gedestilleerd water, het doet geen pijn', alsof hij voordat hij haar aanraakte toestemming vroeg om de randen van de diepe snee met duim en wijsvinger van zijn linkerhand iets open te trekken en met de gaasjes het droge stof, een splintertje dat in het vlees stak en de zwarte schilfertjes bast die aan de wondranden kleefden te verwijderen. Hij keek het meisje nogmaals aan, nieuwsgierig hoe ze zich eronder hield, want eigenlijk had hij verwacht dat ze wel tegen zou sputteren tijdens het schoonmaken van de wond of zou klagen over het branderige gevoel dat het druppelen van het desinfecterende middel moest hebben veroorzaakt, maar hij las slechts een en al gehoorzaamheid op haar gezicht. Het meisje accepteerde alles wat hij deed zonder dat er een klacht over haar lippen kwam, vol vertrouwen in die sterke, donkere handen die haar vlees aanraakten en steeds precies leken te weten wat er moest gebeuren, zich overgevend aan die kundige vingers die genazen alsof ze liefkoosden. Wat hem betreft, hij had het been onder zijn handen zacht voelen trillen, de lange, soepele spieren voelen samentrekken. Ze is als een hert, warm en mooi als een hert, dacht hij, terwijl hij bewonderend naar de gave huid met de nauwelijks zichtbare donshaartjes erop keek, licht gebruind en gaaf, en zonder een spoor van spataderen. 'Het is al gebeurd', zei hij vervolgens hardop toen hij geen viezigheid meer in de wond en in de wondranden zag. Hij keek nogmaals op en vergiste zich toen hij dacht dat de vochtige glans in haar ogen uit opluchting voortkwam. Het was dankbaarheid.

Maar de wond bleef bloeden, hoewel het wel wat minder werd. Toen hij had gezien hoe diep de wond was, wist hij dat hem eigenlijk iets veel drastischers te doen stond, de meest pijnlijke optie. De scherpgepunte tak had een ader of een secondaire slagader geraakt. Eigenlijk moest de wond gehecht worden om de bloeding definitief te stoppen. Verbandgaas met pleisters zou niet afdoende zijn. En het ziekenhuis in Breda was aan de verre kant, twintig minuten rijden over een zandweg die zo keihard was dat ze de hele tocht in hun stoelen door elkaar geschud zouden worden. Hij had weinig ervaring met het hechten van wonden. Hij had het nog nooit bij mensen gedaan, hoewel hij wel eens had toegekeken toen een van zijn collega's een wandelaar had gehecht die iets te enthousiast met messen had gespeeld. Zelf had hij het een keer of zes bij herten gedaan. Hij wist dat er technisch gezien weinig verschil was, dat het voornamelijk ging om de textuur van de huid en de juiste dikte van de kromme naald en van de draad; voor haar zou hij de dunste maat uit zijn EHBO-doos moeten gebruiken. Waar het echt om ging, was het vermogen van de gewonde om pijn te verdragen en de koelbloedigheid van de chirurg die de wond hechtte. Voor het eerst sinds hij haar met zijn verrekijker had zitten bespieden en had zien vallen, twijfelde hij over de volgende stap. Hij voelde met zijn hand tussen de EHBO-spulletjes tot zijn vingers het zakje vonden waar alles in zat wat hij nodig had. Maar op dat punt stopte hij, onzeker hoe hij verder moest. De naald zou pijn doen, de pijn zou maken dat ze tegenstribbelde en door het tegenstribbelen zou hij niet verder kunnen. Het had geen zin om eraan te beginnen. Ik kan haar geen pijn doen, haar kan ik geen pijn doen… zei hij in zichzelf. Hij keek haar weer aan en zag opnieuw die dociele blik in haar ogen, ze zou ieder besluit dat hij nam gehoorzamen. 'Ik kan het bloeden niet stoppen. U moet naar het ziekenhuis. Ik denk dat het gehecht moet worden', zei hij, terwijl hij van de grond opstond uit de knielende houding waarin hij steeds voor haar had gezeten. Hij deed zijn riem af en bond die als een tourniquet halverwege haar dijbeen, proberend precies genoeg druk te zetten op dat gladde, zachte vlees dat ze hem vol vertrouwen overgaf. Daarna deed hij niets om haar overeind te helpen, maar bleef naast haar staan wachten. Gloria zocht steun op zijn schouder en zo hadden ze de paar meter naar de jeep gehobbeld.

Ze waren in minder dan twintig minuten in het ziekenhuis. Onderweg had hij haar constant in de gaten gehouden, en hij zag hoe ze steeds bleker werd en zich moest vermannen om niet flauw te vallen, maar zonder angst te tonen en zonder protest over de slechte staat van de weg. Ze wilde niet dat hij stopte om de druk een moment van het tourniquet te halen zodat er vers bloed door de rest van haar been kon stromen. Dat deed ze zelf. Er kwam even weer wat meer bloed uit de wond, maar omdat Gloria haar jack onder het been had gelegd raakte de bekleding niet besmeurd. Ze is als een hert, dacht hij weer, zacht en mooi als een hert. Hij stond verbaasd over zijn eigen gedrag, hij leek wel een jonge jongen, alsof een radertje in zijn inwendige horloge van slag was geraakt door de nabijheid van het meisje, alsof het de verkeerde kant op was gaan draaien en hem terugwierp in een eerdere periode van zijn leven, toen hij nog niet van steen was.

Bij de Spoedeisende Hulp was hij buiten op Gloria blijven wachten. Ze was een halfuur later klaar. Ze had inderdaad een stuk of wat hechtingen gekregen, onder lokale verdoving. Ze hadden haar ook een tetanusprik gegeven. De verbonden wond was niet meer te zien, omdat ze haar broekspijp weer had vast-geritst. Ze hinkte een beetje toen ze naar buiten kwam, maar keek meteen om zich heen of hij er nog was. 'Bedankt voor alles', had ze toen gezegd, en ze had haar hand naar hem uitgestoken. Ze zag een beetje bleek door het bloedverlies, maar was nog mooier dan voor het ongeval. Hij merkte dat ze zijn hand langer vasthield dan nodig was, een warm gebaar. 'Waar logeert u?' vroeg hij, want aan haar accent had hij al gehoord dat ze niet uit Breda kwam. 'In het Europahotel.' 'Ik zal u wel even brengen.' Terwijl hij het portier met de gedienstige bereidwilligheid van een chauffeur uit vroe-gere tijden voor haar openhield, stapte het meisje in de auto. Voor het grote smeedijzeren hek dat om het hotelterrein stond, had hij zich gedwongen gevoeld om te zeggen: 'Ondanks het ongeval bent u een uitstekende bergwandelaar. Ik ken geen enkele vrouw die daar alleen naar boven durft te gaan.' 'Nogmaals bedankt', had ze geantwoord. Ze leek zich gestreeld te voelen, alsof de prijzende woorden van een parkwachter belangrijk voor haar waren. Ver-volgens hadden ze afscheid genomen.

Hij kon zich de dagen daarna alles wat er in dat intense uur was gebeurd nog helder voor de geest halen. En in die tijd, waarin hij toch minstens een telefoontje verwachtte, omdat ze zijn naam wilde weten of wilde vertellen dat het beter met haar ging, werd hij heel langzaam bekropen door het gevoel dat hij eigenlijk wel iets meer had verdiend dan alleen die paar woordjes van dankbaarheid. Hij vroeg zich af of ze nog zou weten wie hij was en of ze zich ervan bewust zou zijn dat hij in haar geval was afgeweken van zijn principes, namelijk zich voor alles wat hij deed te laten betalen.

IO

Het was nog geen tien uur 's morgens toen Cupido zijn auto aan de kant van de weg zette en te voet verderging naar de plek waar de moord was gepleegd. Hij schatte dat hij nog zo'n twee à drie kilometer te gaan had, maar de wandeling zou hem goed doen.

Met grote passen liep hij verder over de zandweg die, hoewel in slechte conditie, nog wel begaanbaar was voor terreinwagens of voor auto's die hoog genoeg op hun wielen stonden. Boven zijn hoofd waren de vermoeide toppen van de pijnbomen met elkaar vergroeid, waardoor de lauwe stralen van de vroege novemberzon gefilterd werden. De takken vlak bij de weg zagen wit van het stof, en dat getuigde van de grote hoeveelheid auto's die hier de laatste dagen langs was gekomen, want dieper het bos in waren de bomen nog wel groen. Sommige van de bordjes waarop stond aangegeven dat het verboden was om te jagen of om vuur te maken zaten vol gaatjes, doordat jagers die het blijkbaar niet was gelukt een bewegend doel te raken, er hun frustratie op hadden afgereageerd.

De temperatuur was aangenaam, ondanks dat het al zo ver in het najaar was, en de wolkeloze hemel gaf geen enkele hoop op de zo vurig gewenste regen. Aan beide zijden van de weg was het eenzame woud vol geluiden van de vogels, die zich immers niets aantrekken van de gewelddadigheid en de angst van de mensen. Zodra je het pad verliet en het woud binnenkwam, de aarde betrad die was bedekt met droge bladeren, slakkenhuizen en dode insecten, bevond je je in een andere wereld, ver weg van de beschaving, op een paar minuten afstand van de weg, in een maagdelijk, ongerept gebied, vol geluiden van dieren die zich niet lieten zien maar hun aanwezigheid wel kenbaar maakten. Hoeveel dode lichamen zouden er in het woud begraven zijn? vroeg hij zich af. Hoeveel gestolen spullen, hoeveel wapens, hoeveel gestorven baby's, hoeveel bewijzen van evenzoveel misdrijven? Het bos slokt alles op en verbergt het, het bos houdt net zo van dode lichamen als de zee, die ze uiteindelijk altijd weer terugwerpt, ze verafschuwt. En misschien, omdat het bos als een wrede god uit de oudheid om de zoveel tijd een bloedoffer eist, heeft het zijn eenzaamheid en mysterie weten te behouden. Een dode van tijd tot tijd is de tol die betaald moet worden opdat kinderen kunnen blijven dromen over het bos als de plek waar monsters zich verborgen houden.

Maar de volwassenen weten dat plaatsen die angst aanjagen ook schatten bevatten. Wanneer ontdekte de mens het geheim van het vuur, dat geknisper en geknetter van het brandende hout, dat zo onmisbaar zou worden voor zijn bestaan en al die tijd in het woud had gesluimerd? Mensen gaan het bos binnen en vluchten ervan weg, al naargelang ze worden aangetrokken door de verleidingen of wegvluchten uit angst. Ze slaan op de vlucht voor de schaduwen, maar kunnen zonder de rijkdom van het bos niet leven.

Het bos was ook voor deze twee moorden precies het juiste toneel geweest. Terwijl hij liep, viel hem een oudere theorie in. In Breda had hij het idee gehad dat het geld dat Gloria's familie zou erven het motief geweest kon zijn, of anders misschien de belangen van doña Victoria. Toen hij daar was, in die semi-landelijke omgeving, had hij moeten terugdenken aan Machiavelli's harde woorden: 'Mensen stappen makkelijker over de dood van hun vader heen dan over het verlies van hun erfenis.' In Madrid was hij echter tot de conclusie gekomen dat de misdrijven uit passie gepleegd moesten zijn. Beide hypothesen waren in lijnrechte tegenspraak met de meest gangbare theorie over moordoorzaken, namelijk dat een crime passionnel gewoonlijk in een rurale omgeving wordt gepleegd, en dat in de stad mensen uit kille berekening worden vermoord.

Hij was inmiddels ter plekke en bleef stilstaan voor het lint waarmee de plaats van de moord was afgezet. Er waren nog steeds guardia's met metaaldetectors aan het werk, die hem opmerkten, herkenden en vluchtig groetten. De tent was afgebroken, die zou al wel naar het laboratorium zijn. Spoedig zou je nergens meer aan kunnen zien dat hier aan de rand van het stuwmeer een misdrijf was gepleegd, spoedig zou het bloed dat zo overvloedig was vergoten, zijn verdwenen, opgedroogd in de zon, weggewassen door de dauw, opgelikt door insecten en ander ongedierte. Spoedig zou men zelfs vergeten waar het precies was gebeurd en zou de vloek van de moord zich uitspreiden over het gebied tot uiteindelijk het hele Paternósterpark zou zijn bezoedeld.

Cupido was verbijsterd over deze nieuwe moord, en hij kon het gewoon niet geloven dat iemand daar beneden, in dat oude dorp dat door iedereen een stad werd genoemd, dat iemand van die vijftien- of twintigduizend volwassenen tussen de achttien en de zestig jaar de dader kon zijn. Iemand, een man of een vrouw die hij tientallen keren op straat kon zijn tegengekomen, met wie hij misschien wel eens een praatje had gemaakt, iemand die iedere ochtend opstond en dan waarschijnlijk aan het werk ging – de twee vrouwen waren niet op werkdagen vermoord – iemand die 's nachts naar bed ging in de overtuiging dat de misdaad ongestraft zou blijven, maar dan, wie weet, wel zou wegzakken in een droom vol nachtmerries. Waar moest hij zijn onderzoek nu verder op richten? Hij had geen flauw idee. Hij had alles wat hij kon verzinnen al gedaan, zonder dat er tot dusver iets was uitgekomen, zonder enig resultaat. Verder had hij gistermiddag met de luitenant gesproken. Ditmaal hadden ze er meer vaart achter gezet, en het alibi van de mensen uit Gloria's omgeving was al nagetrokken, maar degenen die zaterdag tien dagen geleden geen alibi hadden, konden nu onweerlegbaar aantonen in iemands gezelschap te hebben verkeerd, en dit sloot de mogelijkheid uit dat een van hen beide moorden had gepleegd. Moest hij met Anglada praten en hem de opdracht teruggeven, hem zeggen dat het weggegooid geld was om hem zoveel te blijven betalen als er geen enkele vooruitgang was die dat rechtvaardigde? Hij besloot nog twee dagen te wachten, tot de resultaten van de autopsie bekend waren. Als er dan nog niets was wat nieuw licht op de zaak wierp, dan zou hij hem de eindrekening presenteren. Uiteindelijk was hij net een dagloner, beter betaald weliswaar, maar toch een dagloner, en hij kon geen geld blijven aannemen als hij de hele dag maar zo'n beetje uit zijn neus zat te eten.

Hij ging terug naar huis. In de brievenbus vond hij tussen een enorme hoeveelheid onzinnig reclamemateriaal een wit stuk dubbelgevouwen papier. 'Ik heb iets belangrijks voor je. Kom langs. Ik ben in het Casino.' Hij deed de brievenbus dicht en ging meteen verder, zonder eerst nog naar boven te lopen.

Alkalino was bezig met een van zijn eindeloos durende spelletjes domino, maar zodra hij hem zag, stond hij op en liep naar de bar.

'Twee cognac', bestelde hij.

Ze begonnen pas te praten toen de ober weg was.

'Ik denk dat ik iets belangrijks voor je heb, ik weet haast zeker dat je het kunt gebruiken.'

'Vertel het maar.'

'Er was wel iemand in het park toen het eerste meisje werd vermoord; een jager, en die heeft een schot gehoord. En hij was niet ver weg toen het gebeurde', zei hij haast fluisterend, op samenzweerderige toon, zich bewust van het belang van zijn woorden.

'Wat voor een soort geweer?'

'Een buks of een jachtgeweer.'

'Wie?' vroeg Cupido.

'Nee, dat ga ik je niet vertellen. Ik kan je alleen verzekeren dat hij niet liegt. Hij is een partijgenoot', zei hij, alsof er maar één partij bestond en Cupido er dus ook bij hoorde. 'Dat is de voorwaarde waaronder ik het je mag vertellen, alleen als er geen namen genoemd worden. Hij wil er geen rotzooi mee, en dat is logisch want hij heeft namelijk geen jachtvergunning en was die dag aan het stropen.'

'Hoe weet je dat hij er zelf niets mee te maken heeft?'

'Je denkt toch niet dat hij dan verteld zou hebben dat hij daar in de buurt rondzwierf, op minder dan een kilometer afstand van de plek waar het meisje is vermoord?'

'Natuurlijk niet, dan had hij het niet verteld', gaf Cupido toe. 'Maar waarom is hij er niet eerder mee gekomen?'

'Hij is bang,' antwoordde Alkalino, zeker van zijn zaak, 'hij is zich rot geschrokken toen ze dat tweede meisje vermoordden. Zie het als zijn kleine bijdrage om de zaak op te lossen. Iedereen vreest dat als de moordenaar niet wordt gepakt er spoedig nog meer doden zullen vallen.' Hij herhaalde wat Gallardo al eerder had gezegd.

'Waarom vertel je het aan mij en niet aan de luitenant?'

Alkalino schudde zijn hoofd. Cupido's wantrouwen irriteerde hem. Hij hief zijn glas en sloeg de helft van zijn cognac met een snelle polsbeweging achterover.

'Niet zo achterdochtig, Cupido. De man heeft in het verleden al een keer een fikse boete moeten betalen. Als hij het nu aan de guardia civil gaat vertellen, gesteld dat ze zijn verhaal al geloven, dan denkt hij dat ze heel goed zouden beseffen waarom hij die ochtend daar in de buurt rondscharrelde. En verder, het feit dat hij jou in vertrouwen neemt, bewijst dat hij niets met die twee moorden te maken heeft, want als dat wel het geval was zou hij niet meewerken. Laat het verder maar zo. Het was een zwaar besluit voor hem om ermee te komen, en ik durf er mijn hand voor in het vuur te steken dat hij de waarheid spreekt.'

'Goed dan', gaf Cupido toe.

Er was inderdaad geen enkele reden voor iemand om te verzinnen dat hij die morgen een schot had gehoord. Als je dat in aanmerking nam, waren er twee mogelijkheden: het was Gloria's moordenaar die had geschoten, of er was nóg iemand in de buurt geweest. Hij verwierp de eerste hypothese – dat de moordenaar

147

had geschoten – want als die een vuurwapen had, zou hij een absurd risico hebben genomen door een mes te gebruiken. Dus was er een vierde persoon geweest, en die moest hij zien te vinden, want als die daar ergens verborgen had gezeten was het aannemelijk dat hij hem meer kon vertellen.

'Ben je tot nu toe goed opgeschoten?' vroeg Alkalino.

'Nee, ik heb geen enkele harde aanwijzing. Maar ik sluit de mogelijkheid niet uit dat degene die het eerste meisje heeft gedood, haar goed kende.'

Alkalino wierp hem een scherpe, doordringende blik toe.

'Een paar maanden geleden', zei hij, het gesprek plotseling een heel andere kant op sturend, zoals hij wel vaker deed, 'vond ik een klein boekje dat iemand in de vuilnisbak van het park had achtergelaten, vast en zeker omdat het boek hem niet beviel. Ik pakte het op uit nieuwsgierigheid, en begon te lezen. De stijl was erg compact, dialogen ontbraken, maar ondanks dat ik lang niet alles begreep wat ik las, kon ik het toch niet wegleggen. Het ging over een uiterst vreemd type dat in het diepst van het woud leefde en eenieder die bepaalde grenzen overschreed met een enkel schot doodde. Het waren onzichtbare grenzen, die hij zelf had uitgezet. Ik kan me het verhaal nog zo voor de geest halen, alsof ik het gisteren heb gelezen, het is heel merkwaardig. Ik weet ook nog hoe die man in het bos heette: Numa, hij heette Numa. Een tijdlang kon ik het verhaal niet uit mijn hoofd zetten, en ik las het boek nog een keer omdat ik wilde ontdekken waarom hij het deed, of hij misschien werd betaald om te moorden, of in opdracht werkte. Ik moest er laatst weer aan denken, toen het tweede meisje vermoord werd. In ieder woud is een Numa, een fanatieke wachter die maar één doel heeft: dat de wildernis wildernis blijft.'

Hij liet een korte stilte vallen, sloeg de rest van zijn cognac achterover en ging op veelbetekenende toon verder.

'Je bent op de verkeerde weg, Cupido, de wachter van het woud is ontwaakt. Er zullen nog meer moorden volgen.'

'Dan denk je dus niet langer dat doña Victoria erachter zit?'

'Nee, niet meer. Ik zag haar laatst toen ze uit Madrid terug-kwam. Ze was nauwelijks nog in staat zonder hulp de auto uit te komen. Ik zie haar nog zo voor me, hoe ze met dikke enkels, haar voeten in zwarte schoenen geperst, over de stoep strompelde. De doña is ontzettend oud geworden de laatste tijd. Ik kan me niet voorstellen dat ze een moord beraamt.'

Cupido lachte. Hij was gewend aan Alkalino's snelle stem-mingswisselingen. Hij was hem dankbaar voor de nuttige infor-matie die hij hem regelmatig verstrekte, maar op zijn vermoedens zat hij niet te wachten.

'Ik weet niet hoe ik je kan bedanken', zei Cupido.

'Doe me voorlopig nog maar een cognacje, ik laat je nog wel een keer weten wat je me schuldig bent.'

Hij gaf Cupido een klap op zijn schouder en liep met het volle glas in zijn hand terug naar de tafel om zijn partijtje domino voort te zetten. De andere spelers hadden al een paar keer om hem geroepen.

Toen hij naar buiten liep dacht de detective na over het dilemma waarin hij zich na het ontvangen van deze informatie bevond. Tot dan toe had hij fair play gespeeld en niets voor de luitenant achtergehouden. Maar nu had hij Alkalino zijn woord gegeven om die laatste onthulling voor zichzelf te houden.

'U mag hier niet door', zei Molina door het zijraam van Cupido's auto.

De parkwachter had zijn auto midden op het pad gezet om hem de doorgang te beletten. Maar dat was precies wat de de-tective wilde, met de man praten zonder de aanwezigheid van die vrouw, die alles met een angstige uitdrukking op haar gezicht stilzwijgend aanhoorde, alsof ze hem smeekte te vertrekken en hen met rust te laten. Vandaar dat hij zonder toestemming het voor het publiek verboden gebied van het park was binnengere-den, voorbij de basispost. Verder had hij op die manier ook in een moeite door kunnen constateren dat Molina het binnen tien minuten merkte als er indringers in het gebied zaten dat onder zijn verantwoordelijkheid viel.

'Dat weet ik,' antwoordde hij, 'maar ik ben gekomen om met u te praten.'

De parkwachter deed een stap terug zodat hij het portier kon openen en uitstappen. Het viel Cupido op dat hij om zijn rechter-wijsvinger een pleister droeg, waarschijnlijk om een wondje te beschermen.

'Ik dacht dat u klaar was met vragen stellen', zei hij. In zijn stem klonk een licht onbehagen door.

'Dat dacht ik zelf ook. Maar ik was er nog een vergeten.'

Molina hield zijn hoofd scheef. Zijn onbehagen leek plaats te maken voor nieuwsgierigheid.

'Hebt u die zaterdagmorgen het schot niet gehoord?'

'Welk schot?' vroeg hij verbaasd.

'Het schot van een flink wapen, een buks of een jachtgeweer, vlak bij de plek waar het meisje is vermoord.'

'Nee, ik heb niets gehoord. Ik zei toch al dat ik op dat tijdstip niet in de buurt was, ik was met de auto op pad,' en hij knikte in de richting van de terreinwagen die midden op de weg stond, 'dus een schot had ik niet kunnen horen, ik was te ver uit de buurt. En bovendien maakt de wagen te veel herrie', voegde hij eraan toe.

Cupido wroette even met de punt van zijn schoen in de aarde voordat hij aandrong: 'Het geluid van een schot draagt in het bos heel ver. Misschien hebt u het wel gehoord, maar bent u het later weer vergeten.'

'Er mankeert niets aan mijn geheugen', antwoordde Molina met een ironisch glimlachje.

'Vertelt u me eens, wanneer hebt u Gloria voor het eerst ontmoet?' vroeg de detective, alsof het een logische reactie was op Molina's woorden.

De man keek hem met een verveelde uitdrukking aan, afwegend hoe hij zou reageren. Hij had die vraag al eerder kort beant-woord en voelde zich niet verplicht dat nogmaals te doen, hoewel hij wist dat de detective met de luitenant samenwerkte, maar uiteindelijk zei hij: 'Het was ongeveer een jaar geleden, in het begin van de vorige herfst. Het was in ieder geval voor half oktober, want de brandweerhelikopter was er nog. Ze was samen met haar vriend, die uit Madrid, degene voor wie u nu werkt. Toen ze die morgen uit Breda waren vertrokken, vertelden ze, was het lekker weer geweest. Maar 's middags was de hemel bewolkt geraakt en daalde de temperatuur met een paar graden. In het najaar slaat het weer vaak onverwacht om. Ze hadden het koud en die vent kon blijkbaar niets beters verzinnen om warm te worden dan een vuurtje aanleggen, ondanks dat de paden vol staan met bordjes die dat uitdrukkelijk verbieden. Op een van de brand- torens werd de rook onmiddellijk gesignaleerd en we sloegen alarm. Het was niet ver. Wij gingen met auto's vooruit, terwijl de brandweer de helikopter in gereedheid bracht. En ondanks dat waren we bijna te laat. Oktober is een bedrieglijke maand. Als het nog niet heeft geregend, zoals nu bijvoorbeeld, is het zo vlak na de zomer door en door droog en daar komt bij dat alles zo warm is dat een enkel vonkje al een ramp kan veroorzaken. Verder staat er in het najaar vaak een stevige wind. Toen we de plek bereikten probeerden zij zelf het vuur al te doven. Ze hadden hun kampvuur aangelegd op een open plek, maar het was overgeslagen naar wat kreupelhout en begon uit de hand te lopen. Wij kregen het meteen uit en de helikopter hoefde verder niet in actie te komen. De commandant van de brandweer was zo woedend over hun onverantwoorde gedrag dat hij een officiële aanklacht wilde in- dienen. Het bleek dat het de jongen was geweest die erop had aangedrongen een vuurtje aan te leggen, ondanks de tegenwer- pingen van het meisje. Toen doken doña Victoria en haar advo- caat op, die waarschijnlijk afkwamen op het lawaai van de heli- kopter, of op de rook. Ze bewogen zich indertijd nog in het park rond alsof het hun eigendom was; er was nog geen definitieve uitspraak en niemand die het waagde hen tegen te houden. Ik denk dat het meisje zich met al die mensen om zich heen in het nauw gedreven voelde, en ik herinner me nog precies hoe ze naar ons keek, alsof ze om vergiffenis vroeg. Een voor een viel iedereen om haar heen stil, en het was alsof ze ons ontwapende door ons alleen maar aan te kijken. Zelfs de helikopter bleef boven ons vliegen omdat de bemanning nieuwsgierig was hoe alles zou aflopen, en de doña richtte haar woede niet op haar maar op óns; ze monkelde wat over het gevaar dat het park liep met incompetent personeel als wij.'

'Maar, dan kenden doña Victoria en haar advocaat het meisje ook?' vroeg Cupido. Dat hadden ze allebei ontkend.

'In ieder geval sinds die middag. Toen wij de vriend van het meisje meenamen om hem op kantoor een kleine boete te laten betalen, bleven doña Victoria en de advocaat achter. De doña vroeg iedereen die ze in het park tegenkwam altijd om hun papieren, alsof zij degene was die de lakens uitdeelde. Maar zelfs die oude vrouw, die toch altijd zo vol wantrouwen zat tegen de buitenwereld, moet zich aangetrokken hebben gevoeld tot het meisje. Toen ik een halfuur later terugreed om te controleren of alles in orde was, zag ik dat ze nog steeds met elkaar stonden te praten.'

'U hebt haar later vaker ontmoet', zei Cupido.

'Zo nu en dan kwamen we elkaar hier tegen, dat heb ik al eerder gezegd. De laatste tijd kwam ze meer. Ze had toestemming gevraagd aan de directie om ook in de voor het publiek niet toegankelijke delen van het park te mogen komen om daar dieren en landschappen te schilderen. Ik moest haar een keer begeleiden naar een bepaalde plek die ze zocht.'

Molina's houding was veranderd in de loop van het gesprek, alsof hij het vertrouwen van de ander wilde winnen.

'Ik denk dat u uw tijd hiermee verspilt', zei hij ineens, op de vriendelijke toon van iemand die goede raad geeft. 'Wilt u weten wat ik denk?'

'Ja', zei Cupido. Het was de tweede keer die dag dat iemand hem een theorie aanbood.

'Dat meisje had nooit op haar eentje het park in mogen trekken. Zij niet, en het meisje dat daarna is vermoord ook niet, geen enkele vrouw. Vrouwen horen hier niet thuis. De natuur is niet om van te genieten, maar om te bedwingen, om te gebruiken.'

De detective wist dat Molina niet de enige was die er zo over dacht. Nog steeds koesterden veel mensen het verwrongen idee dat de werkelijke schuld eigenlijk altijd bij het slachtoffer lag, dat die het misdrijf uitlokt, alsof een meisje dat is verkracht zelf schuld draagt omdat ze een minirokje droeg, en iedere bergbeklimmer die onder de sneeuw bedolven wordt de lawine die hem verplettert verdient.

'Maar u zei eerder dat ze de omgeving goed kende.'

'Ik heb u al gezegd dat het daar niet om gaat, het was een vróúw, daar gaat het om. Denkt u soms dat ze een man zouden hebben vermoord?'

'Ik denk niet op die manier', antwoordde hij. Hij had geen idee waar het gesprek naartoe ging, maar hij wist bijna zeker dat er iets uit zou komen.

'Natuurlijk niet! Een man zou een andere man nooit met een mes durven aanvallen. De grond ligt bezaaid met stokken en stenen. Zo wordt alleen een vrouw vermoord', besloot hij, en nu klonk hij haast geïrriteerd. Hij liep in de richting van zijn auto, maar hield weer stil en zei toen nog, alsof hij er vaak over had nagedacht: 'Iedere vrouw die alleen door een bos loopt is een potentieel slachtoffer, en iedere man die haar bespioneert een potentiële moordenaar.'

Cupido begreep dat hij verder niet veel meer uit hem zou krijgen. De parkwachter was het soort man dat meer vertrouwen heeft in daden dan in woorden, maar ondanks dat was hij heel coöperatief geweest tijdens hun gesprek. Hij vroeg zich af of hij met die houding van hem, met die stellige manier waarop hij in gemeenplaatsen sprak, niet iets probeerde te verbergen. Het was alsof Molina die laatste woorden had uitgesproken in een soort dialect, dat hij niet helemaal begreep. Hoewel hij de betekenis van alles wat de man zei kon vatten, woord voor woord, zin voor zin, had hij het gevoel dat er een onderliggende betekenis was die hem ontging. Hij wilde de gelegenheid niet voorbij laten gaan en besloot nog een laatste vraag te stellen: 'Waar was u woensdag?'

Molina's gezicht verstrakte. Hij was duidelijk misnoegd over die vraag, die hij na zoveel openheid van zijn kant niet meer had verwacht.

'Dit keer kan ik met geen mogelijkheid een schot hebben gehoord. Ik had een vrije middag en was in Breda. Ik heb daar wel twintig getuigen voor', antwoordde hij droog, wrokkig haast. 'Heeft de luitenant u dat niet verteld?'

Hij wist meteen dat hij een fout had gemaakt. Molina was minder makkelijk te besturen dan hij had gedacht, en die laatste, onverwachte tegenvraag voelde als een verkapt dreigement. Daarna had de parkwachter niets meer gezegd, hij had hem nu definitief de rug toegekeerd, was in de jeep gestapt en in een grote stofwolk weggereden.

Op de terugweg verweet Cupido zichzelf de man te veel onder druk gezet te hebben. Hij was nooit impulsief tijdens ondervragingen, maar in dit geval had hij zijn ongeduld niet kunnen bedwingen. Het gebeurde hem bijna nooit, omdat hij altijd Darwins motto voor ogen had en dat op zijn werk toepaste als een nuttig antidotum tegen haast: 'Nadenken is tijdens de fase van het observeren rampzalig, maar daarna van onschatbare waarde.' Tenslotte kon je die beide, zo uiteenlopende beroepen onder één noemer vangen: onderzoek. Hij had te snel willen gaan, en omdat hij zichzelf niet genoeg tijd had gegund om Molina's vertrouwen te winnen, had die zich als een geschrokken reptiel teruggetrokken.

Hij vloekte hardop toen hij merkte dat het al te laat was om nog ergens iets te eten. Hij rammelde van de honger maar zou nu in geen enkel restaurant meer terecht kunnen, dus toen hij terug in de stad kwam kocht hij een fles Ribera del Duero, een paar belegde broodjes en ging naar huis. Hij dronk niet graag alleen, maar toen hij zijn laatste broodje at, had hij al vier glazen op. En daarna werd hij volkomen onverwacht besprongen door een heftig verlangen om te roken en voordat hij doorhad waar hij mee bezig was, had hij al zijn kleren in de kasten al doorzocht op sigaretten.

Hij moest bewegen, de straat op, en hij besloot doña Victoria een bezoek te gaan brengen, op het gevaar af haar in haar middag-slaapje te storen.

Het dienstmeisje liet hem niet lang wachten. Ze bracht hem naar de kamer die hij al kende, die ruimte zonder plantjes of bloemen, met het zachte licht dat door de vitrages viel, de geur van oud geld, de wat droeve, schemerige atmosfeer die in dergelijke oude herenhuizen altijd lijkt te heersen. De kamer leek hem nog voller met meubels en prulletjes dan tijdens zijn vorige bezoek. Hij vroeg zich af wat er allemaal afkomstig was van de huizen die nu onder het water van het stuwmeer lagen begraven. Hij had horen vertellen dat iemand dat mooie, smeedijzeren traliewerk voor de ramen eerder op een heel andere plek had gezien. Hij had ook horen vertellen dat in de dagen dat het stuwmeer langzaam volliep en het oude dorp niet langer over de weg toegankelijk was, doña Victoria strooptochten per boot had laten maken om het oude dorp te plunderen: voorwerpen van architectonische waarde, allerlei ornamenten en traditioneel smeedwerk waarvan de eigenaars geen benul hadden van de mogelijke toekomstige waarde of die ze niet hadden kunnen dragen. Misschien had ze daarop gedoeld toen ze sprak over de tochten die zijn vader voor haar had gemaakt in de oude Daf. Hij herinnerde het zich nu weer, die tochten die hem nu vaag aan piraterij deden denken.

Zonder op te staan reikte doña Victoria hem een slanke hand, vol ouderdomsvlekken en met duidelijk afgetekende blauwe ade-ren. Toen hij haar de hand drukte, zag Cupido hetzelfde gouden horloge om haar pols als bij hun vorige ontmoeting, dezelfde armband, dezelfde trouwring, dezelfde, wat opzichtige ringen aan haar vingers, die ze misschien niet eens meer af kon schuiven omdat haar gewrichten enigszins gezwollen waren. Ze zag er slecht uit, alsof haar gezicht in de week sinds hun vorige gesprek jaren ouder was geworden.

Nadat hij haar had begroet, wendde hij zich tot de advocaat, die naast het raam stond te wachten. Cupido kon het niet laten naar zijn lippen te kijken: de koortsblaasjes hadden zich tot een donkerbruine korst ontwikkeld, die hem het praten bemoeilijkte. Expósito wachtte dit keer niet op een teken van doña Victoria om naar de kast te lopen en cognac en port in te schenken.

'Ik dacht wel dat u ons weer zou komen bezoeken', zei de oude vrouw. 'Toen ze dat tweede meisje vermoordden, wist ik dat u nogmaals een gesprek met ons zou willen hebben. Meer voor de hand liggende verdachten zijn er niet te vinden.'

Cupido was allang blij dat zij het gesprek opende, net zo direct als de eerste keer overigens. Maar ditmaal klonk haar stem terneergeslagen, alsof ze vastbesloten was een strijd voort te zetten die zij niet had gewild maar die ze, nu ze er eenmaal aan begonnen was, pas zou opgeven als ze had gewonnen.

Nadat Expósito de glazen had neergezet, ging hij achter haar stoel staan, zijn bijziende ogen met die gezwollen oogleden van een priesterstudent op de detective gericht. Zijn handen rustten op de hoge stoelrug, alsof hij de rolstoel van een invalide voortduwde of een lijfwacht was, in een veel beschermender houding dan de keer daarvoor.

'Maar dat hebt u grotendeels aan uzelf te danken', antwoordde de detective. 'De luitenant zegt dat u tijdens zijn tweede bezoek weigerde om zijn vragen te beantwoorden als hij geen gerechtelijk bevel kon overleggen, en dat hij niets dan tegenwerking van uw kant heeft ondervonden.'

'De luitenant', antwoordde Expósito met een minachtend gebaar. 'De luitenant heeft nog steeds een aantekening over zijn overdreven dienstijver in zijn cv staan. Het zou hem heel goed uitkomen als hij deze zaak tot een goed einde wist te brengen. Dat zou zijn reputatie wat op kunnen vijzelen. Maar het lukt hem nooit als hij dat ten koste van ons probeert te doen.'

Doña Victoria hief haar linkerhand, alsof ze haar pleegzoon gebood zich kalm te houden.

'Wat had hij dan verwacht?' vroeg ze. 'Dat we hem ter wille zouden zijn, terwijl hij een van onze felste tegenstanders was bij onze strijd om de teruggave van het land dat mij toebehoort? Weet u wat hij als eerste vroeg toen hij gisteren binnenkwam door die deur?'

'Nee.'

'Hij vroeg hem', zei ze, op Expósito wijzend, 'waar hij woensdagmiddag had gezeten, op het tijdstip dat ze dat andere meisje hebben vermoord. Hij zou hem hebben gearresteerd als ik de enige was geweest die zijn alibi had kunnen bevestigen.'

De detective had al van de luitenant gehoord dat er verscheidene getuigen waren die hadden verklaard Expósito op dat tijdstip gezien te hebben.

'Maar ik geloof niet dat u bent gekomen om ons dat te vragen', voegde zij eraan toe. 'En ik heb u tijdens uw vorige bezoek al verteld dat u niet welkom bent als u dezelfde vragen stelt als de luitenant.'

'Ja, er is nog iets.'

'Vertelt u het maar', beval ze.

De detective zag dat ze beiden op hun qui-vive waren, niet bij machte de spanning te verbergen die het gevolg was van het feit dat ze nu al vele, lange dagen als verdachten werden aangemerkt. Expósito's knokkels op de bovenkant van de stoel van de oude dame werden wit.

'De parkwachter heeft u verteld…' kwam doña Victoria hem tegemoet.

'Ja.'

'We hadden niet gedacht dat hij het zich nog zou herinneren. Het is al meer dan een jaar geleden.'

'Het ziet ernaar uit dat het niet meevalt om iets van dat meisje te vergeten. Iedereen lijkt zich de momenten in haar nabijheid nog precies voor de geest te kunnen halen', zei Cupido.

Doña Victoria nam een slokje van haar port; ze proefde even, genietend als een kat voordat ze het doorslikte, het vocht langs de lege plekken in haar kaken spoelend waar vroeger haar tanden en kiezen hadden gezeten, haar droge lippen bevochtigend, die vroeger glad en zacht waren geweest, toen ze het dode lijfje van haar kind voor het laatst had gekust.

'Ja, ze had iets heel bijzonders. Ik herinner me haar ook nog', zei ze, en ze keek door de vitrage naar buiten. 'Je vergeet haar niet makkelijk. Die dag, toen ze dat kleine brandje hadden veroorzaakt, zou ieder ander hysterisch zijn geworden, of in huilen uitgebarsten om medelijden te wekken om zo onder de dikke boete die een dergelijke onvoorzichtigheid rechtvaardigt, uit te komen. Maar dat meisje wist iedereen ervan te overtuigen dat ze er oprecht spijt van had, als ik dat woord mag gebruiken. Je vergaf het haar meteen, vanwege die berouwvolle blik in haar ogen, zonder dat ze ook maar iets van haar waardigheid verloor. Het was zelfs zo dat ze je het volstrekt zekere gevoel gaf dat het nooit meer zou gebeuren.'

Heel even bleven ze alledrie zwijgen, alsof ieder van hen nadacht over de beelden die de oude dame zojuist had opgerakeld.

'Verder', voegde ze er met zachtere stem aan toe, 'was ze beeldschoon, het soort vrouw voor wie mannen in staat zijn de raarste dingen uit te halen.'

Cupido keek Expósito aan, in afwachting van de mannelijke versie van het verhaal. Maar de advocaat bleef koppig naar beneden kijken, zijn ogen gericht op het haar, fijn en grijs als spinnenweb, met een kaarsrechte scheiding in het midden, een kapsel dat streng zou zijn als het niet zo elegant was geweest.

'Maar waarom hebt u gelogen? Waarom hebt u verzwegen dat u haar kende?' drong hij aan.

'Als we het verteld hadden, zouden we een heleboel vervelende vragen van de luitenant over ons heen hebben gekregen. En nadat we het tegenover hem hadden ontkend, konden we moeilijk tegen u het tegenovergestelde beweren', antwoordde Expósito. 'En verder, het was toch niets belangrijks. Hoe belangrijk kon het zijn dat we een keer met haar gesproken hadden?'

'Helemaal niet, als dat tenminste alles is.'

'Ja, dat is alles.'

'Heeft een van u haar later nog teruggezien?'

'Nee, nooit meer. Het volgende was dat we hoorden dat ze was vermoord. We herkenden de foto in de kranten.'

'Ik zei u al dat het niet makkelijk was om haar te vergeten', merkte doña Victoria op.

Hun manier van antwoorden, in de wij-vorm, die twee identieke versies van hetzelfde verhaal – alsof ze een goed op elkaar ingespeeld echtpaar waren – suggereerde opnieuw dat ze van tevoren hadden afgesproken wat ze gingen zeggen. De detective had het gevoel dat het gesprek hem niet verder bracht, dat het nergens toe leidde, alsof ze zijn vermoedens kenden en van tevoren antwoorden hadden bedacht op al zijn vragen. Hij stond op en liep naar hen toe om afscheid te nemen. Doña Victoria reikte hem haar hand op de manier waarop oude dames dat vroeger plachten te doen, met de palm naar beneden.

'U bent altijd welkom als u ons nog wat wilt vragen', zei Expósito met een ironie die de detective onmogelijk kon ontgaan.

'Dank u wel', antwoordde hij, op dezelfde toon.

II

Misschien was de detective zich er zelf niet eens van bewust hoe treffend zijn woorden waren geweest toen hij over Gloria sprak: 'Iedereen lijkt zich de momenten in haar nabijheid nog precies voor de geest te kunnen halen.' Hij herinnerde zich al haar gebaren, al haar woorden, al haar blikken. De eerste keer dat hij haar zag was ze het slachtoffer van een vervelende situatie; de tweede keer was zij degene die verontwaardigd en beschuldigend was geweest. De middag van het kleine brandje waren zij tweeën net aan komen lopen toen Gloria met een hele groep medewerkers van het park om zich heen stond, die haar allemaal de mantel uitveegden: hoe ze het in hun hoofd haalden om op een winderige dag een vuur aan te leggen, en nog wel in zo'n brandgevaarlijk gebied! Hij had zich afzijdig gehouden en weigerde zich aan te sluiten bij dat koor van verwijten dat, zodra het meisje haar spijt had betuigd over hun onvoorzichtigheid, langzaam, als een golf in een rimpelloos meer, was weggekabbeld. Terwijl hij daar stond had hij zich afgevraagd wat er zou zijn gebeurd als hij degene was geweest die brand had veroorzaakt. Hij was zich er al heel lang van bewust dat er iets mis met hem was – zijn fysieke verschijning, zijn manier van doen, zijn bitterheid, die onmiskenbare, besmettelijke mismoedigheid van iemand die er niet meer in gelooft ooit nog gelukkig te worden – iets waarop hij geen grip kon krijgen omdat hij niet precies wist wat het was. Wat hij wél wist was dat het iedereen, met wie hij ook te maken kreeg, onmiddellijk tegen hem innam. Dat gevoel dat de hele mensheid hem vijandig was gezind maakte dat hij zich altijd verdedigend opstelde. Mij zouden ze die brand nooit vergeven hebben... misschien hadden ze me zelfs een pak slaag gegeven, terugdenkend aan die nacht, toen hij samen met Gabino een van de jeeps van het park in brand had gestoken. Terwijl hij toekeek hoe ze de woede van de parkwachters en de brandweermannen, die geen van allen hun ogen van haar af konden houden, wist om te buigen, voelde hij zowel haat als bewondering, heel dubbel en tegenstrijdig. Bewondering omdat ze door haar hele wezen – haar schoonheid, haar manier van doen, de levenslust die ze uitstraalde – voorbestemd leek voor het geluk. Haat omdat ze de verpersoonlijking was van alles wat hij miste.

Die donderdag, toen hij uit Madrid in het grote huis in Breda was teruggekomen, had hij zich, zoals altijd na een paar dagen van onderhandelen en intense discussies, vreselijk eenzaam gevoeld. De constante aanwezigheid van mensen om hem heen en het contact met zijn cliënten maakten hem doodmoe en gespannen en hij had meestal een dag of wat nodig om weer bij te komen. Toen de detective was vertrokken had hij zich in zijn kamer opgesloten, diens woorden herhalend: 'Iedereen lijkt zich de momenten in haar nabijheid nog precies voor de geest te kunnen halen.'

Een week na die eerste ontmoeting zat ze nog steeds in zijn hoofd. Tot dan toe had zijn contact met vrouwen zich beperkt tot vluchtige bezoekjes aan prostituees die hun klanten ontvingen in discrete flatjes, want het idee een bordeel binnen te moeten gaan waar hij schouder aan schouder met andere mannen – geil van lust en opgewonden door de drank – zou moeten wachten tot hij aan de beurt was, vervulde hem met afgrijzen. Hij kwam altijd diep teleurgesteld en neerslachtig van dat soort bezoekjes terug, met het gevoel zijn geld te hebben verspild, want hij nam nooit zelf het initiatief maar liet die vrouwen hun gang gaan, en nog nooit had hij durven vragen wat hij echt verlangde, vandaar dat het allemaal altijd veel te snel ging, te professioneel en te onpersoonlijk was. Hij durfde ze niet eens te vragen hun mond te houden als ze op hun knieën voor hem zaten en smerige taal uitsloegen. Het enige waar hij echt naar verlangde was een klein beetje aardigheid, geduld en wat tederheid, maar hij zou al heel tevreden zijn met stilte en een vriendelijk woord. De ontmoeting met Gloria had een heel nieuwe dimensie toegevoegd aan wat hij van een vrouw kon verwachten. Aan de ene kant verlangde hij er hevig naar haar terug te zien, anderzijds zat hij er niet op te wachten, omdat hij wist hoe ellendig hij zich dan weer zou voelen. Als hij 's nachts wakker lag piekerde hij over die tegenstrijdige gevoelens. Hij wist dat hij vol mogelijkheden zat – hij had een wonderbaarlijk geheugen en een buitengewoon vermogen om zijn tijd in te delen, hij bezat een exceptionele intelligentie die hij op velerlei gebieden aan kon wenden, en was in staat een mate van concentratie op te brengen waar een professioneel schaker jaloers op zou zijn – maar hij was zich er pijnlijk van bewust dat er geen enkele vrouw was die hij dat alles aan kon bieden. Behalve natuurlijk doña Victoria, aan wier strijd om haar verloren land hij zijn lot had verbonden. Soms zag hij zichzelf als een wielrenner met ijzersterke benen, met de longen van een walvis en het hart van een renpaard, maar verdwaald op een eenzaam kruispunt hoog in de bergen omdat hij niemand heeft om hem de weg te wijzen, niet eens een kaart om zich op te oriënteren tijdens zijn tocht, met mistige bergen links van hem en ravijnen rechts. Andere keren, als hij de slaap wel had weten te vatten, droomde hij dat hij in een diepe, donkere put was gevallen en zich een aantal meter onder water bevond, zonder dat hij de bodem al had geraakt. Wanhopig bewoog hij zijn armen in een poging omhoog te komen, hoewel hij maar al te goed wist dat hij de oppervlakte alleen kon bereiken als hij eerst nog verder naar beneden ging, tot de modder, waar hij iets zou vinden, een ladder of een stuk touw met een klimijzer, waarmee hij weer omhoog zou kunnen komen.

Pas twee maanden later zag hij Gloria weer terug, tegen het eind van het vorige najaar, toen ze in afwachting waren van de laatste gerechtelijke uitspraken. Het conflict was inmiddels geëscaleerd tot een verbitterde strijd, en de situatie was zo verward dat geen enkele parkwachter het waagde hen tegen te houden als ze naar het omstreden land kwamen, steevast begeleid door Gabino, de oude, toegenegen pachter die nooit voor iemand anders had gewerkt dan voor doña Victoria. Gabino moest al een jaar of zestig zijn, een prima stroper, die nog precies in zijn hoofd had zitten hoe de ruige omgeving van El Paternóster er vóór de constructie van de stuwdam had uitgezien. Ondanks zijn leeftijd was hij ongelooflijk sterk en tussen de middag kon hij een heel grof boerenbrood met een kilo gezouten vlees naar binnen werken om dat vervolgens als een boa constrictor te verteren. Hij had een onuitwisbare herinnering aan Gabino: op een dag had de pachter hem, hij was nog maar een jongetje, meegenomen voor op zijn ezel. Toen ze langs een groepje jongens kwamen die een hek niet open durfden te maken omdat er een wespennest aan vastzat, had hij gezien hoe Gabino het nest met één klap verpletterde, zonder dat er ook maar één gifangel door het eelt, gevormd door dertig jaar zwoegen op het land, heen wist te dringen.

Ze hadden gehoord dat het komende weekeinde, de laatste dagen van dat jachtseizoen, de voormalige Franse president Giscard d'Estaing naar het park zou komen. Hij was een hartstochtelijk jager op groot wild en had de kwaliteit horen roemen van de trofeeën die er de laatste jaren geschoten waren. Doña Victoria had besloten dat ze de gelegenheid niet voorbij konden laten gaan om de spanning nog wat op te voeren. Gezien de onzekerheid omtrent de finale uitspraak wilde ze proberen de situatie nog wat in hun voordeel om te buigen. Ze had een soort publiciteitsstunt bedacht die het hele protocol rond het bezoek in het honderd zou sturen.

Aan de vooravond van dat bezoek waren Gabino en hij het park ingegaan, even na middernacht, op het uur dat de wolven op zoek gaan naar prooi. De oude man was hem voorgegaan over een oud – sinds het lager gelegen bouwland onder water was gezet – vergeten pad dat toen begaanbaar was omdat het water zo laag stond. Precies zoals ze hadden voorzien, was er een enorme hertenbok in een van de strikken gelopen die de pachter, die precies wist waar de dieren foerageerden en rustten, de avond daarvoor had geplaatst. Het dier lag op de grond en deed niet eens een poging om op te staan toen ze dichterbij kwamen. Eerst dachten ze dat het van uitputting was, want hij moest de hele dag geprobeerd hebben zich los te rukken, maar toen zagen ze dat hij zo tekeer was gegaan dat hij volledig verstrikt was geraakt in de draad en uiteindelijk een poot had gebroken, die nu in een vreemde hoek dubbelgevouwen onder zijn lichaam lag. In het licht van de zaklampen zagen ze dat de draad hele stukken vacht had afgerukt, waardoor wonden waren ontstaan waar de mieren al op af waren gekomen. Hij had een licht schuldgevoel in zich op voelen komen: zoveel lijden was onnodig. Hij keek even naar Gabino, die onaangedaan doorging, van tijd tot tijd even stopte en naar de stilte luisterde die hen omringde, om daarna weer rustig verder te werken in die totale duisternis. Hij vroeg zich af wat de oude man er zelf allemaal van vond, of zou hij domweg gehoorzamen, kritiekloos doen wat hem werd gezegd? Gabino was altijd hetzelfde, dag in dag uit, als een steen, zonder dat iets hem leek te beroeren, alsof hij geen gevoelens had, of het nu overdag was of 's nachts. Hijzelf daarentegen, van kind af aan voorbestemd voor een strijd die op papier gevoerd zou worden, voelde zijn hart in zijn keel bonzen. Hij was nog nooit zo vlak bij de nacht geweest, er zo middenin, als nu in dat bos, met miljoenen dieren om hem heen, waarvan er veel giftig en hongerig waren. Toch was hij niet bang geweest, en hij zei tegen zichzelf dat ook als hij Gabino niet mee had gehad, hij de hele nacht door zou kunnen lopen.

Voordat ze het hert uit de strik losmaakten, bonden ze zijn poten bij elkaar. Gabino wikkelde vervolgens een stuk touw om de onderkant van het gewei, trok de kop opzij en knoopte het touw aan de staart vast, zodat het dier zijn gewei niet meer kon gebruiken om zichzelf mee te verdedigen. Het hert was veranderd in een grote bonk behaard vlees waar de punten van het gewei boven uitstaken. Ze reden de Land Rover achteruit en sjorden hem samen de achterbak in.

Ze wisten precies waar ze de rest van het plan wilden uitvoeren, vlak bij de basispost, waar de jagers hem de volgende dag, als ze op weg gingen naar de uitkijkposten, niet zouden kunnen missen. Maar in de verte begonnen de honden te blaffen toen ze dichterbij kwamen, en ze besloten naar een andere plek uit te wijken, waar ze minder risico liepen ontdekt te worden. Vanwege de komst van de Franse politicus naar het park waren er de dag daarvoor allerlei veiligheidsmaatregelen getroffen. Vandaar dat ze voorzichtigheidshalve een plek kozen op een paar kilometer van de plaats die ze aanvankelijk in gedachten hadden.

De oude man wilde er vanaf zijn, en zodra hij het gevoel had dat ze weer veilig waren, hield hij stil bij een eikenbosje. Hij wilde geen zaklamp gebruiken toen ze uit de wagen stapten, want omdat hun ogen inmiddels gewend waren aan het donker was het licht van de wassende maan voldoende.

Ze laadden het hert uit en sleepten het een paar meter over de grond naar een dikke eik die geknot was. De kroon had de vorm van een kandelaar. Gabino werkte sneller nu, en vond het niet goed dat hij hielp, alsof het laatste deel van de klus een vastbeslotenheid en een wreedheid eiste die hij niet bezat. Hij wierp een touw over een brede tak, gebood hem het ene eind vast te houden en sloeg de andere kant om de hals van het dier. Hij was op de hoogte van wat ze gingen doen, maar kwam er nu pas achter hoe. Het hert kon zich niet meer bewegen en keek vanaf de grond naar hen op, zijn kop in een akelige hoek omdat hij ermee aan zijn staart zat vastgebonden, met in zijn uitpuilende ogen de uitdrukking van totale angst die zo kenmerkend is voor zoogdieren. Hij zag hoe de oude man een mes uit zijn broekzak haalde en hoorde een klein klikje toen hij het openknipte. Het was het soort mes dat de boeren in die streek veel gebruikten, met een houten heft en een gekromd lemmet. Hij hoorde Gabino zeggen: 'Trekken! Hard!' maar pas toen de man het nog een keer zei, begreep hij dat het voor hém bestemd was. Hij trok krachtig aan het touw, maar kreeg alleen de kop omhoog gehesen. Door de druk op het touw kwam de tong uit de bek. Het touw liep niet goed langs de tak, de ruwe schors maakte het trekken lastig. Hij probeerde het nogmaals, tot hij zijn handpalmen voelde gloeien door het ruwe touw dat erlangs raspte, maar het lukte hem nog steeds niet het dier van de grond te krijgen. De oude man draaide zijn hoofd om en hij veronderstelde dat hij naar hem keek, hoewel het in het donker moeilijk te zeggen was waar die samengeknepen ogen – een gevolg van een leven lang tegen de zon in moeten turen – op gericht waren. 'Ik trek hem zelf wel omhoog, maar dan zul jij het mes moeten hanteren', zei hij, terwijl hij hem het open mes aanreikte. Gabino pakte het touw en hees het hert met korte, krachtige rukken langzaam maar zeker omhoog. Het dier zou gestikt zijn als het alleen aan zijn nek hing, vandaar dat hij het om het gewicht te verdelen ook had vastgeknoopt aan het andere touw, dat om het gewei en de staart zat gebonden. Hij had besloten dat het hert niet door wurging zou worden omgebracht maar door ophanging, om het menselijke, rituele aspect van zijn dood te benadrukken. Hij begreep wat hem te doen stond zonder dat de oude man het hem verder nog uit hoefde te leggen. Hij keek naar het mes in zijn hand, het lemmet glanzend in het maanlicht alsof het van zilver was. Toen het hert voelde dat het vrij van de grond was, kronkelde het nog even in een poging los te komen, maar omdat het touw op die manier alleen maar strakker om zijn hals kwam te zitten, stopte het algauw met bewegen. Zijn kop hing naar beneden en hij kon zijn blik niet losmaken van de doodsbange ogen van het dier. 'Nu', hoorde hij de stem achter zijn rug. 'Snij de staart eraf, in één haal.' Hij begreep precies wat er dan zou gebeuren: als hij de staart afsneed, zou het hele gewicht van het dier aan de kop komen te hangen en zouden zijn nekwervels uiteengerukt worden, waardoor de dood intrad. Een snelle, smerige dood, waarbij het dier alles zou laten lopen. Hij vroeg zich af of het hert zich bewust was van wat het te wachten stond, of die blik vol ontzetting voortkwam uit het feit dat het wist wat het van de mensen te duchten had, al vanaf het moment dat het in de strik van ijzerdraad was gelopen. Hij vroeg zich ook af hoeveel herten of hoeveel honden de oude man wel niet had vermoord, om zo precies te weten wat hij op welk moment moest doen. Hij hief zijn linkerhand en greep de staart op de plek waar het touw, met de helft van het gewicht eraan, zat vastgebonden. Zijn vingers voelden iets vochtigs, iets kleverigs: het dier had gepoept. Net als een mens, omdat het weet dat het gaat sterven... dacht hij. Het was ruim een uur geleden dat ze heimelijk via de achterdeur uit het oude huis waren weggeslopen. Zoals altijd was hij bereid om bij alles wat nodig was te helpen, maar hij had zich niet kunnen voorstellen dat hij een luttele zeventig minuten later met een vreselijk, vlijmscherp boerenmes in zijn ene hand zou staan, op het punt om in te hakken op het levende vlees van een schitterend, weerloos dier dat hij met de andere hand bij de staart vasthield. Hij had eerder meegewerkt aan kleine sabotageacties – een in brand gestoken dienstvoertuig, ze hadden met een tang afrasteringen doorgeknipt – maar die waren gericht geweest tegen objecten, nooit tegen een levend, ademend wezen, want dat soort opdrachten werd normaal door de oude man op zijn eentje opgeknapt. 'Dichter bij zijn anus', hoorde hij de stem achter zijn rug opnieuw, ditmaal fermer, vastbesloten. Hij gehoorzaamde en bracht het mes naar de aanzet van de staart. Hij voelde hoe gespannen en warm het vlees was, hoe strak de spieren en de pezen stonden, op een centimeter van zijn hand, van zijn duim. 'Snijden, en maken dat je wegkomt, anders dondert hij boven op je', hoorde hij nog. Hij haalde diep adem, verzamelde al zijn kracht en wachtte op de laatste instructies. Maar de oude man achter hem zei niets meer, hij wachtte op bloed. Heel even overwoog hij voor te stellen weer van rol te wisselen, zodat hij het touw kon vasthouden waar het hert aan hing, maar hij wist geen enkele reden te verzinnen die een dergelijk verzoek zou rechtvaardigen. Hij duwde het gekromde lemmet zachtjes naar beneden en merkte dat het soepel als een kappersmes door de eerste haren gleed. Toen, ineens, duwde hij het met al zijn kracht naar beneden, tegelijkertijd een snijdende beweging makend met het hele lemmet, van de handgreep tot de punt. De staart was er in één keer af en hij sprong achteruit terwijl het hert heftig stuiptrekkend alleen nog aan zijn kop hing. Zo, met uitpuilende ogen, bleef het nog even spartelen tot het eindelijk stil hing. Hij voelde iets vochtigs, iets warms tegen zijn samengeknepen lippen spatten en voordat hij doorhad wat het was, had hij het al opgelikt. Hij herkende de weeïge smaak van dierenbloed. Hij spuugde het uit en keek vervolgens op naar het zacht bungelende lichaam. Gabino maakte geen enkele opmerking over zijn optreden, hij trok het hert alleen nog wat verder omhoog en bond het touw om de stam van de eik, zodat het dier daar goed hoog en zichtbaar hing, als een duidelijke dreiging.

Vervolgens keerden ze net zo heimelijk terug als ze gekomen waren. Hij voelde zich beverig, opgewonden als een schooljongen, maar tegelijkertijd trots, alsof hij de test had ondergaan – het martelen van een levend dier – die zijn leeftijdsgenoten, geboren in hetzelfde dorp, al vijftien jaar geleden hadden afgelegd. Het was merkwaardig, maar het hanteren van het mes had gevoeld als een soort initiatie, als een doop, en het bloed op zijn lippen als een communie.

Doña Victoria had het dienstmeisje het weekeinde vrij gegeven, en had vol ongeduld op hen zitten wachten in de stoel met de rechte rugleuning, klaarwakker, tot ze het geluid van de Land Rover zou horen. Die motor zou ze uit wel honderd andere herkennen. Hoewel het niet voor het eerst was dat hij meeging op een dergelijke tocht, zo heel anders dan zijn normale kantoorwerk, was het nu vanwege de aanwezigheid van de Franse politicus extra riskant. Dit keer was ze nerveus geweest, en een beetje angstig.

Toen hij terug was in die donkere kamer, waar alleen het licht van de straat naar binnen viel, met bestofte laarzen en kleine bloedspatjes om zijn mond en op de mouwen van zijn overhemd, beval ze hem voor haar te komen staan en had ze hem aangekeken als was hij een zoon die na een lange afwezigheid naar huis is teruggekeerd. Daarna liet ze hem naast haar plaatsnemen en moest hij haar alles vertellen, tot in de kleinste details, van minuut tot minuut. Uiteindelijk waren ze allebei naar hun eigen kamer gegaan, om te wachten op de uiteindelijke ontknoping, de volgende dag, over een paar uur. Wat er ook gebeurde, iedere ophef of verstoring was beter dan de schijn van normaliteit die de autoriteiten in het park op probeerden te houden, alsof de onteigening al een feit was en de uitspraak van de Hoge Raad al gedaan. Ze hadden weliswaar verschillende keren het onderspit gedolven, maar de strijd was nog niet beslist! Ze klampten zich vast aan de hoop op de overwinning, als de regering van een land dat op het punt staat de oorlog te verliezen maar nog steeds rekent op de vernietigende kracht van een nieuw, nog geheim wapen dat het hele verloop van de strijd zou kunnen veranderen.

De volgende morgen liep alles heel anders dan ze hadden verwacht; ze waren al heel vroeg naar de basispost gegaan, onder het voorwendsel dat ze een aantal papieren moesten overleggen, maar in werkelijkheid omdat ze erbij wilden zijn als het dode hert werd ontdekt en wilden voorkomen dat de zaak in de doofpot werd gestopt. In tegenstelling tot wat ze hadden voorzien, was het geen parkwachter of jager die het aan het touw bungelende kadaver vond. Het was Gloria, die inmiddels een vergunning had om zich vrij in het niet voor het publiek opengestelde gedeelte van het park te bewegen om te schilderen. Ze was meteen teruggerend naar de basispost om alarm te slaan. Doña Victoria en hij waren er al, wachtend op hetzelfde bericht, maar op een andere boodschapper. Gloria was met de parkwachters meegereden, en zij waren achter haar aan gegaan. Het leek hem bij daglicht een heel andere plek dan in de donkerte van de nacht. Iedereen bleef een ogenblik verstijfd staan, geschokt naar het lijk starend. De hond van een van de parkwachters, die hen achterna was gekomen, begon het sperma op te likken dat het dier in zijn doodsstrijd had laten schieten. Gloria had gevraagd of ze het los wilden maken, omdat ze het aanzicht niet kon verdragen, en doña

Victoria had dat belet omdat ze zo veel mogelijk publiciteit wilde. 'Niet zo haastig, jongedame, het hert wordt er niet levend mee als ze het losmaken', had ze gezegd. Gloria had hun een diep verwijtende blik toegeworpen, die hem het bloed naar de kaken had gejaagd. Hij wist dat hij had gebloosd als een kleine jongen die ervan langs krijgt omdat hij is betrapt op het pesten van een duif, maar dat kon zij niet hebben gemerkt omdat ze hun vol minachting de rug had toegedraaid. Hij had het gevoel of zijn keel vol zand zat en het duurde even voordat het tot hem doordrong dat doña Victoria hem vroeg naar het dorp te rijden om een fotograaf te halen.

Het was allemaal zinloos geweest, de gruwelijke dood van het hert en zijn gevoelens van schaamte: de Franse politicus hadden ze weg weten te houden en het nieuws van de begane wreedheden kwam niet verder dan de lokale media.

Die nacht, toen hij ondanks zijn uitputting de slaap niet kon vatten, had hij voor het eerst zijn twijfels over hun strategie.

12

Hij draaide de kraan open en toen het water warm begon te worden stapte hij onder de douche en liet de straal over zijn voorhoofd lopen. Zo bleef hij even staan, voordat hij de gel en de shampoo pakte om alle viezigheid die na een dag werken op het land aan hem plakte grondig van zich af te wassen, als een slang die zich ieder voorjaar van zijn huid ontdoet. Ook die gewoonte zich dagelijks uitvoerig te wassen, had hij van Gloria geleerd, tijdens een van de middagen dat hij met haar mee was gegaan om haar ezel te dragen, op weg naar een diepe inham van het stuwmeer. Molina, de parkwachter, had haar verteld dat de herten en damherten daar tijdens de avondschemering kwamen drinken. Een uur lang had hij zitten kijken hoe ze de ruimte op het linnen verdeelde; hij zag het water op het doek verschijnen, de aarde en de hemel, en het viel hem op dat ze plekjes openliet, zonder in te vullen, in afwachting van de dieren die daar moesten komen. Ze zouden zich maar heel even laten zien, aan de overkant van de inham, en dan zou ze het beeld van ieder dier snel in haar hoofd vast moeten leggen om het daarna weer op het doek te kunnen weergeven, op dezelfde manier als de eerste bewoners van de streek de dieren op de rotswanden hadden getekend. Hij had zwijgend naar haar zitten kijken, zonder haar te storen, gefascineerd door haar schoonheid, een silhouet tegen de achtergrond van het water en de kleine eilandjes die in het meer waren verschenen nu het water zo laag stond, dodelijk verliefd, op haar handen die wisten te schilderen wat hij nooit zou kunnen, op de ontembare krullen in haar nek, die ze niet had kunnen vangen in het bandje om de nonchalante paardenstaart boven op haar hoofd, op de zachte ronding van haar heupen, die de losse, lichte

broek die ze aanhad niet kon verhullen, op de vriendelijke glimlach waarmee ze hem de paar keer dat ze zich naar hem omdraaide
aankeek, dankbaar voor zijn hulp, steeds zonder een woord te
zeggen omdat ze geen enkel geluid wilden maken dat de rust zou
verstoren die nodig was om de dieren te laten komen. En toch, die
middag hadden ze geen hert te zien gekregen, of het nu kwam
doordat ze hun geur hadden opgevangen, of omdat ze niet het
geduld van de jagers hadden die volkomen bewegingloos in hun
schuilplaats blijven zitten.

Als hij het had gekund, zou hij ze hebben opgezocht om ze van
hun rustplekken naar de plek te jagen waar Gloria zat te wachten.
Hij had er alles voor over, als ze hem maar eens zou zíen, hem zou
opmerken, hem, het jongere neefje dat ze aardig vond en met wie
ze een beetje te doen had vanwege zijn diepe armoede, het gebrek
aan mogelijkheden zijn talent te ontwikkelen, om zijn hork van
een vader. Het soort lauw, passief medelijden dat zich nooit tot
werkelijke generositeit ontwikkelt. Op een gegeven moment was
Gloria het wachten zat en had ze met duidelijke teleurstelling
gezegd: 'Volgens mij komen ze niet meer. We hebben niet veel
geluk vandaag.' Hij wist niets terug te zeggen, maar ze wachtte zijn
antwoord niet af, vouwde de ezel op, pakte de penselen bij elkaar
en liep naar de oever van het meer, zo'n vijftig meter verder. Hij
zag hoe ze op een steen vlak bij het water ging zitten, haar ruwleren
mocassins uittrok en een paar minuten zo bleef zitten, onbeweeglijk, met haar rug naar hem toe, opgaand in de stilte van de
schemering en het laatste licht van de zon, die langzaam wegzakte
achter de hellingen van de Volcán en de Yunque. Hij had nog
nooit een vrouw gezien die zo mooi was, hij had zich nooit
kunnen voorstellen dat liefde zo overweldigend kon zijn. Hij wist
dat hij, wat er ook gebeurde, zijn hele leven dat beeld van haar zou
bewaren: zijn nichtje Gloria op die steen, met haar armen om
haar knieën geslagen, het water tot vlak bij haar blote voeten, de
vallende avond en de bergen op de achtergrond. Zelfs de hemel
droeg bij aan dat beeld, dat aarzelde tussen werkelijkheid en fata

morgana: paarsgetinte wolkenflarden met de vorm van paarden trokken voor de zon langs en creëerden de sfeer van een droom. Als het hem ooit zou lukken dit beeld, dat wat hij nu zag, vast te leggen in één schilderij, dan zou hij nooit meer iets anders hoeven schilderen.

Alsof ze zich ineens zijn aanwezigheid weer herinnerde, had Gloria zich naar hem omgedraaid en tegen hem gezegd: 'Ik ga zwemmen. Ik heb er een hekel aan me zo zweterig te voelen. Kom je ook of blijf je op me wachten?' Misschien, als ze alleen het eerste gedeelte van de vraag had uitgesproken, had hij het wél gedurfd om met haar mee te gaan, het grijze, ondoorzichtige, diepe water van het meer in, misschien had hij dan wel zijn lafheid, zijn verlegenheid kunnen overwinnen en zijn zwijgzaamheid afleggen, en had hij zich niet beschaamd of verlegen hoeven voelen tegenover het naakte, pijnlijk begeerde lichaam van Gloria, en niet bang hoeven zijn van wat zij vond van het zijne, dat de puberteit al achter zich had gelaten maar nog niet echt volwassen was, die moeilijke periode, het laatste stukje voor de volwassenheid, veel erger dan de puberteit zelf, als een kind zich geen kind meer voelt maar ook nog niet de kracht en de zelfverzekerdheid bezit van iemand die de kindertijd definitief achter zich heeft gelaten. 'Ik blijf hier wachten', zei hij, en hij had meteen al spijt van zijn antwoord en van zijn verlegenheid, van zijn gebrek aan durf om het gladde water in te duiken en achter haar aan te zwemmen, onder haar door, onder haar naakte lichaam door in het grauwe, stille, vlakke water dat haast dreigend aandeed, zij tweeën midden in dat meer waar verder niemand was, alleen de bleke glans van haar rug, met alle gelegenheid om haar speels aan te raken, de enige manier om dichter bij haar te komen omdat hij wist dat van liefde tussen hen geen sprake kon zijn omdat ze bloedverwanten waren.

Hij wendde zijn gezicht af toen hij de vanzelfsprekende manier zag waarop ze haar T-shirt over haar hoofd trok, maar ving nog net een glimp van haar gebronsde rug op, die naakt en recht was.

Hij wist niet wat hij moest doen en daarom zei hij met zijn rug naar haar toe: 'Ik ga een stukje lopen, misschien zie ik nog ergens een hert', hoewel hij wist dat het al te laat was, dat de dieren zich allang in hun schuilplaatsen hadden teruggetrokken om te rusten en te herkauwen, en dat zijn woorden niet meer dan een smoes waren om niet te laten merken hoezeer haar naaktheid hem verwarde. 'Oké', zei Gloria. Terwijl hij in de richting van de eerste rij pijnbomen liep, hoorde hij een plons in het water. Ze moest er vanaf de rots in zijn gedoken. Toen durfde hij pas om te kijken en hij zag hoe haar hoofd bovenkwam om adem te halen en hoe haar armen, die lichter afstaken tegen het water, met rustige, regelmatige slagen op en neer bewogen. Hij kon nog teruggaan, dacht hij, zich uitkleden – wat nu makkelijker was omdat ze een eind weg was – en haar daar treffen, aan de andere kant van de oever, die als een barrière van angst en schaamte tussen hen in stond. In het water zou alles makkelijker zijn, allebei nat en naakt in het hart van het water, kopje-onder gaand tot ze met hun tenen de slijmerige daken van de verdronken huizen raakten, allebei geliefkoosd door dezelfde vloeistof die hen zou wiegen en schommelen. Maar hij liep door. In zijn ogen sprongen tranen van boosheid; woede op zichzelf en en – in een plotselinge opleving van de oude, felle trots die hij van zijn vader had geërfd – op haar, omdat ze zich had uitgekleed waar hij bij stond, alsof hij nog een kind was. Hij liet de tranen langs zijn gezicht lopen, en liep toen vastbesloten terug via een klein omweggetje, waarbij hij laag bleef, zich verbergend achter bosjes en boomstammen, tot hij achter de eerste rij struiken een plek vond waar hij op de grond kon liggen, een paar meter links van waar hij eerder had gestaan. De dorstige wortels van de pijnbomen groeiden kronkelend naar boven en tekenden zich duidelijk af, vlak onder de bovenste, stoffige laag van de uitgedroogde aarde, als de aderen onder de huid van oude mensen.

Het was nog helder, met aan de hemel de laatste lichtgloed waarin de schemering als een soort uitstel voorziet, voordat het uiteindelijk echt donker wordt. De bijna volle maan kwam op en verspreidde een melkachtig licht. Hij boog het dorre struikgewas voor zijn ogen uiteen en keek naar het water. Gloria dreef roerloos op haar rug, onbeweeglijk op het gladde, donkere oppervlak, met haar gezicht van de oever afgewend. Heel even had hij het gevoel dat ze op hem wachtte, dat ze het allemaal alleen maar deed omdat ze wilde dat hij stilletjes naar haar toe kwam om haar aan het schrikken te maken of een grap met haar uit te halen, want ze moest zich bewust zijn van zijn aanwezigheid. Maar hij wist al dat hij dat nooit zou durven. Hij zat daar goed, zonder dat ze hem zag kon hij ongestoord naar haar kijken, met de zware geur van de verdroogde aarde in zijn neus, en in zijn oren de kleine, met het vorderen van de avond uitstervende geluiden van het bos, de maan steeds duidelijker weerspiegeld in het meer. Hij lag daar met bonzend hart, al zijn zintuigen gespitst.

Het was het tijdstip dat de vliegen kwamen drinken en de vissen naar de oppervlakte kwamen om te jagen. Een karper sprong hoog op om een insect te vangen en in zijn val brak hij de gladde stilte van het water. Alsof ze ineens was geschrokken, draaide Gloria zich om en zwom terug naar de oever. Hij bewoog zich niet. In alle delen van zijn lichaam die in contact waren met de grond kon hij het bloed voelen kloppen. Ze kwam het water uit op dezelfde plek als ze erin was gegaan, naast de steen waar ze haar kleren had achtergelaten. Ze bewoog zich heel natuurlijk, zonder de adembenemende naaktheid van haar lichaam te verbergen, maar er ook niet mee pronkend. Het enige wat ze droeg was een wit slipje, en omdat het nat was scheen de donkere vlek van haar schaamhaar erdoorheen. Ze bukte zich en begon zich af te drogen met de kleine handdoek die ze bij zich had, licht huiverend van de kou. Hij had alle tijd gehad om naar haar te kijken en dat beeld zou hem altijd bijblijven: haar natte huid, haar glanzende, lange dijen, haar borsten, die trilden met elke stap die ze zette, haar blote voeten, het geheime, donkere driehoekje onder haar buik.

Onder de douche voelde hij nogmaals het genot van een orgasme door zijn hele lichaam sidderen. Hij schrok haast toen hij de vermoeide, lieve stem van zijn moeder buiten de douche tegen hem hoorde zeggen: 'Kom op David, het is genoeg, ik heb warm water nodig', die hem terugbracht naar de wereld van de miserabele, armoedige zuinigheid en knijperigheid waarin ze leefden. Hij bleef nog een paar minuten onder de douche staan en liet zich schoonspoelen, terwijl hij de laatste beelden van die middag vast probeerde te houden: Gloria, zittend op de rots, die zich aankleedde en hem daarna riep, en hij, hij liet haar roepen zonder zich in zijn schuilplaats te verroeren. Hij wist niet goed waarom, maar hij had er behoefte aan, hij genoot ervan om haar ongerust te maken, haar te laten schrikken, te laten denken dat hij er niet was, dat hij was verdwenen, kortom, hij wilde onmisbaar voor haar zijn, al was het maar een paar minuten. Hij keek toe hoe ze haar haren kamde, een sigaret aanstak en hem, steeds onge-ruster, steeds luider riep.

Toen hij het welletjes vond kroop hij terug, er zorgvuldig op lettend dat de struiken niet bewogen, om zijn aanwezigheid niet te verraden. Hij kwam pas overeind toen hij buiten haar gezichtsveld was. Hij controleerde of er geen aarde op zijn kleren zat, poetste zijn gezicht schoon en liep naar de rand van het meer. 'Waar was je? Waarom ben je zo ver weg gegaan?' zei ze, toen ze hem weer zag. Hij was teleurgesteld eerder verwijt dan vreugde in haar stem te horen, maar hij antwoordde vriendelijk dat hij in het bos herten had gezien en dat hij een tijd naar hen had zitten kijken. Ze pakten de penselen en de ezel en liepen terug naar de plek waar de auto stond. Om een onzinnige discussie te vermijden, had hij zijn vader niet verteld dat hij met haar mee was geweest.

Hij draaide de kraan dicht, deed zijn badjas aan en vertrok naar zijn kamer op de bovenste verdieping van het huis. Het was er koud en ongezellig, maar de kamer lag ver genoeg weg van de keuken en de eetkamer op de begane grond om hem een gevoel van onafhankelijkheid en rust te geven. Hij deed de deur op slot, trok schone kleren aan en klom, voordat hij achter de kleine ronde tafel met het plastic kleed erover plaatsnam, op een stoel om zijn schetsblok met houtskooltekeningen te kunnen pakken dat boven op de hoge kast lag. Hij haalde er een los vel papier uit met een tekening van het gezicht van een jongen: het was een portret van hemzelf, dat Gloria op een van de laatste middagen waarop hij bij haar was geweest van hem had getekend. Op de achterkant had ze een opdracht geschreven. Hij had haar geholpen met het ver- sjouwen van wat meubels in het voormalige huis van haar ouders en ondertussen hadden ze over schilderen gepraat. Ze had hem gevraagd of hij al door de olieverf heen was die ze hem cadeau had gedaan en hij had geantwoord dat dat nog niet het geval was, en dat hij het gevoel had het tekenen goed in zijn vingers te hebben, maar het nog heel lastig vond de juiste toon te treffen als hij in kleur werkte. Om hem te bedanken voor zijn hulp had Gloria hem, op een moment dat hij even naast het raam was gaan zitten om uit te puffen en het licht van één kant op zijn gezicht viel, gevraagd of hij die houding even vast wilde houden. Ze had potlood en papier gepakt en in snelle, zekere halen dat portret getekend. Hij koesterde het als een schat en had de tekening verborgen gehouden voor zijn ouders, maar haalde haar vaak tevoorschijn om ernaar te kijken, met de deur op slot, als een rijke verzamelaar die helemaal in zijn eentje naar een meesterwerk moet kijken dat hij aan niemand kan laten zien omdat het ge- stolen is uit een museum. Hij bracht er vele uren mee zoet, de lengte van de potloodstreken bestuderend, de hoeveelheid en de intensiteit van de stippeltjes, de diepte van de schaduwen. Hij was van mening dat die eenvoudige potloodtekening een kunstwerk was omdat het een waarachtiger afbeelding van het model was dan welke spiegel ook. Gloria had zijn dunne lippen weten te vangen, zijn wat boze, afwerende houding, het haar met de te hoge schei- ding dat over zijn zweterige voorhoofd viel, de gespannen neus- vleugels, alsof hij haar geur probeerde op te vangen terwijl ze hem portretteerde. Zelfs de kleine littekentjes van zijn acne hadden precies de juiste plek gevonden op het papier. Hij keek extra goed naar de ogen, die zowel verlegenheid en verbazing als verlangen uitdrukten. Hij vroeg zich af of ze had geweten hoe verliefd hij op haar was. Ze moest er in ieder geval een vermoeden van hebben gehad, want ze had in het portret de suggestie weten te wekken van een bepaald soort spanning, die het gevolg is van onvervulde wensen. Zou hij zelf ooit zo kunnen tekenen? vroeg hij zich af. Zou hij genoeg tijd hebben om de verloren jaren in te halen? Nu misschien wel, met al dat geld van de erfenis. Gloria's erfenis. Hij draaide het papier om en las wat ze had opgeschreven toen ze het hem gaf. 'Zoek niet langer buiten jezelf. Alle kleuren zitten in je ogen.' Hij hief ineens zijn hoofd om naar de slapende echo te luisteren die door die opdracht werd gewekt, als het verre geluid van een klok in een verlaten hermitage. Hij las de opdracht nog een keer en herinnerde zich toen ineens woord voor woord wat Gloria had gezegd over de plek waar ze haar dagboek verstopte, die middag dat ze hem had betrapt terwijl hij erin bladerde. Toen hij begreep dat ze niet boos op hem was om zijn nieuwsgierigheid had hij haar durven zeggen dat ze er beter op moest letten en het niet open op tafel moest laten liggen. Haar woorden klonken weer in zijn hoofd, letterlijk, zoals ze die had uitgesproken: 'Niemand die het kan vinden, zelfs als ze de deuren van de schuilhoek open- en weer dichtmaken, vinden ze het niet. Het blijft altijd verborgen.' Hij had er lang over nagedacht wat ze daarmee kon bedoelen, maar hij had niets kunnen verzinnen en was het uiteindelijk vergeten. Maar nu hadden de woorden van die opdracht, die hij voor haar dood voor de laatste keer had gelezen, die herinnering weer teruggebracht.

Hoewel het al laat was, trok hij zijn schoenen aan en glipte naar buiten, zonder iets tegen zijn ouders te zeggen. Vijf minuten later belde hij bij Cupido aan. De detective stond net op het punt te gaan eten en vroeg hem binnen. Hij bood de jongen een biertje aan.

'Ik herinner me iets over het dagboek', zei hij. Zijn stem trilde lichtjes, van de zenuwen of misschien omdat hij de afstand rennend had afgelegd.

'Zeg het maar', zei de detective. Hij had die hele zaterdag niets aan het onderzoek gedaan. De ochtend had hij gebruikt om wat klusjes te doen die al tijden waren blijven liggen, en 's middags had hij gelezen en naar voetballen gekeken. Hij was in afwachting van de resultaten van het laboratorium, die de luitenant maandag zou krijgen. Hij baalde van die verloren dag, en het onverwachte bezoek van David kwam hem goed uit om zijn geweten te sussen.

'Ik zat thuis naar een portret te kijken dat Gloria ooit van me heeft getekend en toen ik de opdracht las kwam er ineens een herinnering in me naar boven. Het gaat over de plek waar ze het dagboek bewaarde. Ze zei: "Niemand die het kan vinden, zelfs als ze de deuren van de schuilhoek open- en weer dichtmaken, vinden ze het niet. Het blijft altijd verborgen."'

Hij bleef Cupido aankijken alsof hij van hem de oplossing verwachtte van een raadsel waarvoor hij zelf geen antwoord had kunnen vinden. Maar de detective kon er ook niets van maken. Hij verbaasde zich, zowel over die woorden als over de haast enthousiaste hulpvaardigheid van de jongen, die opnieuw zijn norse verlegenheid had afgelegd, ditmaal om hem iets te komen vertellen wat hij zich had herinnerd. En weer vroeg hij zichzelf af of het allemaal wel zo spontaan was als het leek, of de jongen er misschien een bepaald belang bij had dat het dagboek gevonden zou worden, juist door hem.

'Weet je dat zeker?'

'Ja, dat heeft ze gezegd. "Niemand die het kan vinden, zelfs als ze de deuren van de schuilhoek open- en weer dichtmaken, vinden ze het niet. Het blijft altijd verborgen."'

'Maar wat bedoelde ze daarmee?'

'Ik weet het niet. Ik heb geen idee.'

Ineens kreeg Cupido een ingeving, en hij begreep niet waarom dat niet eerder in hem was opgekomen.

'Kunnen we in haar huis?'

'In haar huis, hier in Breda?'

'Ja.'

David keek hem enigszins verbijsterd aan, alsof hij te ver was gegaan en zijn bezoek aan de detective onvoorziene consequenties voor hem kon hebben. Sinds Gloria's dood was hij niet meer in het huis geweest. Hij had zich niet eens gerealiseerd dat het mogelijk van hém zou worden, want het enige waar hij echt zijn zinnen op had gezet waren de flat en het atelier in Madrid. Hij was daar maar één keer geweest, tijdens de begrafenis van die oom, die militair, en vooral het atelier had indertijd diepe indruk op hem gemaakt: die prachtige lichte ruimte met verfvlekken op de vloer, met ronde ramen waar het licht zo mooi doorheen viel dat je er vanzelf inspiratie van kreeg, met schilderijen die tegen de muur geleund stonden, een verzameling penselen en grote tubes olie- en aquarelverf waarmee hij zou kunnen werken tot ze op waren.

'Ik denk het wel. We hebben thuis reservesleutels.'

'Kun je daar aankomen?'

'Nu meteen?'

'Waarom niet…' zei Cupido. Hij was zich ervan bewust dat het al laat was, maar de jongen zou misschien terugkrabbelen als hij hem de tijd gunde erover na te denken.

'Goed dan', ging hij akkoord.

Samen verlieten ze het appartement en ze reden in Cupido's auto naar het huis van Gloria, waar Cupido een minuut of tien op hem moest wachten. Het was een buurt die ver genoeg van het centrum af lag om niet te zijn opgeslokt door een winkelcentrum, maar toch weer zo dichtbij dat er niets was gesloopt om plaats te maken voor nieuwbouw. Hij schatte in dat het huis een aanzienlijke waarde zou hebben als het eenmaal was gerenoveerd.

David kwam de hoek om zetten, achteromkijkend alsof hij bang was dat iemand hem volgde.

'Ik heb ze', zei hij.

Hij maakte de deur open zonder dat hij naar de juiste sleutel moest zoeken, wat erop wees dat hij er regelmatig was geweest.

Ook de lichtknopjes wist hij zonder enige aarzeling te vinden en hij leidde Cupido rond in de kamers op de begane grond. Zoals in veel oude huizen kwam je via de voordeur direct in een grote hal die achterin een deur had die uitkwam op een ruime patio, waardoor de aanliggende kamers licht kregen. Het was geen groot huis, maar alle kamers waren heerlijk licht. Cupido begreep waarom Gloria het had willen opknappen: het was een ideale plek voor iemand die graag schilderde. Links waren twee kamers, de ene met een raam naar de straat, de andere keek uit op de patio. De buitenkant van het huis was wit geschilderd en het was al bijna compleet gemeubileerd. In de ene kamer stonden een chaise longue, een tafel met vier stoelen eromheen, en een kast met kleine beeldjes en boeken. Aan de wanden hingen door Gloria gesigneerde schilderijen, in een nog wat onzekerder en minder uitgebalanceerde stijl dan het werk dat Cupido in haar atelier in Madrid had gezien. David en hij zochten grondig, ze sloegen ieder boek open, maar een dagboek zat er niet tussen. De kamer die op de patio uitkeek was in gebruik als een soort opslagplaats, voor mislukte schetsen, twee schildersezels, penselen en allerlei tubes en potten verf. Ook daar vonden ze het dagboek niet. Ze gingen naar boven. Van de vier kamers was alleen die met het balkon boven de voordeur als slaapkamer ingericht. In het midden van de ruimte stond een groot antiek bed, met aan het hoofdeinde metalen spijlen met ronde marmeren knoppen, maar nog zonder matras, en verspreid over de rest van de ruimte stonden een blankhouten, dubbele garderobekast, twee tafeltjes en een commode. Er zou spoedig echt gewoond kunnen worden in het huis, er misten nog wat meubels en huishoudelijke apparaten, en de knusheid die een huis alleen krijgt als erin wordt geleefd ontbrak. Ze keken in de kast, maar die was bijna leeg, op wat zomerkleren en wandelspullen na, en in een van de laden lag wat ondergoed, waar David haast opgewonden naar keek zonder het aan te durven raken, alsof het iets heiligs was. Ze liepen de trap weer af en gingen naar de patio.

'Wilt u er ook eentje?' vroeg de jongen, terwijl hij hem een sigaret aanbood. Hij had hem uit het pakje gehaald en hield hem bij het filter vast; een echte roker zou een sigaret nooit op die manier aanbieden.

'Nee, dank je', antwoordde hij. Sinds hij was gestopt met roken had hij het idee dat iedereen rookte en hem iets te roken aanbood, mannen, vrouwen, oude mensen, en nu zelfs een puber zoals de jongen tegenover hem, zonder dat iemand zich realiseerde dat zo'n automatisch gebaar van beleefdheid het hem veel moeilijker maakte om de leegte die hij nog steeds diep in zich voelde, en het speeksel dat hem keer op keer in de mond liep als hij het woord tabak hoorde, te negeren. David was er nog maar net mee begonnen en zou moeiteloos kunnen stoppen, peinsde de detective, maar hij wilde er niets over zeggen om niet belerend te lijken, ongetwijfeld het laatste wat de jongen van hem zou verwachten. Mensen beginnen met roken omdat ze iemand die ze bewonderen imiteren, maar het bedrieglijke van roken is dat de verslaving blijft als de aanvankelijke impuls om ermee te beginnen is verdwenen, en het vroegere, zo bewonderde rolmodel misschien zelfs iets belachelijks heeft gekregen.

Op de buitendeur, die ze achter zich op slot hadden gedaan, werd ineens vier of vijf keer hard, snel en dwingend geklopt. David keek Cupido geschrokken aan, gooide zijn zojuist aangestoken sigaret op de grond, trapte hem uit en keek op zijn horloge.

'Wie weet dat we hier zijn?' vroeg de detective.

'Niemand, maar het moet mijn vader zijn, die heeft vast gezien dat de sleutels niet op hun plek hangen. Het is al laat.'

Cupido liep naar de deur en haalde hem van het slot. Clotario was even van zijn stuk gebracht, tot hij zag dat zijn zoon er ook was.

'Wat doet u hier? Wie heeft u toestemming gegeven hier binnen te komen?'

'Ik heb uw zoon gevraagd of ik even mocht rondkijken. Ik had gehoopt hier iets te vinden wat me zou helpen de moord op uw nicht op te lossen', antwoordde hij op verzoenende toon.

'En, hebt u dat gevonden?' vroeg de ander spottend.

'Nee.'

'U had het niet aan de jongen moeten vragen. U had naar mij moeten komen.'

'Zou u me de sleutel hebben gegeven?'

'Nee', antwoordde Clotario, hem recht aankijkend.

'Pa…!' kwam David tussenbeide, achter Cupido vandaan.

Cupido draaide zich niet om naar de jongen, hij keek strak naar het woedende gezicht van die oude man, die nog zo koppig vasthield aan zijn gezag en aan zijn alleenrecht om te beslissen, in plaats van dat geleidelijk over te geven aan de volgende generatie.

'En jij houdt je mond', zei Clotario. 'Onmiddellijk naar huis, we hebben het er nog over.'

David aarzelde heel even voordat hij in beweging kwam, maar uiteindelijk verdween hij met gebogen hoofd in het schemerduister van de straat, zonder zijn vader aan te kijken, die iets opzij was gestapt, precies genoeg om hem te laten passeren. Cupido kon zich de schaamte van de jongen voorstellen, want de terechtwijzing was niet alleen vernederend, het was ook nog eens in zíjn aanwezigheid gebeurd.

'Ik heb u al eerder gezegd dat u elders moet zoeken, dat wij niets met haar dood te maken hebben. U wordt betaald door die mooie meneer uit Madrid, die vent met wie ze was, die op haar geld en haar bezittingen aasde. Als dat niet zo was, had hij nooit goedgevonden dat Gloria deed wat ze deed', zei Clotario toen ze alleen waren. 'Hij weet dat hij niets krijgt en probeert ons zwart te maken om dat te veranderen.'

'Nee, dat geloof ik niet. Daar zou hij niets bij winnen', antwoordde Cupido, maar hij vroeg zich meteen af of de advocaat toch niet een mogelijkheid had ontdekt om te erven, misschien door zich te beroepen op een feitelijk samenlevingsverband.

Clotario keek hem even aan alvorens hij antwoordde: 'Misschien heeft hij u ook wel bedrogen, daar zijn die lui volgens mij goed in. Allemaal. Net zoals Gloria hém belazerde.'

Hij ging met zijn hand naar zijn broekzak en frunnikte er een pakje Kruger uit, een merk met zulke scherpe, zware sigaretten dat Cupido dacht dat die al een eeuwigheid uit de handel waren. Daarna haalde hij een doosje lucifers tevoorschijn, nam er een uit en streek die langs de zijkant. De detective keek naar zijn handen: ze waren breed en sterk, als twee grote klauwen, en het brandende lucifertje ertussen glansde als een onschuldig dun draadje, de vlam zouden die handen niet eens voelen.

Zijn vak was om te observeren. En de ervaring had hem geleerd dat, wat iemand ook verbergt en simuleert, er altijd een deel van het lichaam is dat niet meedoet en de ziel onthult. Bij Clotario waren dat zijn handen, die door het levenslang werken met land- bouwwerktuigen nauwelijks meer helemaal open konden, met vingers die altijd geneigd waren zich tot een vuist te sluiten, stompe, korte vingers die vroeger, met die telefoontoestellen met een draaischijf, moeite moesten hebben gehad een telefoon- nummer te kiezen.

Clotario's handen brachten hem de herinnering terug aan beelden waarvan hij dacht dat ze al jaren geleden in de vergetel- heid waren weggezakt, een groep jongens bij een smeedijzeren hek, dat ze niet open durven te maken omdat wespen een nest tussen de stijlen hadden gebouwd, aangetrokken door de warmte van het donkere ijzer als de zon erop scheen. Er komt een boer langs, die een ezel met een jongetje erop aan de teugels leidt; hij houdt stil om naar het verhaal van de jongens te luisteren, die het hek niet durven aan te raken, en met een eeltige, gevoelloze hand knijpt hij dan het warme wespennest fijn, zonder dat de insecten hem kunnen deren. Als hij zijn vuist opent, laat hij ze een kleine, zachte bal van was, gif en bloed zien.

Cupido volgde de bewegingen van de hand die het pakje sigaretten en de lucifers terugstopten. Het kostte hem moeite om zich te concentreren op de woorden van de oude man en zich niet in de fantasie te verliezen hoe die handen een mes zouden hanteren: '...ze kunnen het ons niet afnemen. Hoort u me? Ze kunnen het ons niet afnemen.'

De detective wachtte met antwoorden om hem de tijd te gunnen tot rust te komen. Hij kende zijn type wel, trotse, heethoofdige boeren, die zich enorm opwinden tijdens een discussie, maar makkelijk te sussen zijn met een enkel vriendelijk woord, want daaraan zijn ze niet gewend.

'Het is mijn werk niet om iemand een erfenis te ontzeggen waarop hij recht heeft.'

Zijn verzoenende toon had onmiddellijk effect. Clotario's gezichtsuitdrukking veranderde niet, maar zijn bewegingen werden minder gespannen, hij werd bedachtzamer en nam een diepe haal van zijn Kruger.

'Kijk, Gloria was geen onaardig kind,' gaf hij toe, 'maar haar stijl van leven was heel anders dan die van ons, vandaar dat ze zo'n slechte invloed op David had. Sinds hij haar kende, gooide hij zijn kont tegen de krib, en protesteerde hij tegen het werk op het land. Op een keer, tijdens een ruzie, heeft hij zelfs gedreigd om van huis weg te lopen en van het schilderen te gaan leven, alsof dat zo eenvoudig is. Hij zou zelf nooit op het idee zijn gekomen. Het was Gloria die daarachter zat.'

Cupido dacht aan het verleden van de oude man, toen twintig jaar terug zijn jongste dochter er met een stierenvechter vandoor was gegaan die tijdens de zomerfeesten in Breda was opgedoken en Clotario hen, bewapend met een geweer, op zijn muilezel achterna was gegaan met het vaste voornemen haar mee terug te nemen. Na tien dagen was hij weer terug, alleen, zonder zijn wapen, zonder zijn muildier, zonder zijn trots. Maar tot de dag van vandaag had hij die drang om zijn familie te beschermen, de clan bijeen te houden en koste wat kost te voorkomen dat de geschiedenis zich zou herhalen.

'David is mijn enige zoon en hij moet de traditie voortzetten, het land bewerken. Mijn meisjes zijn vertrokken. Maar nu, met het geld van de erfenis, zal hij kunnen doen wat mij niet is gelukt. Hij kan driemaal zoveel land kopen als we nu hebben. Kijk maar eens om u heen, alles is te koop, alles ligt braak. Hij kan een prachtige grote boerderij kopen en alle machines die nodig zijn voor het zware werk. Dit is hét moment, nu zoveel mensen zijn weggetrokken, voordat ze weer terugkomen. En dat zullen ze, het zal niet eens lang duren, dan moeten ze wel. Want alles wat we nodig hebben komt van het land: voedsel, water, kleren. Alles. Alleen, er is een oorlog nodig om te weten waar het op aankomt.'

Cupido dacht bij zichzelf dat deze absurde, hortende redevoering in een verre toekomst misschien zinnig zou zijn, maar nu sloeg het nergens op. Het boerenland zou er altijd zijn, geduldig en onveranderlijk, als een oude, roemruchte generaal die erop vertrouwt naar het hof te worden geroepen als het eerste tromgeroffel van de oorlog klinkt. In de tussentijd bezit hij zijn ziel in lijdzaamheid, vergeten, met als gezelschap alleen zijn nostalgische kameraden, die hem steeds vaker komen opzoeken, of van de zoons van zijn oude soldaten, die naar hem toe komen om een oud gevoel van verlangen te stillen en om van hém te weten te komen wat hun eigen vaders zijn vergeten. Naarmate er meer mensen naar buiten trokken om te wandelen, zo peinsde hij, leek die oude stijl van leven steeds sneller af te brokkelen.

Clotario zweeg. Heel even was zijn belerende breedsprakigheid weer bovengekomen, die hem lang geleden de ironisch bedoelde bijnaam Don Notario had bezorgd.

'Maar uw zoon denkt daar anders over.'

'Tot een jaar geleden dacht hij er precies zo over, tot Gloria vaker begon te komen en vertelde dat ze het huis van haar ouders graag zou willen opknappen. In het begin vond ik het prima dat David haar hielp met het sjouwen van haar spullen. Tot ik merkte dat ze ook samen in het park gingen schilderen. Dat veranderde hem, hij haalde zich de meest idiote fantasieën in zijn hoofd... kunstenaar worden bijvoorbeeld, en naar de stad vertrekken. Mijn meisjes zijn weggegaan en ik geloof niet dat ze er beter op zijn geworden. David hoort hier. Ik ken hem, hij is mijn zoon en ik weet wat goed voor hem is. Kijk, toen ik zijn leeftijd had heb ik net als hij de fout gemaakt te willen ontsnappen. Ik vertrok zonder toestemming van mijn vader, en moest een paar jaar later met hangende pootjes terugkeren. Naar Breda kom je altijd terug.'

Cupido stond sprakeloos toen hij uit de mond van iemand die zo heel anders was dan hij, exact dezelfde woorden hoorde die hijzelf zo vaak had gebruikt, als een soort vervloeking.

'En bovendien,' ging hij verder, 'denkt u nu echt dat David het als schilder zou redden in de stad? Dat ze niet op hem zouden neerkijken? In ieder geval, voor hem is het toch al te laat, hij is gebrandmerkt als boer. Iemand kan wel proberen op de vlucht te slaan voor het land, maar het land laat niemand gaan.'

Gehaast nam hij nog twee diepe halen van zijn sigaret en deed de deur open om de rest naar buiten te gooien, maar het kleine sigaretteneindje viel op de dorpel en de oude man trapte hem uit met een draaiende beweging van zijn stoffige laars. Toen hij zijn voet ophief was er niet meer van over dan een klein zwart vlekje met wat tabaksgruis eromheen.

'Ik kan niet toelaten dat mijn zoon dezelfde fout maakt als ik heb begaan. Op dit moment zit alles hem mee, hij kan krijgen wat hij nodig heeft, en ik zal nooit toestaan dat ze ons afnemen waar we recht op hebben', herhaalde hij vastbesloten. 'Mijn nicht kan dan misschien gewild hebben dat anderen erfden, maar ze is gestorven zonder testament. Mijn nicht mag dan een slet zijn geweest, ook sletten hebben wettige erfgenamen.'

En om zijn woorden kracht bij te zetten, deed hij een stap opzij en wees de detective de deur, alsof het huis al van hem was.

Toen hij de deur van zijn appartement opendeed hoorde hij de telefoon gaan.

'Met Ricardo Cupido?'

'Ja.'

'Marcos Anglada.'

'Ik had uw stem al herkend', zei hij. Hij hoorde een televisie op de achtergrond.

'Misschien zou ik dit niet over de telefoon moeten zeggen, maar ik kan de komende dagen onmogelijk uit Madrid weg. Ik heb veel nagedacht over de moord op dat andere meisje, tien dagen na Gloria's dood, en naar het lijkt onder dezelfde omstandigheden en met net zo'n wapen.'

'Ja, en mogelijk dezelfde dader.'

'Volgens mij wijst alles erop dat we met een gek te maken hebben, iemand die gestoord is, met een seriemoordenaar die geen enkele persoonlijke reden heeft voor de moorden die hij begaat. Gloria is vermoord omdat ze daar was, alleen, op dat tijdstip, op die plaats.'

'Dat is mogelijk', was Cupido het met hem eens. Hij wist wat Anglada zou gaan zeggen. Achtenveertig uur geleden had hij precies hetzelfde bedacht, maar hij was niet van plan het hem al te makkelijk te maken.

'Ik heb het gevoel dat het geen zin heeft om uw onderzoek voort te zetten. Wat mij betreft stopt u. Ik wil u nog wel zeggen dat ik persoonlijk zeer tevreden over u ben, met uw aanpak en met de discretie waarmee u te werk bent gegaan.'

Die zinnen klonken de detective enigszins kil en bekend in de oren, het jargon van hoogwaardigheidsbekleders, die passende woorden klaar hebben voor iedere concrete situatie. Maar dat hoefde voor hem nog geen reden te zijn om onbeleefd te worden.

'Dank u wel', zei hij.

'Nu kunnen we alleen nog hopen dat de politie haar werk goed doet en daarbij wat geluk heeft. Als de schuldige is gepakt kom ik met een persoonlijke aanklacht. U kunt intussen uw rekening opmaken en die naar mijn adres in Madrid sturen, met uw rekeningnummer. Ik maak het geld dezelfde dag nog over.'

'Heel goed', antwoordde Cupido kort. Hoewel hij tot dezelfde conclusie was gekomen en zelfs de mogelijkheid al had voorzien dat Anglada met het onderzoek zou willen ophouden, zat het hem niet helemaal lekker.

Anglada moest iets in zijn stem hebben gehoord, want hij voegde er meteen aan toe: 'Ik begrijp dat het onbevredigend voor u is het onderzoek te moeten afbreken, na alles wat u hebt gedaan. Maar volgens mij is het zo het beste.'

'Ik begrijp het.'

'Het was prettig om met u samen te werken. Ik ben buitengewoon tevreden over uw werk', herhaalde hij ten afscheid. 'Jammer dat het onder deze omstandigheden moest zijn.'

Cupido had graag met hem van gedachten willen wisselen over de losse eindjes die er nog waren: de button in Gloria's hand, die in haar middelvinger had gestoken – ze had hem, daar was hij haast zeker van, van de kleren van haar aanvaller gerukt – en die erop wees dat de moordenaar een bekende was, het schot dat diezelfde ochtend had geklonken… Maar het was duidelijk dat toen Anglada hem belde zijn besluit al vaststond, en hij was er de man niet naar om zich door dergelijke vage argumenten van zijn besluit af te laten brengen. Vandaar dat hij maar niets meer zei. Het schrijven van de rekening zou hij tot morgen laten liggen.

Geheel tegen zijn gewoonte in stond hij de volgende morgen vroeg op. Hij ontbeet stevig, want door het bezoek van David en Anglada's telefoontje was zijn avondeten erbij ingeschoten. Hij trok zijn fietsbroek aan, een sweatshirt, en haalde zijn fiets uit de garage, die daar in de ruimte van de elektriciteitsmeters stond gestald. Het was een schitterende fiets, met een superlicht frame en de rest van de onderdelen bijna allemaal van aluminium. Hij had er de afgelopen maand niet naar omgekeken en de stang en het zwarte zadel zaten dik onder het stof. Hij stapte op en fietste weg, eerst nog rustig aan, om zijn spieren de tijd te gunnen te wennen, het evenwicht zoekend tussen de juiste versnelling en de kracht in zijn benen. Hij had een maand niet getraind en het kostte even wat moeite om het juiste ritme te pakken te krijgen, maar langzaam maar zeker liet hij de stad achter zich, de laatste bungalows, de fabrieksgebouwen van het industriegebied. Hij koos het grootste verzet omdat hij nog op vlak terrein zat en merkte dat het hem gemakkelijk afging. Zijn ademhaling was goed, beter dan hij had verwacht, en het lukte hem een constant tempo aan te houden. Omdat ik niet meer rook, zei hij tegen zichzelf. Met een goed gevoel reed hij de weg op die een kilometer of vier, vijf parallel liep aan de grens van het park, rechts van hem.

Hij had net de eerste, tamelijk lichte hellingen genomen toen hij twee schoten hoorde, niet ver bij hem vandaan. Jagers, dacht hij, want het was zondag.

Fietsen was altijd al een hobby van hem geweest en hij was het blijven doen, hoewel de regelmaat er een beetje uit was gegaan en hij tegenwoordig kortere tochten maakte van een kilometer of veertig, vijftig. Nu hij met roken was gestopt had hij zich voorgenomen er weer wat meer aan te gaan doen. Het was een aantrekkelijke sport, waaraan iedereen die er een beetje zijn best voor deed plezier kon beleven. Het was niet zo saai en minder inspannend dan joggen en omdat je actieradius groter was zag je veel meer. En verder hoefde je je benen niet steeds te bewegen; in iedere tocht zat dalen en stijgen, en tijdens de afdaling kon je uitrusten. Hij had het ook met tennis geprobeerd, maar die sport vereiste een langdurige saaie training om de techniek aan te leren voordat het eindelijk leuk begon te worden. Voor hem was fietsen net zo natuurlijk als lopen. En bovendien had je niemand nodig: je beleefde er in je eentje net zoveel plezier aan als samen met anderen. En ten slotte, peinsde hij, naar een lagere versnelling schakelend, het was een sport waarbij je je niet direct met een tegenstander mat, zodat je er niet zo fanatiek tegenaan hoefde te gaan als bij voetbal, handbal of tennis. Iedere fietser bepaalde zijn eigen tempo, zijn eigen ritme en doel, en je kon aankomen wanneer je dat zelf wilde; verder draaide je gewoon om zodra je het gevoel had je doel te hoog gesteld te hebben. Toen hij tweeënhalf uur later terugkwam had hij een beetje last van zijn zitvlak en zijn polsen, en waren zijn benen loodzwaar. Maar verder voelde hij zich heerlijk. Hij ging een paar minuten liggen om bij te komen en dronk wat. Hij had een kleine zestig kilometer gefietst en was voldaan, een vermoeid lichaam en een verkwikte geest. Hij realiseerde zich dat hij de laatste paar uur niet één gedachte aan zijn werk had gewijd, en dat had hem goedgedaan. Hij zou de luitenant laten weten dat Anglada hem niet meer betaalde en dat hij afzag van verder onderzoek. Hij bezwoer zichzelf dat hij er pas weer iets over zou lezen als het in de krant stond. Hij draaide de douche open om het stof en het zweet van zich af te spoelen en bleef zonder haast te maken een vol kwartier onder het gloeiend hete water staan, zich niets aantrekkend van de aanbevelingen in alle media om water te sparen. Hij draaide de kraan dicht, kleedde zich aan en maakte zich op om uitgebreid te gaan koken. Toen hoorde hij opnieuw het dringende gerinkel van de telefoon. Na al het slechte nieuws dat de vorige telefoontjes hadden gebracht, was het een onheilspellend geluid.

13

Hij haalde de afstudeerfoto van de ereplaats waar hij jarenlang aan de muur had geprijkt, tussen de twee ramen van de woonkamer. Het was een van de eerste dingen die hij had opgehangen toen hij het kleine, luxe appartement betrok. Terwijl de muren verder nog helemaal leeg waren, was het eerste haakje, waren de eerste hamerslagen bestemd om die foto op een plek te hangen waar zijn cliënten hem niet konden missen. Hij mocht er indertijd graag naar kijken, naar die honderd gezichtjes van zijn medestudenten, zo vol verwachting en vertrouwen in de toekomst. Ze stonden in kaarsrechte rijen onder het banier van de universiteit. De docenten stonden er ook op, grote namen, bekend van hun wetenschappelijke publicaties en hun veelvuldig optreden in de media. Hij vond dat de foto eigenlijk meer prestige had dan de kille, officiële oorkonde die eronder hing. De foto had hem altijd met trots op zijn titel vervuld, en hij ontleende er een gevoel van zekerheid aan, de zekerheid deel uit te maken van de machtige, anonieme collectiviteit van de Orde der Advocaten. Maar tegenwoordig, nu hij zijn appartement niet meer voor zijn werk hoefde te gebruiken omdat hij op kantoor over een eigen kamer beschikte, had de foto aan betekenis ingeboet. Meer nog, hij begon zich er zelfs aan te ergeren. Zonder enige weemoed liet hij zijn blik over de gezichten van zijn medestudenten glijden en keek daarna wat langer naar zijn eigen gezicht, jonger toen, vol eigendunk en ijdelheid, haast lachend naar de fotograaf van de Beringola-studio, alsof hij toen al een briljante carrière als advocaat voor zichzelf voorzag, nog volkomen onwetend van wat hem boven het hoofd hing, van de verwarring die hij nu doormaakte, nu de enige vrouw van wie hij ooit had gehouden, dood was. Het portret dat Gloria van hem had gemaakt zou op die plek aan de muur komen te hangen. Hij liep naar de slaapkamer en liet de foto achter de kast glijden, in de ruimte tussen de muur en de kast, boven de plint. Daarna liep hij terug naar de woonkamer, haalde het portret uit het pakpapier – het kwam net van de lijstenmaker en hij had er de mooiste lijst en het mooiste passe-partout voor uitgezocht – en hield het met uitgestrekte armen als een spiegel omhoog tegenover zijn gezicht, om het goed te kunnen bekijken. Hij beschouwde het als het dierbaarst van alles wat hij ooit van haar had gekregen, vooral omdat het zo rechtstreeks van háár kwam, door haar handen was geschapen, en zo direct uit haar hart kwam. Hij bevestigde het aan het haakje waar eerder de foto aan had gehangen, zorgde ervoor dat het schilderij helemaal recht hing en deed een paar stappen naar achteren, tot achter de tafel, om het vanaf daar nogmaals te bekijken. Dat was zijn ware gezicht, een veel betere uitdrukking van zijn ziel dan dat kleine footootje dat nu onzichtbaar tegen de muur stond. Dezelfde wat besmuikte, zelfvoldane glimlach, de-zelfde strakke mond, omdat hij wist dat ze naar hem keek… maar op het schilderij waren er schaduwen in het gezicht die de foto niet liet zien, en had hij een ietwat heimelijke blik in zijn ogen, alsof hij op de hoogte was van iets wat maar beter verborgen kon blijven. Dat was het verschil, dacht hij, de foto laat zien wat er is, het schilderij vraagt ook naar wat er onder de oppervlakte ligt. Hij ging er tegenover zitten, achter de tafel, aan de kant waar destijds zijn eerste cliënten hadden plaatsgenomen. Hij kon zich de dagen die hij voor haar had geposeerd nog zo voor de geest halen, in haar atelier, het atelier waar nu, zo stond in de brief die hij net had ontvangen, niemand meer mocht komen tot was vastgesteld wie Gloria's bezittingen ging erven. Het was een gelukkige week geweest en hij was zo blij dat ze hem in haar wereld had toegelaten; de wereld van de schilderkunst, die ze normaal zo angstvallig voor zichzelf hield. En ze had hem van ganser harte binnengehaald, niet schoorvoetend via een achteringangetje, maar van ganser harte, door een echt portret van hem te maken, een voorrecht dat ze nog maar weinig mensen had gegund. Iedere middag was hij naar de zolderetage geklommen, had hij het witte shirt aangetrokken dat zij voor hem had uitgekozen, en was hij naast een van de ronde ramen gaan zitten, onbeweeglijk, terwijl Gloria, altijd staand, aan zijn gezicht op het linnen werkte. Ze keek naar hem met snelle blikken, terwijl haar arm van het palet naar het doek ging, en soms liet ze haar blik wat langer op hem rusten om een klein detail te bestuderen, een oorlelletje of zijn mondhoeken, om dan iets waar ze niet tevreden over was te veranderen. In die houding werkte ze meestal een halfuur, heel nu en dan naar hem toe-lopend om zijn hoofd wat op te tillen als hij dat uit vermoeidheid had laten zakken, of een lok haar beter te schikken. Tijdens het eerste gedeelte van zo'n sessie zeiden ze bijna niets. Ze lachte vaak tegen hem, maar vond het niet goed dat hij teruglachte. Na dat eerste halfuur verloren ze allebei hun concentratie, hij omdat het ver-moeiend was om zo lang achterelkaar stil te zitten en Gloria omdat ze het eigenlijk wel lekker vond als ze merkte dat hij, zonder zich nog langer iets aan te trekken van haar bevel zijn ogen op de bovenrand van de schildersezel gericht te houden, naar haar lichaam zat te staren – haar borsten die bewogen als ze haar arm naar het doek bracht, haar heup die zich aftekende als ze nadenkend op één been steunde. Uiteindelijk zou een van hen de eerste stap doen en naar de ander toe gaan om die te strelen en te kussen. Hij trok zijn witte shirt dan uit, om te voorkomen dat er vlekken op kwamen, en gunde haar de tijd niet om de verf van haar handen te wassen. Hij nam haar het penseel uit de hand en knoopte haar schilderskiel open, waar ze die laatste middag niets onder aan had gehad. Alle dagen van die week hadden ze gevreeën, alsof die wederzijdse, minutieuze observatie waarin een schilder het model net zo goed leert kennen als het model de schilder, een opwindend erotisch voorspel was dat hun de tijd gaf om te be-denken wat ze zouden gaan doen met ieder stukje van dat andere lichaam dat ze bestudeerden, welke standjes en welke liefkozingen ze zouden uitproberen om zo veel mogelijk genot en plezier te beleven aan hun minnespel. Vastbesloten en vol ongeduld wierpen ze zich op het smalle bed dat in het atelier stond en gaven zich over aan hun hartstocht. Vervolgens was Gloria altijd de eerste die weer opstond; ze hing dan een witte lap over het schilderij, want ze wilde absoluut niet dat hij het zou zien voordat het af was. Hij was enigszins bezorgd geweest over wat ze op het doek zette, bang dat ze iets zou ontdekken wat hij zelf nooit in de spiegel had gezien. Maar hij had haar verbod altijd gerespecteerd en kwam pas uit bed als Gloria terug was uit de badkamer, om de restjes sperma en soms zelfs wat olieverf van zijn pik te wassen.

Uiteindelijk, na iets meer dan een week, had Gloria gezegd dat het schilderij klaar was. Ze had gewacht tot na het vrijen om het hem te laten zien, alsof ze bang was dat hij het niet mooi zou vinden. Maar hij was diep onder de indruk. Het portret was hij, niet zijn weerspiegeling, maar hij. Toen ze het hem liet zien was het alsof Gloria zei: 'Dit is zoals ik je ken', want het schilderij was vol vragen en schaduwen, vol reliëf, nuances en kleuren die als lagen over elkaar waren aangebracht die je in de toekomst zou kunnen verwijderen om te zien wat eronder verborgen zat, op dezelfde manier waarop experts bij het restaureren van een oud schilderij röntgenstralen gebruiken om erachter te komen wat de eerste aanzet was voordat de schilder besloot tot de definitieve versie.

Het was hun laatste gelukkige week samen geweest. Daarna waren er nog ogenblikken, uren, avonden en soms zelfs hele dagen van geluk, maar nooit meer zo ontspannen, zo lang achterelkaar. Vlak daarna was die groteske leraar in hun leven gekomen, hoewel hij daar pas later achter kwam, en had Gloria's kilte en zijn eigen jaloezie een verwijdering tussen hen veroorzaakt. Hij had zich van alles in zijn hoofd gehaald en was als een mol in haar privé-leven gaan graven, hij bespioneerde haar, en zocht naar ongerijmd-heden in haar antwoorden als hij vroeg wat ze die dag had gedaan, hoewel hij maar al te goed wist dat als hij zo bleef wroeten, er een dag zou komen dat de aarde onder haar voeten zou instorten en hij dan in zijn tunnel verpletterd zou worden. Maar hij kon dat irrationele gevoel, dat wantrouwen dat scherper wordt naarmate de liefde hartstochtelijker is, niet van zich afschudden. Het was of hij gevangen zat in een gigantische braamstruik; hoe harder hij probeerde los te komen, des te dieper de doorns zich in zijn vlees boorden en het openscheurden. Tot hij op een middag het bewijs in handen kreeg en kon stoppen met zijn mollengewroet. Hij bleef daar verder zitten, opgesloten in zijn ondergrondse duisternis, en hij voelde het weerzinwekkende contact met de slijmerige wormen van de vernedering en de jaloezie.

Daarna was niets meer hetzelfde. Hij kon haar niet vertellen dat hij van haar bedrog op de hoogte was, want dan moest hij zich houden aan wat hij altijd had gezegd en haar verlaten. En hij wilde haar nog niet kwijt, omdat hij toen nog steeds dacht dat hij de kracht zou hebben om zelf uit die tunnel der twijfel te kruipen, en zij dan zoet en zacht de modder van hem af zou vegen.

Later, toen die krankzinnige geschiedenis achter de rug was, had Gloria hem erover verteld. Ze leek er spijt van te hebben. Niet zozeer vanwege haar ontrouw, maar omdat ze het als een persoonlijke vergissing beschouwde. Wat eigenlijk een verbetering van hun relatie had moeten betekenen, zorgde voor nieuwe spanningen. Het leek wel of ze door erover te praten iets tot realiteit hadden gemaakt waarvan hij zichzelf misschien mettertijd had kunnen wijsmaken dat het maar een nachtmerrie was geweest. Na ieder meningsverschil dat ze met elkaar hadden maakte hij haar er verwijten over, ook al was de discussie om iets heel anders begonnen. Na het vrijen, als ze bevredigd ademend naast hem lag, vroeg hij zich vaak af wat er mis was met zijn lichaam dat ze het bij een ander was gaan zoeken, wat anderen haar gaven wat hij niet kon geven.

Soms, in tijden van grote drukte op kantoor slaagde hij erin het een paar dagen te vergeten, maar die rust duurde nooit lang. Als hij alleen thuis was in zijn schitterende maar o zo kille appartement, omdat Gloria vanwege haar werk andere afspraken had, en lag te draaien in zijn bed, kwam de herinnering hem weer kwellen.

Hij was ervan overtuigd dat mensen altijd dingen achterhouden, en stelde zich andere leugens voor, nog meer ontrouw met mannen die hij kende en tegen wie hij zelfs aardig en vriendelijk was geweest, en dan moest hij zichzelf inhouden om niet op ze af te stappen om in een heftige, directe confrontatie de waarheid boven tafel zien te krijgen. Soms zag hij haar een paar dagen niet, onder het voorwendsel dat het werk af moest, zogenaamde cliënten, maar dat hield hij niet langer dan een week vol, dan ging hij weer naar haar terug om niet meer van haar zijde te wijken, verbitterd omdat hij niet eens in staat was zijn verstandige voornemens vol te houden. In zo'n periode ging hij dan overal met haar mee, naar La Galería, boodschappen doen, uit eten en naar de bioscoop, tot hij merkte dat Gloria het benauwd kreeg van zijn continue aanwezigheid, hoewel ze dat niet zo durfde te zeggen. En als ze dan toevallig voor een besloten tentoonstelling werd uitgenodigd, of een afspraak had waarbij hij niet aanwezig kon zijn, verdacht hij haar er altijd van dat ze die had verzonnen – op dezelfde manier als hij dingen verzon – om even van hem af te zijn. Hij had het gevoel dat hij langzaam veranderde in zo iemand die altijd maar weer wordt belazerd omdat zijn vrouw hem niet durft te zeggen hoe vervelend en irritant ze hem vindt. Op die manier, omdat het hem niet lukte zijn probleem op te lossen, werd de pijn steeds erger: wat eerder kleine krasjes van voorbijgaande aard waren die wel zeer deden maar na een paar dagen altijd weer genazen, leek nu diep in hem te zijn gekristalliseerd tot een permanent verdriet.

Hij vroeg zich nu af hoe hij dat leven had volgehouden. Welke slopende neurose kan dat zijn, die het mogelijk maakt iemand met dezelfde intensiteit lief te hebben én te haten, terwijl die twee gevoelens niet alleen tegengesteld zijn aan elkaar, maar ook nog eens volledig onverenigbaar. Welk orgaan, welke klier kan op hetzelfde moment wrok én passie afscheiden? Met dat soort onbeantwoordbare vragen had hij zich lange tijd gekweld, maar het enige wat het had opgeleverd waren nieuwe vragen. Zelfs nu Gloria dood was, kon hij de antwoorden nog niet vinden.

14

Hij bracht de sterke verrekijker naar zijn ogen en scande van rechts naar links, het blikveld van meer dan honderdtachtig graden dat zijn uitkijkpost hem bood. In de loop van de tijd had hij een aantal strategische plekken gevonden waar hij de hele sector van El Paternóster die onder zijn verantwoordelijkheid viel, kon overzien. Op dat moment stond hij boven op een steen, op de top van een van de vele heuvels die de grens vormden van het park.

Iedere dag dat hij moest werken legde hij in zijn dienstauto dezelfde route af, altijd het reglementaire geweer bij zich. Hij hield van dat stukje van zijn werk, toezicht houden door over de brandgangen door zijn deel van het park te rijden, aan de binnenkant van de metalen omheining, die zo hoog was dat herten er niet overheen konden springen. Die route, er helemaal omheen, nooit kriskras door het gebied, gaf een goed idee van de ware afmetingen van het park en verder ontleende hij er een prettig gevoel van macht aan, alsof hij een feodaal heer was die te paard de grenzen van zijn landgoed inspecteerde, met een valk – zijn dienstgeweer – op zijn schouder. Midden in dat territorium stond zijn huis, en hier voelde hij zich veilig, hij was degene die de baas was, een uiterst prettig gevoel voor iemand met zijn soort arrogantie. In de wereld buiten het metalen hek verloor hij zijn macht, daar had hij niets aan zijn machtsattributen. Dat mooie meisje kwam van buiten, dat meisje van wie hij zo in de war was geweest voordat ze stierf. Het had hem weinig moeite gekost om zich niet in dat hele gedoe rond die moord te laten betrekken, ondanks de indringende vragen van de luitenant van de guardia civil en van die lange detective, die zoveel leek te weten en even had geprobeerd hem onder druk te zetten. De moord op het tweede meisje was problematischer, dat compliceerde de zaken in hoge mate en riep nog meer vragen en verdachtmakingen op. Vanaf nu zou de prijs voor zijn zwijgen omhooggaan.

Toen hij het hele gebied had afgespeurd, richtte hij zijn verrekijker op de weg die evenwijdig aan de grens van het park liep, vlak bij het kruispunt met de weg die naar de ingang met het wildraster voerde. Er kwamen geen auto's het park in en het enige wat hij op dat moment zag was de kleine, verre figuur van een fietser die dichterbij kwam.

Tevreden met wat hij had waargenomen ging hij terug naar de jeep, startte en vervolgde zijn weg. Een kilometer verder stopte hij opnieuw, tegenover het hek dat toegang bood tot de zandweg waar hij eerder naar had staan kijken, maar dit keer stapte hij niet uit. Het hek stond zoals gewoonlijk open om de guardia civil, de vrachtwagens van de vuilophaaldienst en de teams van het herbebossingsproject doorgang te verlenen. Het wild kon er niet door omdat de dieren uitgleden op de metalen buizen boven de brede greppel van de ingang. Alles was in orde. Hij liet de koppeling opkomen en reed verder, een stofwolk opjagend op de uitgedroogde weg. Het pad veerde weg van het hek en liep verder het park in, want over de lengte van de volgende drie kilometer werd de grens gevormd door de diepe bedding van een beek die voor voertuigen onbegaanbaar was. Dat was het ruigste, het ontoegankelijkste deel van het park.

Toen hij voorbij een bocht kwam zag hij een auto met draaiende motor midden op de weg staan. Hij had hem het park niet zien binnenkomen en veronderstelde dat hij er dus al een tijdje was. De eigenaar had waarschijnlijk een probleem, want de motorkap stond open en hij kon alleen de onderste helft van zijn lichaam zien; iemand met een groenige broek aan die zich over de motor boog. Hij reed erheen maar er was iets – zijn instinct misschien of omdat hij er nu eenmaal een gewoonte van had gemaakt mogelijke indringers of overmoedige wandelaars eerst van een afstand te observeren – wat maakte dat hij op tien meter afstand van de wagen stopte. Zonder uit te stappen riep hij door het raampje: 'Problemen?'

Vanwege de open motorkap en het geluid van de motor kon de ander hem waarschijnlijk niet horen.

Hij stapte uit en deed een paar stappen in zijn richting, nog steeds twijfelend tussen vriendelijkheid en wantrouwen, tot een meter of vijf, zes van de andere wagen.

'Hebt u problemen?' riep hij. Aanvankelijk dacht hij dat hij de man aan het schrikken had gemaakt, want de gestalte richtte zich ineens op en draaide zich naar hem toe. Toen zag hij de bivak-muts, die alleen de ogen bloot liet, en het dubbelloopsgeweer, dat onder de motorkap door stak. Op het moment dat hij het schot hoorde maakte hij een kleine sprong naar rechts en hij voelde dat zijn linkerarm werd geraakt. Door de impact van het schot tuimelde hij haast in de greppel naast de weg, maar gedreven door paniek wist hij ondanks zijn gewonde arm overeind te krabbelen en rende weg naar de bescherming van de bomen. Hij had zijn geweer in de auto laten liggen, te ver weg. Toen hij de eerste boom bereikte, realiseerde hij zich dat hij het moei-lijkste achter de rug had, want de man met de bivakmuts moest helemaal om de auto heen om nog een keer te kunnen schieten, wat hem een paar seconden voorsprong gaf. Die seconden waren voorbij toen hij in de boom die hij als rugdekking gebruikte hagelkorrels hoorde inslaan en er nog meer vlak langs zijn hoofd voelde suizen. Hij rende verder tussen de pijnbomen door, hij rende en rende, weg van het pad. Zijn longen deden pijn van die plotselinge, heftige inspanning, maar tijdens het lopen had hij genoeg tegenwoordigheid van geest om zichzelf te dwingen tot logisch nadenken. Als zijn achtervolger niet meer schoot, moest dat betekenen dat hij zijn geweer moest laden en het dus geen magazijn had, zoals hij eigenlijk had aangenomen toen hij de geweerloop had gezien, nog voordat de man had geschoten. Deze pauze hield waarschijnlijk in dat hij nu opnieuw aan het laden was. Hij probeerde zich voor de geest te halen hoe de onderkant van het lichaam dat over de motorkap gebogen stond er had uitgezien, en hij was er zeker van dat de man geen patroongordel om zijn middel had gedragen. Met een beetje geluk bewaarde hij zijn munitie in zijn auto, wat hem nog meer tijd zou geven om te vluchten of zich ergens te verbergen.

Dit was een jacht waarbij hij zelf het hert was. Hij had het spel honderden malen gespeeld, hij kende de dieren en wist hoe hun instinct werkte. Nu moest hij zich al hun reacties voor de geest halen, waar ze heen vluchtten als ze gewond waren, waar ze zich verstopten, wat de beste manier was om op te gaan in de omgeving. Die kennis was het enige wat hij op de gewapende man voor had, en hij was vast van plan er zijn voordeel mee te doen. Zonder stil te blijven staan keek hij achterom. Door de bomen en het geaccidenteerde terrein kon hij de twee auto's en de weg al niet meer zien. Hij zag ook zijn achtervolger niet en er was geen enkele beweging in de struiken te bespeuren die op diens aanwezigheid duidde. Het was mogelijk dat hij hetzelfde amateuristische gedrag vertoonde als sommige jagers, die zo gefrustreerd raakten als het eerste schot mis was dat ze er verder maar van afzagen. Maar dat idee verwierp hij meteen weer, want dan zou hij de auto hebben horen wegrijden. Hij stopte achter een boom, buiten adem, en bleef met zijn rug tegen de brede, beschermende stam geleund staan luisteren. Hij schatte dat er sinds de schoten drie minuten voorbij waren gegaan. Hij kon nog niet ver weg zijn, maar hij hoorde niets. De man was waarschijnlijk eerst terug naar de auto gegaan om de motorkap te sluiten en de motor af te zetten voordat hij de jacht vervolgde, want als er mensen langskwamen zouden die bij het zien van een auto met open motorkap en draaiende motor uit nieuwsgierigheid wel eens op onderzoek uit kunnen gaan en dan de bloedsporen in de greppel ontdekken. Dat betekende dat zijn tegenstander achter hem aan kwam. Hij dacht aan zijn eigen geweer en vervloekte zichzelf: hoe had hij zo stom kunnen zijn, zo ondoordacht te werk kunnen gaan, na alles wat er de laatste twee weken was gebeurd. Als hij zijn dienstwapen bij zich had zou het allemaal heel simpel zijn, te simpel, zelfs al had hij de beschikking over maar één hand. Hij was zo gespannen dat hij opsprong toen hij heel in de verte schoten hoorde. 'Het is zondag', mompelde hij. Het was een dag waarop gejaagd mocht worden. Niemand die het vreemd zou vinden om schoten te horen, niemand die hem zou komen helpen, want tijdens het jachtseizoen werkten op donderdag, zaterdag en zondag, de dagen dat er gejaagd mocht worden, een stuk of zes wachters als gids voor kleine groepen jagers – soms zelfs maar voor één man, alles was immers een kwestie van geld – in de verschillende sectoren van het park. Zijn vijand had de plaats en het tijdstip goed gekozen, het kon haast geen toeval zijn. Het geluid van de schoten zou overal in het woud te horen zijn, maar dat zou de gretigheid van de parkwachters alleen nog maar vergroten om een prijsstuk voor hun eigen jager in de wacht te willen slepen, in het vooruitzicht op de aanzienlijke fooi die ze al bij voorbaat waren overeengekomen. In paniek realiseerde hij zich dat in de sector waar hij zich bevond, een ruig gebied met weinig gras, waar maar weinig wild zat, zij de enigen waren, hij en die man die zijn gezicht achter een bivakmuts verborg en bewapend was met een geweer. Zo zonder wapen en gewond voelde hij zich weerloos als een konijntje dat te ver van zijn hol was. 'Goed dan, als ik het hert moet zijn, dan zal ik je laten rennen', zei hij in zichzelf, zijn gewonde arm tegen zijn lichaam klemmend om het toenemende bloeden te stelpen. Hij bewoog zijn hoofd en keek om de boom heen. Hij zag honderd meter terug de bovenste takjes van een paar struiken bewegen. Zolang hij die afstand wist te handhaven, had hij van het geweer niets te duchten. Hij wilde diep ademhalen, maar de pijn in zijn arm maakte dat onmogelijk. Daar was hij zelf ook langsgekomen. Om het bloedspoor te kunnen volgen moest zijn tegenstander afwisselend vooruit en naar de grond kijken en dat zou zijn tempo drukken. Waarschijnlijk zou hij zich daar niet al te druk om maken, omdat hij verwachtte dat zijn slachtoffer door het bloedverlies steeds meer verzwakt zou raken. Maar zelf hoefde hij geen spoor te volgen en kon hij meer snelheid maken, tenminste voorlopig, zolang hij het nog volhield met zijn verwonding. Het bloed, ik moet het bloeden stoppen, dacht hij, dan raakt de klootzak het spoor kwijt. Hij was op een plek gekomen die nog maar kortgeleden was vrijgemaakt van struikgewas en jonge opslag, een slechte plaats om te stoppen. Een klein stukje verder groeide er weer laag struikgewas onder de bomen, als een beschermend tapijt met glanzend grijze stukken graniet ertussen, zo groot en dik dat ze op wijnvaten leken. Hij was weer wat op adem en kon zijn tempo opvoeren. Op het moment dat hij de eerste struiken bereikte zag hij afgerukte blaadjes langs hem dwarrelden en hoorde hij een geluid alsof hij in de hagel liep, en meteen daarna het schot, gevolgd door nog een schot: de man liep op hem in. Als zijn achtervolger hem weer in het zicht had hoefde hij niet meer op de bloedsporen te letten, maar nu hijzelf de dekking van de brem en de veldroosjes had, kon hij weer een voorsprong opbouwen. De struiken stonden niet al te dicht op elkaar en hij zou in staat zijn snelheid te maken zonder gezien te worden. 'Ik ben nog niet dood', zei hij tegen zichzelf om zich moed in te spreken. Op dat moment voelde hij voor het eerst alles draaien in zijn hoofd en sloeg bijna tegen de grond. Hij moest zo snel mogelijk stoppen en het bloeden stelpen, hij had geen enkele kans om te ontsnappen als hij bloed bleef verliezen, het gulpte uit de wond, iedere keer als hij tijdens het rennen zijn gewicht op zijn linkervoet zette. Voortgedreven door angst drukte hij de wond zo goed mogelijk met zijn handpalm dicht en liep zo hard als zijn benen hem konden dragen verder. Het terrein begon wat af te lopen, en hij hoefde zich minder in te spannen. Toen stuitte hij op de droge bedding van een beek, waar geen druppel water in stond, geen enkel plasje waar hij snel een slok van kon nemen. Zijn keel brandde van de dorst. Gejaagd trok hij zijn uniformjas uit, want hij werd ineens bevangen door een vreemde warmte. Toen hij zijn arm strekte om de mouw eroverheen te trekken, werd de pijn nog scherper. Vanwege zijn angst had hij er tot dan toe nauwelijks aandacht aan besteed, maar nu vlamde de pijn door hem heen, van zijn elleboog tot zijn hoofd. Om de moed niet te verliezen hield hij zichzelf voor dat hij wel ergere pijn had verdragen dan die van een paar hagelkorreltjes in zijn vlees. Hij hief zijn hoofd, keek achterom en luisterde. Hij hoorde absoluut niets. Toch kon zijn achtervolger niet ver weg zijn en het zou vast niet lang duren of hij zou de bedding ook bereiken. Hij vluchtte verder, want hij wist maar al te goed dat de ander de jacht niet zou opgeven. Meer nog dan een krachtmeting was het een strijd tussen de vastberadenheid van zijn tegenstander en zijn eigen uithoudingsvermogen. Hij was er volkomen zeker van dat het hier niet ging om een stroper die hij had betrapt en die hem nu uit de weg probeerde te ruimen om verdere complicaties te vermijden. De man had hem daar op staan wachten. Alles wees op een zorgvuldig voorbereid plan, de motorkap waarachter hij zich had verborgen, het geweer, en de bivakmuts over zijn gezicht. Hij had zo zijn vermoeden om wie het ging, maar waarom de man het nodig had gevonden zijn gezicht te verbergen begreep hij niet. Hij hoorde opnieuw geweerschoten, ditmaal leek het dichterbij. Als hij iemand kon bereiken zou hij gered zijn, een gids die hem kon helpen, of een jager die hem zijn geweer even wilde laten gebruiken. Maar eerst moest hij het bloeden stoppen. Op handen en voeten kroop hij onder een groepje struiken waarvan hij het idee had dat ze wat dichter op elkaar stonden dan de rest. Zodra hij niet meer bewoog, voelde zijn rug koud aan zo zonder zijn jasje, een scherp contrast met de gloeiende hitte die zijn gewonde arm uitstraalde. Hij deed zijn leren riem af en bond die om zijn bovenarm. In een flits schoot het beeld door hem heen van de keer dat hij met dezelfde riem een tourniquet om Gloria's zachte, gewonde dijbeen had aangelegd. Hij werd bevangen door een zwaar, bitterzoet gevoel. Hij schudde even met zijn hoofd en zijn overlevingsinstinct nam weer de overhand. Hij trok de riem strak aan en bond hem twee keer om zijn arm zodat de gesp in een gaatje viel. Het bloeden stopte onmiddellijk en nu kon hij de wonden beter bekijken. Het waren vijf kleine gaatjes, twee in zijn onderarm, een aan de binnenkant van zijn elleboog, en twee meer boven in zijn arm. Als hij het hier levend van afbracht, zou hij er niets aan overhouden. De wond aan zijn elleboog was het pijnlijkst, het lood was het gewricht binnengedrongen en had het bot beschadigd, maar het was niet gebroken, zoals hij eerst had gedacht. Het had veel erger kunnen zijn. Zijn achtervolger had met de kleinste soort hagel geschoten, wat erop kon wijzen dat hij weinig ervaring had met vuurwapens en een slecht schutter was. Een ervaren jager zou kogels hebben gebruikt. Maar de manier waarop hij hem opjoeg was minder amateuristisch. Hij was ervan overtuigd dat zijn achtervolger het er niet halverwege bij zou laten zitten, tenzij hij hem te slim af kon zijn. Verborgen in schaduw van de bosjes verzamelde hij zijn krachten. Opnieuw gekweld door dorst dacht hij na over zijn eigen jachtmethoden. Als hij eenmaal zeker van zijn prooi was, liet hij niet meer los en ging hij dóór, zich niets aantrekkend van vermoeidheid, honger of dorst, zich ervan bewust dat hij zich het gewonnen voordeel niet moest laten ontglippen, maar tegelijkertijd vervuld van een gevoel dat hij niet precies kon omschrijven: het had iets bijgelovigs, misschien was het medelijden met het dier dat leed, maar het had er ook mee te maken dat hij het een onacceptabel idee vond dat een dier dat hem met een stuk lood in zijn lijf wist te ontglippen, zo verder zou moeten leven. Hij luisterde weer, tussen de takken door kijkend. Niets, geen beweging, geen geluid van voetstappen. Hij trok zijn uniformjas weer aan, erop bedacht de takken niet te laten bewegen om zijn aanwezigheid niet te verraden. Toen hij zijn linkerarm door de mouw stak kwam de pijn terug, maar al minder scherp, alsof het tourniquet niet alleen het bloed, maar ook de pijn tegenhield. Nu kon hij verder zonder met een rood spoor zijn vluchtroute aan te geven. Hij haalde een paar keer diep adem. Hij voelde zich beter, hoewel hij nog steeds een vreselijke dorst had. Op handen en voeten kroop hij voorzichtig tussen de bosjes door op zoek naar het eind van het dichte struikgewas, waar hij het weer

op een rennen zou kunnen zetten, in de richting van dat deel van het park waar eerder de schoten van de jagers hadden geklonken. Toen hij bij de rand kwam en om zich heen kon kijken, lag er een groot perceel voor hem dat was gekapt en opnieuw ingeplant met jonge pijnbomen, met aan de takken nu alweer de giftige nesten van de processierupsen. Hij richtte zich al op als een sprinter die wacht op het startschot toen hij ineens rechts van hem twee stappen hoorde, aan de rand van het struikgewas. Doodsbang keek hij op, recht in de twee parallelle lopen van het geweer, met daarboven de bivakmuts die het gezicht verborg, met twee gaten voor de ogen die niet eens knipperden toen de vinger de twee trekkers overhaalden en hem het niets in zonden.

15

Toen hij de nadere bijzonderheden over de moord op Molina te horen kreeg, die diezelfde middag nog als een lopend vuurtje door Breda gingen – het eerste bericht van zijn dood had de luitenant hem telefonisch doorgegeven – speet het Cupido dat hij niet langer op de zaak zat. Hij moest de verleiding weerstaan opnieuw het voortouw te nemen en iedereen die op enig moment met Gloria in contact was geweest nogmaals te verhoren.

Hoewel de pers een embargo was opgelegd, was de hele stad binnen een paar uur op de hoogte van de details en wist men dat het geen ongeval was geweest. Iedereen ging ervan uit dat deze moord te maken had met de dood van de twee meisjes. Die zondag had Molina niet ingedeeld gestaan om een jager te begeleiden, hij was er alleen op uitgetrokken en zijn wagen was met het portier open midden op de weg gevonden. De bloedsporen op de weg wezen erop dat hij daar meteen al gewond was geraakt en daarna achternagezeten tot hij was afgemaakt met twee schoten die de helft van zijn hoofd hadden weggeblazen. Jagers hadden de bloedsporen ontdekt en waren hem gaan zoeken, vandaar dat hij zo snel was gevonden.

De detective dacht met onverwachte bitterheid terug aan de woorden van de parkwachter: 'Dat meisje had nooit alleen het park in mogen trekken. Zij niet, en het meisje dat daarna is vermoord ook niet, geen enkele vrouw. Vrouwen horen hier niet thuis. De natuur is niet om van te genieten, maar om te bedwingen, om te gebruiken… Denkt u soms dat ze een man zouden hebben vermoord?' Maar Molina was wel degelijk vermoord. Hij was geen vrouw die van de natuur genoot en toch had iemand hem vermoord.

Het was ergens in de buurt van het hek tussen het park en de weg gebeurd; hij moest er die morgen met zijn fiets vlak langs zijn gekomen. Hij vermoedde dat de schoten die hij had gehoord, die hij aan jagers had toegeschreven, dezelfde waren als die welke een eind aan het leven van de parkwachter hadden gemaakt. Hij vatte die samenloop van omstandigheden op als een teken dat de zaak hem persoonlijk aanging, dat het zíjn zaak was en dat hij de enige was die hem kon oplossen. Verder was hij er nu helemaal zeker van dat Molina was vermoord vanwege iets wat hij had gezien of gehoord, om iets wat hij wist en misschien te maken had met het schot dat de morgen van Gloria's dood had geklonken. Dat laatste was uiterst belangrijke informatie, maar luitenant Gallardo was daar niet van op de hoogte en hij kon het hem ook niet doorspelen vanwege zijn belofte aan Alkalino. Wat Cupido betrof wees alles in de richting van zijn theorie. Hij geloofde dan ook niet dat de laatste moord door een stroper was gepleegd; een stroper had zich nooit laten verrassen door een lawaaiige jeep midden op de zandweg, en zou zich ook nooit hebben opgezweept tot zo'n langdurige, systematische achtervolging. De moord op de parkwachter was opzet geweest, iemand had hem daar opgewacht, precies op die plek, en dat gaf de zaak een heel nieuwe dimensie.

Het was merkwaardig dat deze laatste moord meer opschudding in Breda had veroorzaakt dan de twee voorafgaande, ondanks de onschuld, de jeugd en het geslacht van de twee eerste slachtoffers. Maar de vrouwen waren per slot van rekening onbekenden geweest en Molina was een van hén. Verder leken ze zich meer betrokken te voelen door de manier waarop het was gebeurd, men vond het meer voor de hand liggen iemand neer te schieten dan een vrouw met een mes de keel door te snijden. Niemand die het durfde te bekennen, maar veel mensen waren bang. Sinds de moord op het tweede meisje ging niemand nog alleen naar de velden die aan het El Paternósterpark grensden, niemand die daar nog luid durfde te praten, niemand die nog in het bos ging wandelen.

Er gingen stemmen op die met gewapende patrouilles dreigden – onder het mom kinderen en vrouwen te moeten beschermen en ook omdat er toch eindelijk een duidelijk voorbeeld gesteld moest worden – in de hoop de schuldige te kunnen betrappen en hem zonder verdere formaliteiten als een hond aan de tak van de eerste de beste eik op te hangen. En misschien hadden ze dat nog gedaan ook als ze de kans hadden gekregen, want hun eerdere lauwheid ten opzichte van de moord op de twee jonge, knappe en on- schuldige vrouwen, maar van buiten de stad, was omgeslagen in een gevoel van diepe woede nu er iemand van hen was gedood. Dat was de andere kant van het gezicht van de oude stad, de graagte waarmee de sikkel, die was bestemd om het koren te maaien, werd gebruikt om zelfs het kleinste conflict te beslechten. Maar als je goed luisterde kon je 's nachts horen dat men de deuren zorgvuldig afsloot en vergrendelde, want sinds de dood van de parkwachter was iedereen ervan overtuigd dat de moor- denaar een van hen was.

'Zet maar op het tafeltje. En breng me een port.'

'Ja, mevrouw.'

Het dienstmeisje was knap, met keurig gekapt, donker haar en een vlekkeloos uniform, het soort verschijning waarbij je je af- vraagt wat er broeit onder dat smetteloze uiterlijk. Ze zette het kopje kamillethee op het lage tafeltje, liep naar de kast en kwam terug met een glas en een fles port. Ze vulde het glas met de zoete vloeistof, zette de fles weer terug en liep zonder geluid te maken de kamer uit. De oude dame bedankte niet, er kwam geen enkele reactie. Ze was heel moe. Toen ze die ochtend na een slapeloze nacht in de spiegel had gekeken, had ze een bloedeloos gezicht voor zich gezien dat de laatste twee weken wel twee jaar ouder leek te zijn geworden. Ze werd zo mager dat ze het dienstmeisje had gevraagd de zijnaden van haar eeuwige zwarte jurken twee centi- meter in te nemen. Ze had al een tijdlang het idee dat ze kromp en dat dat proces gelijke tred leek te houden met het toenemen van de gloeiende pijn in haar botten, en hoewel ze het ongemak dat ze daarvan ondervond tot nu toe had genegeerd, kon ze die bijtende artrosepijn onmogelijk nog langer ontkennen.

Ze keek naar de ijler wordende damp boven het kopje en zei tegen zichzelf dat ze haar thee moest drinken voordat die nog kouder zou worden, maar het was een enorme inspanning voor haar om zich naar voren te buigen en het kopje mét het schoteltje met twee handen op te nemen, zoals haar als jong meisje was ingeprent. Ze sloot haar ogen en zuchtte, maar besloot zich er uiteindelijk toe te zetten. De thee was lauw en smakeloos, en ze schoof het kopje opzij om het glas port naar haar lippen te brengen. Ze nam een diepe, genietende slok, zonder geluid te maken, zoals priesters drinken tijdens de mis. De drank vervulde haar onmiddellijk met een troostende innerlijke warmte. Toen stond ze langzaam op uit haar stoel, keek argwanend naar haar gezwollen artrose-enkels, naar haar voeten, die in de zwarte schoenen geperst zaten, en liep naar haar bureau, een prachtig kastanjehouten meubel. Ze opende een album met zwartwitfoto's en sloeg een paar bladzijden om – een jongetje van nog geen jaar in verschillende houdingen, een wat ziekelijk uitziende man met snor in een donker pak, die steeds recht in de lens staarde. Op een foto van een beeldschone vrouw met dezelfde baby in haar armen, piepte het hoofdje van het kind net boven de omslagdoek uit, en sloeg de man in een beschermend gebaar zijn rechterarm om haar schouders. Tussen de bladzijden zat een enveloppe met een buitenlandse postzegel met de afbeelding van de blauwe vlag met de sterren van de Europese Unie. Moeizaam keerde ze terug naar haar stoel bij het raam, en ging weer zitten, de brief in haar schoot. Ze had hem drie dagen geleden ontvangen, op vrijdag, en ze had hem inmiddels zo vaak gelezen dat ze hem uit haar hoofd kende. Haar geheugen liet haar tenminste nog niet in de steek. Ze was doodsbang voor aandoeningen die het lichaam respecteren maar de helderheid van geest aantasten. Fysieke pijn vreesde ze niet, maar ze was wel bang voor wat er met haar lichaam zou gebeuren als ze er zelf niet meer in woonde, als haar ziel zou zijn verdwenen en er slechts vegeterend vlees en ingewanden van haar over waren waarvan, als ook Octavio er niet meer was, niemand meer écht zou weten wie dat was geweest. 'Nee, mijn geheugen ben ik nog niet kwijt. Alles is bewaard in mijn geheugen', mompelde ze. Het was echter niet langer strijdlust die haar die woorden deed uitspreken, maar twijfel en gelatenheid. Ze had de brief nog steeds niet aan Octavio laten zien, omdat ze wist dat die hem nog meer pijn zou doen dan haarzelf. Tenslotte was zij degene die hem had opgevoed voor de strijd, hem had geleerd om tegenslagen te verdragen in afwachting van de definitieve overwinning, zij had zijn obsessie voor die ene zaak veroorzaakt. Nu pas realiseerde ze zich wat ze hem had aangedaan, wat hij had moeten opgeven, hoe diep hij om haar was gezonken; tot waar hij geen lucht meer kon krijgen. Te laat had ze zich er rekenschap van gegeven dat als iemand die zijn hele leven wijdt aan het obsessief najagen van één doel faalt, het is alsof zijn hele leven is mislukt. 'Arme Octavio, wat heb ik je aangedaan!' Ze keek naar de brief en las wat er op de envelop stond, 'Het Hof van Justitie van de Europese Gemeenschappen', zonder haar dunne, samengeknepen lippen te bewegen, met een uitdrukkingsloos gezicht. Vanaf het begin had ze geweten dat het een lange, moeilijke strijd zou worden, maar ze had nooit aan de uiteindelijke overwinning getwijfeld. Ze had andere uitspraken van het Hof van Justitie aandachtig gevolgd, zoals de uitspraak ten gunste van de hertogin van Alba, over haar landgoed La Encomienda, of de serie belachelijke uitspraken in de Rumasa-zaak, die nu al vijftien jaar liep zonder dat er een definitieve uitspraak was gedaan en men dus nog altijd hoop koesterde. Als er daarentegen berichten in de media verschenen over oude vrouwen die hun zaak tegen het een of andere ministerie pas hadden gewonnen toen ze al jaren dood en begraven waren, negeerde ze die. Ze had al die tijd haar ogen gesloten voor de mogelijkheid van een nederlaag, hoewel ze wist dat in een geschil als dit de strijd ongelijk is, en de overheid altijd de langste adem heeft. Er zijn nu eenmaal veel ambtenaren en die kunnen elkaar aflossen in een dergelijk conflict, en zij stonden maar alleen tegenover een overmacht. Octavio had het haar zo vaak gezegd: dat ze zouden winnen, dat ze uiteindelijk zouden winnen. En toch was er nu, na de laatste nederlaag, niets meer wat ze nog konden doen. Ze voelde haar ogen vochtig worden, maar er kwam geen enkele traan. Ze had het huilen al heel lang geleden verleerd. Sinds haar jongetje was gestorven, nog niet eens een jaar oud, was ze leeg, dor. Die pijn was zo diep geweest dat sindsdien tranen haar, om wat voor reden dan ook, een verspilling leken, iets goedkoops, een laffe manier om met verdriet om te gaan; tranen onderdrukten het verdriet, maar konden het niet doen verdwijnen. Ze had zelfs niet gehuild toen ook haar man stierf, die de dood van hun kind nooit te boven was gekomen en niet lang daarna was overleden. Ze voelde hoe een hand zich lichtjes op haar schouder legde, en een andere hand over haar haren streek, fijn en grijs als spinnenweb, dat ze iedere morgen opnieuw waste en kamde en zorgvuldig in een smetteloos schone chignon opstak. Ze hoefde niet naar hem te kijken of met hem te praten om te weten dat hij het briefhoofd op het papier dat in haar schoot rustte al had gelezen en de inhoud raadde. Vandaar de bedachtzaamheid van zijn aanraking, en de zachtheid waarmee zijn hand rustte op die schouder, die de laatste weken beniger leek te zijn geworden.

'We zijn verslagen', zei ze zachtjes. Met haar blik verloren in de verte achter de vitrage, waar het heldere middaglicht over het plein spoelde, probeerde ze haar ondraaglijke verdriet voor hem weg te houden.

Toen Octavio zich bukte om de brief op te pakken, zag ze vlak bij haar ogen zijn bleke, enigszins zweterige gezicht, de door de jaren van constante studie weggezonken ogen achter de dikke brillenglazen, de gezwollen oogleden van een priesterstudent, de laatste sporen van de herpesinfectie aan zijn onderlip. Ze hoorde het lichte geritsel van het papier dat werd opengevouwen om de boodschap te onthullen die in een paar regels niet alleen al hun hoop de bodem insloeg, maar haar ook met een pijnlijke helderheid bewust had gemaakt van de schuld die ze aan hem had, des te pijnlijker omdat ze besefte dat Octavio haar daar nooit aan zou herinneren. Zelf was ze deze strijd uit vrije wil aangegaan, maar hem had ze erin meegesleept zonder hem enige keus te laten.

'We zijn verslagen', herhaalde ze. 'Uiteindelijk hebben ze ons verslagen.'

Ze keek hoe hij de brief op het tafeltje legde, naar het raam liep en naar buiten bleef staan kijken, met zijn rug naar haar toe. Dat was wat zij van hem had gemaakt, een voortijdig verouderende man, zijn rug krom door de vele uren over papieren gebogen zitten; een zielige, eenzame man, zo goed als onmachtig om een vrouw te veroveren. Hij had de leeftijd om met een meisje samen te wonen en hij leefde met een oude vrouw; hij zou ieder nacht van het warme lichaam van een vrouw moeten genieten en hij sliep alleen. De meisjes die zij in dienst nam om in het oude huis in Breda te werken waren niet meer dan een lapmiddel en ze zouden hem nooit kunnen geven waar hij echt behoefte aan had. De eerste keer dat ze plotseling besefte hoezeer ze hem tekort had gedaan, was toen ze zag hoe hij zich tijdens die eerste ontmoeting met Gloria gedroeg, sprakeloos en verlegen als een puber. Die dag begreep ze ineens hoezeer ze hem had verminkt. En het feit dat ze zich daar niet eerder van bewust was geweest, onthief haar niet van die schuld.

'Er is niets meer wat we nu nog kunnen doen', zei hij, zo plotseling dat doña Victoria er bijna van schrok.

Zij gaf niet meteen antwoord. Ze zocht naar woorden die hoopvol klonken.

'Er is nog wel iets,' sprak ze hem tegen, 'we moeten zien te behouden wat ons nog rest.'

Ze keek hoe hij zich omdraaide en haar door zijn dikke brillenglazen aankeek, verbaasd dat ze de nederlaag zo flink opnam. Hij duwde zijn onderlip over zijn bovenlip heen, een gewoonte die hij had aangenomen sinds hij herpes had, om contact met de wond te vermijden of het ongemak te verminderen, en dat gebaar accentueerde zijn uitdrukking van wanhoop, of misschien woede. Toen hij naar haar keek realiseerde hij zich dat ze de overdrachtspapieren alleen maar ging tekenen omdat ze het idee had dat de nederlaag nog harder zou aankomen als ze nu bleven doorzetten. Ze is bang om mij, dacht hij bij zichzelf.

'We gaan hier weg. We vertrekken en komen nooit meer terug', fluisterde doña Victoria, weer op haar oude, hatelijke toon. Ze spuugde de woorden krachtig uit, alsof het gevecht het enige was wat haar in leven hield.

'We hebben te veel dat ons hier bindt', wierp hij voorzichtig tegen, een rond gebaar met beide handen makend, waarmee hij niet alleen het huis dat ze bewoonden omvatte – met het smeedijzer dat uit het oude dorp was geroofd voordat het water kwam, de ornamenten waar zoveel herinneringen aan kleefden, de kleine, subtiele dingen die maken dat een mooi huis en zijn bewoners zich met elkaar verbonden voelen – maar ook de graven op de lage heuvel van El Paternóster.

'We komen ze eens per jaar bezoeken', zei de oude vrouw, die zijn gedachten raadde. 'Maar we gaan hier weg, voor altijd, weg van deze stad vol vijanden.'

16

Twee dagen na het gesprek met Anglada had Cupido nog steeds geen afspraak met de luitenant gemaakt om hem te vertellen dat hij niet meer aan de zaak werkte omdat zijn cliënt geloofde dat de moorden het werk waren van iemand die gestoord was of van een sadist zonder enige persoonlijke connectie met Gloria, en dat het daarom geen zin had geld en tijd te blijven besteden aan het onderzoek. Hij wist dat er geen weg terug meer was als hij zich opnieuw bij Gallardo in de kazerne meldde, dit keer met de mededeling dat hij was ontslagen, want dan zou hij verder uitgesloten zijn van informatie. Vandaar dat hij zijn bezoek steeds uitstelde. Achter die besluiteloosheid verborg zich het latente verlangen door te wroeten in Gloria's leven, in afwachting van het moment van metamorfose waarin ze van een ondoorgrondelijke, geheimzinnige vrouw voor zijn ogen zou veranderen in een transparant, begrijpelijk meisje. Het is altijd hetzelfde, dacht hij. Doordringen in iemands privé-leven, wroeten in iemands wonden, net zo lang tot je het virus ontdekt waarmee ze zijn besmet, of de pus ziet die ze afscheiden. De sporen nagaan die van slachtoffer naar beul lopen. Kortom, dorst naar kennis. Alsof iedereen wordt geboren met het instinct van een detective, een instinct dat haast net zo sterk is als onze andere driften en waarschijnlijk alles te maken heeft met onze neiging en ons verlangen om te zoeken naar wat we 'de waarheid' noemen. Als mensen op raadselen stuiten worden ze altijd bekropen door het verlangen die op te lossen.

Vandaar dat de detective zijn beslissing steeds maar uitstelde, ook al omdat alles wat hij zag, hoorde of las hem weer aan de zaak deed denken. De vorige dag had hij, toen hij langs de etalage van een ijzerwinkel kwam, net zo'n mes gezien als bij de twee moorden was gebruikt. In een vitrine glansden wel honderd stalen lemmeten in allerlei maten, met allerlei vormen: messen die iedereen kon kopen. Hij was er al voorbijgelopen, maar besloot ineens om terug te gaan en bleef toen geobsedeerd naar een wapen kijken dat hem nooit eerder was opgevallen, tot hij merkte dat zijn belangstelling niet onopgemerkt was gebleven en de winkelbediende naar hem stond te kijken alsof hij zich verdacht gedroeg. Later die avond, hij was *Romeo en Julia* aan het herlezen in het volste vertrouwen dat er in zo'n mooie klassieke tekst vast geen enkele referentie naar het hier en nu zou voorkomen, ontdekte hij tot zijn stomme verbazing dat Shakespeare al vier eeuwen geleden op koortsuitslag had gezinspeeld als Mercutio zegt:

De mond van meisjes, die van kussen dromen
En die de boze Mab vaak plaagt met puistjes
Omdat hun adem is besmet door 't snoepen.

Zelfs de woorden uit dat oude toneelstuk herinnerden hem eraan dat hij de zaak niet had opgelost. Hij vreesde dat hij er pas afstand van zou kunnen nemen als hij de waarheid aan het licht had gebracht. De enige mogelijkheid om er voor eens en altijd vanaf te zijn, zei hij tegen zichzelf, de enige manier om deze onrust tot een herinnering te maken, is als de onbekende x uit de vergelijking is benoemd.

Vandaar dat toen de volgende morgen een soldaat van de guardia civil bij hem aanbelde omdat de luitenant hem onmiddellijk wilde spreken, Cupido wist dat het bestand voorbij was en dat hij weer terug was op de zaak.

Ze passeerden de kazernepoort zonder te worden tegengehouden en liepen door naar het kantoorgedeelte. De guardia's die hij tegenkwam zagen er allemaal even zorgelijk en chagrijnig uit. Hij had zo het vermoeden dat de drie moorden er alles mee te maken hadden, want daarmee was er met één klap een eind gekomen aan hun gezapige provinciale leventje. Ver van de grote stad met al zijn geweld, dagelijkse onzekerheid en constante angst voor terroristische aanslagen waren ze lui en gezapig geworden, en werden ze net zo hard dik als hun reflexen afnamen. Ineens was het ook bij hen een en al onrust en moesten ze bij het minste teken van dreiging, of als er maar iemand, een man of een vrouw, alleen in de buurt van El Paternóster was gesignaleerd, opgesloten in de kazerne overuren draaien. De luitenant had zelfs een continurooster ingesteld, en de enige publieke dienst waar dat de laatste vijftien jaar ook gebeurde was de brandweer, en dan alleen tijdens de zomermaanden, als ze dag en nacht ingezet moesten kunnen worden om brand in het park te voorkomen.

De luitenant zat achter zijn bureau. Ze hadden elkaar een week niet gezien, sinds de moord op het tweede meisje, en het leek Cupido of hij na dit derde misdrijf nog meer op zijn qui-vive was, nog beter in vorm, bruiner en slanker. Of misschien leek dat maar zo, omdat hij in burger was. Het was voor het eerst dat Cupido hem zonder uniform zag.

'U ziet er niet naar uit alsof u al te hard moet werken', zei Gallardo als begroeting.

'Niemand die voor niets werkt', antwoordde hij.

'Heeft Anglada u aan de dijk gezet?' vroeg hij verbaasd.

'Even goede vrienden, maar hij heeft het contract beëindigd.'

'Wanneer?'

'Twee dagen geleden, op zondag. Hij zei dat het na de moord op het tweede meisje wel duidelijk was dat het het werk van een krankzinnige of van een sadist was geweest. Ik heb de rekening opgemaakt en verstuurd', zei hij, zijn diep gevoel van teleurstelling en onbehagen verbergend. 'Zijn argumenten zijn plausibel.' Hij had nog nooit een zaak moeten opgeven zonder die te hebben opgelost. Hij zag op tegen de leegte van de dagen die hij voor zich had, en daar kwam de leegte die hij achter zich liet nog eens bij.

De luitenant schudde zijn hoofd.

'En wat doet u nu?'

'Me een beetje vervelen… Waarom hebt u me laten komen?'

'Ik was van plan u te vragen mee te gaan iemand een bezoek te brengen.'

'Wie?' vroeg hij. Hij merkte te laat dat zijn stem veel te enthousiast had geklonken.

'Molina's weduwe. Al bent u ontslagen, ik denk dat we u toch wel mee kunnen nemen', zei hij op een toon alsof hij een grapje maakte, maar het klonk te geforceerd om te overtuigen en een glimlach te ontlokken. Het was duidelijk dat ook Gallardo de moorden die de laatste drie weken in het bos gepleegd waren niet van zich af kon zetten.

'Heeft zij er iets mee te maken?' vroeg hij verbaasd.

'We denken van niet. Die zondag, toen haar man werd vermoord, assisteerde zij bij de bediening in de eetzaal van de basispost, waar ze een groep jagers hadden.'

Ze liepen het kantoor uit en stapten in de terreinwagen. Gallardo wilde verder niemand mee hebben, om bij het bezoek aan de vrouw, die nu alleen met haar twee zoontjes in het bos woonde, iedere suggestie van intimidatie uit te sluiten. Vandaar ook dat hij in burger was.

'We zijn nog verder van huis dan toen we begonnen', zei hij zodra ze de Chico Cabrera-bron achter zich hadden gelaten en in de richting van de heuvels reden. 'Bij een moord verwacht je altijd dat de dader een spoor achterlaat, al is het nog zoiets kleins, iets wat op zichzelf misschien niets betekent, maar wat het in combinatie met andere kleine aanwijzingen uiteindelijk mogelijk maakt een compleet beeld te vormen. Maar in deze zaak zorgt iedere nieuwe moord voor meer verwarring.'

Een zwarte, snelle vlek denderde als een kanonskogel het zandpad over, een meter of tien voor de wagen, met een stofwolk erachteraan. Ze zagen hem met dezelfde snelheid als hij was gekomen weer tussen de eiken verdwijnen.

'Alleen de dieren zijn gelukkig met de situatie,' ging hij verder, 'de herten en de zwijnen, zoals die daar. Kijk toch eens om u heen, wat een rust.'

En inderdaad, ze waren onderweg nog niemand tegengekomen en hadden ook geen enkel geluid gehoord of iets gezien wat op de aanwezigheid van mensen wees. Het bos was teruggevallen in zijn oude staat, onverdraaglijk bedreigend. Het bericht van de drie moorden had zich verspreid tot ver buiten de grenzen van de regio; het had in alle kranten gestaan en een televisieploeg was opnamen komen maken die binnenkort 's avonds in een misdaadprogramma te zien zouden zijn. De angst voor de moordenaar die in het park zijn misdaden pleegde, voor wie zelfs de wachters niet veilig waren, had gewerkt als een krachtig afweermiddel tegen bezoekers. Door de voorruit was het eenzame, dichte bos te zien, alsof het net geschapen was, een landschap met eiken, beuken en pijnbomen, veldroosjes en brem, en boven dat alles de cirkelende roofvogels. Het was nauwelijks te geloven dat hier in nog geen drie weken tijd drie misdrijven waren gepleegd.

'Is er al wat meer bekend over de moord op Molina?' vroeg Cupido.

'We werken met drie theorieën. De eerste is dat Molina degene die wij zoeken tegen het lijf is gelopen en is vermoord voordat hij zich kon verdedigen. Dat zou betekenen dat onze onbekende een mes gebruikt als hij moordt uit genot, maar ook een jachtgeweer bezit – van een heel gebruikelijk type overigens, dat bij wijze van spreken iedereen in huis kan hebben. De tweede hypothese is dat hij een stroper heeft betrapt die geen zin had de gevangenis in te draaien of een dikke boete te betalen. Er is echter één ding dat deze theorie hoogst onwaarschijnlijk maakt: het was zondag, een dag waarop de jacht is toegestaan, en een stroper zou wel heel stom zijn om zich op zo'n dag zonder vergunning het bos in te wagen als het in het park ritselt van de jagers die er wél een hebben en die bovendien vaak begeleid worden door parkwachters. Maar dat neemt niet weg dat we ook deze hypothese in ons achterhoofd blijven houden.'

'En de derde?'

'De derde gaat ervan uit dat het een persoonlijke kwestie is, of dat het iets met zijn werk te maken heeft. Haat of wraak. Molina was nu niet bepaald iemand die zich geliefd wist te maken, maar in zijn omgeving hebben we niets kunnen vinden waar we mee verder konden.'

Het was duidelijk dat de luitenant naar de eerste hypothese neigde, de enige waarvoor hij niet met tegenargumenten was gekomen.

'Ik denk zelf ook dat de moorden met elkaar te maken hebben,' zei Cupido, 'en dat het dezelfde moordenaar is, alleen met een ander wapen voor een ander type slachtoffer. Molina was een lange, sterke vent, en het zou niet meevallen hem op dezelfde manier om te brengen als de meisjes. De vraag is of ze elkaar toevallig zijn tegengekomen of dat de moordenaar doelbewust naar hem op zoek was.'

De luitenant wendde zijn blik van het zandpad af en keek Cupido aan.

'Voor iemand die niet meer aan de zaak werkt denkt u er nog wel veel over na.'

'Ja, ik krijg dat eerste meisje maar niet uit mijn hoofd. Als ik mijn ogen sluit, kan ik me al die mensen die haar hebben gekend als haar moordenaar voorstellen, van doña Victoria tot Anglada zelf, van haar vriend de beeldhouwer tot haar eigen familie. En als ik in die richting verder denk, dan zou de moord op het andere meisje een afleidingsmanoeuvre kunnen zijn om ons zand in de ogen te strooien. Zelfs Molina's dood is met die theorie te verklaren', zei hij tastend, want hij wist niet precies hoe ver hij kon gaan.

In de verte klonk het schorre burlen van een hertenbok, over het motorgeronk heen. Het werd onmiddellijk beantwoord met een nog hardere schreeuw.

'Hebt u gecheckt wat ieder van hen deed op het tijdstip dat de wachter werd vermoord?'

'Ja, maar daar is niets uit gekomen. Degenen die geen water-dicht alibi hadden voor de eerste moord, bleken dat in ieder geval voor één van de andere twee wel te hebben, en omgekeerd. We hebben alle feiten oneindig vaak met elkaar vergeleken en ieder-een heeft op zijn minst in het geval van een van de moorden getuigen die zijn alibi kunnen bevestigen. Ik kan het u op kantoor laten zien.'

'Nee, als het zo zit, is dat de moeite niet waard', zei Cupido mistroostig.

Aan het eind van het pad doemde de basispost op, de garages voor de brandweerwagens, die nu dicht waren, het gebouwtje met het kantoor, de hoge brandtoren en de huizen die de parkwachters ter beschikking stonden. In een van de huizen woonde Molina's weduwe. Nog wel. Een paar dagen, misschien een paar weken, zou men haar de tijd gunnen, maar ze wist dat ze eruit zou moeten zodra de korte periode die de autoriteiten iemand gewoonlijk gunnen, was verstreken.

Ze parkeerden de wagen voor het huis en net als toen Cupido hier voor het eerst was, kwam de vrouw op het geluid van de motor meteen naar buiten. Ze was in de rouw, maar zag er zelfs in haar zwarte jurk shabby uit. Ze zou een mooie vrouw zijn als ze zichzelf niet zo verwaarloosde. De luitenant gaf haar als eerste een hand en condoleerde haar officieel met haar verlies. Terwijl ze hun condoleances in ontvangst nam keek ze hen enigszins verontrust aan. Het jongetje van een jaar of vier, vijf verscheen in de deurope-ning en keek vanaf daar met een uitdrukkingsloos gezicht naar de mannen. Hij leek alleen geïnteresseerd in de politieauto.

'Heeft de sergeant de papieren nog voor u uitgezocht?' vroeg Gallardo.

'Ja, alles. Hij was een enorme hulp.'

'Mogen we binnenkomen?'

'Ja natuurlijk', zei ze met een handbeweging naar het huis.

De deur kwam direct uit in de woonkamer, een ruimte met een plavuizen vloer en witte muren die aan de bovenkant bij het plafond vergeelden. Naast de open haard was de muur zwart aangeslagen van de roet. Alles was een beetje groezelig. Naast een triplex kast hingen een paar jachttaferelen, goedkope schilderijen met stoffig glas vol vliegenstrontjes ervoor. Het kind, dat niet geïnteresseerd was in het gesprek van de grote mensen, keek weer naar een tekenfilm op de televisie. De kleinste lag waarschijnlijk achter een van de twee dichte deuren te slapen. De detective stelde zich daarachter slecht geventileerde slaapkamers voor met onopgemaakte bedden met stapels dekens erop. Achter in de ruimte zag je de keuken en een gangetje dat waarschijnlijk naar een achtertuin leidde. Een tafel, wat stoelen met rieten zittingen en twee skai leunstoelen completeerden de inrichting. Het hele huis was een toonbeeld van verwaarlozing en slonzigheid, met overal broodkruimpjes, vlekken, en wolken kleine insecten van een soort die floreert op etensresten.

'Wilt u iets drinken? Een biertje?' bood ze aan.

De beide mannen accepteerden. De vrouw ging de keuken binnen en keerde een minuut later terug met twee flesjes, twee glazen en een Duralex-bord met plakjes van een donkere droge worstsoort.

'Wild?' vroeg de luitenant toen hij een stukje had geproefd.

'Ja, wild.'

De vrouw zat op een stoel met een rechte rug, met haar knieën tegen elkaar, en keek hoe ze het smakelijke droge vlees kauwden en een diepe teug bier namen, zonder zelf iets te gebruiken, gewend als ze misschien was door Molina en zijn gasten buiten de gesprekken over het werk, jachttrofeeën en andere mannenzaken te worden gehouden.

'Kunnen we verder nog iets voor u betekenen?' vroeg Gallardo.

'Nee, ik geloof dat alles nu wel is geregeld. De sergeant heeft al het papierwerk afgehandeld. Ik wacht alleen nog op de datum waarop ik hier weg moet.'

Ze leek niet eens al te aangeslagen te zijn door de dood van haar man. Misschien trok ze het zich ook niet zo aan. De detective schatte dat ze met haar weduwenpensioen en de wezenuitkering voor haar twee kinderen aan ongeveer vijfentachtig procent van Molina's vroegere salaris zou komen, wat helemaal niet slecht was. Misschien was ze wel blij dat ze nu geld in handen kreeg waar ze zelf over kon beslissen, en bevrijd was van een man die vast geen al te attente echtgenoot of een grote steun bij het opvoeden van de kinderen was geweest. Maar, dacht hij, was dat niet bij alle huwelijken een beetje zo, het zou vast niet meevallen een echtpaar te vinden bij wie een van de twee echtelieden de ander níet een keertje dood heeft gewenst. Geen mens durft daar natuurlijk voor uit te komen, omdat iemand die zijn partner heeft omgebracht door zijn medemensen als een monster wordt gezien, op één lijn met een verkrachter, want zulke mensen houden de maatschappij een spiegel voor waarin men zijn donkerste kant onthuld ziet. Als gedachten of dromen konden doden, zou de wereld vol weduwen en weduwnaars zijn.

'Hebt u financiële problemen?' vroeg hij, hoewel hij zich ervan bewust was dat het een onbescheiden vraag was, die de vrouw misschien niet zou willen beantwoorden.

'Nee, vooralsnog niet. Hij had nog een rekening, en daarop had hij wat geld opzijgezet', zei ze.

De detective vond het opvallend dat ze in het enkelvoud sprak; het deed een belletje bij hem rinkelen.

'Wist u niet dat uw man dat geld had?'

'Hij heeft me er nooit iets over verteld. Ik denk dat hij het voor de kinderen had bestemd', zei ze, alsof ze iets uit te leggen had, alsof ze moest verklaren waar dat geld dat haar zomaar ineens in de schoot was gevallen vandaan kwam, dat er niets mee aan de hand was. 'Verder heeft de bank waar mijn man zijn rekening had lopen een verzekeringsbedrag uitbetaald. Met al dat geld bij elkaar kan ik het me nu permitteren een klein huis in Breda te kopen. Dan kan het kind', zei ze, op haar oudste wijzend, die volkomen leek op te gaan in de snelle bewegingen op het scherm, 'eindelijk naar school.'

'Hebt u nog nagedacht over wat ik heb gezegd?' onderbrak de luitenant haar. 'Iets wat u zich herinnert en wat ons op weg kan helpen, een gebeurtenis uit het verleden?'

'Ik heb erover nagedacht, maar er is niets. Niemand die beter wordt van zijn dood.'

Behalve zijn moordenaar, dacht Cupido. Hij had het gevoel dat de vrouw niets meer te maken wilde hebben met het onderzoek, door de manier waarop ze met hen sprak, alsof ze een biecht aflegde, alsof ze er voor eens en altijd vanaf wilde zijn, het achter zich wilde laten om haar vreugdeloze leven weer op te kunnen pakken, zonder wroeging. Wie weet zou ze zich in de stad, in het dagelijks contact met andere vrouwen wat beter gaan verzorgen, de behoefte krijgen er wat aantrekkelijker uit te zien en een andere man haar bed in te lokken.

De luitenant dronk zijn glas leeg en stopte nog een plakje worst in zijn mond. Cupido besloot niet langer te wachten en vroeg: 'Wat voor wapens bezat uw man?'

De vrouw keek hem aan. Haar schichtige ogen, die niet veel tranen vergoten leken te hebben, stonden zo vermoeid dat ze niet eens meer in staat waren droefheid uit te drukken; het haar had die trieste strokleur die eigenlijk nauwelijks echt een kleur te noemen is.

'Hij had zijn dienstgeweer, dat hij gebruikte voor zijn werk als parkwachter. Ik heb het zelf gisteren ingeleverd.'

'Verder niets?'

'Hij had ook nog een oud jachtgeweer, maar het is lang geleden dat hij dat heeft gebruikt.'

'Kunnen we het zien?' vroeg de luitenant. Hij had geen idee waar Cupido heen wilde met die vragen, maar hij had het gevoel dat het belangrijk was.

'Ik weet niet waar hij het opborg. Waarschijnlijk ergens hierachter. Vanwege de kinderen', legde ze uit, op het kind wijzend, dat nog steeds volledig opging in de tekenfilms, zo geobsedeerd door de beelden die met duizelingwekkende snelheid voorbijkwamen dat alles wat de volwassenen zeiden aan hem voorbij leek te gaan.

'Wij helpen u zoeken', zei de luitenant, en hij stond op.

De vrouw ging hen voor naar de achterkant van het huis. Via de keuken kwamen ze op een binnenplaats met een betonnen vloer en wat borders langs de muren, waar echter niets groeide. Tegen de achterste muur was een klein schuurtje gebouwd, dat met een metalen deur sloot. De vrouw pakte de sleutel, die ergens hoog aan een spijker hing, en maakte de deur moeiteloos open. Een doordringende geur van worst, leer en gedroogde vruchtenzaden kwam hen tegemoet. Ze ging aan de kant om de twee mannen voor te laten gaan. Daar bleven ze even wachten om hun ogen te laten wennen aan het donker. De vrouw kwam tussen hen in staan en maakte een klein raam in de zijwand open, waarna een brede straal zonlicht de ruimte binnenviel. Toen konden ze zien waar het schuurtje voor werd gebruikt; het was iets tussen een opslagplaats voor oude rommel en een voorraadkast in. Aan het plafond hingen twee bamboe stokken met worsten eraan, van dezelfde soort als de vrouw hen net had voorgezet. Cupido liep naar een derde stok, waaraan twee damhertenhuiden te drogen hingen. Hij streek langs de kant met de haren die hard, maar tegelijkertijd zacht aanvoelden, en langs de binnenkant die stijf begon te worden door het gebruik van zout en misschien ook van urine bij het looien. Hij keek achterom. Gallardo was naar het geweer aan het zoeken, maar de vrouw staarde alleen maar naar hem, naar zijn handen, die de huid van die dode dieren streelden.

'We krijgen ze van de jagers', zei ze, zich blijkbaar weer verplicht voelend om uitleg te geven. 'Als het ze lukt iets te schieten willen ze het lichaam vaak niet eens hebben. Ze laten hém dan de kop afsnijden, stoppen die in een zak en nemen hem mee om in hun huis aan de muur te hangen. En ons geven ze dan vaak de rest, als ze tenminste tevreden zijn', voegde ze eraan toe, naar de huiden wijzend. 'Voor hen heeft alleen de kop waarde.'

De luitenant maakte een houten hutkoffer open waarin hij

eerst door wat oude jachtkleren rommelde voordat hij het in een deken gewikkelde wapen vond. Het was een dubbelloops repeteergeweer. Handig en voorzichtig opende hij het, en zelfs van de afstand waar Cupido stond, kon hij zien hoe soepel de goed ingevette scharnieren opengingen. De luitenant bracht de geweerkamer naar zijn neus en snoof er een paar keer aan, als een wijnkenner aan een glas wijn. Hij keek naar Cupido en knikte, en toen wist deze waarnaar ze op zoek moesten zodra ze dat huis verlieten.

Gallardo boog zich nogmaals over de kist en haalde er een elastische band uit die om de kolf gebonden kon worden. Er pasten vijf patronen in. Cupido had die manier van reservemunitie meedragen wel eens eerder gezien bij wegcontroles van de guardia civil. De band maakte het mogelijk om sneller te laden, je hoefde niet eerst je hand naar een patroongordel om borst of middel te brengen, maar hij veronderstelde dat het Molina niet daarom te doen was geweest. De band maakte het makkelijker om zowel het geweer als de munitie te verbergen als hij betrapt dreigde te worden. Kortom, heel wat aanwijzingen die allemaal in dezelfde richting wezen.

'Heeft uw man het al lang niet meer gebruikt?' vroeg Gallardo.

'Ja, dat heb ik u al eerder gezegd, al heel lang niet meer. Hij had altijd zijn dienstgeweer bij zich als hij aan het werk was', antwoordde zij. Misschien dat ze niet loog, en dat ze daarom niet eens de moeite had genomen het bezit van het geweer te verbergen. Misschien had ze haar man gewoon geloofd.

De luitenant legde het wapen terug op de plaats waar hij het had gevonden en liep naar de huiden. Ook hij kon de verleiding niet weerstaan ze te voelen, te aaien, alsof de haren de warmte van het levende lichaam waar de vacht omheen had gezeten nog vasthield. Hij wachtte op Cupido om de volgende stap te zetten. Hij had geen idee wat ze hadden gevonden en kon zijn ongeduld het hem te vragen haast niet bedwingen.

Ze gingen terug naar de woonkamer en namen afscheid van de vrouw.

'Het spijt me dat ik u niet heb kunnen helpen', zei ze, maar het klonk niet alsof het haar iets kon schelen. De beide mannen kregen opnieuw het gevoel dat de dood van haar man haar eigenlijk onverschillig liet, en dat ze zelfs misschien wel tevreden was met de onverwachte voordelen van haar nieuwe situatie.

Ze zaten nog maar nauwelijks in de wagen of de luitenant zei woedend: 'Dit was voor het eerst en het laatst dat je me zoiets flikt zonder me van tevoren te waarschuwen! Wat betekent dat gedoe met dat geweer?'

Op die manier had Cupido hem nog niet horen praten, het was precies de toon die hij zich altijd van een luitenant van de guardia civil die midden in een moeilijk onderzoek zit had voorgesteld, en hij liet zich dus niet intimideren door de barse toon. Hij moest alleen de juiste woorden zien te vinden om Gallardo te overtuigen. Alles wat hij had gedaan sinds de vrouw hun het bier en de schaal met plakjes worst had voorgezet, was erop gericht een theorie te bewijzen die op dat moment in hem opgekomen was. Daarnet, toen ze in het huis waren, was hij ervan overtuigd geweest dat alles klopte, dat alles zijn theorie onderbouwde, maar nu, met de luitenant naast zich die de advocaat van de duivel speelde, was hij daar niet meer zo zeker van. Hij was even bang dat hij zich had laten meeslepen door zijn intuïtie, hoewel een van de eerste dingen die hij in zijn beroep had geleerd juist was dat intuïtie nergens toe leidde en dat je iedere bewering met bewijzen moest kunnen staven, dat je wetenschappelijk te werk moest gaan, stap voor stap logisch deducerend, en je nooit mocht baseren op vermoedens. Hij probeerde zo zelfverzekerd mogelijk te klinken toen hij antwoordde: 'Toen ik die worst zag viel me iets in waaraan ik eerder niet had gedacht.'

De luitenant schudde energiek met zijn hoofd: 'Zo'n risico zou Molina nooit nemen voor een paar kilo vlees. Een parkwachter die stroopt! Als hij betrapt was zou hij dubbel zo zwaar zijn gestraft. En zijn baan zou hij ook nog eens kwijt zijn. Alles wat zijn vrouw zegt klopt. Ik heb het zelf gezien, dat jagers alleen de kop als trofee meenemen en de rest aan de gidsen geven.'

'Dat weet ik. Maar het een sluit het ander niet uit.'

De luitenant keek hem aan zonder zijn voet van het gas te halen.

'Is er nog iets wat ik niet weet?'

'Ja', antwoordde Cupido. Hij wist dat hij nu met zijn verhaal voor de draad zou moeten komen, dat hij het niet langer geheim kon houden zonder het onderzoek te verlammen. 'Maar eerst moet ik zeker weten dat u degene die het me heeft verteld nergens bij zult betrekken.'

'Dat hadden we niet afgesproken', zei de luitenant bits.

'Ik hou me aan onze afspraak, maar hier kan ik niets aan doen, het kon niet anders. De namen doen er trouwens niet toe.'

De luitenant liet even een stilte vallen om Cupido duidelijk te maken hoe moeilijk het voor hem was om op zijn eis in te gaan, maar uiteindelijk gaf hij toe: 'Goed, geen namen en geen overbodige vragen.'

'De ochtend dat Gloria werd vermoord, was er buiten haar en haar moordenaar nog iemand in dat gedeelte van het park. Er waren zelfs nog minstens twee personen. Een van hen was een stroper. Hij zat al vanaf zonsopgang in zijn schuilplaats, zonder zich te bewegen, zijn kans afwachtend, weliswaar niet heel dicht bij de plek waar het meisje werd vermoord, maar er ook niet al te ver vandaan. Ik ken de naam van de man zelf ook niet, maar ik ben er zeker van dat hij niet liegt als hij zegt dat hij om een uur of tien die morgen een schot heeft gehoord uit een buks of een geweer, want die uitspraak kan hem behoorlijk in de problemen brengen.'

'Een schot? Van wie?'

'Er moet nog een vierde persoon zijn geweest, want ik kan me niet voorstellen dat degene met het mes ook een geweer bij zich droeg, of dat hij het gewaagd zou hebben te schieten, met het risico de aandacht te trekken van een parkwachter, of het meisje een paar minuten voordat hij haar vermoordde op te schrikken. Nee, er moet nog iemand zijn geweest', herhaalde hij.

'Molina?' vroeg de luitenant. Hij had heel vlot begrepen welke namen belangrijk waren en welke er nauwelijks toe deden.

'Dat zou kunnen. Hij heeft nooit een duidelijk antwoord gegeven op de vraag waar hij zich op dat tijdstip bevond. Hij heeft alleen gezegd dat hij een andere route volgde dan hij normaal deed, dieper het woud in, maar er is niemand die dat verhaal kan bevestigen. We hebben allemaal wel eens aan hem gedacht, en toen ik daarnet die worst zag kwam dat vermoeden weer sterker terug. Vandaar dat ik moest weten of hij nóg een geweer bezat.'

'Het zat in het vet, was goed onderhouden en er is minder dan twintig dagen geleden nog mee geschoten. Hoewel de vrouw beweert dat haar man het niet gebruikte.'

'Zij hoeft het niet geweten te hebben. Ik denk niet dat Molina het soort echtgenoot was dat zijn geliefde vrouwtje al zijn zielenroerselen vertelt. Maar het is volkomen logisch – ervan uitgaand dat hij degene was die die morgen dat schot heeft gelost – dat hij juist dat geweer gebruikte, omdat hij als hij zich snel uit de voeten zou moeten maken en zijn vangst achterlaten, nooit als de schuldige zou kunnen worden aangemerkt, want de kogels van de stroper zouden niet overeenkomen met die van een parkwachter. Hij kon het niet riskeren zijn dienstwapen te gebruiken.'

'Hij zou een andere reden gehad kunnen hebben om te schieten.'

'Om te oefenen?'

'Akkoord', was Gallardo het met hem eens. 'Dat klinkt allemaal logisch. Maar wat ik me niet kan voorstellen is dat hij voor een paar kilo vlees alles op het spel zou zetten, zijn huis, zijn baan, zijn wapenvergunning. Hij moet al meer dan genoeg gehad hebben aan de twee karkassen die ze hem cadeau hadden gedaan.'

'Omdat Molina niet stroopte om het vlees,' verklaarde de detective, 'en ook de stroper die die morgen dat schot heeft gehoord jaagde niet om te kunnen eten. Dat soort romantische jacht behoort al heel lang tot het verleden. Zelfs stropers gaan voor de kop en niet voor het vlees. Ik had dat verhaal al eens eerder gehoord, maar ik kon er niets mee tot ik het de vrouw daarnet hoorde zeggen: "Voor hen heeft alleen de kop waarde." Voor de waarde van alleen het vlees zou Molina al die risico's nooit lopen, maar wel voor het geld dat een jachttrofee die mensen maar al te graag te pronk hangen, opbrengt. Ons gesprek met de vrouw is uiterst verhelderend geweest. "Hij had wat geld opzijgezet." "Hij." Niet wij, niet zij samen. We hoeven mijn veronderstellingen alleen nog maar te controleren, want het lijkt allemaal in elkaar te passen. Het vlees, de huiden, het geweer dat onlangs nog is gebruikt... en alles onder het mom van jagers die hem uit dankbaarheid iets cadeau doen. Een perfecte dekmantel voor zijn handel in jachttrofeeën. Hebt u enig idee wat ervoor betaald wordt?'

'Nee.'

'Tussen de tweehonderd- en de vijfhonderdduizend peseta, bij een edelhert afhankelijk van het aantal enden of bij een damhert van de grootte van zijn gewei. En ondanks dergelijke prijzen zijn er nog altijd meer kopers dan verkopers. Er zijn genoeg parvenu's met een glanzende splinternieuwe jachtuitrusting en een lege plek aan de muur boven de open haard van hun buitenhuis die er heel wat voor over hebben om niet met lege handen van hun eerste jachtexpeditie terug te komen. Maar gelukkig was er dan Molina, in het park zelf, die hun een oplossing aan de hand kon doen.'

Ze zwegen, nadenkend over wat ze zojuist hadden besproken. Tijdens het bezoek aan de vrouw had Cupido gemerkt hoe al die feiten die op het eerste gezicht niets met elkaar te maken hadden gehad, langzaam in elkaar schoven. Door er nu samen over te praten, werd het beeld compleet.

De luitenant leek wakker te worden uit een droom toen hij zei: 'Het lijkt allemaal te kloppen, maar het is nog steeds niet meer dan een theorie.'

'Maar wel de enige die we hebben die het bestaan verklaart van een oud geweer dat recentelijk nog is gebruikt, en waarom Molina een schot dat hij had moeten horen niet heeft gehoord.'

'En verder hebben we niemand die daadwerkelijk een jacht-trofee van Molina heeft gekocht, en jachttrofeeën hebben we ook niet.'

'Omdat Molina ze moeilijk in zijn diepvries kon bewaren', antwoordde Cupido, steeds zekerder van zijn theorie. 'Het is ook helemaal niet nodig dat de koper dezelfde avond nog naar Madrid terugrijdt met een gigantische, bloederige hertenkop die de bekleding van zijn Mercedes maar zou bevuilen. Je kunt de opdracht geven om hem te laten prepareren en hem dan een paar dagen later ophalen. Er zijn in Breda bedrijven die dat soort dingen doen.'

Ze waren bijna in de stad, maar in plaats van de kortste weg naar de kazerne te nemen, reed de luitenant door naar het industrieterrein. Hij had de hint begrepen. De belangrijkste vraag bleef nog in de lucht hangen, namelijk wat de dood van Molina met de eerder gepleegde moorden te maken had, maar het had geen zin daar nader op in te gaan als ze tenminste de volgende stap niet hadden gezet. Hij parkeerde de auto en nadat hij zijn parkeerschijf had gezet gingen ze een café binnen. Toen ze wat besteld hadden bladerden ze de gele gids door. Ze vonden vier bedrijven en verdeelden het werk. Cupido zou de twee zaken bezoeken die het dichtst in de buurt waren en de luitenant zou langs de andere twee gaan.

Een halfuur later troffen ze elkaar weer. In geen van de winkels was een opdracht op naam van Molina, maar ze waren op hun verschillende zoektochten tot dezelfde conclusie gekomen: er waren in heel Breda maar twee plaatsen waar je dieren kon laten prepareren. Twee van de vier winkels behoorden tot een en hetzelfde familiebedrijf dat tevens een van de werkplaatsen exploiteerde. De luitenant was er geweest en had geconstateerd dat daar niets was wat hen verder op weg kon helpen. De andere twee winkels daarentegen hadden geen eigen werkplaats maar maakten gebruik van de diensten van iemand van buiten. Meer was Cupido niet te weten gekomen, maar de luitenant had het adres van de betreffende preparateur te pakken gekregen.

Het bleek een klein, bescheiden winkeltje te zijn, gelegen aan een rondweg, in een buurt waar zich verder weinig winkels bevonden. Er was niets in de kleine, niet al te propere etalage wat erop wees dat er een preparateur was gevestigd, want je zag alleen schilderijlijsten, sommige nog niet eens in elkaar gezet. Maar zodra je binnenkwam sloeg de zware lucht van alcohol, ammoniak en vernis je in het gezicht. Aan de muren hingen schilderijen, gravures en opgezette dieren door elkaar: vogels, wezeltjes, vossen en verschillende koppen van edelherten en damherten. In wanordelijke kasten zag je een wonderlijke uitstalling van allerlei beeldjes en andere voorwerpen van porselein, hout en albast, nieuw en tweedehands. Het zag eruit als een duister, geheimzinnig winkeltje dat gedreven wordt door een heler, en waar je alles wat je maar wilt kunt kopen en verkopen, onverschillig waar het van afkomstig is.

Achter de toonbank was een lange, volledig kale man met uitpuilende blauwe ogen in discussie gewikkeld met een sjofel geklede jongen met lang, smerig haar, die met zijn rug naar hen toe stond. De winkelier zag hen over de schouder van de jongen binnenkomen, nam hen met een snelle blik op en leek zijn bod aan de jongen te verhogen om zo snel mogelijk tot een akkoord te komen.

'Goed dan, drieduizend. En dat is mijn laatste bod.'

Zijn klant, die zich realiseerde dat hij terrein had gewonnen, probeerde nog een beetje tegen te stribbelen. Hij praatte op een lijzig, slap toontje dat vermoeid en wat neerbuigend klonk.

'Dat heeft het doek en de verf alleen al gekost. Je moet er vijf mille van maken. Je kunt het wel voor twintig kwijt. Ik heb me er een week rot aan gewerkt. Het is een kunstwerk.'

Om zijn argumenten kracht bij te zetten pakte hij een stuk linnen van ongeveer veertig bij zestig centimeter van de toonbank en hield het omhoog. Er stond een afbeelding op van een soort menselijke gestalte die ergens aan hing dat iets van een kruis weg had, dat tussen wolken door zweefde die de vorm hadden van open monden vol tanden. De man keek er verrukt naar, overtuigd van zijn eigen genialiteit. Hij was blijkbaar een van de vele kunstenaars die excentriciteit verwarren met talent.

Toen hij merkte dat er mensen achter hem stonden keek hij om, het schilderij nog tussen zijn handen omhooghoudend. Hij zag de droge, ongeduldige blikken van de twee mannen, volledig onaangedaan onder de aanblik van zijn meesterwerk. Hij leek ineens haast te krijgen en zonder verder tegensputteren hapte hij toe: 'Drieduizend.'

De eigenaar haalde zijn portefeuille uit zijn zak en pakte er drie biljetten uit. De kunstenaar graaide ze hem uit de hand en verdween door de deur.

'Wat kan ik voor u doen?' zei de eigenaar toen ze alleen waren, hen aankijkend met een blik die het midden hield tussen nieuwsgierigheid en wantrouwen.

'We komen een bestelling ophalen', zei de luitenant. 'Hij staat op naam van Francisco Molina.'

'Hebt u het reçuutje?'

'Nee', zei Cupido.

'Molina, Francisco Molina', herhaalde de luitenant op dringende toon, en hij legde zijn lege handen op de toonbank.

'Molina? Ik kan me die naam helemaal niet herinneren.' Hij haalde een gelinieerd schrift uit een la en ging de lopende opdrachten na, zich diep over het schrift buigend alsof hij bijziend was. 'Wat voor opdracht was het?'

'Twee hertenkoppen die opgezet moesten worden.'

'Nee, die zijn hier niet. Dan bent u aan het verkeerde adres', antwoordde de man terwijl hij het schrift dichtdeed. 'Ik neem nooit opdrachten aan van particulieren, ik werk uitsluitend in commissie voor andere zaken. U kunt maar beter daar navraag doen.'

'Dat hebben we al gedaan en zij hebben ons hierheen gestuurd', zei Cupido. Hij wist dat dit hun laatste mogelijkheid was en dat als Molina inderdaad een handeltje in trofeeën had gehad, dit de

233

plek was waar hij ze zou laten prepareren. Een discrete plek waar geen facturen werden gevraagd en waar de eigenaar niet zou vragen naar herkomst of bestemming van de handel.

De luitenant pakte het schilderij van de kruisiging, dat nog steeds op de toonbank lag.

'Wat moet dit kosten?'

'Vindt u het mooi?'

'Ja, een meesterwerk.'

'U kunt het krijgen voor zesduizend. Het is een buitenkansje.'

'Ja', stemde hij ermee in, nog steeds bewonderend naar het schilderij kijkend. 'Hoe weet u eigenlijk dat het niet gestolen is?' vroeg hij ineens.

De man antwoordde met een geforceerde glimlach: 'Nee, nee, dat is het niet. Dat is onmogelijk.'

Gallardo haalde zijn portefeuille tevoorschijn alsof hij wilde gaan betalen, maar in plaats daarvan legde hij zijn identiteitskaart voor de geschrokken winkelier neer, en legitimeerde zich als luitenant van de guardia civil.

'Het enige wat ik heb gezien is dat u een schilderij kocht waarvan u geen idee hebt waar het vandaan komt. Ik weet zeker dat die hele tent van u vol zit met zulke rotzooi. Wat wilt u, zullen we zelf op zoek gaan of gaat u nu onmiddellijk naar achteren' – hij wees naar het achterkamertje – 'om ons de koppen te laten zien die Molina u heeft gebracht om te laten prepareren?'

Heel even dacht Cupido dat de luitenant met dat dreigement zijn hand overspeelde, want uiteindelijk bestond de mogelijkheid dat hij met zijn theorieën de plank missloeg en dat de huiden inderdaad geschonken waren door dankbare jagers, zoals de vrouw had verteld. Gallardo had zich laten meeslepen door zijn impulsieve natuur, net als twee jaar daarvoor, maar nog een smet op zijn blazoen zou hij zich niet meer kunnen permitteren. De detective slaakte een diepe zucht van opluchting toen de eigenaar de winkeldeur afsloot en hen voorging naar de achterkamer. Op een lange werkbank stond een geraamte van ijzerdraad en gips, klaar om te worden overtrokken met de geprepareerde huid van een hazewindhond die aan een haakje hing. Er lag ook poetskatoen op de tafel, kalk, en een schoenendoos met glazen ogen in allerlei maten en kleuren. De man schoof een smerig gordijn opzij waarachter een brede metalen stellingkast tevoorschijn kwam waarop de kop van een damhert prijkte. De vacht glom, het enorme gewei was opgepoetst en de glanzende glazen ogen leken hen aan te kijken met een spottende blik, omdat ze er zo lang over gedaan hadden om hem te vinden.

'Eentje maar?'

'Ja, een.'

'Wanneer heeft hij hem gebracht?' vroeg de luitenant.

De man keek naar het etiket op een label en las de datum voor: het was dezelfde zaterdag als waarop Gloria was vermoord.

'Weet u nog hoe laat het was?'

'Aan het eind van de middag. De winkel was al dicht, maar hij belde naar mijn huis.'

'U kende hem?'

'Ja, ik had al wel eens eerder voor hem gewerkt.'

'Hoe lang schat u dat hij al dood was?' vroeg hij, terwijl hij naar de hertenkop wees.

'Een paar uur. Hij was nog makkelijk leeg te halen.'

Cupido en de luitenant keken elkaar aan. Nu wisten ze zeker wie het schot had afgevuurd dat die morgen de stilte van het park had verscheurd.

Ze liepen terug naar de winkel, de eigenaar met gebogen hoofd achter hen aan. Het was duidelijk dat hij bang was dat de hele kwestie niet zonder gevolgen zou blijven, maar de twee mannen liepen naar de uitgang zonder verder nog iets te zeggen. Hij maakte de deur voor hen open en vroeg toen pas: 'Wat doe ik er nu mee?'

'Wacht nog twee weken. Als u dan nog niets van me hebt gehoord kunt u hem verkopen en de opbrengst aan een weeshuis doneren. Ik kom het controleren', zei Gallardo op droge toon.

Toen ze later ergens een biertje dronken, zei de luitenant: 'U had het me meteen moeten vertellen.'

'Hoe kan ik nu iets vertellen wat ik niet weet', antwoordde Cupido. Hij had een gevoel van opluchting omdat dit goed was gegaan, zijn onrust was van hem afgevallen... alhoewel de stap die ze nu net gezet hadden eigenlijk nog nergens heen leidde. Nog niet tenminste, zei hij tegen zichzelf, want het was heel wel mogelijk dat de volgende dag deze ontdekking, die nu een detail leek, iets belangrijks zou onthullen. Hij wist dat er bij ieder onderzoek een moment komt, als alle beschikbare gegevens zijn verzameld en geboekstaafd en alle betrokkenen verhoord, dat het vast lijkt te zitten en dat het dan alleen weer op gang kan komen door kleine stapjes voorwaarts te zetten die, hoe nietig en onbeduidend ze ook lijken, uiteindelijk langzaam naar de waarheid voeren. Ze waren er inmiddels van overtuigd dat de dood van Molina zeker geen toevalligheid of een persoonlijke wraakoefening was geweest, maar dat hij was vermoord omdat hij iets wist over zijn moordenaar; de bloedige achtervolging en zijn dood waren een vooropgezet plan geweest, om hem tot zwijgen te brengen. De vraag die nu opkwam was waarom dat niet eerder was gebeurd. Er zaten twee weken tussen de twee moorden in. Alles wees in de richting van afpersing, zelfs het onverwachte spaarpotje van de parkwachter. Molina was vlak bij de plek van de moord aan het jagen geweest en had waarschijnlijk iemand gezien of iets gehoord, maar ze hadden geen idee wie dat kon zijn, of hoe ze daar achter konden komen.

'Als we het niet gauw weten, vallen er binnenkort meer doden', zei de luitenant. 'Dit soort gekken vervalt altijd in herhaling.'

'Misschien houdt hij zich na de moord op Molina een tijdje gedeisd. Hij moet behoorlijk in het nauw hebben gezeten om hem op die manier te vermoorden, met zoveel risico's.'

'Of hij voelt zich juist zekerder van zichzelf', antwoordde hij. Ze waren niet erg optimistisch, ondanks de voortgang die ze hadden geboekt. 'Het enige wat we echt weten is dat ik inmiddels al twee messen in mijn bureaula heb liggen, dat er drie moorden zijn gepleegd en dat we er weinig meer over weten dan we van de forensisch artsen hebben gehoord.'

17

Met elk van de drie klappen dreef hij de scherp geslepen, glanzende beitel verder tussen het vlees van de stam en de schors. Het eerste werk aan een nieuw beeld was altijd weer een bijzonder moment, net als de eerste noten van een symfonie dat waarschijnlijk waren voor een componist, of de eerste woorden van een roman voor een schrijver. De snelheid waarmee de slagen elkaar opvolgden en de kracht die hij erin legde, gingen gelijk op met het ritme van zijn inspiratie; de keuze van het gereedschap was beslissend voor de toekomstige vorm, en het ruwe materiaal bepaalde de uiteindelijke structuur die het werk zou krijgen. De omgevallen steeneik op het geïrrigeerde stuk land was hem een paar dagen daarvoor opgevallen. De boom moest al een tijd dood zijn, waarschijnlijk omdat hij met zijn wortels in te drassige grond stond, en het hout was in een perfecte conditie om te bewerken: droog genoeg om niet meer te krimpen, te splijten of krom te trekken, maar nog niet aangetast door het vocht, de zon, of door insecten. Hij had de eigenaar van het land opgespoord en de boom gekocht voor een buitenissige prijs, voor een gewone boomstam tenminste, maar belachelijk goedkoop voor wat hij ermee kon doen. Hij was onderaan breed, meer naar boven smaller, ietsjes gedraaid, alsof het een taille was, en nog wat verder naar boven was het niet moeilijk om in de aanzet van de takken een gebogen hoofd en schouders te ontdekken. Hij was blij met zijn vondst, maar ook met de terugkeer van zijn inspiratie, want anders was hij misschien aan de boom voorbijgegaan zonder er iets bijzonders aan te ontdekken. Zijn inspiratie was teruggekomen toen Gloria was verdwenen, alsof haar dood het hem mogelijk had gemaakt zich van haar invloed te bevrijden. Hij besefte nu dat hij zich in de periode dat hij met haar samenwerkte, in metaal, nooit had afgevraagd of hij het zelf mooi vond wat hij maakte, alleen of zij het mooi vond. En die afhankelijke manier van werken was een mislukking geworden. Hij was eindelijk zover dat hij dat ook tegenover anderen eerlijk zou kunnen toegeven. Het meeste van zijn werk in ijzer stak niet boven de middelmaat uit. Maar het werken met Gloria had hem bewust gemaakt van zijn beperkingen. Hij wist nu dat hij niet in staat was te scheppen vanuit het niets, vanuit de leegte, hij had bestaand materiaal nodig om mee te werken. Hij was geen vernieuwer, hij kon alleen dingen naar boven halen, zichtbaar maken, en variëren op iets wat al bestond, in een boomstam bijvoorbeeld of in een steen. Een waarlijk getalenteerd kunstenaar is in staat een eigen wereld te scheppen, een eigen stijl, en dat was nu net, zo zei hij tegen zichzelf, het verschil met een ambachtsman, hoe goed die ook is. Hij behoorde tot de tweede categorie, tot degenen die met hun werk en inspanningen de vruchtbare voedingsbodem vormen waaraan van tijd tot tijd een waar genie ontspruit, zoals Gloria had kunnen worden. Ze had hem met haar enthousiasme proberen mee te sleuren naar een nieuwe hoogte, maar hij was zo duizelig geworden dat hij al zijn helderheid was verloren; zij had hem overgehaald om in ijzer te gaan werken terwijl hij de voorkeur gaf aan steen; zij had hem ertoe gedreven vanuit het niets te scheppen terwijl hij alleen kon werken met bestaand materiaal. Met als resultaat dat wat voor hem een nieuwe, vruchtbare fase had moeten zijn, slechts een martelgang had betekend. Nu ze dood was voelde hij zich weer alleen en vrij, en al na twee weken had hij het plezier in het werken met een beitel weer ontdekt. De eerste strook schors liet onder de druk van het vlijmscherpe staal los met een geluid dat haast op menselijk kreunen leek. Er ging een kleine rilling van genot door hem heen toen hij het naakte hout tevoorschijn zag komen, het vlees van de boom, dat hars zou hebben gebloed als het nog leefde. Hij streek over het blootliggende, ietwat poreuze hout, waaraan nog wat donkere vezels kleefden, als pezen aan een bot, en door zijn vingertoppen stroomde dat prettige gevoel van macht dat hij nooit had ervaren als hij met ijzer werkte. Die stam was drie of vier eeuwen oud, had vol leven en kracht kunnen rijpen, opdat hij hem nu kon herscheppen naar zijn wil, hem schaven en veranderen in iets heel anders. Zo'n verschil met ijzer, herhaalde hij in zichzelf. En zo anders dan wat Gloria voor ogen stond. Hij had haar een jaar lang het hof gemaakt, zonder meer van haar te krijgen dan begrijpende vriendelijkheid en toegenegen hartelijkheid. In plaats van te berusten in de situatie raakte hij er in toenemende mate door gefrustreerd. Ook toen al zou hij een besliste, definitieve afwijzing hebben geprefereerd boven vaagheden als: 'Het kan gewoon niet.' 'Marcos.' 'Ik denk dat we dan alles zouden verpesten.' Uitspraken die de deur altijd op een kier lieten staan, hoop wekten voor de toekomst en hem zo verdomd onzeker maakten, omdat ze geen onomwonden afwijzing van hem inhielden, van zijn persoon, maar op de omstandigheden buiten hen sloegen. Het was maar eenmaal gebeurd dat hij een paar minuten lang de mogelijkheid dacht te hebben die barrière van vriendelijkheid die zij tussen hen had opgeworpen, neer te halen. Dat was in de smidse, drie weken voor haar dood, op een middag dat ze met hem meeging om te helpen bij het laatste smeedwerk voor de expositie. Ze was op de afgesproken tijd naar de werkplaats gekomen. Luzdivina, de eigenaresse van de smidse, stond hen al op te wachten. Het vuur brandde met rode, blauwe en groene vonken die op een zwerm glimwormpjes leken. Luzdivina was een lange vrouw, nog sterk ondanks dat ze al op leeftijd was. Ze had aanleg voor dik worden, maar het zware werk met het ijzer en het constante zweten voor het vuur hadden haar redelijk slank gehouden. Haar ouders hadden haar die merkwaardige naam gegeven omdat ze was geboren in de nacht dat er in Breda voor het eerst elektrisch licht had gebrand. Haar vader – zij was hem als dorpssmid opgevolgd – had gefascineerd toegekeken toen de kleine, peervormige glazen bolletjes ineens oplichtten. Een groot gedeelte van zijn dorpsge noten was onder aanvoering van een fanatieke militair op het kritieke moment de bergen in gevlucht. De man was doodsbenauwd, want tien jaar daarvoor had hij in de loopgraven van de Maginotlinie de gevolgen van de explosies van de gasbommen gezien en hij was ervan overtuigd dat die glazen bommetjes zouden ontploffen en dat iedereen die zo onvoorzichtig was om toe te kijken dan getroffen zou worden door rondvliegende glassplinters. Het was Sierra's grootvader geweest die in Madrid de bouw van de elektriciteitscentrale had geregeld, en uit die tijd stamde ook de vriendschap tussen beide families – tussen de politicus in ballingschap en een eenvoudige, door de glans van de vooruitgang verbijsterde dorpssmid – en voor de kleinzoon was het niet moeilijk geweest om die banden van respect en bewondering weer aan te halen toen hij de smidse nodig had om aan zijn sculpturen te werken. Luzdivina behandelde hem als de zoon die ze nooit had gehad en toen ze het knappe meisje zag dat hij bij zich had, glinsterden haar ogen van vreugde. Zonder zich te bekommeren om het zweet dat over haar gezicht stroomde had ze Gloria een kus gegeven terwijl ze haar bij de schouders nam om haar beter te kunnen bekijken. Luzdivina was al bijna zeventig, maar die leeftijd zou je haar niet geven, met die blos die ze altijd op haar wangen had, alsof de warmte en het werk haar jong hielden. Hoewel ze allang ouderdomspensioen moest ontvangen, deed ze nog steeds kleine klusjes in de werkplaats – de reparatie van de gebroken arm van een antieke lamp, kleine herstellingen aan landbouwgereedschap, het slijpen van bijlen – niet zozeer om het geld maar uit een gevoel van trouw aan een tot uitsterven gedoemd beroep, waarbij ze met een tegenstrijdige koppigheid die je wel vaker ziet bij oude ambachtslieden bleef vasthouden aan gereedschappen en technieken die vroeger, op het moment dat ze geïntroduceerd werden, vernieuwend en doelmatig waren, maar inmiddels volkomen verouderd zijn. 'Ik zie dat je een hulpje bij je hebt', had ze gezegd, met een glimlach naar Gloria. 'Ja, en dus gaat het vandaag vast geweldig', antwoordde hij, terwijl hij bedacht dat van alle ambachten die hij kende, de smid het meest met mensen om zich heen leek te werken, misschien omdat het vuur in de winter de koukleumen lokt, of omdat de mensen die niets beters te doen hebben zeker weten dat hun hulp altijd welkom is om het zware ijzer te tillen. 'Het vuur is precies goed, en al het gereedschap dat je nodig hebt ligt klaar', had Luzdivina ten afscheid gezegd. Toen ze alleen waren hadden ze handschoenen aangetrokken en de stukken ijzer klaargelegd – ronde staven die worden gebruikt om tralies voor de ramen mee te maken, en plaatijzer in verschillende dikten – en terwijl ze de ontwerpen bestudeerden, waren ze aan de slag gegaan. De handschoenen waren Gloria te groot, maar hij had erop gestaan dat ze ze toch gebruikte om te voorkomen dat ze haar handen pijnlijk openhaalde aan de scherp afgevijlde randen van het metaal en ook omdat er dan geen as onder haar nagels kon komen, want dat was zo hardnekkig dat het wel een week duurde voordat je ze weer schoon had. Hij had het ijzer in het hete, spetterende kolenvuur geplaatst dat tot zo'n duizend graden was opgestookt, en zij had vol bewondering toegekeken hoe hij de eerste stukken eruit haalde, die daarvoor zwart en grijs maar nu donkerrood van kleur waren, ze op de doorns van het aambeeld plaatste en met hamerslagen in de vorm dreef die op de ontwerpen stond aangegeven, steeds heel even pauzerend tussen de slagen om vibraties te laten dempen en een halve seconde de tijd te hebben om na te denken waar en met hoeveel kracht de volgende klap terecht moest komen. Zij had geholpen met het meten van de juiste kromming van bepaalde beelden, de luchttoevoer geregeld om het vuur heet genoeg te houden, en ze had met de tang een plaat vastgehouden terwijl hij eraan werkte. Hij kon zien hoe de trillingen van de slagen zich in haar gezicht voortzetten en haar wangen en lippen heel licht en verrukkelijk deden beven. Haar gezicht had gegloeid van de hitte en de inspanning en ze was zo knap in de voorschoot en haar grijze T-shirt dat hij zich moest inhouden om haar niet in zijn armen te nemen. Later had hij daar spijt van, want als hij ooit de gelegenheid had gehad, was het die middag wel geweest, toen ze samen aan de beelden werkten, die middag van rook, van ijzer en van kolen die de temperatuur van de zintuigen deed oplopen, die vluchtige momenten dat ze naar hem keek, vol bewondering om de zekerheid waarmee hij het donkerrode, als boetseerklei zo zachte ijzer op het aambeeld bewerkte. De vier beelden die hij toen had gesmeed, gesoldeerd en uitgeboord, waren dan ook de enige stukken van de tentoonstelling die hij nu, een paar weken later, als geslaagd beschouwde, alsof haar aanwezigheid en haar suggesties hem die ene keer hadden weten te inspireren. Maar hij had geen stap in haar richting durven zetten, omdat hij bang was om woorden te gebruiken, uit lafheid en angst haar lippen diezelfde vriendelijke afwijzing te horen uitspreken die hij al zo vaak had gehoord. Hij concentreerde zich op het werk en liet zijn begeerte met iedere klap van de hamer op het aambeeld uit zich wegglijden, voelend hoe de trillingen door zijn armen liepen, omhoogkropen naar zijn nek en zijn gezicht en terugkaatsten tegen zijn schedel om ergens in zijn hersenen, waar de wanhoop huisde, uit te sterven. Op dat moment wist hij zeker dat hij haar nooit in zijn armen zou houden, en terwijl hij op het laatste stuk metaal hamerde om het tot een dunne plaat te drijven en er een hert van te kunnen maken, had hij tegen zichzelf gezegd dat hij iets moest doen om haar te kunnen vergeten, zodat haar beeld niet langer al zijn gedachten, al zijn woorden en al zijn dromen zou beheersen. Er ketsten nerveuze, rode vonken van het ijzer af en hij dacht dat ze een stap naar achteren zette om die te ontwijken, maar toen hij opkeek zag hij dat ze naar zijn ogen keek en dat hij het was geweest voor wie ze achteruit was gedeinsd, alsof ze was geschrokken van de onterechte woede waarmee hij plotseling op het ijzer insloeg. Hij was gestopt. Het zweet liep hem langs zijn armen, van zijn oksels tot zijn polsen, en met de tang had hij het gloeiende metaal in water ondergedompeld om het zo snel moge- lijk af te koelen. Dat abrupte doven van het vuur deed hem denken aan wat er in zijn hart was gebeurd toen hij zich met een schok had gerealiseerd dat Gloria nooit van hem zou zijn. Net als het ijzer was verhard precies op het moment dat het zacht genoeg was, en bereid zich te voegen naar de wil van de smid, zo was die middag zijn hoop gestorven op het moment dat hij zich het zelfbedrog had gerealiseerd waarin hij al die tijd had geleefd. Terwijl hij met staalwol over zijn werkstuk ging om de bramen weg te schuren, vroeg hij zich af waarom hij een duistere bevrediging had gevoeld toen hij zag dat ze bang was.

Toen het werk erop zat, waren ze op een bijna volledig verroest bankje gaan zitten en hadden ze een tijdje zwijgend naast elkaar gezeten, moe en gespannen, kijkend naar de vier stukken ijzer, die nu niet langer zomaar ijzer waren, maar vier gestileerde vormen die van de muur van de grot leken te zijn gehaald. Hij had er graag iets over gezegd, over het resultaat van het werk, maar er was niets in hem opgekomen, zijn hoofd was leeg. Alles wat hij had weten uit te brengen was: 'En nu wil ik minstens een hele liter bier!' terwijl hij de handschoenen uittrok en opstond om zijn handen te wassen. Hij was naar een café in de buurt gegaan en teruggekomen met een aantal ijskoude blikjes die ze achterelkaar leegdronken om de rook, de as en de ijzersmaak weg te spoelen die tot diep achterin in hun keel leek te zitten. Vlak daarna werd het donker. Om hen heen leek de smidse zich te vullen met de schaduwen van harde, dreigende dingen, die pijn konden doen.

Ze hadden weer naar de sculpturen gekeken. Er moest nog het een en ander gelast worden, maar dat kon hij alleen en daar had hij geen assistentie of advies meer bij nodig. Hij had er iets van geleerd, van het werken met de platen en de staven. Alleen bij dit soort werk kon hij zich tijdelijk de meerdere voelen van Gloria. Hij had zich met de hamer in de hand sterk gevoeld, efficiënt en zeker van zichzelf, haar suggesties accepterend om een kromming wat te accentueren of een stuk ijzer nog verder uit te kloppen. Maar het uitvinden van nieuwe vormen, het creëren, dat was haar terrein, daar hoorde hij niet thuis. Het was hem zwaar gevallen dat te erkennen, en terwijl ze daar op dat ijzeren bankje hun koude biertjes zaten te drinken, vroeg hij zich af of Gloria's zwijgen betekende dat zij tot dezelfde conclusie was gekomen. Misschien had ze spijt van haar voorstel om samen te werken nu bleek dat hij niet in staat was haar bij te houden. Hij was zich ervan bewust dat hij zich diep vernederd voelde. Het verbaasde hem dat hij in zo'n korte tijd zoveel over zichzelf ontdekt had: die paar uur tijdens die ene middag waren voldoende geweest om de lange weg af te leggen van begeerte en hoop naar aanvaarding en berusting. Hij had het gevoel of het weken waren geweest.

18

Het huis keek uit op de brug en de weg. Het was een sober gebouw in de karakteristieke architectuur van de streek: dikke stenen muren en kleine ramen om in de winter geen warmte te verliezen en in de zomer de koelte binnen te houden, met een balkon boven de voordeur en een zadeldak, gedekt met de traditionele pannen. Zoals zoveel huizen in Breda maakte het een degelijke, maar ook vochtige indruk, niet alleen vanwege de plek waar het was gebouwd maar ook door de diepe fundering. Door de afgelegen ligging midden tussen de velden – met het kleine belletje hoog naast de deur waarmee bezoekers hun komst konden aankondigen, de bliksemafleider en de oude, onbruikbare windvaan in de vorm van een roestige haan – had het wel iets van een kluizenaarswoning, of van een boerenhuis, met nestelende zwaluwen onder de uitstekende dakranden.

Emilio Sierra's grootvader had het zes decennia daarvoor, tijdens de eerste jaren van de Republiek, laten bouwen, in de hoop dat meer families uit de stad zijn voorbeeld zouden volgen en dat er op die heerlijke plek, zo vlak bij het water, waar het 's zomers een paar graden koeler was dan in de stad, meer buitenhuizen gebouwd zouden worden. Maar niemand die het had gedaan. Kuddedieren als ze waren, leefden de inwoners van Breda liever dicht opeengepakt in de stad, ook al wisselden ze soms in tientallen jaren geen enkel woord met hun buren. En wat betreft de aantrekkelijkheid van water, de mensen uit deze streek zijn van oorsprong bergbewoners die weinig op hebben met persoonlijke, dagelijkse hygiëne, en ze hebben een hekel aan water, een weerzin die vergelijkbaar is met de blinde paniek die hen overvalt als ze in een zwembad of aan een rivier hun navels en dijen moeten ontbloten, die zo ongeveer sinds hun geboorte geen straaltje zon meer hebben gezien. Vandaar dat het huis aan de middenloop van de Lebrón alleen was blijven staan. En toen bijna dertig jaar later de dam werd aangelegd, waardoor irrigatie mogelijk werd, bouwde men nieuwe buitenhuizen liever dichterbij, midden tussen de velden, waar het water dankzij een uitgebreid netwerk van irrigatiekanalen tot aan de drempel kwam.

Cupido betrad het erf, dat was afgezet met een hek van puntige, ongeverfde metalen palen, en omdat het belletje naast de deur geen touw had, liep hij links om het huis heen, in de richting van de slagen die hij daar ergens hoorde klinken. Toen hij de hoek omkwam zag hij achter in de tuin de open schuur waar Sierra aan het werk was. Hij had de dikke stam van de eik op een grote tafel gehesen en was met hamer en beitel bezig de harde bast te verwijderen. En net als in zijn atelier in Madrid brandde er een kaars in een kandelaar.

Cupido verhief zijn stem om hem te begroeten en de beeldhouwer draaide zich verrast om. Door het lawaai van het gehamer had hij hem niet aan horen komen.

'Komt u verder', antwoordde hij, terwijl hij de veiligheidsbril afzette. 'Ik had u eigenlijk al eerder verwacht.'

Cupido vond het opvallend dat hij hem ditmaal niet tutoyeerde, zoals bij hun eerste gesprek in Madrid. Hij maakte een rustiger indruk, hartelijk bijna.

'Ik ben aan de dijk gezet, en had dus weinig reden meer om mensen lastig te vallen', grapte Cupido.

'Heeft Anglada wel genoeg betaald?' vroeg de beeldhouwer spottend.

'Wat we hadden afgesproken. Maar na de moord op het tweede meisje geloofde hij niet meer in persoonlijke motieven.'

'Maar u nog wel', antwoordde hij, terwijl hij hem aandachtig opnam. 'En u hebt besloten uw onderzoek voort te zetten.'

'Ik ben gewend af te maken waar ik aan begin. Zou u halverwege een beeld ophouden?' zei hij, op de zware boomstam op de tafel wijzend.

Sierra wierp zijn hoofd lachend achterover.

'Halverwege? Ja hoor, ik heb zoveel beelden niet afgemaakt. Ik hou er gewoon mee op als mijn inspiratie me in de steek laat. En zelfs van de beelden die ik wel afmaak heb ik vaak het gevoel dat ik er eigenlijk beter wat langer aan had kunnen werken.'

'Dat is dan het verschil tussen uw vak en het mijne. Ik kan me niet door de muzen laten leiden. Alleen door de logica.'

'Gaan detectives tegenwoordig niet meer af op hun intuïtie?' vroeg hij enigszins spottend, maar wel vriendelijk.

'Nee, maar volgens mij hebben ze dat ook nooit gedaan.'

De beeldhouwer hing de hamer en de beitel aan een houten bord aan de wand waarop de omtrekken van de verschillende stukken gereedschap waren getekend, zoals je ook wel in reparatiewerkplaatsen ziet. Daarna blies hij de kaars uit. In een andere hoek van de schuur zag Cupido een aantal marionetten, mannen- en vrouwenpoppen, die hem met een stomme, ouderwetse uitdrukking aankeken.

'Ik dacht dat u in ijzer werkte', zei hij.

De beeldhouwer keek naar de hoge stronk van de eik, naar dat harde, sterke hout, sappig en vlezig haast.

'Ik kom altijd terug op hout. En helemaal als ik materiaal als dit te pakken krijg, dat al zo droog is en niet splijt. Is hij niet schitterend… een van de weinige eiken van de immense bossen die de irrigatie hebben weten te overleven. Zo hard, zo edel, haast eeuwig', zei hij en hij gaf de boom een kameraadschappelijke mep, zoals je een vriend op zijn schouder slaat, of een paard op de flank. 'Hebt u enig idee hoe oud hij is?'

'Nee.'

'Driehonderd jaar, misschien wel vierhonderd. Het zou onvergeeflijk zijn om hier niet iets heel moois van te maken.'

De detective herinnerde zich de verwrongen, uitgerekte metalen figuren, de mislukte expositie, de slechte kritieken.

'Soms heb ik het gevoel dat jullie in Breda niet weten te waarderen hoe mooi het hier is en dat er iemand van buiten nodig is om het te ontdekken.'

'Misschien.'

'U weet wat Hesiodus heeft gezegd over de eik, in de achtste eeuw voor Christus?'

'Nee.'

'Hij zei dat de goden eiken hadden geplant om de rechtschapen mensen vreugde te verschaffen. En hij had gelijk. Alles aan die boom is nuttig: de schaduw en de wortels, het hout en de vruchten die hij geeft. Er is niet één jaargetijde dat hij de mensen of de dieren niet iets goeds schenkt. En verder vat hij moeilijk vlam als hij leeft.'

Hij peuterde aan een klein stukje schors dat nog aan het hout kleefde. De detective vroeg zich af wat deze verandering in de man had bewerkstelligd. Hij leek zijn arrogantie te hebben afgelegd en was nu vriendelijk en bedachtzaam, alsof het hout zijn nederigheid en warmte op hem had overgedragen.

'Een boomstam als deze is niet zo makkelijk te vinden. Je moet er vaak tijden op wachten. Als u beeldhouwer was, wat zou u met dit stuk hout doen?' vroeg hij onverwacht.

Cupido keek naar de omvang van de stam, naar de lichte versmalling halverwege, de zachte buiging naar een kant. Hij had geen idee uit welk deel van zijn hoofd of zijn geheugen het naar boven kwam, maar hij antwoordde: 'Een moeder en kind.'

Sierra keek hem waarderend aan.

'Ja, een moeder en kind. Het is misschien niet het origineelste onderwerp, maar dat is een van de dingen die ik van Gloria heb geleerd: toe te geven wat mijn sterke kanten zijn. Mijn beperkingen erkennen. Zelfs nu ze er niet meer is, heeft ze me dat nog geleerd, als laatste.'

Cupido volgde hem het huis in, waar ze een enorme woonkamer binnengingen met grote, donkere antieke meubels met dikke gedraaide poten en smalle kasten van glas en metaal. Er stonden figuratief werk en wat bustes, maar een deel van de sokkels die in de kamer stonden was leeg. De gestileerde metalen sculpturen die de samenwerking met Gloria had voortgebracht, waren nergens te bekennen. Ook aan de muren hing geen werk van haar, alsof hij niet alleen alle herinneringen aan haar had willen uitwissen maar zelfs het feit dat zij had bestaan.

Sierra ging de keuken in en kwam terug met een fles wijn en twee glazen, die hij volschonk zonder Cupido te vragen of hij iets wilde drinken.

'Ik geloof inmiddels dat Gloria nooit aan onze samenwerking zou zijn begonnen als ze van tevoren had geweten hoe weinig bevredigend de resultaten van haar partner zouden uitpakken. Er is niets uit mijn handen gekomen wat de moeite waard was. Van een parallelle, driedimensionale versie van de rotsschilderingen, zoals ons voor ogen stond, is niets terechtgekomen, want ik heb alleen maar gevolgd; ik imiteerde haar direct, of vervlocht twee van haar ideeën in één ijzeren beeld. Ze moet al heel snel gemerkt hebben dat het niet werkte, maar ze heeft er nooit iets over gezegd. Ik had het liever uitgepraat en ik ben er een paar keer over begonnen, maar Gloria wist het onderwerp altijd te ontwijken. Maar hoe meer ze haar best deed om die onevenwichtige verhouding tussen haar werk en het mijne te verdoezelen, des te erger het werd. Alsof haar inspiratie groeide naarmate de mijne afnam.'

Hij nam een diepe slok en hield de wijn even in zijn mond voordat hij hem doorslikte, alsof hij zijn tong wilde schoonspoelen en opfrissen voor wat hij ging zeggen.

'Maar wat ik me nooit had kunnen voorstellen is dat ik na haar dood nog van haar zou blijven leren, zelfs nu nog, nu ze er niet meer is en dat hele plan van toekomstige gezamenlijke exposities als een zandkasteel in elkaar is gezakt. Ik heb het haar nooit durven bekennen, maar ik ben alleen goed in figuratief werk en voel me totaal onmachtig bij iedere vorm van esthetische abstractie.'

De detective keek om zich heen en begreep precies wat hij bedoelde: de beelden die hij zag, bijna allemaal in hout, een paar in een zwartglanzend materiaal, waren misschien minder ambitieus, wilden minder verrassen dan de metalen kunstwerken, maar ze combineerden een bepaalde natuurlijkheid met een duidelijk eigen stijl. Gloria was daarentegen in haar cyclus over El Paternóster veel verder gegaan. Uit haar schilderijen sprak een heel eigen opvatting: het was een loflied op de hardheid en de vruchtbaarheid van de grond, een blijk van ontzag voor de voedende aarde, de rijke dierenwereld, van het besef dat een hert dat in de bergen leeft die bevrucht met mysterie. Haar werk gaf uitdrukking aan een diep gevoel van heimwee naar het paradijs. Hij is een kopiist. Zo ijdel als hij eerder leek, hij is niet meer dan een kopiist... zei Cupido tegen zichzelf. In die paar dagen sinds het debacle van zijn expositie in Madrid, leek Sierra een ander man geworden. Zijn opgeblazen zelfingenomenheid was verdwenen, alsof het feit dat hij kunstenaar was zijn eerdere tegenstrijdige gedrag rechtvaardigde. Cupido hield nog steeds rekening met de mogelijkheid dat het om een sluwe afleidingstactiek ging, want het is nu eenmaal moeilijk voorstelbaar dat iemand die zijn dankbaarheid jegens het slachtoffer uitspreekt, de moordenaar is. Nog meer losse draadjes in deze warboel, dacht hij. Maar hij was er nog steeds van overtuigd dat als hij de juiste einden met elkaar zou verbinden, er licht in de duisternis zou komen.

Hij keek om zich heen, en Sierra moest gedacht hebben dat hij iets zocht, want hij zei: 'Ik heb Gloria's schilderijen weggeborgen. Voorlopig tenminste, tot ik haar aanwezigheid niet meer voel. Maar ik heb iets anders wat u zal interesseren.'

Hij dronk zijn glas leeg, stond op en liep via een houten trap naar de ruimte boven de kamer. Hij was een halve minuut later weer terug met een videoband in zijn handen.

'Ik wist niet meer of ík hem nu had of zij, maar eergisteren, toen ik haar schilderijen opborg, ben ik hem ergens in een hoekje tegengekomen. U zult het vast kunnen waarderen.'

Hij zette de televisie aan, pakte de afstandsbediening en ging weer op de bank zitten. Over het scherm gleed het prachtige panorama van het landschap dat Cupido zo goed kende, heel langzaam, zonder schokken: de kronkelende, nauwe Lebrón, waar hij wordt tegengehouden door de dam. Het was een opname vanaf de hoge richel boven de grotten en de detective bewonderde de rust waarmee hij was gemaakt. Hij had vier jaar op de filmacademie gezeten en had er genoeg verstand van om die soepele beweging te kunnen appreciëren. Cupido was allang blij dat het niet zo'n amateuristische opname was, zoals toeristen die maken omdat ze denken dat een camera net zo snel kan kijken en opnemen als het menselijk oog en alle Canarische eilanden in één kwartier proberen te proppen.

'Wie heeft dit gefilmd?'

'Ik', zei Sierra zonder zijn blik van de televisie los te maken.

De camera stopte bij een meisje, dat met de glimlach en het handgebaar van een gids de kijkers uitnodigde haar te volgen over de smalle richel die een paar meter verder naar de ingang van de grot leidde. De detective huiverde. Dat was Gloria. Dat was Gloria, en hij kon naar haar kijken alsof ze nog leefde, naar haar bewegingen, naar die stralende glimlach om haar frisse, rode lippen, Gloria, die nog veel mooier was dan op de foto's die hij van haar had gezien. Dat waren slechts momentopnamen, die lieten maar één aspect van haar schoonheid zien, slechts een gebaar. Ze stond daar voor hen, en het was alsof het scherm groter werd als ze met haar armen gebaarde, en het vanbinnen deed oplichten, iedere keer dat ze lachte, met een sensuele en tegelijkertijd onschuldige spontaniteit.

De volgende beelden waren in de grot gemaakt, met extra licht van een kleine batterijlamp die op de camera was bevestigd omdat het licht in de grot onvoldoende was. Het waren uiterst gedetailleerde opnamen van de grottekeningen: de herten, soms alleen, soms in groepen, de gestileerde menselijke gestalten, altijd en profil, die op hen jaagden, de pijlen die op de rotswand net waterdruppeltjes leken. De beelden brachten Cupido de middagen in herinnering waarop hij samen met andere jongens daarheen was geklommen. Ze gingen dan op de richel zitten, hun voeten in de leegte bungelend, en dronken harde, zure wijn, die hen deed struikelen op de terugweg. Daarna gingen ze de grot in en soms pisten ze tegen de schilderingen om ze beter te kunnen bekijken. De kleur van verroest ijzer werd er intenser rood van, en de omtrekken van de tekeningen kwamen beter uit. Jaren later had hij zich nog wel eens afgevraagd of de schilderingen van die plasjes waarmee ze zo nu en dan waren besproeid niet hadden geleden, maar niemand leek er iets van gemerkt te hebben, het was haast alsof die puberurine op verrassende wijze had bijgedragen aan een betere conservering. In die tijd was voor de eerste keer omhoogklimmen naar de grotten een soort tribaal initiatierituel, en pas als een jongetje dat had doorgemaakt werd hij opgenomen in de rangen van de jonge mannen. Aan het eind van zo'n dag, als het avond werd en de zon wegzakte in de krater van de Volcán, en ze teruggingen naar Breda, waren ze heel stilletjes, en hadden ze het gevoel dat ze iets hadden gezien en ervaren wat ze nog niet helemaal konden bevatten, iets wat hen had veranderd, niet meer dezelfde jongetjes die eerder naar boven waren geklommen om naar de tekeningen te kijken, maar wijzer en minder kinderlijk.

'We hebben de video gemaakt om de details te bestuderen en om er variaties op uit te kunnen werken.' Sierra's stem bracht hem terug naar de beelden op het scherm. 'Gloria heeft hem eerst even gehouden, een paar dagen maar, alsof ze er toen alles al had uit gehaald wat ze nodig had. Daarna heeft ze hem aan mij door-gegeven.'

Een paar minuten later verliet de camera de binnenkant van de grot en ging opnieuw naar de richel. Sierra had de lens weer op Gloria gericht, ondanks haar protesten. Daarna was ze buiten gaan zitten om van het landschap te genieten en had ze het de camera toegestaan om nieuwsgierig langs haar lichaam te glijden, tot hij bleef steken in een tegenlichtopname van haar profiel en haar krullende haar. Zo verzonken in het landschap leek ze haast gelukkig, zorgeloos en zonder het geringste besef dat ze spoedig hier vlakbij zou sterven.

'Ze was zo mooi', fluisterde de beeldhouwer.

'Ja', was het enige wat Cupido wist te antwoorden.

'Ik heb haar die zaterdag nog gebeld, in haar hotel', zei hij ineens. 'Om mee te gaan wandelen. Ik wilde haar voorstellen de tentoonstelling stop te zetten.'

'Hoe vaak hebt u gebeld?'

'Twee keer, maar ik heb misschien niet genoeg aangedrongen.'

Weer een klein detail dat ik nu weet en dat nog nergens heen leidt, dacht de detective.

De video was afgelopen en er was niets meer te zien op het beeldscherm, maar Sierra zette de recorder niet af.

'Heeft ze toen nog wat belangrijks gezegd? Of er iemand anders met haar meeging?'

'Nee, ze ging alleen, zoals ze wel vaker had gedaan, en ook niet wilde dat ik meeging. Ik heb nog gezegd dat we over de expositie moesten praten', legde hij uit. Hij maakte een moedeloos gebaar en voegde eraan toe: 'U weet hoe het afgelopen is. Een week later ben ik naar Breda gegaan en heb ik alles achter me gelaten.'

'U bent sinds die tijd niet meer in Madrid geweest?'

'Nee.'

'En afgelopen zondag, was u toen ook in Breda?'

'Wat bedoelt u daarmee?' antwoordde hij langzaam, alsof hij probeerde te ontdekken of er iets achter die vraag zat.

'De luitenant zal u zeker vroeg of laat vragen wat u de zondagochtend deed toen ze de parkwachter hebben vermoord.'

Sierra probeerde zijn gevoel van onbehagen achter een grimas te verbergen, alsof hij het akelig vond tot de verdachten te horen. Na het openhartige gesprek met de detective en nadat hij hem de video had laten zien, leek hij dat soort vragen, dat soort achterdocht niet meer te hebben verwacht.

'Dat heeft hij me al gevraagd. Ik zwierf door de velden. Het was de ochtend dat ik de boomstam heb gevonden', zei hij, naar de schuur wijzend.

'Heeft iemand u gezien?'

'Dat denk ik niet. Hoewel je daarbuiten nooit zeker kunt weten of er niet iemand naar je kijkt.'

'Dan hebt u voor die dag dus geen alibi', zei Cupido, die probeerde zo weinig mogelijk dreiging in zijn woorden te leggen.

'Nee, dat heb ik niet. Maar het niet hebben van een alibi is nog geen bewijs van schuld. Jullie zijn degenen die met bewijzen voor jullie beschuldigingen moeten komen.' Zijn oude onbeschoftheid kwam weer even boven. Maar hij klonk eerder bedroefd dan boos.

'Nee, ik niet, ik beschuldig niemand. Dat is de taak van de politie, of van een rechter', zei Cupido bezwerend.

'En wat is uw taak dan?' vroeg Sierra sarcastisch.

'Dat hangt ervan af. Van degene die me betaalt.'

'En in deze zaak? U zei toch dat Anglada u had ontslagen?'

'Niet bepaald ontslagen. Het komt erop neer dat hij van mening is dat er niets meer te doen is. In ieder geval, ík heb mezelf niet ontslagen. Ik hou er niet van om iets niet af te maken. Dat had ik u al verteld.'

De videotape was afgelopen. Het apparaat gaf een klik en begon automatisch terug te spoelen. Alsof dat het teken was om te gaan, stond Cupido op en liep naar de deur. In de deuropening vroeg hij: 'Hád u een verhouding met haar?'

'Nee, het was gelogen toen ik u dat in Madrid zei. Ik dacht dat een afgewezen minnaar altijd verdacht is. Gloria is nooit op mijn avances ingegaan.'

Cupido was blij met die laatste woorden, hoewel hij geen idee had waarom. Hij realiseerde zich ook dat al die mensen een heel andere Gloria beschreven, dat ieders beeld van haar verwrongen was... door lafheid, liefde, of uit behoefte kwaad over haar te spreken. Hij nam afscheid van Sierra met een gevoel dat al een paar dagen geleden over hem was gekomen: slaperig en loom, alsof hij net was ontwaakt uit een slaap die een maand had geduurd en hij nog niet goed kon bevatten wat hij zag en hoorde.

Terwijl hij langzaam terugreed, viel hem ineens in dat alle mensen die zich tot Gloria aangetrokken hadden gevoeld, eenlingen waren. Sierra, Marcos Anglada, David, Camila, Octavio, Armengol. Ze hadden geen van allen een vaste relatie, althans voorzover hij wist niet. Ze waren allemaal op de een of andere manier emotioneel afhankelijk van haar geweest en nu zij dood was, leek hun eenzaamheid het enige verband tussen hen. Toen zij nog leefde was zij hun referentie geweest, hun steunpunt, zoals de centrale poot van een paraplu alle baleinen steunt. Nu zij dood was, hingen er alleen nog flarden zwarte stof aan een paar stokjes waaraan je je lelijk kon bezeren.

Toen hij in zijn appartement kwam en enigszins gedeprimeerd aan tafel ging zitten om de restjes van de vorige dag op te eten, merkte hij tot zijn verbazing dat hij kwaad op zichzelf was. Hij dronk de rest van de Ribera del Duero die hij nog in de koelkast had staan en tegen de tijd dat hij aan koffie toe was werd hij overvallen door een heftig verlangen naar een sigaret, en dat terwijl hij had gedacht dat hij daar vanaf was. Hij vroeg zich af waarom hij zich zo ineens, en zonder enige reden, zo sikkeneurig voelde en moest zichzelf toen stomverbaasd toegeven dat het Gloria's schuld was. Zij had ook hem geconfronteerd met zijn eigen eenzaamheid. Zijn korte, sporadische affaires hadden tegenwoordig nog maar weinig om het lijf, alsof hij al niet meer in staat was tot echte hartstocht, het waren avontuurtjes die net iets meer inhielden dan alleen maar seks en net wat minder dan liefde. Het raakte hem niet wezenlijk, ze zouden net zo goed niet hebben kunnen plaatsgevonden. Twee mensen die elkaar op het juiste ogenblik tegenkomen en die elkaar wat momenten van genot bezorgen om daarna als schaduwen weg te zakken in de herinnering. Van veel van die vrouwen herinnerde hij zich niet eens hun naam; van sommigen niet eens het gezicht, alleen gevoelens. Maar ieder van hen had hoe dan ook een onderbreking van zijn eenzaamheid betekend, met ieder van hen had hij dat welbehagen gevoeld dat altijd over hem kwam als hij had gevreeën. Hij leidde inmiddels alweer een tijdje een zichzelf opgelegd monnikenbestaan, maar door Gloria was alles weer bovengekomen, alles wat hij zich door zijn vingers had laten glippen: 's avonds samen eten, het kind waarvan hij wist dat hij het nooit zou krijgen, ander werk, dat niet zoveel vragen en onzekerheden zou oproepen. Hij realiseerde zich dat hij minstens vijftien jaar terug moest om zich iets te herinneren wat werkelijk de moeite waard was geweest. Dat was te lang geleden om er niet gedeprimeerd en somber van te raken.

Hij gaf zijn maag nauwelijks de tijd om de wijn en de maaltijd te verwerken, trok zijn fietskleren aan en ging naar de garage. Hij maakte het kettingslot open en stapte op. Hij was er sinds de dag van de moord op Molina niet meer met de fiets op uit geweest. Toen hij weer langs de plek kwam waar hij de schoten had gehoord, keek hij wantrouwig die richting op, alsof dat enorme, stille gebied waar miljoenen eiken en pijnbomen groeiden en miljoenen dieren leefden, nog onontdekt was, vol verleidingen, maar ook vol bedreigingen. Hij schakelde over naar een zwaardere versnelling, van plan om eens lekker uit te zweten. Een stukje verder sloeg hij een smallere weg in die langs de noordelijke helling van de Yunque liep en die in de winter onbegaanbaar werd door sneeuw en aardverschuivingen. Een klim van veertien kilometer met nauwelijks vlakke stukken. Hij begon in een laag tempo, omdat hij wilde proberen één ritme vast te houden, zoals hij Indurain zo vaak had zien doen, maar na een kwartier zat hij al bijna stuk.

Het duurde niet lang of hij was zo moe dat hij moest overschakelen naar de lichtste versnelling, en de kilometerteller schommelde tussen de negen en de elf, het absolute minimum om niet met fiets en al om te kiepen. In dat tempo zou hij er zeker nog een uur over doen om de top te bereiken. Hij wist toen al dat hij het niet zou halen, maar hij greep het stuur stevig vast, spande zijn bilspieren en kon het zo nog een paar minuten rekken. Hij stelde zichzelf steeds een bepaald doel – een boom, een bocht in de weg, rotsen – boog zijn hoofd en fietste door tot hij dacht dat hij er was. Maar steeds verkeek hij zich op de afstand en als hij zijn blik dan oprichtte had hij altijd nog een stuk te gaan. Hij schatte dat hij halverwege de top was. De weg werd steeds slechter en iedere kuil betekende een extra inspanning. Het asfalt was gebarsten en hard, en het stof dat van de droge aarde omhoog dwarrelde kriebelde in zijn keel. Zijn benen trilden alsof ze van gelatine waren en hij had het gevoel dat zijn longen barstten. De binnenkant van zijn handen deed pijn van het knijpen in zijn stuur en zijn wenkbrauwen konden het zweet dat van zijn voorhoofd druppelde niet meer tegenhouden. Toen hij het bordje zag dat hij kilometer tien van de klim had bereikt, besloot hij dat het wel genoeg was, dat het al mooi was dat hij helemaal tot hier was gekomen. Langzaam draaide hij om, deed de rits van zijn wielershirt dicht om zich tegen de wind te beschermen en liet de fiets snelheid maken tijdens de afdaling. Maar hij moest algauw afremmen: hij was te moe voor een snelle afdaling, te moe om het stuur goed vast te houden, om zich in de bochten of tijdens het remmen te kunnen concentreren. Hij strekte zijn benen om de beurt en zijn knieën waren hem er dankbaar voor. Hij kon voelen hoe zijn bloed weer regelmatig begon te stromen. Vanuit het diepst van zijn longen kwam door de inspanning een dikke slijmklodder in zijn mond die hij vol afkeer naar opzij uitspuugde. Dat komt door het roken, nog steeds, dacht hij. Over de tien kilometer van de afdaling deed hij een kwartier en daarna legde hij in ontspannen tempo de overblijvende vijftien naar Breda af. Toen hij voor de garagedeur stond was hij weer bijgekomen en speet het hem eigenlijk dat hij er niet wat meer uit had geperst tijdens de klim, maar dat was iets waarvan hij had gehoord dat het alle wielrenners wel eens overkwam. Hij reed de fiets het hokje met de elektriciteitsmeters in. Het was een ruimte van twee bij twee met een schuifdeur die in de muur viel. Een openslaande deur zou óf de auto's de toch al smalle doorgang versperren, óf tegen de meters aanstoten. Hij zette zijn fiets tegen de wand en haalde het kleine sleuteltje van het kettingslot uit de kontzak van zijn fietsbroek. Hoe het kwam wist hij niet, misschien waren zijn handen nog zweterig of waren zijn vingers stijf omdat ze een minuut eerder het stuur nog hadden omklemd, maar hij liet het sleuteltje vallen. Zonder te bukken keek hij het na, hij hoorde drie metalige, haast vrolijke geluidjes als het gerinkel van een belletje, zag het over de betonnen vloer stuiteren en uiteindelijk in de smalle gleuf van de schuifdeur verdwijnen. Hij vloekte en bukte om de sleutel op te rapen. Hij was niet meer te zien, hij moest een centimeter of wat naar binnen zijn gerold, in de spouw tussen de twee bakstenen muurtjes. Hij trok de deur naar zich toe in de hoop dat de sleutel dan mee naar voren zou schuiven, maar dat werkte niet. Hij ging op zijn knieën zitten en tuurde in de ruimte van nauwelijks twee centimeter die de schuif-deur aan beide kanten openliet. Er was weinig licht in de garage en je zag niets. Hij stond op en overwoog heel even om de fiets dan maar niet op slot te zetten, zich te douchen en verder niet meer over dit vervelende probleempje na te denken. Morgen kon hij een nieuw slot kopen. Het zou wel heel toevallig zijn als zijn fiets uitgerekend die avond gestolen zou worden. Hij keek nog een keer om zich heen en zag toen een zaklamp op een van de hoogste meterkasten, waarschijnlijk bestemd om in noodgevallen te ge-bruiken. De lamp zat onder het stof maar toen hij hem oppakte bleken de batterijen nog krachtig genoeg om het kleine lampje te voeden. Hij scheen met het gelige straaltje naar binnen en zag dat de sleutel zo'n vijftien à twintig centimeter verder lag, buiten het bereik van zijn vingers. Hij zou er ook niet bij kunnen met het gereedschap dat hij in zijn zadeltas had om lekke banden mee te kunnen repareren, dat was te kort. En om zich heen zag hij niets waarmee hij de sleutel eruit kon peuteren. Maar nu hij wist waar hij lag móést hij hem daar weg zien te krijgen. Hij keek naar de rail aan de bovenkant van de deurpost waar de deur aan twee glijders doorheen schoof tot hij tegen een stopper aanliep die met een eenvoudige kruiskopschroef vastzat. En toen flitste er een idee door zijn hoofd, maar het was zo'n snel en klein vlammetje dat hij zich de reikwijdte ervan niet meteen realiseerde. Hij ging naar zijn auto en pakte een schroevendraaier, waarmee hij de stopper loshaalde. De deur kon nu een stukje verder geschoven worden, ver genoeg om zijn hand in de spouw te brengen en de sleutel te pakken. Zonder de deur was de ruimte tussen de twee muurtjes zo'n acht centimeter. Een schuilhoek waar niemand zou zoeken, omdat een deur nu eenmaal dient om een ruimte te openen of te sluiten, niet om er iets in te verstoppen. Op dat moment vielen hem de woorden die Gloria tegen David had uitgesproken letterlijk in: 'Niemand die het kan vinden, zelfs als ze de deuren van de schuilhoek open- en dichtmaken vinden ze het niet. Het blijft altijd verborgen.' En toen dacht hij aan de dubbele schuifdeur in het appartement en ineens wist hij zeker dat daarbinnen, in dat afgesloten huis, op tweehonderdvijftig kilometer van die garage waar hij net toevallig zijn fietssleuteltje had laten vallen, dat daarbinnen op net zo'n soort plek – een beetje schoner misschien, maar net zo makkelijk toegankelijk – het dagboek zich bevond.

19

De volgende dag was Cupido in Madrid. Ondanks dat hij vanwege zijn ongeduld slecht had geslapen was hij op een voor hem ongebruikelijk vroeg tijdstip opgestaan en al om negen uur uit Breda vertrokken. Tweeënhalf uur later had hij zijn auto in de buurt van Anglada's appartement geparkeerd. Daar probeerde hij hem te bellen, maar voordat het antwoordapparaat was uitgesproken hing hij alweer op. Als hij hem niet persoonlijk te pakken kreeg, zou hij vast geen toestemming van hem krijgen om Gloria's huis opnieuw te doorzoeken. Dat hadden ze immers al gedaan, samen, en toen hadden ze niets gevonden. En verder, Anglada was advocaat en nu de detective niet meer voor hem werkte, kon hij wel met tien legale argumenten komen om zelf niet nog dieper bij de zaak betrokken te raken.

Om de tijd door te komen ging hij ergens een kop koffie drinken, las de krant en maakte een wandelingetje in de buurt. Zelfs in de stad zag je de gevolgen van de langdurige droogte. In de parken waren het gras en de bloemperken vergeeld. De acacia's hadden hun bladeren voortijdig laten vallen, hun doorns scherper dan ooit, en veel struiken waren helemaal tegen de grond aan gekropen om hun vocht zo veel mogelijk vast te houden.

Om halftwee liep hij terug naar het appartementenblok. Hij belde aan, maar omdat er nog steeds niemand reageerde besloot hij in de hal bij de ingang te blijven wachten en nam plaats in een van de diepe fauteuils die daar langs de muur stonden. Om vier uur was Anglada er nog niet, maar het wachten was hem niet al te lang gevallen, omdat hij naar het komen en gaan van allerlei menscn had zitten kijken: een gehaaste man in een double-breasted pak en schoenen van een duur merk, die zijn Samsonite-koffertje als een soort visitekaartje voor zich uit hield, een prostituee die een vaste taxi had die voor de deur op haar klanten bleef wachten, haar klanten, eenzame kerels die wat heimelijk en enigszins onzeker de hal binnenliepen, een meisje dat terugkwam van joggen, werksters die een paar uur kwamen poetsen, goed verzorgde senioren die zich geen moment leken te verwonderen over al dat gedoe om hen heen.

Inmiddels wist hij dat Anglada tussen de middag niet thuis zou komen eten, waarschijnlijk had hij dat om tijd te besparen ergens in een restaurant gedaan. Op het moment dat hij tot die conclusie kwam, merkte hij pas hoe hongerig hij zelf was. Sinds hij niet meer rookte had hij meer eetlust, en hij was al een paar kilo aangekomen. Overigens maakte hij zich daar niet al te druk over, want omdat hij altijd aan de magere kant was geweest viel het niet zo op. In een café op een hoek van de overkant van de straat, waar hij de ingang van het gebouw in de gaten kon blijven houden, bestelde hij een broodje ham en een biertje. Hij nam koffie toe en bleef nog even zitten omdat hij nog geen zin had naar de hal terug te gaan. Om kwart over vijf zat hij weer in de fauteuil te wachten.

Hij zag hem aan komen lopen, met een attachékoffertje in de hand. Cupido kwam snel overeind en haastte zich de trap op naar de tweede verdieping, voordat Anglada hem kon opmerken. Toen de advocaat zoekend naar zijn sleutels uit de lift kwam en opkeek, zag hij daar ineens de detective staan, met zijn rug tegen de muur geleund, met het vermoeide uiterlijk van iemand die al een hele tijd in dezelfde houding op dezelfde plek staat.

'U hier?' vroeg hij, zonder zijn verbazing te verbergen.

'Kan ik nog even met u praten?'

Anglada keek hem wantrouwig aan, met de blik van een bankier die naar een bedelaar kijkt die hem op de hoek van een straat benadert.

'Ja?' vroeg hij, zonder aanstalten te maken de deur open te doen.

'Kunnen we binnen verder praten?'

Hij kon zien dat Anglada niet blij was met zijn verzoek, maar hij durfde hem ook niet te weigeren.

'Is er nieuws?'

'Nee. Dat is precies waarom ik hier ben. Er is geen nieuws, maar ik denk nog steeds dat het dagboek feiten bevat die een aantal zaken zouden kunnen ophelderen.'

Anglada zuchtte, hief zijn handen en liet ze op de rugleuning van een stoel vallen.

'U bent weer met de zaak bezig?'

'Ja.'

'Voor wie werkt u nu?' vroeg hij. Zijn blik kon zijn wantrouwen niet verhullen, een wantrouwen dat alleen nog maar scherper was geworden doordat er na al die tijd die sinds de moord was verstreken nog niets duidelijk was, en door het gebrek aan succes van Cupido's onderzoek.

'Voor niemand', antwoordde de detective. Hij vond het moeilijk om uit te leggen. Hij deed zijn best om zijn stem overtuigend te laten klinken: 'Maar ik krijg deze zaak niet uit mijn hoofd, ik kan er geen vrede mee hebben dat hij niet is opgelost.'

'Ik dacht heel even dat u meer geld kwam vragen.' De advocaat lachte. 'Heel even maar, tot ik me uw manier van werken weer herinnerde. Eigenlijk verbaast het me niets dat u voor eigen rekening verdergaat. U bent immers geen advocaat. Een goed advocaat zou u nooit worden, hoewel u het als detective niet slecht doet.'

Cupido accepteerde zijn oordeel zonder hem te onderbreken. Hij had Anglada's welwillendheid hard nodig voor wat hij hem nu ging vragen.

'Het zou beter zijn als u deze zaak voor eens en altijd uit uw hoofd zette', ging Anglada verder. 'Ik heb meer reden dan u om dag in dag uit aan haar te denken, maar dag in dag uit doe ik mijn uiterste best om haar te vergeten. Het moet een maniak zijn geweest, een gek. De later gepleegde moorden bewijzen immers dat er geen persoonlijke motieven speelden.'

'Toch zou ik graag nog een keer naar het dagboek zoeken', drong Cupido aan.

Anglada schudde zijn hoofd.

'Dat is toch verloren tijd… we hebben er al zo grondig naar gezocht, volgens mij hebben we geen hoekje overgeslagen. Het dagboek bevindt zich niet in het appartement en niet in het atelier.'

'Laat me nog één keer zoeken. Eén keer maar. U hebt er niets mee te verliezen. Dat bent u aan haar verschuldigd', zei hij. Hij vond die laatste woorden een beetje melodramatisch en belachelijk klinken, maar hij wist dat hij de advocaat ermee onder druk zou zetten.

'Is er een aanleiding die u doet vermoeden dat het dagboek toch ergens in het huis verborgen is?'

'Nee', loog hij. Hij voelde zich niet meer verplicht tegenover Anglada.

'Ik kán u de sleutels niet eens meer geven', zei hij, opnieuw zijn hoofd schuddend, en hij voegde eraan toe: 'Ik heb ze niet meer. Een paar dagen geleden heb ik een brief ontvangen van een advocatenfirma in Breda. Een uiterst vriendelijke, collegiale brief. Die merkwaardige familieleden van Gloria hebben een procedure gestart om de erfeniskwestie te regelen. Ze hebben blijkbaar haast. Tot alles duidelijk is mag niemand er meer in, niet in het huis en niet in het atelier. Ze hebben me niet expliciet om de sleutels gevraagd, maar ik heb ze per kerende post gestuurd.'

Hij opende zijn handen om te laten zien dat ze leeg en schoon waren, dat hij niets achterhield, maar Cupido wist niet zeker of hij hem moest geloven. Een kopie was zo gemaakt. Hij kon zich niet voorstellen dat Anglada zonder slag of stoot afzag van al Gloria's bezittingen: haar sieraden, schilderijen, persoonlijke brieven en de dingen die van hen twee waren geweest, al die intieme zaken die mensen verzamelen als ze samen een leven hebben. Hij keek naar de muren van het appartement, er was nog ruimte voor meer schilderijen. Hij had het gevoel dat er iets in de inrichting was veranderd, maar kon niet precies zeggen wat. Het meubilair in de woonkamer stond nog op dezelfde plek, de keuken was net zo smetteloos als de vorige keer, de ruimte van het appartement was tot op de laatste centimeter benut.

Hij stond op en Anglada liep met hem mee naar de deur.

'Laat me weten als er nieuws is.'

'Natuurlijk.'

Armengol woonde halverwege La Galería en Anglada's appartement. Hij had niet het idee dat hij van hem iets wijzer zou worden, maar zoveel tijd zou het niet kosten en hij wilde het in ieder geval proberen.

Hij drukte tweemaal op de bel en wachtte ruim een minuut. Toen hij binnen niets hoorde belde hij uit een automatisme nog twee keer aan, voordat hij zich omdraaide om terug te lopen naar de trap, niet eens al te teleurgesteld want hij had niet veel verwacht van dit gesprek. Toen hoorde hij duidelijke voetstappen sloffend naar de deur komen. Hij keek omhoog naar het spionnetje, want hij wist dat Armengol aan de andere kant van de deur naar hem keek, en wachtte tot hij opendeed. Hij droeg een blauwe kamerjas van badstof die veel te dik was voor die eerste novemberdagen, die nog zo warm en droog waren. Zijn haar zat in de war, alsof hij op bed had gelegen of op de bank, misschien had hij liggen slapen, hoewel je binnen het verre lawaai van de televisie hoorde.

'Kom erin', zei hij, opzij stappend.

De detective ging naar binnen, de kleine woonkamer in met links de open keuken die maar anderhalve meter breed was. Een huurflat van veertig, vijftig vierkante meter, meer kon Armengol niet betalen met wat hij van zijn salaris overhield als de maandelijkse alimentatie voor zijn twee kinderen ervan was afgetrokken.

Het appartement was net zo smerig en rommelig als de vorige keer: kleren over de rug van een stoel, op tafel twee lege bierflesjes en asbakken vol peuken die tot het filter waren opgerookt. De vloer was niet geveegd en de meubels waren bedekt met een dikke laag stof, alles in het huis was een toonbeeld van verwaarlozing.

'Ga zitten', zei hij, op een stoel wijzend. Als hij praatte zag je zijn slechte gebit, zijn tanden zo geel als maïskorrels. 'Ik heb bier, wilt u er eentje?'

'Ja, graag.'

Terwijl Armengol bukte om het bier uit de koelkast te pakken, nam Cupido hem van achteren op: de ochtendjas, die eruitzag alsof hij al heel lang niet was gewassen, had hij met een stukje touw om zijn middel dichtgebonden, de sloffen, en de zwarte sokken die tot zijn kuiten reikten. Je kon een stukje bloot van zijn witte, magere, haast haarloze benen zien. Of Gloria had niet goed gekeken toen ze met hem naar bed ging, óf hij was in het jaar sinds zij hem had verlaten en hij van zijn vrouw was gescheiden, veranderd in een heel andere man, treurig en oud. Met die zwarte sokken die hij zo in huis droeg zag hij er meelijwekkend, maar ook een beetje ranzig uit. Dat duurt niet lang meer, dacht Cupido, nog even en hij wordt ziek. De alcohol, de sigaretten en de eenzaamheid, het vreet aan hem, het brandt hem op, hij gaat uit als een kaarsvlam… Toen de deur van de koelkast openging zag hij dat die haast leeg was, een half brood, iets donkers, waarschijnlijk vleesbeleg, en een stuk of tien blikjes bier. Het absolute tegenovergestelde van de kracht, het succes, de netheid en verzorgdheid die Anglada uitstraalde. En toch hadden die twee zo totaal verschillende mannen een tijdlang het leven en het bed met dezelfde vrouw gedeeld. Ze was niet makkelijk te begrijpen, dat had Camila al gezegd, hoewel die tegenstrijdigheid misschien te verklaren was door een intens verlangen alles van het leven te willen doorgronden, van alles, hoe extreem ook, te willen genieten, smaken te proeven die zo verschillend zijn dat als je ze tegelijkertijd tot je neemt, ze door dat contrast juist sterker uitkomen, als iemand die zijn mond vult met oesters en citroenen, op hetzelfde moment.

'Hebt u nog vragen die u de vorige keer bent vergeten?' vroeg hij, met een stem die schor en rauw was door het vele roken, twee ongeopende blikjes bier in zijn hand.

'Ik kom u een gunst vragen.'

'Ik heb niet veel te bieden', antwoordde hij, met een mengeling van wantrouwen en moedeloosheid in zijn stem.

'Hebt u misschien nog sleutels van Gloria's appartement?'

'Van haar huis?'

'Ja.'

'Waarom wilt u dat weten?'

'Ik moet erin.'

'Waarom vraagt u Anglada niet?'

'Ik werk niet langer voor hem.'

Hij keek hem bevreemd aan, maar vroeg niet waarom. Hij trok de blikjes open en reikte Cupido er eentje aan, zonder hem een glas aan te bieden, in een gebaar waar geen enkele vriendelijkheid uit sprak, slechts vermoeide onverschilligheid.

'Er is een tweede moord gepleegd die op die op Gloria lijkt, en Anglada denkt nu dat we met een maniak te maken hebben. Hij zag er geen heil meer in om nog meer geld uit te geven aan een detective.'

'En u denkt nog steeds dat het iemand is geweest die haar kende.'

'Ja', antwoordde hij zonder enige aarzeling.

'En u zoekt verder, ook al wordt u door niemand betaald?'

'Ja.'

Hij vertrok zijn gezicht en schudde zijn hoofd alsof hij het voor de eerste keer met Anglada eens was en die hele geschiedenis het liefst zo gauw mogelijk achter zich wilde laten.

'Wat denkt in haar huis te vinden?'

'Haar dagboek.'

De detective zag dat Armengol ineens op zijn hoede was en hoewel de ervaring hem had geleerd terughoudend te zijn met de interpretatie van de gelaatsuitdrukkingen van de mensen die hij ondervroeg, was de blik van angst en argwaan op Armengols gezicht te plotseling en te uitgesproken om niet waarachtig te zijn.

'U wist dat het bestond?'

'Ik was het vergeten, maar nu u het zegt herinner ik me weer dat Gloria het er wel eens over heeft gehad. Volgens mij schreef ze er alles in op wat belangrijk voor haar was. Daarom wilt u...?' Hij viel stil, alsof hij zich ineens realiseerde dat er ook allerlei intieme dingen over hem in konden staan, en dat hij er misschien niet al te goed van af zou komen. Wat zou Gloria over hem hebben geschreven, niet over de eerste tijd, toen ze hem nog leuk vond, toen ze hem probeerde te stimuleren het schilderen weer op te pakken en hem wilde horen vertellen over hoe hij zijn leven gedroomd had, maar over de laatste weken, toen ze ongedurig werd, zich verveelde en ineens niet meer met hem wilde vrijen?

'Ja.'

Armengol schudde een paar keer met zijn hoofd.

'Nee, ik heb de sleutels van haar appartement zelfs nooit gehad. Maar al had ik ze, dan nog zou ik ze u niet geven', zei hij vastbesloten en koppig.

Ze keken elkaar even aan, zonder iets te zeggen; de detective was enigszins verbaasd over de onverwachte oppositie van die man, die met een energie die hij niet voor mogelijk had gehouden voor het eerst leek te reageren op de dreigende vernietiging van de laatste resten van zijn privé-wereld en zijn zelfrespect.

'U hebt het recht niet op die manier haar intimiteit binnen te dringen', zei hij bitter, en de spanning was hem aan te zien, van zijn hoofd tot zijn voeten in die zwarte sokken met het elastiek dat de dunne, witte, bijna haarloze kuiten afknelde.

'Het is niet Gloria's intimiteit waarin ik wil binnendringen, maar die van haar moordenaar.'

'Daar haalt u haar niet mee terug', antwoordde de man. Hij stond op en zei: 'En gaat u nu maar. Ik kan en ik wil u hier niet bij helpen.'

De detective gehoorzaamde zwijgend. Vol twijfels hoorde hij de deur achter zich in het slot vallen.

Om negen uur, tien minuten daarvoor, was La Galería dicht-gegaan voor het publiek, maar Cupido kon van buitenaf de sleutels in het slot zien hangen en de lampen brandden nog. Ze verlichtten een weinig opwindende expositie van pasteltekeningen van landschappen. Hij wierp een vluchtige blik naar binnen en stelde vast dat dit werk commerciëler was dan Gloria lief zou zijn geweest. Nu zij er niet meer was, leek de enige eigenaar te mikken op het beter verkoopbare werk, liever dan artistiek risico te lopen. Hij zag Camila achter in de galerie uit de deur van het kantoortje komen en twijfelde even of hij wel zou aanbellen. Hij verwachtte ook van deze ontmoeting niet veel. En verder was hij moe, het was een lange dag geweest, met een autorit in de vroege morgen en veel, heel veel woorden. Maar aan de andere kant was dit, zo zonder de aanwezigheid van klanten, een goed moment om met haar te praten. Hij drukte op de bel, hoog aan de deurpost. Camila draaide haar hoofd om en keek naar buiten. Ze herkende hem meteen en liep met doelbewuste stappen op hoge hakken naar de deur.

'Ik had niet gedacht u nog terug te zien', zei ze. Ze was be-scheidener opgemaakt dan de vorige keer, alleen met een beetje oogschaduw en wat lippenstift. Cupido had ditmaal niet het gevoel dat haar make-up een afweer was tegen onwelkome op-dringerigheid, maar eerder dat ze het als een doeltreffend verlei-dingswapen gebruikte. Eigenlijk is de manier waarop een vrouw zich opmaakt, dacht hij... een soort statement, het ligt in het verlengde van wat ze wenst of vreest, van haar onzekerheden of haar bedoelingen.

'Ik wilde u nog iets vragen.'

'Bent u nog steeds met het onderzoek bezig?' vroeg ze verbaasd. 'Marcos heeft me gezegd dat jullie het hadden opgegeven.'

'Hij wel, maar ik hou er niet van mijn werk niet af te maken. Mijn reputatie...' voegde hij er spottend aan toe.

Ze stonden nog in de deuropening. De vrouw keek naar haar kantoor en zei: 'Een ogenblik. Ik sluit af en we praten ergens anders. In alle rust.'

Ze deed alle lichten uit en een seconde of twee, drie zag Cupido niets meer, tot zijn ogen gewend waren aan het donker. Terwijl hij in de deuropening bleef staan hoorde hij de vrouw naar hem toe lopen en ontwaarde haar silhouet in de duisternis. Er hing een vage geur van parfum om haar heen, alsof ze het opnieuw had aangebracht voordat ze naar hem terugging.

'Hebt u al gegeten?'

'Nee.'

'Laat me u uitnodigen. Ik heb vandaag fantastisch verkocht en er is niemand met wie ik het kan vieren', bekende ze.

'Graag.'

Ze deed de deur op slot en draaide zich glimlachend naar hem om.

'Als alles goed is gegaan, is dit het beste moment van de dag; wanneer iedereen weg is, wanneer je de deur achter je dichttrekt en de geur van olieverf en vernis achter je laat.'

Cupido keek haar enigszins verbaasd aan, omdat haar woorden openlijk blijk gaven van een puur commerciële houding ten opzichte van haar werk, en dat was niet alleen anders dan Gloria erover had gedacht, het was er zelfs totaal tegengesteld aan.

'We moeten een taxi nemen', voegde ze eraan toe, op die plezierige, wat beschermende toon die Cupido vaker gehoord had bij vrouwen met wie hij in een hem onbekende stad was. Een kwartier later zaten ze tegenover elkaar aan een tafeltje in een restaurant. Ze waren al aan hun derde glas wijn begonnen toen de ober de gerechten bracht die ze hadden besteld, en nog had de detective haar de reden van zijn bezoek niet verteld. Zij had er ook niet naar gevraagd. Ze hadden eerst over Gloria gepraat en hoe weinig er nog steeds bekend was over haar dood, maar daarna waren ze verdergegaan over de galerie en over het verschil in artistiek inzicht tussen haar en Gloria, en uiteindelijk had Camila hem verteld hoe het kwam dat zíj de expositieruimte nu in handen had, alsof ze het belangrijk vond dat hij haar versie te horen kreeg. Ze hadden samen een contract opgesteld waarin was vastgelegd dat de zaak nooit kon worden opgesplitst en hadden er een clausule in opgenomen waarbij in het geval dat een van hen tweeën haar aandeel kwijt wilde, de ander het eerste recht op koop had. Op die manier zou de continuïteit van wat ze samen hadden opgezet altijd gewaarborgd zijn. Vanwege die continuïteit hadden ze ook vastgelegd dat als een van hen onverwacht zou wegvallen, haar aandeel automatisch aan de ander toeviel. Geen van beiden had directe nakomelingen die konden erven. Gloria had familie in Breda en Camila een paar broers die ze verder weinig zag.

'Die clausule was Gloria's idee, ik zou daar nooit aan hebben gedacht. Hoewel ik er meteen mee akkoord ben gegaan', legde ze uit. 'Het was eigenlijk meer een soort loyaliteitsverklaring, want niemand kan zich voorstellen er ineens niet meer te zijn. Het zijn altijd anderen die sterven, en verder, ik zou toch waarschijnlijk eerder aan de beurt zijn dan zij, want ik ben acht jaar ouder.'

'Was ze altijd zo impulsief?'

'Bijna altijd, behalve in haar werk. Ze dacht er nooit al te veel over na voordat ze iets deed, hoewel ze achteraf uren ergens over kon nakauwen. Ze liep graag op drijfzand, maar ze had een goede beschermengel.'

'Behalve de laatste keer', zei Cupido.

'Ja, behalve de laatste keer', herhaalde ze zijn woorden.

'Was ze met mannen ook zo?'

Camila bracht een stukje vlees naar haar mond en at het op voordat ze antwoord gaf.

'Ze maakte mannen gek. Ze werden allemaal verliefd op haar.'

'Waarom? Wat was er zo bijzonder aan haar?'

'In de eerste plaats was ze gewoon ontzettend mooi. Ik weet niet hoe ze het voor elkaar kreeg, maar haar gezicht had nog iets kinderlijks behouden, een bepaald evenwicht tussen licht en schaduw. Er schuilden twee personen in haar, die haast met elkaar in tegenspraak leken, maar allebei op hun eigen manier even aantrekkelijk waren. Het was altijd net of ze wachtte tot de man die ze tegenover zich had een van die twee had gekozen, en ze dan de tweede welbewust in reserve hield voor een andere gelegenheid. Ik kan me voorstellen hoe verwarrend dat is voor een man.'

'Ik begrijp het', zei Cupido. Hij voelde aan wat ze probeerde te zeggen. Toen hij voor het eerst een foto van Gloria zag, had die combinatie van haar haast kinderlijke lippen en die jukbeenderen die het licht leken aan te trekken hem ook verbijsterd. Het was hem opgevallen dat de uitdrukkingskracht van een kindergezicht wordt bepaald door het vlees, bij volwassenen door de botten, maar dat in het gezicht van oude mensen de expressie juist in het netwerk van rimpels zit. Gloria was volwassen, maar zonder de schoonheid van de eerste levensperiode achter zich te hebben gelaten.

'In de tweede plaats, ze kon zich tegenover een man gedragen alsof ze smoorverliefd op hem was, zonder dat te zijn. En als een man eenmaal de leeftijd heeft bereikt dat hij de vrouwen niet meer voor het uitkiezen heeft, is er niets verleidelijkers dan een vrouw die verliefd op hem is, toch?'

'Ja', gaf Cupido toe. 'Maar kwam ze met die instelling nooit in de problemen?'

'Met wie?'

'Niet alleen met Anglada. Maar met al haar mannen. Niemand vindt het prettig om op een dag te merken dat de vrouw van wie hij dacht dat ze dodelijk verliefd op hem is, achter zijn rug een dubbelleven leidt.'

'Niet altijd, maar uiteraard, het gaf wel eens problemen, ja. Maar weet je, in dat opzicht zijn jullie mannen allemaal hetzelfde.' En ze voegde er nog aan toe: 'Daarom ben ik ook gescheiden.'

De detective keek haar enigszins verrast aan, niet vanwege het feit dat ze hem plotseling tutoyeerde, maar omdat het niet voor het eerst was dat zij, terwijl ze het over Gloria hadden, haar eigen ervaringen erbij betrok, alsof ze bang was buitenspel gezet te worden.

'Daar had ik geen idee van', zei hij. Hij wist niet precies waarom, maar hij had haar niet als een getrouwde vrouw ingeschat. Hij keek naar haar linkerhand: een overdaad aan ringen, maar geen trouwring.

'Het was een collega van je die zijn bijdrage aan dat fiasco heeft geleverd', zei ze, en ze keek afwachtend hoe Cupido zou reageren.

'Hoezo dan?' vroeg hij nieuwsgierig. Hij zag dat de fles leeg was en gebaarde de ober er nog een te brengen.

'Mijn ex had een detective ingehuurd om bewijzen te verzamelen die de scheiding makkelijker zouden maken. Ik had indertijd iets met een kunstenaar die in La Galería exposeerde. Die verhouding heeft overigens niet lang geduurd, net lang genoeg om te ontdekken dat het een bevlieging was die verder nergens toe leidde. Hij had overigens zelf ook een vriendin, vandaar dat ik me over mijn eigen avontuurtje niet al te veel zorgen maakte, tot hij me een paar weken later, toen de affaire allang achter de rug was, confronteerde met groteske foto's en vertelde dat hij van me wilde scheiden. Ik had niets doorgehad, ik dacht dat het niet meer was dan een kleine huwelijkscrisis die wel weer zou overwaaien, zoals dat bij zoveel mensen gebeurt. Per slot van rekening had hij zelf ook zo zijn pleziertjes buitenshuis. Maar ik kon hem niets maken. Enfin, we gingen uit elkaar en mijn leven veranderde totaal. Het was geen goede tijd. Op die manier scheiden, met de ander als eiser, is deprimerend, zeker toen ik merkte dat het hem allemaal eigenlijk niets kon schelen, maar dat hij er bewust gebruik van had gemaakt om de scheiding er makkelijker door te kunnen drukken. Hij is hertrouwd en aan de berichten te horen die ik nog altijd over hem krijg gaat hij binnenkort weer scheiden... Weet je, iedereen lijkt altijd zijn uiterste best te doen om de avontuurtjes van een echtgenoot voor zijn vrouw achter te houden zolang ze nog samen zijn, maar zodra je bent gescheiden zitten ze te springen om je er alles over te vertellen. Sindsdien ben ik voorzichtiger.'

Ze zweeg even. Cupido wachtte tot ze met haar verhaal door zou gaan. Hij was zich ervan bewust dat zijn zwijgen mensen vaak mededeelzamer maakte dan zijn vragen. Het was niet de eerste vrouw die hem het verhaal van haar scheiding vertelde, maar wel de eerste die het met een soort onverschilligheid deed, haast zonder haat jegens de agressieve of ontrouwe echtgenoot, en zonder medelijden te vragen om haar ongelukkige lot. Die is taaier dan ze op het eerste gezicht lijkt, dacht hij, er schuilt heel wat kracht achter die zachte make-up en achter dat parfum. Het zijn de schelpen die het delicaatst lijken die in de hardste fossielen veranderen…

'Ach, het is nu eenmaal allemaal zo gelopen, en geen van ons tweeën was helemaal schuldig of helemaal onschuldig. De enige die ik intens heb leren haten, niet al te lang gelukkig, was die detective die hij in de arm had genomen. Een vent om van de kotsen. Twee keer, bij de advocaat, kon ik er niet aan ontkomen hem te ontmoeten. Ik vond het een weerzinwekkend beroep, tenminste als iemand zich in dat soort zaken specialiseert', zwakte ze met neergeslagen ogen af. 'In iemands vuile was snuffelen. Vandaar dat ik verbaasd was toen Anglada je aan mij voorstelde. Je ziet er zelfs heel anders uit. Ik kan me van jou niet voorstellen dat je foto's maakt om overspel te bewijzen.'

Dat heb je dan mis, dacht Cupido, maar hij zei niets. Hij had het twee keer gedaan, maar het was hem altijd gelukt de 'slachtoffers' zelf te mijden. Hij had zijn rol beperkt weten te houden en had geprobeerd het bewijsmateriaal op een zo discreet mogelijke manier te pakken te krijgen, en persoonlijke ontmoetingen had hij altijd geweigerd. Maar toch had hij zich nooit aan het ongemakkelijke gevoel kunnen onttrekken dat hij meewerkte aan een veroordeling zonder dat de veroordeelde de gelegenheid had zich te verdedigen.

De opmerking over zijn werk herinnerde hem eraan waarom hij haar was komen opzoeken. Door het gesprek en de overvloedige wijn zou hij het bijna vergeten zijn.

'Heb jij een sleutel van Gloria's appartement?' vroeg hij.

'Ja hoor, ik heb nog een set bij mij thuis. Ik ben vergeten om ze aan Marcos te geven toen hij haar persoonlijke spullen op kwam pikken. Heb je ze nodig?'

'Ja. Het dagboek.'

'Is dat nog steeds niet gevonden?'

'Nee, maar ik denk dat er dingen in staan die veel kunnen verklaren. Anglada mag niets meer in het huis aanraken tot de erfeniskwestie is geregeld', zei hij, anticiperend op haar volgende vraag.

'Het is al laat. Kan het tot morgen wachten?' vroeg ze, hem aankijkend.

'Natuurlijk', antwoordde hij.

Een paar minuten eerder had hij al geweten hoe die avond zou eindigen en hij vond het eigenlijk helemaal geen onaangenaam vooruitzicht. Met de jaren was hij kritischer geworden; hij ging niet meer met iedere vrouw bij wie hij de kans kreeg naar bed, net zoals hij ook niet meer iedere wijn dronk die hem werd aangeboden, of ieder boek las dat hij bij de hand had. Maar Camila vond hij aantrekkelijk en opwindend genoeg om over de verschillen tussen hen heen te willen stappen.

Toen Cupido van de wc kwam had ze de rekening al betaald. Ze verlieten het restaurant en namen een taxi naar haar huis. In tegenstelling tot al die andere huizen die hij de laatste weken had gezien, die van Anglada, Sierra, Armengol, die haast ontworpen leken te zijn voor mensen alleen, was dit appartement groot genoeg om een hele familie te herbergen: een driezitsbank, drie slaapkamers, veel ruimte.

Camila pakte twee hoge glazen, deed er een paar ijsklontjes in en een scheut whisky. 'Ga zitten', zei ze.

Toen ze een paar minuten later uit de badkamer kwam, zat hij behaaglijk met gesloten ogen achterovergeleund. Hij had haar niet terug horen komen, maar op hetzelfde moment dat hij haar parfum rook voelde hij hoe ze van achteren haar handen op zijn schouders legde.

'Je bent moe', zei ze.

Cupido legde zijn rechterhand over die van haar en trok haar naar zich toe, om de bank heen, tot ze naast hem zat. Een paar minuten eerder, toen ze de trap op liepen, had ook zij geweten hoe de avond zou eindigen.

'Een beetje', antwoordde hij.

Hij leunde naar voren en langzaam, terwijl ze hun handen hun gang lieten gaan, kusten ze elkaar: liefkozingen die al eerder waren aangekondigd, lippen die dezelfde zinnen als altijd uitspraken.

'Laten we naar de slaapkamer gaan', zei ze.

Het was een groot bed. Op een van de nachtkastjes lag een leesbril op een boek: *Juegos de la edad tardía*, van Luis Landero. Op het andere een doosje met Cupido onbekende pillen. Hij vermoedde dat ze slecht sliep en dat ze bovendien een lichte slaper was die er minstens één keer per nacht uit moest.

Ze bleven doorkussen toen hij haar hielp haar bloes uit te trekken. Ze leek ongeduldiger dan hij en toen hij zijn hoofd oprichtte om over haar schouder te kijken omdat hij de ingewikkelde sluiting van haar beha niet open kreeg, haakte ze hem zelf met een handig gebaar los. Ze bleven halfnaakt op de rand van het bed zitten, elkaars huid voelend, kussend. Zij was gehaast, en haar handen vroegen hem te helpen zijn riem af te doen. Het is vast lang geleden dat ze met een man heeft geslapen, dacht Cupido. Waarschijnlijk langer dan de tijd die ik niet heb gevreeën. Camila beet in zijn lippen als iemand die hongerig aan een brood knabbelt. Ze vielen op bed neer om zich makkelijker verder uit te kunnen kleden, haast zonder te praten, en toen ze eindelijk hun laatste kledingstukken uit hadden, keken ze elkaar lachend aan. Cupido liet zijn hand langs de binnenkant van haar zachte, gladde dijen glijden en hield stil bij haar kut. Ze had haar schaamhaar heel kort geschoren, en hij voelde hoe nat ze was. Camila boog zich over zijn buik en streelde zijn stijve geslacht, de voorhuid langzaam op en neer bewegend. Toen nam ze hem in haar mond en sloot haar lippen eromheen, terwijl Cupido een hand op haar billen liet rusten. Ze ging door tot ze zijn stem hoorde: 'Even stoppen', en hief haar hoofd. Ze had de smaak herkend van dat eerste druppeltje vocht, die definitieve bevestiging van de erectie, de aankondiging van het hoogtepunt. Hij bracht zijn hand naar het driehoekje met het donkere, korte haar, en wreef met zijn middelvinger over het kleine warme, natte knobbeltje. De vrouw lag bewegingloos terwijl hij haar streelde, de bewegingloosheid van de overgave, in afwachting van bevrediging en opluchting.

20

Als ze niet gauw opstond zou ze te laat zijn om de galerie op tijd te openen, maar vanmorgen liet haar dat koud. Ze bewoog onder het laken, zich uitrekkend als een kat, genietend van de lauwe warmte die het bed nog vasthield. Op het kussen vlak naast haar zag ze een korte, donkere haar, en ze glimlachte toen ze dacht aan de man van wie die haar was. De paar uur die ze met hem had doorgebracht, waren genoeg geweest om zijn beeld helder in haar herinnering te etsen, en ze wist zeker dat het lang zou duren voor ze hem was vergeten. Als ze haar ogen sloot kon ze zijn beeld reconstrueren: een heel lange man van een jaar of vijfendertig, met een helder, knap en wat scherp gezicht. Hij leek zich niet echt bewust van zijn aantrekkelijkheid. Als hij lachte, deed hij dat nooit voluit, alsof er in zijn verre verleden iets geheimzinnigs was gebeurd wat hem daarvan weerhield, en als hij zich ergens zorgen over maakte dan was hem dat niet goed aan te zien. Een rustige man, maar niet onaangedaan, sceptisch, maar niet wanhopig. Iets te casual gekleed naar haar smaak, maar je kon zien dat ook een rokkostuum hem buitengewoon elegant zou staan. Ze was maar weinig mannen als hij tegengekomen en kon wel raden welke gevoelens de detective opriep; mannen zouden op hem willen lijken, en vrouwen zouden het een uitdaging vinden om al hun verleidingstrucs op hem uit te proberen. Hij was haar de hele nacht blijven kussen. Ze ging met haar tong langs haar lippen om de herinnering aan de zijne naar boven te halen, die naar wijn hadden gesmaakt, maar niet naar tabak. Hij was een goede minnaar geweest, een uitstekend minnaar zelfs, die de delicate precisie van een miniatuurschilder wist te combineren met de primitieve kracht van een steenhouwer. Toen hij haar liefkoosde had ze het gevoel gehad dat haar dijen en billen nog hard en stevig waren, en glad als aluminium. Hoewel ze vanaf de eerste kus al wist dat ze in de armen lag van een excellent minnaar met veel ervaring, had ze tot haar grote vreugde vastgesteld dat hij in zijn liefdesspel ruimte liet voor tederheid, een klein plekje weliswaar, en nauwelijks merkbaar, maar precies wat een vrouw als zij in bed nodig had om het gevoel te krijgen dat het niet alleen maar om de seks te doen was. En verder was hij knap, heel knap. Ze zou hem dolgraag vaker zien, maar hij woonde zo ver weg, en maakte de indruk genoeg aan zichzelf te hebben! Ze strekte zich nog een keer uit, lui en loom, en voelde een licht schurend gevoel tussen haar benen. Glimlachend realiseerde ze zich dat ze die kleine irritatie de hele dag zou voelen, en op die manier herinnerd zou worden aan een verrukkelijke nacht. Daarna ging ze rechtop tegen de achterkant van het bed zitten, met het kussen dubbelgevouwen in haar rug. Vanaf daar liet ze haar ogen door de kamer dwalen: de sprei lag in een hoop op de grond en op het nachtkastje was het kapje van de lamp over het doosje met de slaappillen gevallen, die ze niet nodig had gehad. Haar schoenen stonden naast het bed, op hun gewone plekje, maar eentje lag ondersteboven, en wees met de glanzend metalen punt van de naaldhak naar het plafond, haar bloes en beha waren aan de andere kant van het bed terecht-gekomen, haar rok lag verkreukeld op de stoel waar hij hem vanuit het bed naartoe had gegooid. Haar slipje moest ook nog ergens rondzwerven. Van hem was geen spoor meer te bekennen, hij had niets achtergelaten, behalve dan dat weldadige gevoel van bevredi-ging en die korte, zwarte haar op het kussen, waar ze opnieuw voldaan naar keek, als een jong meisje dat volschiet als haar blik op een lok van haar geliefde valt. Ze haatte wanorde, bij haar thuis en in de galerie – wat van tijd tot tijd tot botste met Gloria – maar de wanorde die haar slaapkamer nu tentoonspreidde vulde haar met genot, want ondanks haar elegante, ijzige voorkomen was dit wat ze het heerlijkst vond aan seks: gretigheid en hartstocht. Dat ze zoveel zorg aan haar uiterlijk besteedde, met exclusieve designkleren, zorgvuldige make-up, kastanjebruin geverfde haren, parfum dat ze regelmatig opnieuw opbracht, was omdat ze het verdomde te verslonzen, zoals veel gescheiden vrouwen die ze kende, die er niet aan leken te kunnen ontkomen zich te laten gaan en een sfeer van eenzame verlatenheid en wanhoop uitstraalden. Het idee dat iemand zo over haar zou denken was onverdraaglijk, hoewel ze heel goed wist dat ze niet alleen een gescheiden vrouw was, maar zelfs meerdere malen was gedumpt. Ze had altijd een moeizame verhouding met mannen gehad, voor en na haar huwelijk. Ze zijn zo op zichzelf gericht dat ze een relatie liever afkappen dan ook maar één van hun gewoonten te veranderen, zei ze tegen zichzelf. En toch, hoe anders was Gloria's leven geweest. Ze had niet gelogen toen ze de detective de vorige avond had gezegd dat alle mannen voor haar vielen. Zelfs hij had steeds maar gevraagd wat er nu zo bijzonder aan haar was, en dat had hij met zoveel nadruk gedaan dat je bijna zou geloven dat Gloria hem ook verleid had, vanuit het hiernamaals, want in plaats van vragen over haar te stellen die je zou verwachten van iemand die met een onderzoek bezig was – waar was ze die dag, hoe laat, met wie – informeerde hij naar allerlei persoonlijke aspecten, alsof Gloria hem meer interesseerde dan haar moordenaar. Ze liet zich weer achterover in bed zakken, met een triomfantelijk, wraakzuchtig lachje om haar lippen: de vorige avond was Gloria er niet geweest om voor de zoveelste maal de aandacht van een aantrekkelijke man die La Galería binnenkwam voor haar neus weg te kapen. Ze had zo lang op dit moment moeten wachten dat ze langzamerhand was gaan geloven dat het nooit meer zou gebeuren. De laatste twee jaar was het Gloria geweest die in het centrum van de belangstelling stond, en was zij verbannen naar de achtergrond. Het was onuitstaanbaar geweest om te zien dat iedere bos rozen naar Gloria's bureau ging en dat ieder niet-zakelijke telefoontje voor haar was bestemd. Zij had er altijd al haar best voor moeten doen om gezien te worden, want wat Gloria kwam aanwaaien, had zij met vallen en opstaan moeten leren. Het vreemde was dat nu zij dood was, het haar ineens veel makkelijker afging. Ze begon zelfs een aantal kenmerkende eigenschappen van Gloria's gedrag over te nemen – die lichte speelsheid, een spontane, open glimlach, de kleuren van haar garderobe. Ze was zich al veel langer bewust van de indruk die je daarmee kon maken, maar toen Gloria nog leefde had ze het nooit in praktijk durven brengen omdat ze bang was een parodie te lijken, of Gloria het zou merken. Zelfs haar contacten met kunstenaars en cliënten waren soepeler en natuurlijker geworden. Ze had vaak gehoord dat een vrouw niet te happig moest lijken tegenover een man die ze net had leren kennen, omdat niets hen zo kopschuw maakt als gretigheid, maar ze was er niet zeker van dat zij het altijd had kunnen weghouden. Of misschien merkten mannen het bij haar aan kleine dingen, en probeerden ze dat voordeel later in bed uit te buiten door in passiviteit te vervallen of door veel te overhaast te werk te gaan, terwijl zij juist behoefte had aan een uitgebreid liefdesspel, zoals vannacht, toen de detective haar naar de toppen van het genot had gevoerd.

Ze was door zo'n vreselijke periode gegaan na haar scheiding dat ze er zelfs aan was gaan twijfelen of mannen wel in staat waren om haar te bevredigen, of ze niet behoefte had aan iets anders. Was ze hem maar eerder tegengekomen, een paar maanden eerder… Als het dan hetzelfde was gelopen, dan was de pijnlijke ervaring van die nacht met Gloria haar bespaard gebleven! Ze had wel in de grond willen kruipen van schaamte, en dat gevoel was pas verdwenen toen ze dood was. Zoals altijd bij een vernissage waren ze na afloop met de kunstenaars uit eten gegaan. Die keer waren het twee piepjonge schilders geweest met een heel beperkt maar interessant oeuvre. Hun werk was stilistisch gezien verschillend genoeg om het in één ruimte te kunnen tentoonstellen, zonder dat je direct de neiging kreeg het met elkaar te vergelijken, hoewel er in sfeer en thematiek een ondergrondse affiniteit leek te bestaan. Bovendien was het voorstel voor een gemeenschappelijke tentoonstelling van de kunstenaars zelf afkomstig. Gloria was lovend over het werk van de beide schilders en het was die tentoonstelling die haar op het idee bracht om met Emilio Sierra te gaan samenwerken – zij als schilder en hij als beeldhouwer – aan een parallelle serie over één onderwerp: de rotsschilderingen in de grotten, waar ze altijd met zoveel enthousiasme over praatte. Zij was zelf aanvankelijk niet al te zeer te spreken geweest over die tentoonstellingsplannen, omdat ze het werk niet geweldig vond en niet verwachtte dat het goed zou verkopen. Maar omdat er op dat moment niets beters voorhanden was, ging ze uiteindelijk akkoord. Zelfs al verkochten ze weinig, ze zouden er in ieder geval minstens één schilderij aan overhouden – dat de galerie een schilderij van een tentoonstelling kreeg was haast een voorwaarde om te mogen exposeren – van twee jonge, mogelijk veelbelovende kunstenaars, een bijdrage aan hun eigen, beginnende collectie, die al een Barjola en een Gordillo bevatte. Toen ze nog maar een paar minuten aan tafel zaten was het hun duidelijk dat de schilders homo's waren, en na nog een paar minuten kwamen ze er zelfs enthousiast voor uit dat ze minnaars waren, alsof ze trots waren op een geaardheid waarvan zij altijd had gedacht dat het afwijkend gedrag was dat nauwelijks spoorde met de rest van de maatschappij. Ze werd altijd zenuwachtig van dat soort koppels. Terwijl ze naar hen keek probeerde ze te bedenken wie welke rol speelde. Ze vroeg zich af of iemand die als man was geboren de rol van een vrouw aan kon nemen zonder permanent in verwarring te verkeren. Maar de twee schilders leken niet alleen tevreden, ze deden zelfs gelukkig aan. Ze woonden samen en verzekerden hun dat ze een stabiele verhouding hadden, wat haar, omdat ze altijd had gedacht dat homoseksuele relaties onvolwassen en promiscu waren, hogelijk verbaasde. Ze hadden stevig gedronken en op een gegeven moment werd de stemming zo uitbundig en vrolijk dat hun verhalen ronduit schunnig werden, maar ondanks dat ze woorden gebruikten die in de mond van anderen obsceen en treurig zouden klinken, vond ze het bij hen eigenlijk alleen maar leuk. Gloria lachte en grapte met hen mee, alsof ze hen haar hele leven al kende, als vrienden die elkaar heel lang niet meer hebben gezien. Het was bij een whisky, toen ze, inmiddels al behoorlijk dronken, nog een afzakkertje namen in een café aan de Paseo de la Castellana, dat ze breed lachend hun echte geheim onthulden: in werkelijkheid waren er helemaal geen twee schilders met ieder een eigen, onafhankelijk oeuvre, maar werkten ze van het begin tot het eind samen aan ieder schilderij. Alleen in het allereerste begin, bij de opzet, was het anders, want dan bepaalde een van de twee het onderwerp en de manier waarop ze dat zouden gaan uitwerken. Eerst dacht ze nog dat het een grap was, dat ze haar uitdaagden en de spot dreven met haar kennis van zaken en haar ervaring als galeriehouder, maar toen later bleek dat het echt zo was, had ze het gevoel dat ze was belazerd en was ze het liefst opgestaan en vertrokken om niet verder naar hun praatjes te hoeven luisteren, zo belachelijk trots als ze op zichzelf waren om die stompzinnige wisseltruc, maar Gloria leek hun excentriciteit juist prachtig te vinden. Bij het volgende rondje dacht ze uit de dubbelzinnige woorden van een van de schilders te begrijpen dat hij suggereerde dat zij tweeën ook minnaars waren. Typisch voor homo's, dacht ze, om te denken dat de rest van de wereld het ook is, dat iedereen bij de club hoort in plaats van dat zij de uitzonderingen zijn. En weer voelde ze ergernis opkomen, maar zoals zo vaak verraste Gloria haar, dit keer door met hen mee te doen, en zij had haar irritatie snel laten varen en was ook ingegaan op de suggesties, dubbelzinnigheden en uitdagingen die voortkwamen uit de situatie: twee mannen en twee vrouwen die paren vormden die door het verschil in sekse niet met elkaar waren verbonden, maar gescheiden. Het was het soort spelletjes met schuivende grenzen waarbij Gloria zich altijd zo op haar gemak voelde. Zij had zichzelf verbaasd doen staan door de bravoure waarmee ze die nacht had besloten mee te doen. Zelfs het lijntje coke dat een van de twee schilders in vier gelijke porties had verdeeld op het glanzende oppervlak van zijn creditcard had ze niet afgeslagen. Daarna waren ze nog naar een discotheek gegaan en naar een tent met

283

mannelijke strippers, waar ze ondanks dat er normaal alleen vrouwen in mochten ook de twee mannen hadden toegelaten, en ze waren geëindigd in een club voor gays en lesbo's, zo'n gelegenheid waar het vlak voor de zon opgaat op z'n drukst is, als de nacht al een selectie heeft gemaakt en zich heeft ontdaan van iedereen die moe en verveeld is, van mensen die, zoals zij normaal ook, altijd zonodig bijtijds op moeten. Tot haar eigen verbazing had ze zich daar te midden van al dat geschreeuw en gelach geen moment ongemakkelijk gevoeld of het idee gehad een vreemde eend in de bijt te zijn. Ze had zelf ook gelachen, net als iedereen, misschien iets te hard, ze had ontspannen op de schouders van de beide schilders geleund en zelfs op een gegeven moment haar arm om Gloria's middel geslagen en hem daar langer dan nodig was laten liggen om te laten zien hoe vrolijk en vol zelfvertrouwen ze was. Want dat was het spel waarvoor ze hadden gekozen en zij was bereid het mee te spelen. Ze had het met gemak vol kunnen houden ondanks het late tijdstip, ze voelde haar voeten niet ondanks dat ze zoveel had gedanst en ze nauwelijks de gelegenheid hadden gehad om te zitten, en haar hoofd was helder ondanks de wijn en de whisky, alsof de coke die ze had genomen de gevolgen van de alcohol teniet had gedaan. Het was lang geleden dat ze zich een nacht zo had geamuseerd. Ze was verbaasd dat het al licht werd toen ze de kroeg verlieten, want ze zou hebben gezworen dat het nog niet zo laat was. De schilders, die inmiddels stomdronken waren, liepen arm in arm en hadden geen enkele aandacht meer voor de twee vrouwen. Omdat zij dichtbij woonde en er geen taxi's meer leken te rijden, had ze haar uitgenodigd: 'Blijf toch bij mij slapen. Morgen is het zondag, dus we hoeven niet vroeg op.' Gloria was maar al te graag op die uitnodiging ingegaan, ze had geen zin om nog langer op een taxi te wachten en misschien zag ze het ook wel niet zitten de volgende morgen veel te vroeg gewekt te worden door een ongeduldig telefoontje van Marcos. Toen ze in haar appartement kwamen, werden ze verblind door de zon die al door de hoge ramen kwam en deden ze de rolluiken naar beneden.

Toen ze daar in het schemerdonker stond, voelde ze zich ineens een beetje dronken, alsof de duisternis een bedwelmend effect had dat buiten door het heldere daglicht was geneutraliseerd. Moe en nog een beetje nagiechelend over grappige momenten van de afgelopen nacht hadden ze zich, half uitgekleed, laten vallen op het brede bed waar ze met zijn tweeën zouden slapen, want ze hadden geen puf meer om nog lakens tevoorschijn te halen en het kleine bed in de logeerkamer op te maken. Toen ze lag, begon alles te draaien. Ze moest haar ogen opendoen om die draaimolen van licht en beelden die in haar hoofd rondtolde tot stoppen te brengen. Ze voelde zich verward, ze kreeg niets meer helemaal helder, de geluiden niet, de kleuren en de dingen om haar heen niet. Er was maar één beeld dat zich in haar hoofd opdrong, met een absolute duidelijkheid: Gloria, die naast haar in bed lag, slapend, weerloos, met de gelijkmatige ademhaling van iemand die al slaapt, met haar gezicht naar haar toe en haar haren uitgespreid over het kussen, slechts gekleed in haar ondergoed, maar met het laken over de onderste helft van haar lichaam. Ze deed haar ogen dicht om de onthutsende verleiding te verjagen die ze door haar hoofd en buik voelde stromen; of het nu kwam door de lange nacht van alcohol en cocaïne, de aanwezigheid van de twee schilders, door het schouwspel van de striptease, of door de sensuele sfeer van de laatste kroeg waar ze waren geweest… ze verlangde ernaar Gloria te liefkozen en wilde zelf door haar geliefkoosd worden. Maar toen ze haar ogen sloot kwam dat misselijkmakende gevoel van vertigo weer terug, alsof ze in een trein reed die een duizelingwekkende snelheid opbouwde en ze alles wat voorbijkwam maar heel vluchtig kon zien – de half verlaten straten in de vroege morgen, de vage gestalten van vrijende paartjes, de parken, de velden, de eenzame bossen waar Gloria zo graag doorheen trok – om zich naar het enige doel te spoeden dat ze helder kon onderscheiden: Gloria's prachtige lichaam naast haar in bed, zo heel dichtbij. Heel zachtjes bewoog ze haar hand naar haar heup. Ze liet hem daar even liggen en toen, overmoedig door de whisky, haar slapeloosheid en het vochtige, kloppende gevoel tussen haar benen, maar helder genoeg om te begrijpen dat ze niet meteen was afgewezen, glipte ze met haar hand onder het laken in de richting van Gloria's schaamhaar. Op dat moment had Gloria haar ogen opengedaan, en daar sprak niet eens zozeer vermoeidheid uit of verbazing, als wel onverschilligheid. Ze had geen woord gezegd, haar hand niet weggeduwd, haar heup niet weggetrokken. Ze had haar alleen maar twee seconden lang aangekeken, eerder verbaasd dan geërgerd, voordat ze het laken tot haar oksels omhoogtrok, zich omdraaide en in een gebaar van volslagen onverschilligheid met haar rug naar haar toe ging liggen, niet eens met dédain, niet eens afwijzend genoeg om haar het bed uit te jagen, het was veel meer de uitdrukking van de wens met rust gelaten te worden om verder te kunnen slapen. Zij was zelf inmiddels klaarwakker en lag te luisteren naar het zondagmorgenverkeer van de mensen die erop uittrokken en naar het gedempte gemurmel van de gelovigen, die zich met hun dikke enkels en hun gebogen hoofden ter kerke begaven om de vroegmis bij te wonen, geen van hen onderhevig aan het gevoel van bittere schaamte dat zij langzaam in zich voelde opkomen. Het lukte pas om een beetje in de dommelen toen ze zich zelf ook had omgedraaid en met haar rug naar Gloria toe was gaan liggen, die onverstoorbaar en vredig sliep, zonder zich te bewegen. Het was tien uur toen ze opstond en zich boven de toiletpot leegkotste, haar uiterste best doend om, in haar eigen huis nota bene, geen geluid te maken. Haar tong was ijskoud en haar wangen gloeiden. Ze douchte en vertrok, zonder te weten waarheen, een briefje voor Gloria achterlatend dat ze met een magneetje op de deurklink plakte: 'Er liggen reservesleutels op tafel. Wil je alsjeblieft afsluiten? Ik heb een lunchafspraak met mijn broers.' Dat was gelogen, maar ze had het niet kunnen opbrengen haar wakker te zien worden en met haar te praten en dan net te doen alsof er niets was gebeurd. Praten, daar zag ze nog het meest tegen op, stel je voor dat Gloria het uit zou willen praten, zonder bereid te zijn de stilzwijgende overeenkomst te accepteren de excessen van die dronken nacht te vergeten. Want zij was niet van plan haar gedrag te rechtvaardigen, ze was niet eens bereid om hardop toe te geven wat er allemaal was gebeurd. Het was als een droom, net als een droom.

Die maandagochtend vroeg stonden ze precies tegelijk voor de deur van La Galería. Gloria had haar met haar gebruikelijke glimlach begroet, alsof ze zich niets kon herinneren – en zij wilde zelf maar al te graag geloven dat ze het inderdaad vergeten was, of er op zijn minst aan twijfelde of die beelden tot de werkelijkheid behoorden of tot de wereld van de dromen – en ze had gezegd: 'Volgens mij hebben we gisteravond een beetje overdreven. Ik denk dat ik een week nodig heb om over mijn kater heen te komen.' Daarna waren ze tot de orde van de dag overgegaan. Gloria was nooit meer op de gebeurtenissen van die nacht teruggekomen. En zij had het zelf weggestopt, maar zo nu en dan, bij bepaalde opmerkingen, kwam de diepe schaamte weer naar boven…

Maar nu hadden die herinneringen eindelijk een plaats gevonden en waren ze niet langer zo pijnlijk. Ze had het blijkbaar nodig gehad, een nacht als deze, niet alleen het genot dat ze wel driemaal van het topje van haar hoofd tot de punten van haar tenen door haar heen had voelen stromen, maar de nacht met de detective had gemaakt dat ze weer vrede met haar eigen lichaam kon hebben, waarin ze de eerste tekenen van de aansluipende ouderdom al had opgemerkt. Ze pakte een spiegeltje uit de la van haar nachtkastje en onderzocht haar gezicht en hals zorgvuldig op sporen van lippen of tanden, maar ze kon niets vinden. Integendeel, ze zag er zo stralend uit dat ze zichzelf haast niet herkende. 'Zie je wel, het zijn de kussen van mannen die ons vrouwen jong houden', zei ze tegen de spiegel, stomverbaasd dat de tijd zich leek te hebben teruggetrokken: er waren jaren van haar afgevallen. Ze zou vanmorgen haar lippen dieprood stiften, minstens tien centimeter lange oorbellen indoen en haar kortste rokje aantrekken. Als ze de straat op ging zou ze meer rechtop lopen, meer met haar heupen wiegen en haar hakken zelfbewuster laten klakken, want niets was beter voor het zelfvertrouwen dan een volmaakte liefdesnacht. En zodra ze in La Galería was, als ze de deur opendeed, de rolluiken ophaalde, het licht aandeed... bij al die mechanische handelingen die gisteren nog leeg en betekenisloos waren, zou ze zich er nu volledig van bewust zijn met welk deel van haar tot leven gebrachte lichaam ze die uitvoerde.

21

Hij maakte de deur van het appartement open met de sleutels die Camila hem een halfuur daarvoor had gegeven. Zij was in bed blijven liggen en na het douchen was hij naar de slaapkamer teruggegaan en had hij haar op haar lippen gekust en gezegd: 'We zien elkaar nog.' Hij had zijn best gedaan zijn woorden niet als een definitief afscheid te laten klinken.

Het was donker in Gloria's appartement, er kwam slechts een dun straaltje zon door een rolluik dat een streepje openstond. Hij wachtte even om zijn ogen te laten wennen en trok de deur achter zich dicht. Toen hij daarna langs de wand naar het lichtknopje tastte en het aanknipte, stroomde de hal vol licht. Hij wist nog precies hoe het huis was ingedeeld. Hij had het samen met Anglada grondig doorzocht op het dagboek, en wist dat hij naar rechts moest. Hij deed de kroonluchter in de woonkamer aan en zag de dubbele schuifdeur tegenover zich, open, twee deuren die weggeschoven zaten in de spouwmuur, precies zoals hij het zich eergisteren in zijn garage in Breda had herinnerd. En weer gingen de woorden door zijn hoofd die, zo had David hem verzekerd, Gloria had uitgesproken nadat ze hem had betrapt op het bladeren in haar dagboek: 'Niemand die het kan vinden, zelfs als ze de deuren van de schuilhoek open- en dichtmaken, vinden ze het niet. Het blijft altijd verborgen.' Hij liep erheen en pakte het handvat van de rechterdeur. Hij gleed soepel door de rail boven in de lijst tot hij aanliep tegen de stopper in het midden, die met een klein vleugelmoertje vastzat en die niemand zou opmerken tenzij je precies wist waar je moest kijken. En niemand zou gedacht hebben dat daar iets verborgen was, het was te simpel. Je had er niet eens gereedschap voor nodig. Hij had het vleugelmoertje in minder dan geen tijd los en bewoog de stopper naar links. Toen duwde hij weer tegen de deur, die nu verder schoof, tot hij hem tegenhield. Het ging gemakkelijk, zonder piepen of knarsen, en dat leek hem een goed voorteken. De spouw tussen de twee muren waar de deur in verzonk was ongeveer acht à negen centimeter breed en het licht van de kroonluchter reikte niet helemaal tot achterin. Cupido keek om zich heen en koos een verstelbare lamp met een geslepen glazen kap. Hij stopte de stekker in het stopcontact vlak naast de deur en richtte de lamp. Er zat niets in, op een beetje stof, wat pluisjes en wat dode insecten onder in het gat na.

Toen hij hetzelfde deed met de linkerdeur, en in het licht dat naar binnen scheen een dun plankje zag dat precies in het gat paste, met een boek in een soort hoesje erop, wist hij zeker dat hij het dagboek gevonden had. Hij trok het plankje naar zich toe. Achter het boek lag nog een smal, hoog, lakhouten doosje met het schild van de luchtmacht erin gegraveerd. Voordat hij het dagboek opensloeg keek hij eerst wat er in het doosje zat: een handvol militaire onderscheidingen en wat sieraden, waaronder een parelsnoer en een bij elkaar passende ring en oorbellen, gezet met briljanten. Hij leidde daaruit af dat die verstopplek niet door Gloria zelf was verzonnen maar door haar vader, want hij kon zich van haar niet voorstellen dat zij haar waardevolle juwelen daar zou bewaren en niet in een bankkluisje. En dat was dan misschien de reden dat ze de plek niet eerder hadden ontdekt, omdat ze steeds hadden geprobeerd zich in háár gedachten te verplaatsen en niet in die van haar vader, van een oude militair. Gloria had domweg gebruikgemaakt van een verstopplekje dat haar ouders tijdens hun leven een gevoel van zekerheid had gegeven.

Het had hem nog geen minuut gekost om het open te krijgen, en hij ging ervan uit dat zij het in de helft van de tijd had gekund. Als je eenmaal wist hoe het moest was het een fluitje van een cent. Hij nam aan dat ze het daar niet steeds wegstopte als ze alleen thuis was, maar wel als ze bijvoorbeeld wist dat ze er een poos toch niet in zou schrijven of op reis ging en het niet op een plek wilde opbergen waar iemand het kon vinden. En verder was het nauwelijks meer werk dan het in een la te stoppen, want dan had je weer een sleutel die je moest opbergen.

Hij keek om zich heen en besloot op een van de stoelen met de rechte rugleuningen die om de eettafel stonden te gaan zitten. De kroonluchter scheen precies op de tafel. Het dagboek, op A4-formaat, zat in een hoes en je kon alleen de rug zien. Er stond één woord op: 'Dagboek'. Het was in zwarte zijde gebonden met felgekleurde bloemmotieven erop gedrukt, als een omslagdoek uit Manila. Hij bladerde er snel doorheen, eerst nog zonder iets te lezen, zichzelf de tijd gunnend om het lichte trillen van zijn handen tot bedaren te laten komen. Het was voor ongeveer driekwart beschreven, in dat duidelijke, nette en heldere handschrift dat hem al was opgevallen in de signatuur van haar schilderijen, een beetje kinderlijk, alsof ze ook in haar handschrift de onschuld en de onbevangenheid had bewaard die Camila in haar gezicht had opgemerkt. Hij keek vluchtig naar een paar tekeningen die ze hier en daar tussen stukken teksten had gevoegd, uitprobeersels of schetsen die ze misschien snel even had willen maken om ze niet te vergeten, of om een stemming weer te geven en geen woorden te hoeven gebruiken. Hij bladerde terug naar de eerste bladzijde, die was gedateerd ergens in de zomer van het jaar daarvoor, vijftien maanden voor haar dood:

26 juli, dinsdag

Gisteren hebben we mijn vader begraven. Het was een snelle, eenvoudige plechtigheid, zoals hij die zelf zou hebben gewild. Snel en eenvoudig genoeg om niet het gevoel te krijgen dat je soms bij begrafenissen bekruipt, dat we ons van een lichaam ontdoen omdat we er vanaf moeten, vooral als iemand is gestorven na een lange lijdensweg of na een ongeneeslijke ziekte die het huis langzaam vult met allerlei medicijnpotjes en flesjes waarvan je weet dat ze geen zin hebben, en met lakens die naar lijkwaden ruiken. Pappa heeft de helft van zijn leven in uniform gelopen, maar hij heeft nooit veel op gehad met de pomp en praal van parades en defilés. Vandaar dat ik alle voorstellen van zijn oude kameraden heb afgeslagen en er geen militaire band was, en geen medailles en vlaggen op de kist. We waren met een beperkte groep mensen, zo tussen de veertig en de vijfenveertig personen. Iedereen die belangrijk voor hem is geweest was er, zijn vrienden – militairen en burgers – de familie: zijn broer, mijn oom Clotario, en David, mijn merkwaardige jongere neefje, die me tamelijk hinderlijk en irritant aanstaarde.

Toen ze de kist in de bovenste nis hadden geschoven en de priester was uitgesproken, keek iedereen ineens naar mij, alsof er iets van me werd verwacht. Dat was een afschuwelijk moment, omdat ik niets wist te zeggen en ook geen idee had van wat ik moest doen. Ondanks het feit dat ik de afgelopen weken, toen hij zo hard achteruitging, de tijd had gehad om mijn verdriet te verwerken en te wennen aan de gedachte dat hij er niet meer zou zijn, was het pas toen de eerste steen de eerste schaduw in de nis wierp, dat ik me definitief realiseerde dat ik onherroepelijk alleen was.

Op de terugweg kwamen er dingen over pappa naar boven die ik allang was vergeten. Alsof de dood de chronologische volgorde van de herinneringen had omgedraaid; hoewel zijn laatste maanden nog maar zo kort geleden zijn, leken ze me iets wat heel lang geleden is gebeurd, terwijl de herinneringen aan mijn vroege kindertijd met hem heel helder waren: een tocht te paard, ik bij hem voorop, zijn arm om mijn middel, de eerste zomers in Breda, nu zo lang geleden, de speciale geur van zijn uniform, dat ruw aanvoelde als hij me knuffelde en me een kus gaf als hij 's morgens vertrok... Herinneringen die ik zorgvuldig zal koesteren en die ik, nu ze via een geheime route hun weg terug hebben gevonden, nooit meer kwijt wil.

Toen ik later thuis was en naar de stoel keek waar hij altijd zat, hield ik op met over mezelf te piekeren, want het zien van al zijn persoonlijke dingen vaagde in één keer het gevoel van zelfmedelijden weg dat in me was gevaren door het rouwbeklag en al die afgezaagde woorden van troost. Het zou verboden moeten worden, dat hele protocol rond de dood dat nabestaanden verplicht een piëteit tentoon te spreiden die bijna niemand voelt. Het was pappa die dood was, wreed uitgeteerd door de kanker, ondanks zijn dappere verzet. Ik troost mezelf met de gedachte dat hij niet meer lijdt, dat de plaats van de nis waarin hij nu rust hem zal bevallen, in de bovenste rij, op een zonnige plek, naast die van mamma. Ze hadden meer dan een jaar op een wachtlijst gestaan om die plek te kunnen reserveren. Hij, die tijdens zijn leven zo genoot van de lucht, kon het idee niet verdragen in een kuil begraven te worden. En als er iets is na de dood, dan zijn ze nu samen, waar dat ook moge zijn.

Marcos, Camila, Clotario en David waren met me mee teruggekomen en iedereen liep maar een beetje door het huis te drentelen, zonder op een stoel of een bank te durven gaan zitten uit angst een indringer te lijken door een van zijn vaste plekjes in te nemen. Ondanks hun goede bedoelingen en hun hulpvaardigheid zaten ze me op dat moment in de weg, schaduwen die me stoorden. Ik zou liever alleen zijn geweest. Ik hoorde hoe Marcos en Camila in de keuken koffie aan het zetten waren; ze praatten zachtjes met elkaar, als samenzweerders. Toen ik naar de wc ging zag ik vanuit de gangdeur dat Clotario mijn vaders studeerkamer was binnengegaan en verbijsterd naar het ingelijste paneel stond te staren waar pappa's onderscheidingen op hingen, als een ontdekkingsreiziger die afgunstig was op wat hij zelf ook had kunnen bereiken maar die uit lafheid of door incompetentie is mislukt. Ik wil absoluut niet te hard over hem oordelen, maar in de paar seconden dat ik hem observeerde, kwam dat beeld nu eenmaal in me op. Toen ik daarna weer in de woonkamer terugkwam stond David vol aandacht naar mijn schilderijen te kijken, en hoewel ook uit zijn ogen hebzucht sprak, was die van een ander kaliber, minder gericht op het materiële. Meer zoals de hebzucht van een verzamelaar, die ik in de galerie wel bij sommige cliënten heb waargenomen, waarbij het minder gaat om de financiële waarde die een schilderij vertegenwoordigt dan wel om de artistieke betekenis. Marcos en Camila stonden in de keuken nog steeds zachtjes *met elkaar te praten. Ik vroeg me af waar ze het over hadden, wat ze hier eigenlijk allemaal deden, wat ze wilden. Ik zou liever alleen zijn geweest met mijn verdriet om pappa's dood, niet het gevoel hebben dat ze een rijk in bezit kwamen nemen waarvan de koning net was gestorven en ik niet meer dan een deel van zijn nalatenschap was.*

Langzaam bladerde Cupido verder, pagina voor pagina, op zoek naar de hoofdletters van namen die hij kende. Bij die eerste lezing was hij alleen geïnteresseerd in zaken die direct betrekking hadden op het onderzoek. Een paar bladzijden verder stopte hij bij een andere datum:

5 augustus, vrijdag

Aangezien ik hier met niemand praat, hoef ik nergens om te liegen. En aangezien ik niet voor een rechtbank sta, hoef ik me nergens tegen te verdedigen. Op deze bladzijden kan ik het mis hebben zonder dat iemand me verbetert. En ik kan hard zijn, eigenwijs, wreed, on-rechtvaardig, overdreven, romantisch of kinderachtig zonder dat ik er daarna spijt van hoef te hebben. Jammer dat ik niet eerder heb ontdekt hoe heerlijk het is om een dagboek bij te houden, hoe ik geniet van die momenten waarin ik geen enkele schijn hoef op te houden.

27 oktober, donderdag

Vanmorgen heeft de tekenleraar opgebeld, die man die gisteren met zijn leerlingen de galerie heeft bezocht om de expositie van mijn werk te bekijken. Ik neem aan dat hij me toen heeft gezegd hoe hij heette, maar ik kon het me niet meer herinneren en voelde me er een beetje ongemakkelijk onder dat ik niet wist wie ik aan de lijn had. Hij vroeg of ik de volgende dag, morgen dus, naar zijn school wilde komen om een praatje voor zijn leerlingen te houden over hedendaagse kunst. Ik was aanvankelijk niet al te happig, want ik vond het allemaal een beetje overhaast en had geen idee van wat ik een stelletje pubers zou moeten vertellen; waarschijnlijk walgen ze van alles wat maar in de verste verte met een museum te maken heeft. Maar uiteindelijk wist hij me te overtuigen. Toen pas zei hij hoe hij heette, Manuel Armengol, en we werden het eens over de tijd en bespraken een aantal punten die ik aan de orde zou moeten stellen. Wat deed me besluiten toch te gaan… ik denk het vertrouwen dat hij in me stelde zonder me te kennen, een soort blind geloof dat je onmogelijk kunt beschamen. En verder vond ik het interessant dat hij, in plaats van me te verzekeren dat ik geen enkel probleem zou hebben met mijn publiek, me het praatje voorstelde als een duel tussen de leerlingen en mij, als een uitdaging. Allesbehalve een deftige lezing. Hij had maar drie minuten nodig om me over te halen. Het was de eerste keer dat ik had meegemaakt dat een docent zijn leerlingen meenam naar een expositie van mij en dat had mijn interesse voor hem gewekt. Toen ik de telefoon neerlegde, herinnerde ik me zijn bezoek van de dag daarvoor. Ik had hem wel leuk gevonden, de schuchterheid waarmee hij zich bewoog en die hij alleen leek af te leggen als hij over kunst sprak, het merkwaardige aura van verval en mislukking om hem heen. Ik weet niet hoe het komt dat ik me, net als veel andere vrouwen die ik ken, aangetrokken voel door twee tegengestelde polen: de pool van het succes en die van de teloorgang. Marcos, zo onberispelijk, zo zelfverzekerd, en met dat prachtige lijf van hem, behoort tot de eerste categorie. Deze Manuel Armengol lijkt een waardig vertegenwoordiger van de tweede. We zien wel wat er morgen gebeurt.

28 oktober, vrijdag

Het praatje op de school ging beter dan verwacht. De leerlingen overstelpten me met vragen die ik redelijk helder heb beantwoord, denk ik, en met gevoel voor humor. Zelfs Armengol – iedereen noemt hem zo en ik denk dat ik dat ook maar doe – was verrast te merken hoe positief ze op mijn woorden reageerden. Ik was een beetje euforisch toen ik de school verliet, en dat gevoel bleef de hele avond, ook tijdens

295

het etentje waarvoor hij me uitnodigde, en terwijl we samen nog iets nadronken had hij eindelijk genoeg moed verzameld me voor te stellen naar een hotel te gaan. Ik accepteerde. Hij is getrouwd maar dat was verder geen beletsel.

Ik denk dat wij vrouwen al de eerste keer dat we met een man naar bed gaan weten wat voor iemand het is. Armengol is soms heel lucide, maar dan weer volledig uit balans, een combinatie die voor een kunstenaar uiterst vruchtbaar kan zijn. Maar hoewel hij een tijd heeft geschilderd, is het hem nooit gelukt vorm te geven aan wat hij op zijn visionaire momenten voelt. Hij is een beetje vreemd, maar ik vind hem heel aantrekkelijk. In bed is hij net zo: van zachte tederheid naar harde ruigheid, een merkwaardige mengeling die ik uiterst opwindend vond en die me naar hoge toppen van genot voerde.

31 oktober, maandag

Van tijd tot tijd mag ik graag inzetten op een onbekend paard.

Cupido keek op uit het schrift. Nu begreep hij beter waarom Gloria het boek zo zorgvuldig had verstopt. Het was allemaal veel te intiem om door iemand anders te worden gelezen.

27 november, zondag

Terug in Madrid, moe.

Ik ben vanmorgen heel vroeg opgestaan. Het was mijn bedoeling een landschap te schilderen in het park: een kleine, met steeneiken bedekte heuvel met een perfecte kegelvorm die als een heksenhoed oprijst midden in een vlakte en die de mensen uit de streek 'de tarwehoop' noemen. Ik wilde er vroeg zijn, vlak na zonsopkomst, als de aarde langzaam ontwaakt, als de dieren uit hun schuilplaats komen om de lucht op te snuiven, en de bomen hun hoofd opsteken en hun bladeren nog niet hebben gesloten om te voorkomen dat ze vocht verdampen in deze aanhoudende droogte. Dat eerste uur van de dag beweegt alles, van het kleinste miertje tot de herten, die er altijd zo onaardig en verschrikt uitzien. Alles en iedereen beweegt op zoek naar voedsel of een plek om zich te verstoppen. En dat moment, als de aarde transparant en levend is, wilde ik vangen, wilde ik in een schilderij vastleggen. Toen ik al vlak bij de heuvel was en wat brem opzij duwde, zag ik hem, twee meter van me vandaan, met een afgrijselijke duidelijkheid. Ze hadden hem aan zijn nek opgehangen, zoals ze dat in sommige landen en tijdens sommige oorlogen ook nog steeds met mensen doen. Het was afschuwelijk, zijn hoofd was verdraaid, een van de helften van zijn gewei zat vast in het dikke touw, alsof hij in een laatste ontsnappingspoging nog had geprobeerd zich te verzetten tegen het touw dat zijn keel dichtsnoerde. Zijn ogen waren wijd opengesperd van angst, en zijn tong – lang, dik en wittig – hing uit zijn open bek, waar de eerste vliegen van die morgen al overheen krioelden. Op zijn snuit stond een uitdrukking van pijn te lezen, die erop wees dat hij een lange martelgang had ondergaan voordat hij stierf. Ze hadden zijn staart afgesneden en die opzij gegooid, en op de plaats waar hij had gezeten, zaten bloedklonters die als een zwarte stalactiet naar beneden hingen, boven een grote, donkere plek op de grond. Aan zijn geslacht, dat een scherp, rood uiteinde had als een soort worteltje, hing een druppel sperma. Het was van een dergelijk onzinnige wreedheid dat ik dacht dat ik moest kotsen. Zo gruwelijk, om op die manier een hert te doden, als het niet eens om het vlees te doen is, niet eens met het groteske voorwendsel de kop te willen gebruiken om aan de muur te hangen, zo wreed en onnodig dat de dader aan de een of andere vorm van krankzinnigheid moet lijden en zich daar wellicht niet eens van bewust is. Ik ben omgedraaid en naar de basispost teruggerend, niet ver daarvandaan. Daar zouden ze vast wel weten wie dat gedaan kon hebben en hoe de schuldige gevonden kon worden.

Terwijl ik liep bleef ik dat hert, hangend aan die dikke tak van de eik, duidelijk voor me zien. Ondanks het plastische karakter dat dat beeld in een schilderij zou kunnen hebben, wist ik dat ik daar nog een tijd mee moest wachten, om de kille razernij waarmee het dier was omgebracht – opgehangen aan zijn kop, verminkt aan zijn staart – niet over te brengen op mijn eigen hand als die de penselen opnam.

Een paar minuten later hoorde ik het woedende geblaf van de honden van de basispost, maar daar liet ik me niet door tegenhouden. Ik liep regelrecht op het groepje mannen af – twee parkwachters en drie man van de guardia civil – die me bevreemd aankeken toen ik dichterbij kwam. Toen ik vlak bij hen was zag ik doña Victoria het kantoor uit komen, de oude dame die ik heb leren kennen op de dag van de brand, met die vreemde advocaat in haar kielzog, die Marcos nog kent uit zijn studententijd, die haar altijd vergezelt en beschermt, met de zorgzaamheid van een zoon en de agressiviteit van een bodyguard. Later hoorde ik dat ze daar waren vanwege een of andere juridische kwestie, een van de vele conflicten die ze, zo hadden ze ons die middag van de brand verteld, met het park hadden omtrent de eigendomsrechten van hun landerijen.

Ik vertelde hun over het gewurgde hert dat ik had gevonden. De mannen van de guardia civil waren zo verbijsterd over mijn verhaal dat ze niets beters wisten te verzinnen dan me om mijn papieren te vragen. Gelukkig had ik ze bij me, wat lang niet altijd het geval is, en pas toen ze die hadden gecontroleerd – met dat gebrek aan initiatief dat wel een direct gevolg lijkt te zijn van een overmaat aan discipline – kwamen ze op het idee om via de radio in hun auto een superieur te vragen wat ze verder moesten. Er bleek net die dag een buitenlandse politicus in El Paternóster te jagen, vandaar dat er zoveel bewaking in de buurt was. We stapten in een wagen en ik moest ze de plek wijzen. Doña Victoria en de advocaat kwamen achter ons aan. Met zijn allen staarden we naar het hert, dat zachtjes schommelde in de lichte wind, maar niemand maakte aanstalten om het los te maken, alsof ze zich niet vies wilden maken, alsof ze het lijk van een mens hadden ontdekt, en niemand het wilde aanraken uit angst sporen achter te laten die hen als verdachten zouden aanmerken of het onderzoek zouden hinderen. Een van de honden van de wachters, die achter de auto's aan was gelopen, kwam over de weg naar ons toe, snuffelde aan het hert en begon, na om zich heen gekeken te hebben alsof hij toestemming vroeg, de spermadruppeltjes op te likken. 'Kunt u hem niet naar beneden halen? Het heeft toch geen zin hem zo te laten hangen...' zei ik. Een van de guardia's, met een streep op de schouder van zijn uniformjasje, die de leiding leek te hebben over de rest, aarzelde even maar liep vervolgens in de richting van het hert. Hij werd tegengehouden door de autoritaire stem van doña Victoria, een droge stem, hard, en heel anders dan toen ze de vorige keer met mij praatte. 'Nee, nog niet. Niet zoveel haast, jongedame. Het hert wordt er niet levend mee als we het naar beneden halen. Het is belangrijk dat iedereen kan zien hoe het er hier in het park aan toegaat.' Ik keek haar heel bewust vol afkeuring aan. Zij en de advocaat leken allebei volkomen onaangedaan over de gewelddadige dood van het dier. Ze straalden misschien zelfs een zekere tevredenheid uit omdat ze nu iets in handen hadden om hun tegenstanders te verwijten in die belache-lijke strijd die ze voerden. De guardia wierp haar een korte blik toe, maar omdat hij al had besloten dat hij het hert ging losmaken, liep hij naar de boom. En weer werd hij tegengehouden, nu door de stem van de advocaat, met een dreigement dat hij zich wel aantrok: 'Ik denk niet dat u het bewijs van een misdrijf wilt vernietigen.' De guardia liep terug naar de auto om nogmaals iemand te raadplegen, maar ik kon het niet opbrengen langer te wachten. Ik draaide me om en liep weg, zonder in te gaan op het aanbod van een van de parkwachters me met de auto terug te brengen. Ik kon het aanzien van die hongerige hond en van de zwermen vliegen die op de tong van het hert krioelden, niet meer verdragen. Ik had het gevoel dat het lijk elk moment kon gaan stinken en dan alle omstanders zou besmetten met zijn smerigheid.

7 januari, zaterdag

Ik weet zeker dat veel mensen Kerstmis haten, of een hekel aan carnaval hebben, er zijn vast inwoners van Pamplona die gruwen van de stadsfeesten van San Fermín, of die van kleine dorpen die de schurft hebben aan van die vreselijke lokale feesten die aanleiding geven tot allerlei excessen. En volgens mij zijn er onder hen heel wat die het niet eens durven toegeven, omdat ze bang zijn uitgemaakt te worden voor zuurpruimen of spelbrekers. Als een feest een moment van vrijheid is, dan lijkt het me toch wel een eerste vereiste dat iemand die er geen zin in heeft, er niet toe wordt gedwongen. Dat zeg ik nu, nu alles achter de rug is, want ik heb een nare kersttijd gehad. Het was de eerste keer zonder mijn ouders. Ik heb Kerstmis altijd met hen samen gevierd – met pappa nadat mamma was gestorven – en ik voelde me zo ellendig over die dubbele afwezigheid dat ik geen zin had iets anders te bedenken. Toen kwam Marcos met een heel programma: een paar dagen bij zijn familie, en Oud en Nieuw met ons tweetjes. Toen ik aangaf dat ik het liefst alleen ergens naar een grote stad in het buitenland zou gaan waar ik geen mens kende, kreeg hij een van zijn aanvallen van jaloezie en chagrijnigheid, en wel zo heftig dat ik zijn voorstel uiteindelijk maar accepteerde. Had ik het maar niet gedaan, want het zijn niet bepaald gelukkige dagen geweest. Hij was gewoon onuitstaanbaar, en hoewel hij het niet uitspreekt, weet ik dat hij denkt dat ik iets met iemand anders heb en dat mijn apathie daarvandaan kwam. Tot overmaat van ramp ging de telefoon toen we op een gegeven moment hier in huis waren: Armengol. Ik moest een smoes verzinnen, dat het een zakelijk telefoontje was, maar volgens mij was het niet bepaald overtuigend.

Wat mensen over het algemeen jaloezieaanvallen noemen, dat is eigenlijk niets, dat is niet gevaarlijk… dat soort uitbarstingen, die plotseling opkomende woede eindigt gewoonlijk in huilbuien en een verzoening. Kon Marcos zich maar zo uiten, want dan denk ik dat hij zijn aanvallen onder controle zou kunnen houden. Dan zouden we, zoals andere keren als we ruzie hebben, uiteindelijk in bed belanden en zou alle woede in een orgasme oplossen, als een suikerklontje in de warme melk. Het kwalijke van Marcos' jaloezie is dat hij haast nooit iets laat blijken. Hij pot het op en ik huiver bij de gedachte dat hij het op een dag laat ontploffen, want dan zou hij me veel pijn kunnen doen. Ik denk dat jaloezie die naar boven komt een *relatie kan veranderen in een hel, maar als dat soort gevoelens onder de oppervlakte blijft sluimeren verandert de liefde in een woestijn.*

8 april, zaterdag

Ik heb mijn dagboek meegenomen en voor het eerst schrijf ik in Breda, in het Europahotel. Ik voel me hier prettig, de inrichting bevalt me. In tegenstelling tot de meeste nationale paradors en dergelijke hotels heeft men hier de verleiding weten te weerstaan om in alle hoeken middeleeuwse harnassen neer te zetten en de wanden vol te hangen met tapijten.

Ik heb uit Madrid ook een tafeltje meegenomen dat ik toch overhad, en serviesgoed dat ik daar niet gebruik. Het is weliswaar niet helemaal compleet, maar het is leuk en decoratief met fruittekeningetjes erop die goed bij het huis passen. Ik ben er weer geweest. Nu het dak is gedaan en het sanitair opgeknapt, is het bijna zo ver dat ik er in kan trekken. De elektriciteit nog vernieuwen, dan kan ik er ook wat huishoudelijke apparaten in kwijt. Ik ben hier steeds vaker, alsof deze plek waar mijn ouders vandaan komen mij, nu zij er niet meer zijn, met dezelfde kracht aantrekt als zij erdoor werden afgestoten.

Zelfs tijdens deze extreme droogte is het park prachtig. Het landschap, het water in het stuwmeer – hoewel het op dit moment erg laag staat – de roofvogels aan de hemel en al die dieren die er leven… het is zo'n prachtige omgeving dat zelfs deze vreselijke droogte, die al vier jaar aanhoudt, daar niets aan kan afdoen. Het is april, maar het land is dorstig en hard en het lijkt niet eens op voorjaar. Alleen vlak bij het water, in de inhammen waar het water acht tot tien meter is gezakt, zie je een smal streepje met jonge plantjes en gras, als een groen sierrandje tussen het blauw van het water en de bruingele aarde. Aan de hemel stonden wat aprilwolken, en een daarvan liet ineens zijn waterlast vallen. Het was een heel bijzonder moment, magisch als een doop na al die tijd zonder regen. Het hele bos viel stil, om te luisteren naar het lawaai van de vallende waterdruppels. De blaadjes van de planten, die zich helemaal hadden opgerold en na die vier jaren van droogte onder een dikke laag stof zaten, vouwden zich open, als dorstende mensen in een woestijn die hun mond naar de hemel richten om zo veel mogelijk water te drinken voor het zand het opzuigt. Het was tegelijkertijd prachtig en verschrikkelijk, want die betoverende toestand hield nog geen vijf minuten aan. Terwijl ik onder een enorme eik school, openden alle planten en bomen zich naar de hemel, en heel even leken ze weer groen te glanzen, de flora als een ongeduldige minnares, die heel even haar mooiste kleuren liet zien om haar geliefde te verleiden. Daarna trok de wolk weer verder, een impotente, laatdunkende minnaar, en de aarde sloot zich weer, droog en onbevredigd, teleurgesteld en dorstig.

Die heftigheid waarmee kleuren in deze streek kunnen opkomen en weer verdwijnen, die scherpe kleurcontrasten met haast geen nuances daartussen, bieden een aantal interessante mogelijkheden voor schilderijen, waarmee ik graag aan de gang wil als ik klaar ben met de serie over de grotschilderingen. Ik ben vandaag weer boven geweest en ben er een uur tegenover gaan zitten, alleen, om ze te bestuderen. Op de terugweg had ik een ongelukje dat gelukkig goed is afgelopen. Om de lange haarspeldbochten in de weg af te snijden, nam ik een pad dat rechtstreeks naar beneden loopt tussen wat bosjes en losse stenen door. Het is een steil en lastig stuk, maar veel korter, en het zou tijd schelen. Bij een kleine helling, vlak bij de plek waar ik het pad weer wilde oppikken, stootte ik ergens tegenaan en ik struikelde nog een paar stappen verder, tot ik mezelf niet meer kon houden en in een droge, harde greppel viel. De struiken zonneroosjes waren langs beide kanten van het pad teruggesnoeid, als voorzorgsmaatregel tegen bosbrand. Er blijven dan staken van vijf à tien centimeter achter die verhouten en kei- en keihard worden en vaak, als ze schuin zijn afgemaaid, ook nog eens veranderen in kleine, gevaarlijk scherpe spiesen waaraan de herten zich nogal eens verwonden. Zo'n stompje kan zich zelfs dwars door een autoband boren. Maar dat kwam ik later pas te weten, toen Molina, een van de parkwachters, me dat vertelde. Het was puur geluk dat ik hem in zijn dienstauto aan zag komen rijden, in uniform, vlak nadat ik weer overeind was gekrab-

beld. Ik had een pijnlijke wond aan mijn dijbeen, zo diep als een kleine messteek, veroorzaakt door de uitgedroogde stomp waar ik bovenop was terechtgekomen.

Het is al de tweede keer dat hij opduikt als ik ergens in het park in de problemen zit, meteen, net als de keer dat Marcos en ik een kampvuur hadden aangelegd dat uit de hand liep. Ditmaal was ik blij met zijn aanwezigheid, want ik was geschrokken en zelfs een beetje bang, die speciale angst die je overvalt als je ergens in the middle of nowhere een ongelukje overkomt en je ver weg bent van mogelijke hulp. Nu net, terwijl ik dit opschrijf, kwam heel even het idee in me op dat het misschien helemaal niet toevallig was dat die reddende engel beide keren precies op het juiste tijdstip verscheen, maar die gedachte heb ik onmiddellijk weer verworpen, dat is té bizar. Het is per slot van rekening gewoon zijn werk om in het gebied dat onder zijn verantwoording valt mensen te helpen en te voorkomen dat ze stommiteiten uithalen.

In het handschoenenkastje had hij een kleine EHBO-doos. Hij hielp me het bloeden te stelpen, de wond te desinfecteren en met gaas en leukoplast te verbinden. Omdat het bloeden niet stopte, liet hij me in de auto stappen en bracht hij me naar het ziekenhuis in Breda, waar ik vijf hechtingen kreeg.

Terwijl ik dit schrijf ben ik in het hotel, met mijn been op een stoel, de houding waarin ik het minst last van de wond heb. Ik hoop dat ik morgen in staat ben om terug te rijden. Mijn weekeinde is met de helft korter geworden.

Ik zit nog na te denken over de parkwachter. Hoewel hij een beetje onbeschoft was, hoewel hij een beetje vreemd naar me keek, hoewel zijn handen ruw aanvoelden toen ze de wond desinfecteerden, voelde ik me op een prettige manier veilig bij hem: ik weet zeker dat je met hem in de buurt nooit zal doodbloeden.

16 april, zondag

Ha, lief, verborgen, geheim en lui dagboek!

Ik schrijf dit 's nachts, in bed. Het is zondag. Ik heb nog steeds hoofdpijn en ik heb een kater, en net als altijd na een nacht waarin ik te veel heb gezopen ben ik in een pesthumeur. Marcos heeft vanmiddag gebeld om te vragen of ik mee uitging, maar ik heb gezegd dat ik me niet lekker voelde. Ik had absoluut geen zin om het uit te leggen, dus ik heb hem een paar gemakkelijke smoesjes verkocht die hem overigens niet konden overtuigen. Hij was kwaad en gooide de telefoon erop en nu haalt hij zich waarschijnlijk weer de raarste dingen in zijn hoofd. Maar ik kan het hem onmogelijk vertellen, die zuippartij met die twee homoschilders, de coke, het bezoek aan die striptent en hoe we moesten lachen, tot de vroege morgen. Aan hem zeker, hij drinkt niet en hij rookt niet en is er nog trots op ook! Echt, we zijn zó verschillend dat er dagen zijn dat ik me afvraag hoe het mogelijk is dat we het soms toch zo goed met elkaar kunnen vinden.

De werkmethode van die twee schilders intrigeert me, het samenwerken aan één schilderij. Ik probeer me te herinneren of ik daar meer voorbeelden van ken, maar dat geloof ik niet. Ik zou het niet kunnen, zo werken, maar vanmorgen kwam ik op het idee Emilio te vragen om in zijn werk met dezelfde rotstekeningen aan de slag te gaan. De primitieve kunstenaars moeten al iets soortgelijks gewild hebben toen ze de uitsteeksels, holten en hoekjes van de rotsen gebruikten om hun afbeeldingen sprekender te maken. Morgen bel ik hem om erover te praten, als ik weer helder kan denken. Vooralsnog blijft de herinnering aan Camila's merkwaardige gedrag door mijn hoofd spoken. We waren samen in hetzelfde bed gaan liggen, want ik had geen puf meer om nog naar huis te gaan. Ik viel net in slaap toen ik haar hand op mijn heup voelde. Hij bleef daar even liggen en kroop toen verder naar mijn kruis. Verbluft deed ik mijn ogen open en ik keek haar even aan. Het was niet eens dat ik geschoqueerd was door wat ze deed, want ik ben al te oud om me nog druk te maken om iets wat met seks te maken heeft. Het is zelfs mogelijk dat ik haar ongewild op het verkeerde been heb gezet toen we zo'n lol hadden met die schilders, en ik meeging in hun spelletjes. Maar het verbaasde me zeer in Camila, want dat had ik nooit achter haar gezocht. Ik moet er niet aan denken, met een vrouw vrijen… Een man kan me alles geven wat mijn lichaam nodig heeft. Misschien had ik toen meteen met haar moeten praten, maar ik was op dat moment zo moe dat ik mijn ogen sloot, me omdraaide, en deed of ik niets had gemerkt. Ik hoop maar dat ze denkt dat het echt zo is. Dat zou het makkelijkste zijn.

Ik krijg van tijd tot tijd de kriebels van Camila. Zij ook al. Soms heb ik het gevoel dat iedereen die op zoek is naar liefde naar mij toe komt. En ik kan onmogelijk iedereen tevredenstellen.

Opnieuw keek de detective op van het dagboek. Hij dacht even na. Na de nacht die hij net met Camila had doorgebracht, nog maar een paar uur geleden, vond hij wat hij zojuist had gelezen net zo verrassend als Gloria. Hij was er zeker van dat ze in bed niet had gefaket. Aan de andere kant, het dagboek onthulde dat ze allemaal, stuk voor stuk, logen. Ook doña Victoria en Expósito toen ze vertelden dat ze Gloria niet meer hadden gezien na de dag van de brand, terwijl ze nog maar kort daarop met haar hadden staan bekvechten over het kreng van een opgehangen hert.

Hij zou er graag alle tijd voor hebben genomen om het hele dagboek te lezen, de notities over intieme zaken en dagelijkse dingen, die hem eindelijk de ziel van de vrouw die ze had opgetekend onthulden, maar hij voelde zich gespannen en opgejaagd. Het was hetzelfde gevoel als hij die nacht in zijn oude Daf had gehad. De wagen had boordevol gesmokkelde sigaretten gezeten, verstopt achter een stapel bijenkasten: dat speciale gevoel van onrust als je weet dat je iets illegaals aan het doen bent. Hij had geen toestemming zich in andermans woning te bevinden, en als iemand hem hier zou betrappen – Anglada bijvoorbeeld omdat hij argwanend was geworden door zijn aandringen, of iemand van het notariskantoor – zou hij geen enkel geldig excuus kunnen aanvoeren.

Hij bladerde verder. Hij had nog steeds het lichte trillen van zijn vingers niet onder controle. Gloria had haar dagboek niet dagelijks bijgehouden. Ze had er soms een of twee weken niet in geschreven. Ineens stopte hij toen hij de tekening van de button zag, hetzelfde ontwerp dat nog steeds dubbelgevouwen in zijn portefeuille zat. Hij had er zo vaak naar gekeken dat hij de twee tekeningen niet naast elkaar hoefde te leggen om te weten dat ze precies hetzelfde waren.

14 juni, woensdag

Vanmorgen in La Galería kreeg ik bezoek van een paar jonge mensen van een jaar of twintig, tweeëntwintig. Iemand had het met hen over mij gehad naar aanleiding van het praatje dat ik had gehouden op de school van Armengol. Ze behoren tot een groep milieuactivisten die een campagne organiseren tegen de Franse atoomproeven in het Stille-Oceaangebied. Ze hadden een aantal opzetjes voor het ontwerp van een logo, maar konden niet tot een keuze komen. Ze wilden weten wat ik ervan vond, alsof ik een expert was op dat gebied, terwijl ik eigenlijk van mening ben dat die hele boom van slogans en ontwerpen van de laatste tien, twaalf jaar niet meer heeft opgeleverd dan een tamelijk onbetekenende collectie mooie, kleurige plaatjes. Ik sputterde wat tegen en probeerde eronderuit te komen, maar ze waren zo enthousiast over hun actieplannen en zo vol vertrouwen in mijn 'expertise' dat het niet lang duurde voor ik toegaf. Ik sloot de galerie en we gingen in het kantoortje zitten om te kijken naar wat ze bij zich hadden, en om de boodschap die ze wilden overbrengen nader te preciseren. Uiteindelijk hebben we twee ideeën samengevoegd en de tekening die het is geworden zag er ongeveer zo uit:

Voordat we klaar waren, kwam Camila. Toen ze zag dat de galerie gesloten was, ondanks het tijdstip, baalde ze daar een beetje van, maar gelukkig was ze zo tactvol er niets over te zeggen waar die anderen bij waren. Ze wachtte tot ze weer weg waren voordat ze me mijn desinteresse in de zakelijke kant van onze onderneming onder de neus wreef. Ik weet dat ze volkomen gelijk heeft, want de laatste exposities hebben niet best gelopen en La Galería groeit niet zo snel als we hadden gehoopt, maar het irriteerde me dat ze het keer op keer zei, terwijl ik mijn fout allang had toegegeven. Ik vind dat ze erg gespannen is.

1 juli, zaterdag

Vanmiddag met David naar het stuwmeer geweest om de herten te schilderen, die overigens de ongegeneerdheid hadden niet op te komen dagen om zich te laten portretteren. Voordat we teruggingen heb ik nog een duik genomen. Ik heb soms met hem te doen: zo vreselijk verliefd, zo zonder enig uitzicht op succes, zo begaafd – voorzover ik dat tenminste kan beoordelen aan de paar dingen die ik van hem heb gezien. Hij is er altijd als ik hem nodig heb, maar de rest van de tijd denk ik niet aan hem.

16 september, zaterdag

Wat is er toch met Marcos aan de hand?

Vanmiddag heb ik een grote bos rozen voor mezelf gekocht. Ze staan op dit moment voor me, in het atelier. Nadat ik ze in een vaas had geschikt, deed ik de ramen wijd open zodat de laatste herfstzon voluit de ruimte binnen kon stromen. Ik voelde me heerlijk en begon aan de opzet van een idyllisch bosgezicht waarin de bloemen belangrijker zijn dan de bomen; meer dan over het duurzame van de bomen gaat het over het kleine, over het vergankelijke van de bloemen. Even later kwam Marcos. Hij had geen oog voor het schilderij maar staarde naar de rozen, en het eerste wat hij vroeg was: 'Van wie komen die?'

Ik keek hem stomverbaasd aan, geschrokken van de sarcastische ondertoon in zijn stem, en om alle misverstanden uit de weg te ruimen legde ik mijn penseel neer, sloeg mijn armen om hem heen en kuste hem. Dat had ik niet moeten doen, want ik had er eigenlijk geen zin in: ik deed het alleen maar om de reden van zijn jaloezie weg te nemen. Kussen zijn brandstof voor de liefde, maar als degene die ze ontvangt het gevoel heeft dat er iets anders achter schuilt dan liefde veranderen ze in puur vergif. Marcos liet me begaan en zei verder niets meer, maar hij bleef zo nu en dan naar die rozen kijken alsof hij ze het liefst het raam uit zou smijten. De rest van de middag was verpest. Ik kreeg geen goede streek meer op het linnen en wist geen juiste kleur meer te mengen. Toen hij daarna vertrok stelde ik mezelf steeds maar weer de vraag die aan het begin van deze bladzijde staat: 'Wat is er toch met Marcos aan de hand?'

19 september, donderdag

Als ik mijn aantekeningen van de laatste weken doorneem, valt het me op dat er weinig opwekkends te lezen valt, alsof er niets is voorgevallen wat me gelukkig genoeg heeft gemaakt om het op te schrijven. Het lijkt soms wel of ik alleen op mijn dagboek terugval om op te schrijven waarover ik pieker. En toch zou ik veel liever hebben dat het volstond met het tegenovergestelde, met de genietende trots die me altijd doorstroomt als ik een goed geslaagd schilderij heb voltooid, met dat gevoel van welbehagen na heerlijke, langzame seks, met kleine voorvalletjes waarover ik als ik ze over vijftig, zestig jaar herlees, als deze blauwe inkt is vervaagd en dit witte papier vergeeld, zal moeten glimlachen. Maar als ik lieg… wat voor zin heeft een dagboek dan?

30 september, zaterdag

Gisteren was ik bang voor hem, maar de angst die ik voel is de prijs die ik moet betalen voor alles wat eerder heeft plaatsgevonden. Het begon met een stom ruzietje om niets: wat de beste route was om bij het huis van vrienden te komen die ons hadden uitgenodigd voor het eten. Ik was daar al tig keer eerder geweest en hij wist niet eens waar het was! Marcos reed, maar hij verdomde het om ook maar één van mijn aanwijzingen op te volgen. We verdwaalden en kwamen te laat. Het etentje was redelijk gezellig, maar op de terugweg ging het weer precies hetzelfde, en nu liep de ruzie hoger op. Hoewel hij dit keer eigenlijk ook gelijk had met de route die hij wilde nemen, was geen van ons beiden bereid ook maar een duimbreed toe te geven. Ik piekerde er niet over, en hij verdomde het iets van mij aan te nemen. We werden allebei woedend en begonnen tegen elkaar te schreeuwen zoals we nog nooit hadden gedaan, we leken wel een getrouwd stel dat ondanks een diepe minachting voor elkaar, ondanks een huwelijk vol ellende, nooit uit elkaar is gegaan. Ik voelde me vreselijk gekwetst door wat hij op een gegeven moment zei, toen het nog niet te laat was de ruzie bij te leggen: 'Eens zien of we straks weer het gelukkige stelletje gaan spelen, na alles wat er is gebeurd.' Ik weet dat hij op Armengol doelde, want van al mijn andere, minder belangrijke escapades weet hij niets, en ik had er allang spijt van het hem op een zwak moment in bed verteld te hebben. Ik had beter naar Camila moeten luisteren, zo slim, altijd zo berekenend, die zegt dat je ontrouw moet ontkennen, ontkennen en ontkennen, en zelfs als het duidelijk is dat je liegt nog moet blijven ontkennen. Het zou voor ons het verstandigst zijn om uit elkaar te gaan, nu het nog kan, nu er nog vriendschap is tussen ons. Maar het tegenstrijdige is dat ik nu juist het meest van hem hou, dat ik me een leven zonder hem niet kan voorstellen.

Maar goed, verder over de ruzie: ineens, toen ik wilde uitstappen, greep hij me hard en ruw bij mijn arm, vlak boven mijn elleboog, en dat was het moment waarop ik bang werd. Maar ik was me er onmiddellijk van bewust dat ik hem dat niet moest laten merken, omdat hij me dan zeker nog meer pijn zou willen doen. Hoe zwakker een vrouw zich toont als ze bang is, des te zekerder voelen mannen zich in hun dreiggedrag. Ik denk dat we daarom zo kwetsbaar zijn, door die combinatie van angst en lichamelijke zwakheid. Ik wil

Marcos niet kwijt, maar ik wil ook geen relatie waarin er eentje beveelt en de ander gehoorzaamt.

Vanmorgen kon ik me eindelijk de details van een droom herinneren die ik al een paar keer heb gehad, maar die me als ik wakker werd steeds maar weer ontglipte voordat ik me hem kon herinneren. Toen de wekker ging bleef ik in bed liggen, zonder me te bewegen, zonder mijn ogen open te doen, en ik probeerde alle beelden vast te houden van wat misschien niet eens een echte nachtmerrie genoemd kan worden, want ik raak er niet zo door in paniek dat ik midden in de nacht wakker schrik. Maar het is wel een droom die griezelig genoeg is om me te doen baden in het koude angstzweet.

Ik bestuurde een trein in een land dat werd verscheurd door een burgeroorlog, en ik moest mensen de grens overzetten. Mijn angst werd echter niet veroorzaakt door de bommen die om de trein heen vielen, maar door mijn passagiers. Het waren lepralijders die langzaam verlamd raakten of uit elkaar begonnen te vallen. Ze waren de ziekenhuizen uitgegooid om plaats te maken voor de enorme aantallen soldaten die aan het front gewond waren geraakt. Toen het me was gelukt om aan de andere kant te komen – op alle wagons stond een rood kruis – weigerden de generaals mijn lading zieken ergens op te nemen. Ze voerden aan dat alle ziekenhuizen overvol waren, hoewel ik wist dat hun angst voor besmetting de echte reden was dat ze ons niet lieten uitstappen. Ze dwongen me terug te gaan, nadat ze de zieken wat voedsel hadden gegeven: zakken oud brood die ze door de ramen naar binnen gooiden. Ik reed via het slagveld naar het gebied terug waar ik vandaan was gekomen, om daar opnieuw geweigerd te worden. En weer mocht niemand uitstappen en weer werd ik gedwongen naar de andere kant van de grens te gaan. Er was niemand die mij verbood van de trein te stappen en dat konvooi lepralijders in de steek te laten, maar ik kon het niet, ik weet niet waarom. Aan de hemel waren al grote zwermen roofvogels verschenen die de trein volgden, als dolfijnen de oceaanschepen op volle zee. Ze wachtten vol ongeduld op de stukken vlees die nu en dan door de raampjes naar buiten werden gegooid om zich daar dan uitgehongerd op te storten. Soms gunden ze zichzelf wat langer de tijd, om een heel kadaver te kunnen verslinden dat als een van de passagiers onderweg gestorven was door de rest onder oorverdovend, obsceen geschreeuw naar buiten werd gesmeten, om dan even later de trein weer in te halen door de spoorbaan te volgen. Keer op keer werd ik gedwongen om te keren, om te keren, om te keren, en nergens mocht ik stoppen.

Er moet een verband bestaan tussen die droom en hoe ik me voel, want als ik zenuwachtig en gespannen ben, zoals nu, heeft hij de neiging terug te komen, maar ik ga niet eens proberen om hem te verklaren. Ik heb geen zin om dit dagboek te gebruiken als de bank van een psychoanalyticus. Wat ik zeker weet is dat ik de laatste week het gevoel heb dat ik met iedereen ruzie wil maken. Met Camila, die zich steeds minder lijkt te bekommeren om de kwaliteit en de samenhang van wat we tentoonstellen, alsof ze zich alleen nog maar druk maakt om het geld dat we verdienen, en dat is niet wat we hebben afgesproken toen we met La Galería begonnen. Met Marcos, die niets zegt, maar ik weet wat hij denkt. Met Emilio, die voor het eerst enigszins snauwerig tegen me deed, een houding die hij normaal bewaart voor anderen, alsof het mijn schuld is dat hij steeds minder werk maakt dat de moeite van het aanzien waard is. Hij lijkt zich te ontpoppen als zo'n echte macho, volgens mij kan hij het niet verkroppen dat een vrouw sneller gaat dan hij.

Soms heb ik het gevoel omringd te zijn door louter lapzwansen die me stuk voor stuk lastigvallen en in de weg staan, maar die ik ook niet van me af kan schudden zonder slachtoffers te maken. Shit, nu ben ik weer terug bij af, bij die droom, terwijl ik mezelf nog zo had beloofd die verder niet te duiden. Ik zou die trein wel willen schilderen, er een groot stuk van maken, een enorme barokke triptiek die de hele wand van een paleiszaal inneemt.

Misschien dat ik ze inderdaad allemaal wel verdriet doe, maar ik kan het niet helpen, anders zou ik mezelf geweld aandoen. Waar ik

*naar verlang is uitrusten, naast iemand, iemand die twee uur naast
me kan liggen zonder iets te zeggen. Twee uur zonder het gevoel te
hebben te moeten praten.*

4 oktober, woensdag

*Als dit dagboek na mijn dood ooit door iemand wordt gelezen, hoop
ik niet dat het een van mijn kinderen is. Kinderen oordelen altijd
hard, want ze eisen volmaaktheid van hun ouders en dragen ze hun
fouten lang na. Het zou me daarentegen niet uitmaken als het de
kinderen van mijn kinderen waren, die lezen het vast met dezelfde,
wat lacherige grootmoedigheid als waarmee kleinkinderen naar oude
foto's van hun voorgaande generaties kijken. Of een vreemde, die het
leest met nieuwsgierigheid en begrip, en die als hij bij de laatste
pagina is aangeland, geïntrigeerd op zoek gaat naar een portret van
mij omdat hij mijn gezicht wil zien.*

16 oktober, maandag

*Zaterdag en zondag in Madrid. Een triest, saai weekeinde. Nu weet
ik het zeker. Komend weekeinde ga ik terug naar Breda. Op mijn
eentje. Marcos weet het al.*

17 oktober, dinsdag

*Vandaag liep ik heel toevallig Armengol tegen het lijf. Ik had hem al
zes of zeven maanden niet meer gezien en zo op straat, bij daglicht,
leek hij wel zes of zeven jaar ouder. Hij was slecht geschoren en zijn
kleren waren verkreukeld. Hij had die bepaalde uitstraling van
verwaarlozing die ik indertijd ook al storend vond, maar die nu
hij alleen leeft nog erger lijkt te zijn geworden. Ik had er eigenlijk
helemaal geen zin in, maar ik ging in op zijn uitnodiging samen een
kop koffie te gaan drinken. Toen ik hem vijf seconden aandachtig had
aangekeken, vatte hij dat op als een teken dat alles weer van voren af*

aan zou kunnen beginnen. De toon van zijn stem veranderde, hij
verviel in vertrouwelijkheden en maakte romantische opmerkingen
over het verleden, en ik begon me vreselijk ongemakkelijk te voelen.
Het lijkt allemaal ook zo ontzettend lang geleden… Het rare was dat
hij nog steeds hoop koesterde. Ik weigerde een afspraak voor de
volgende dag te maken 'om te praten'. Ik vertelde hem dat ik het
druk had en dat ik het volgende weekeinde weg was.

Ik voel me niet schuldig, ik heb ook geen medelijden met hem,
hoogstens dat wat ongemakkelijke gevoel dat je er altijd aan over-
houdt als je iemand ontzegt wat hij je vraagt.

18 oktober, woensdag

Vandaag de opening van Emilio's tentoonstelling. Minder mensen
dan verwacht en het soort lauwe, herhaalde loftuitingen waar altijd
teleurstelling achter schuilgaat. Ik ben bang dat het geen succes wordt.

19 oktober, donderdag

Ik maak het uit met Marcos. Weer ruzie en weer was ik bang voor
hem. Waarom maakt hij zelf geen eind aan onze verhouding als hij
zo'n moeite heeft met het verleden? Waarom blijft hij bij me, de ene
dag poeslief, en de andere dag ineens een en al afkeuring? Vandaag
viel hij onverwacht het atelier binnen, zonder me gebeld te hebben om
zijn bezoek aan te kondigen, zoals hij altijd doet als hij weet dat ik
aan het schilderen ben. Gisteren hebben we heerlijk gevreeën. Na
afloop zijn we samen in bad gegaan en terwijl we elkaar wasten,
elkaars rug inzeepten, elkaars benen en tenen, raakten we weer opge-
wonden en hebben we het nog een keer in het water gedaan, als
weekdieren. Hij was zo zacht en lief, en nam overal alle tijd voor. Seks
is de zuurstof voor de liefde: het reinigt, zuivert en vernieuwt. Na-
tuurlijk kun je seks hebben zonder liefde, net zoals er in de woestijn
zuurstof is die niemand gebruikt, maar een liefdesrelatie zonder de
voedende kracht van het genot is niet mogelijk, net zoals er geen leven
is op de maan.

Ik had gedacht dat we na gisteravond alle narigheid in onze verhouding wel achter de rug zouden hebben, maar vandaag begreep ik dat het meer iets was geweest als de laatste maaltijd van een ter dood veroordeelde. Vanmiddag in het atelier was hij erger dan ooit, grof, kwetsend in de manier waarop hij tegen me sprak, alsof hij gisteravond als een zwakheid beschouwde en nu zijn woede richtte op degene die de oorzaak van die zwakheid was geweest. Ik kan niet aan die stemmingswisselingen van hem wennen, en ik wil het ook niet. Ik had onze relatie graag willen redden. Ik weet nu dat ik nog steeds voor hem voel, net als vroeger. Die gevoelens waren alleen maandenlang ingeslapen, maar als hij niet bereid is mijn liefde te ontvangen, kan ik hem niets geven.

Ik heb hem gezegd dat ik het weekeinde naar Breda ga, alleen, en dat ik niemand om me heen wil. Dat we allebei maar eens goed over onze relatie moesten nadenken en dat we ons af moesten vragen of het nog wel zinvol was om samen door te gaan. Hij keek me vreemd aan en staarde daarna naar het schilderij waar ik aan werkte, het laatste van de serie rotstekeningen, alsof het iets bevatte wat met hem te maken had. Ineens wist ik het: hij dacht aan Emilio. Zijn stemmingswisselingen zijn altijd het gevolg van jaloezie. Toen herinnerde ik me dat ik hem de avond daarvoor had verteld dat Emilio vandaag in het atelier langs zou komen om de schetsen op te halen die hij voor zijn beelden had gebruikt. Maar hij is niet op komen dagen. Marcos heeft zijn bezoek niet aangekondigd omdat hij dacht dat de beeldhouwer hier zou zijn. Je zou zeggen dat hij blij moest zijn geweest hem niet aan te treffen, maar jaloezie drijft hem tot belachelijk gedrag. Als mensen zo jaloers zijn als hij, schijnen ze alleen tevreden te zijn als ze hun duistere vermoedens bevestigd zien.

Ik heb nooit geloofd in de vermeende aantrekkingskracht van bezitterige, jaloerse mannen, en al helemaal niet in die valse rechtvaardiging van mensen die beweren dat ze jaloers zijn omdat ze juist zo van hun partner houden. Die verwarren vertrouwen in de ander met onverschilligheid.

314

Nu, nadat hij weer is vertrokken en de middag voor het schilderen
verder toch is verpest, ben ik naar beneden gegaan, heb ik het dagboek
uit pappa's schuilhoek gehaald en ben ik alles op gaan schrijven. In
plaats van Marcos te haten vanwege de ruzie van daarnet, heb ik
eerder de neiging medelijden met hem te hebben.

Ik stop even, mijn balpen in de lucht. Ik weet niet of ik dit allemaal
wel op moet schrijven, of ik hiermee door moet gaan. Als ik het op een
dag herlees zal ik de pijn weer voelen.

20 oktober, vrijdag

Ik heb een laatste poging gedaan mijn relatie met Marcos te lijmen.
En het is weer mislukt. Hoewel ik hem gisteren had gezegd dat ik dit
weekeinde alleen naar Breda ging, bedacht ik 's avonds dat we
misschien toch beter samen konden gaan. Het is al zo lang geleden
dat we twee dagen voor onszelf hadden, zoals in het begin. Er is altijd
wel iets wat ertussen komt: iemand die langs wipt, een telefoontje, een
dringende klus die af moet. Ik weet dat hij er minder van geniet dan
ik, maar hij houdt ook van lichamelijke inspanning, van wandelen.
Ik stelde me zo voor dat als hij mee zou komen naar de grotten, dat we
dan daar boven door samen te praten de ballast van het verleden die
zo op ons drukt, af zouden kunnen werpen. Ik zou hem de tekeningen
kunnen laten zien om hem duidelijk te maken dat als ik daarover
teken het niet Emilio is die me dat onderwerp oplegt of het schilderij
inspireert, maar de magische wezens die met in pigment gedoopte
vingers hun tekeningen op de rotsen maakten. Die wezens zijn
wezenlijker dan de spookbeelden die hij in zijn hoofd voedt, want
die tekeningen zijn de uitdrukking van een menselijk verlangen om te
communiceren, het beschavende, weldoende resultaat van de dialoog:
mensen die met elkaar praten rond een vuur hebben hun nomadenbe-
staan opgegeven om een stam te vormen.

En misschien zou hij dan ook eindelijk begrijpen hoe belangrijk
schilderen voor me is en eindelijk ophouden met dat subtiel onver-
schillige toontje waarmee hij nog steeds over mijn werk praat, alsof het

niet meer is dan een hobby waar je zo zonder enige spijt mee zou kunnen ophouden.

Ik belde hem op om hem te vragen hierheen te komen en hij stemde ermee in. Maar toen hij er eenmaal was, gaf hij me niet eens de gelegenheid uit te proberen of de heilzame eigenschappen die ik aan dat landschap toeschrijf waar zijn. Zwijgend keek hij me een paar seconden lang aan met die geslotenheid van hem die hem vaak zo onbenaderbaar maakt. Het was de blik van een onbekende man, van wie ik al eerder een glimp had opgevangen, toen ik zijn portret schilderde... die blik die nu voornamelijk geringschatting uitdrukte. Toen zei hij: 'Nee. Morgen moet ik naar de dokter. Ik wil een paar onderzoekjes uit laten voeren.' Ik vroeg nog of er iets met hem was, of hij zich niet goed voelde, omdat ik heel even dacht dat zijn kille, afstandelijke houding misschien het gevolg was van een probleem dat hij voor me weg had proberen te houden. Maar hij zei dat het niet meer was dan een routineonderzoek en zijn antwoord was zo bits en kortaf dat daarna ik degene was die niet meer verder wilde praten. Ik kwam overeind en ging naar de wc, want ik wilde niet dat hij de tranen zag die ik niet kon inhouden. Toen ik terugkwam was hij vertrokken.

Cupido staarde in de leegte, peinzend over die laatste regels. Daarin lag het antwoord op de helft van de vraag die hij zich de afgelopen drie weken zo vaak had gesteld. Hij las de laatste regels nog een keer en ging verder.

Het is allemaal volkomen zinloos geweest. Hoe aardiger ik voor hem probeer te zijn, des te heftiger is zijn afwijzing. Marcos is vervuld van een ziekelijke, kwaadaardige wrok die met de dag groter wordt. Hij was vanmiddag zo gespannen dat hij bij de minste of geringste aanraking van mij leek te kunnen ontploffen. Ik durfde niet eens bij hem in de buurt te komen. Voor mij is het onvoorstelbaar dat iets wat zo lang geleden is gebeurd, nog steeds door iemands hoofd kan blijven spoken.

Nu zit ik hier alleen, te kijken hoe de schaduw langzaam door de
ramen mijn huis binnendringt; ik weet niet wat ik moet doen.
Morgen ga ik naar Breda. Daar ben ik altijd gelukkig.

De detective sloot het dagboek. Alle verdere pagina's waren leeg.
Nu hij wist wat er was gebeurd, vond hij het pijnlijk verdrietig en
wreed. Iemand vermoorden om zoiets onbenulligs. Die laatste
woorden van Gloria: '...ga ik naar Breda. Daar ben ik altijd
gelukkig', zo vol hoop, stonden in schril contrast met wat haar
slechts luttele uren later in de stilte van het bos te wachten stond.
Hij wist nu wie haar moordenaar was, en hij dacht ook te weten
hoe het was gebeurd, maar bewijzen kon hij het nog niet. Hij hief
zijn hoofd en keek om zich heen. De schuifdeuren deelden de
enorme woonkamer in tweeën. Nu hij alleen was, zonder de
storende aanwezigheid van Marcos Anglada, kon hij de verleiding
niet weerstaan nogmaals door het huis te dwalen. Alles was
onveranderd, de schilderijen aan de muren, de plaats van de
meubels, de epileertangetjes naast de spiegel, de half afgemaakte
kruiswoordpuzzel in de laatste krant, het kille zwijgen van de
huishoudelijke apparaten. Hij deed de slaapkamerkast open en
streek langs Gloria's bloesjes, Gloria's jassen, Gloria's broeken, de
niet al te kostbare sieraden, die ze in een klein houten kistje
bewaarde. In de badkamer probeerde een muffe geur de lucht
te verdringen van het zeepje dat in zijn porseleinen bakje lag uit te
drogen. Hij maakte een parfumflesje open en rook precies het
zijdezachte geurtje dat hij verwachtte. Zonder dat hij haar ooit
had ontmoet, had hij het gevoel haar goed te kennen, ongeveer
zoals een man en een vrouw die intensief met elkaar correspon-
deren, maar in verschillende landen wonen en weten dat ze elkaar
waarschijnlijk nooit zullen ontmoeten. Hij kende haar gezicht:
als hij zijn ogen sloot kon hij het zo voor zich halen, hij kende haar
smaak, hij wist wat haar lievelingskleuren en -geuren waren en
waar ze niet van hield, en hij had haar visie op de wereld in haar
schilderijen uitgedrukt gezien. Om het beeld compleet te maken

ontbrak slechts haar stem, bedacht hij. Hij liep terug naar de woonkamer, naar de kast waar hij toen hij de eerste keer samen met Anglada de woning doorzocht, een paar video's van haar reizen en haar exposities had gezien, te oordelen naar de etiketten die erop waren geplakt. De videobanden stonden naast haar fotoalbums. Cupido aarzelde even. Hij dacht na en bewoog zijn hand in de richting van de albums. Daar moest de andere helft van zijn bewijs te vinden zijn. Hij probeerde het lichte trillen van zijn ongeduldige vingers onder controle te krijgen en sloeg systematisch de stevige, kartonnen fotobladen om, ieder footootje nauwkeurig bekijkend. Hij wist precies wat hij zocht. De vorige keer was het hem al opgevallen dat Gloria en Anglada bijna nooit samen op de foto stonden, alsof er nooit een derde aanwezig was om een foto van hen tweetjes te nemen, en als er wel iemand bij hen was leek die altijd tussen hen in te gaan staan. In het tweede album vond hij wat hij zocht. De foto was genomen in Anglada's appartement, een geïsoleerde foto die geen deel uitmaakte van een serie, alsof hij was gemaakt om een filmpje vol te maken, of iemand anders hem had genomen en aan haar had gegeven. Ze zaten allebei aan een kant van het bureau in het kantoortje, tegenover elkaar, de foto was van opzij. Hun armen lagen op het glazen bureaublad en ze hielden elkaars hand vast, elkaar toelachend, alsof het ze stoorde dat er iets tussen hen in stond. De foto moest gemaakt zijn toen ze nog gelukkig waren met elkaar. Achter hen, in de ruimte tussen hun hoofden, aan het stukje muur tussen de twee ramen in, keken de honderd kleine, vage gezichtjes van de afstudeerfoto onbeschaamd op hen neer. De ogen van de detective vernauwden zich om de kleine hoofdjes tussen de twee gelukkige geliefden scherp te krijgen. Bijna even oud, hetzelfde beroep, dezelfde stad. Misschien dezelfde faculteit. Dat was dus de verandering die hem gisteren in Anglada's appartement was opgevallen. Hij heeft de foto vervangen door het portret dat Gloria van hem heeft gemaakt, dacht hij. Hij keek nogmaals aandachtig, maar kon niets ontdekken aan die gezichtjes. Omdat ze niet scherp waren zagen ze er allemaal hetzelfde uit, en ook van de kriebelige lettertjes onder aan de foto kon hij niets maken. Hij rommelde in de laden van het meubel zonder zich nog druk te maken om het lawaai dat hij maakte, tot hij een loep vond. Daarmee kon hij de details aanzienlijk beter bekijken, maar door de vaagheid en het kleine formaat van de foto, negen bij dertien centimeter, kon hij nog niets met zekerheid zeggen. Hij haalde opgelucht adem toen hij zag dat de negatieven keurig geordend en genummerd waren. Hij hield ze tegen het licht van de kroonluchter, even bang dat die foto een cadeautje was geweest van iemand anders en dat het negatief er niet tussen zou zitten.

Daar was het, het laatste van een strook die hij uit het plastic hoesje haalde zonder de lichtgevoelige laag aan te raken. Hij herkende de silhouetten van Gloria en Anglada. In het negatief met zijn omgedraaide licht hadden ze wit haar, een grijze huid, een tandeloze, dode mond en een gezicht dat op een schedel leek. Hij had vier jaar op de filmacademie gezeten en wist wat je allemaal met een negatief kon doen als je een vergrotingsapparaat op de juiste manier wist te gebruiken. Hij wikkelde het strookje in een stuk papier en stopte het in de binnenzak van zijn colbertje. Hij was ervan overtuigd dat hij zich niet vergiste.

22

Ze had het gevoel dat haar leven zich veel te lang voortsleepte. Nu ze niets meer had om voor te vechten leken de dagen eindeloos te duren, de nachten eeuwig. De uitspraak van het Luxemburgse Hof had haar laatste hoop de bodem ingeslagen. Ze kon hier ter plekke sterven, dood neervallen op de antieke gewreven vloertegels, en er zou niets veranderen aan de wereld. Alleen Octavio zou haar missen. Hij zou een tijdje verdrietig zijn, zich eenzaam voelen misschien, maar uiteindelijk zou ook hij erop vooruitgaan na haar dood, eindelijk bevrijd van al de verplichtingen die zij op hem had geladen. Ze zat voor de kaptafel van haar slaapkamer en bekeek zichzelf in de ovale spiegel. Het snelle verouderingsproces dat drie weken geleden was begonnen, op de dag dat ze had gehoord dat Gloria was vermoord, had doorgezet. De spiegel weerkaatste het beeld van een zieke vrouw. De bleekheid van haar huid en de donkere vlekken waren nog meer uitgesproken. Vreemd eigenlijk, dacht ze, dat sproetjes bij jonge mensen worden beschouwd als een teken van gezondheid, van energie en zonneschijn, terwijl ze bij oude mensen de onheilspellende boodschappers worden van necrose en kanker. Verder had een van haar oogleden de neiging om naar beneden te hangen, en beefden haar lippen als die van een oude hond. Er was nog maar weinig over van die sterke, strijdbare vrouw van veertig jaar geleden, die zo vastbesloten was geweest om die absurde conventie van de dictatuur te doorbreken die vrouwen maar één gebied gunde om een rol te spelen, dat van de kerk! Op haar oorlelletjes bracht ze een klein drupje van het Franse parfum aan, dat ze al vanaf haar vijftiende gebruikte, en voor het eerst vroeg ze zich af of dat zo langzamerhand niet wat overdreven werd, een bewijs van overbodige, zinloze ijdelheid. 'Nee, nog niet. Octavio is er nog', mompelde ze. Voor hem moest ze zo goed mogelijk de schijn ophouden. Ze had zoveel opoffering van hem geëist al die jaren. Ze had hem een zware reis door de woestijn laten maken, hem aan het eind het Beloofde Land in het vooruitzicht gesteld, maar toen ze daar eenmaal waren aangekomen hadden ze ontdekt dat de granaatappels en de druiventrossen slechts luchtspiegelingen waren en dat er in de bijenkasten steriele, giftige wespen zaten. Vanaf zijn vroege jeugd had ze hem gedwongen blootsvoets over het hete zand te lopen, terwijl ze onderweg in de oases hadden moeten blijven omdat een kind van die leeftijd water nodig heeft om zijn dorst te lessen. Zij droeg de volle schuld van zijn dorst.

Ze rinkelde met het schelletje en wachtte tot het dienstmeisje haar de trap af kwam helpen naar de woonkamer. Op de trap voelde ze zich onzeker bij het naar beneden gaan, ze vertrouwde haar slappe knieën niet meer, haar gezwollen enkels en haar voeten, die bekneld zaten in haar schoenen; ze droeg altijd hetzelfde soort schoenen, smal en met een klein hakje, voor haar geen vilten sloffen, net zomin als ze zo'n typische oude-vrouwen-omslagdoek om haar schouders droeg, zo'n vreselijk zwart, grijs of bruin geval, waarin stof en viezigheid zich ophopen. Ze stak haar arm door die van het meisje en voelde zich zekerder door de steun van die jonge, strakke spieren. Tegelijkertijd was ze zich bewust van de erotische warmte van haar borsten, die lichtjes trilden, iedere keer als ze een stap op een trede zette. Het meisje was tweeëntwintig, met donker haar, donkere ogen, een knap gezichtje en een stevig, wellustig lichaam. Dienstmeisjes bleven nooit langer dan twee jaar in dit huis, dat was een van de condities waarmee ze bij hun sollicitatie al akkoord moesten gaan. Ze wist haast zeker dat ze de andere voorwaarde al raadden voordat ze de baan accepteerden, want daar hoefde ze het eigenlijk nooit over te hebben. Verder betaalde ze hun een vorstelijk loon zonder dat ze daar al te veel voor hoefden te doen: als het huis gesloten was, wanneer Octavio en zij in Madrid waren, moest zij de boel in de gaten houden, verder diende ze de gebruikelijke huishoudelijke taken te vervullen, zich nauwgezet aan de ouderwetse omgangsvormen te houden, en vierentwintig uur per etmaal beschikbaar te zijn voor wat dan ook als zij de weekeinden of soms wat langere perioden in Breda kwamen doorbrengen, wat overigens nooit meer dan zo'n honderd dagen per jaar het geval was. De twee jaar van dit meisje zaten er bijna op en ze begon al enige tekenen van ongeduld te vertonen: ze bleef niet meer bij Octavio staan als ze hem zijn aperitiefje inschonk en werd wat slonzig in haar werk. Toen ze een van de laatste keren, een zondag was het, naar Madrid waren geweest, had ze een muntstukje onder haar bed gelegd, en toen ze de vrijdag daarna terugkwam, lag het er nog, ondanks dat ze haar nadrukkelijk had opgedragen haar slaapkamer een grondige beurt te geven. Ze stelde zich zo voor hoe het meisje in hun afwezigheid, als zij het huis voor zich alleen had, door de kamers dwaalde en zich dromend over een leven van rijkdom en weelde uitstrekte op háár bed, háár sieraden uitprobeerde en háár parfum gebruikte, in alle laden rommelde en overal rondneusde op zoek naar bewijzen voor het roddelverhaal dat in Breda de ronde deed, dat de helft van de dingen in huis uit het oude dorp waren gestolen. Verder werd ze veel te familiair met de bezoekers, zeker met die lange detective, en zij had als heel jong meisje al geleerd dat hoe amicaler dienstmeisjes met de visite zijn, des te minder ontzag ze voor hun werkgevers hebben. Het zou niet lang meer duren of ze moest weer op zoek.

Haar leeftijd had haar wijs en opmerkzaam gemaakt, en ze wist heel goed dat het Octavio was geweest die zich als eerste onverschillig was gaan gedragen. Vanaf de tijd dat Gloria naar het park kwam, was hij neer gaan kijken op het meisje, en sinds ze dood was leek hij zelfs weerzin te koesteren tegen welke vrouw dan ook. Ze was zijn echte moeder niet, maar na zoveel jaren samen kende ze hem door en door, en ze wist precies wat zijn voorkeuren, zijn angsten, zijn wensen en zijn zwakheden waren. Daarom was zij degene die hem het best kon beschermen. Daarom had ze niet geweigerd om die detective met die merkwaardige naam, Cupido, te ontvangen, en had ze de deuren van haar huis voor hem geopend. Hij kon Octavio maar beter in haar aanwezigheid ondervragen dan dat hij hem ergens alleen op straat zou overvallen. Die man was gevaarlijk, niet de luitenant van de guardia civil, want die trad op de manier op zoals wetsdienaren dat op school leren en tegen die kille juridische taal was Octavio prima opgewassen. Het gevaar zat hem in de detective, in de houding waarmee hij zijn vragen stelde, zo menselijk, zonder dat er iets achter leek te zitten, zo schijnbaar zonder enige dreiging.

Toen ze in de woonkamer waren, hielp het dienstmeisje haar in haar stoel.

'Kan ik u nog iets brengen?' vroeg ze met een bereidwilligheid die ze al in geen weken had getoond, alsof ook het meisje de onrust en de angst die in huis heersten had gevoeld.

'Ja, een glaasje port alsjeblieft', zei ze.

Het meisje liep naar de kast en pakte de fles port en de twee bij elkaar passende glazen. Ze schonk er een vol en trok zich daarna stilletjes terug.

Ze boog zich pas voorover om het glas op te pakken toen ze de deur dicht hoorde gaan, want ze wilde niet dat het meisje zag hoezeer haar hand beefde. Ze dronk langzaam, zonder het glas van haar lippen te halen, de tijd nemend om haar lippen te bevochtigen met de zoete, geurige wijn, alsof het een verrukkelijk smakend medicijn was. Toen het glas leeg was zette ze het terug en leunde achterover in haar stoel. Ze keek naar het licht van de namiddag, dat een gelige kleur kreeg door de vitrage. 'Als de kleur van een doodshemd', mompelde ze. Ze luisterde naar de geluiden van de straat: het verre roepen van spelende kinderen, het gemurmel van twee vrouwen, oude vrouwen wellicht, die al pratend langskwamen, zo nu en dan het motorgeronk van een auto. Ze wist dat de detective zou komen, maar ze wist niet hoe lang ze nog zou moeten wachten. Ze voelde haar ogen steken omdat ze te lang naar de helderheid van het raam had zitten kijken, en liet haar oogleden dichtvallen met haar handen ervoor, om haar ogen te beschermen tegen het licht. Ze begon de laatste tijd dingen te vergeten die diezelfde dag nog waren gebeurd, maar herinnerde zich dingen uit het verleden tot in de kleinste details. En nu, zonder dat ze wist waarom, koos haar geheugen dit moment om haar te kwellen met het beeld van de uitpuilende ogen van een hert dat aan zijn nek was opgehangen, zoals je een dolle hond afmaakt. Zelfs die wreedheid had nergens toe geleid, het was geen afschrikwekkend voorbeeld geweest, het had geen schandaal veroorzaakt. Ze herinnerde zich Gloria's gezicht, waar op hetzelfde moment twee emoties op te lezen stonden: medelijden met het dier en woede op de mensen die verantwoordelijk waren voor zijn dood. Iedereen had haar kant gekozen. Zelfs Octavio was gaan twijfelen aan de effectiviteit van hun strategie, hij was duidelijk aangeslagen geweest door Gloria's protesten. Het leek wel alsof de dood van planteneters als zo'n hert sentimentele gevoelens bij mensen opwekken. Zij was de enige geweest die de kracht had gehad zich tegen de eis van het meisje, dat wilde dat het hert losgemaakt werd, te verzetten. Alsof het beest daarmee weer tot leven gewekt kon worden. Het was allemaal hoogst onaangenaam geweest! Verder was er die hond, een mager mormel met hongerige ogen en puntige botten. Niemand die hem weg durfde te jagen, omdat ze bang waren voor de reacties van dat soort beesten als je ze hun voedsel afpakt. Zij had zelf nooit troetelbeesten in huis willen hebben. Dat had ze altijd een zwakheid gevonden voor hysterische vrouwen, een bron van extra werk, en verder waren ze smerig en zaten ze onder de vlooien en de teken. Zij was van mening dat dieren, net als de mensen, hun bestaan moesten verdienen in het zweet huns aanschijns, of bestaansrecht hadden doordat ze de mens als voedsel dienden. Zij verafschuwde mensen die meer om hun huisdieren gaven dan om hun buren...

Ze was even ingedommeld, maar had geen idee hoe lang. In ieder geval lang genoeg om een droom te hebben gehad waarin ze zichzelf verlamd in een stoel zag zitten, met haar hoofd tegen de rugleuning, zonder haar ogen open te kunnen doen. Maar ze zag zichzelf van buiten, alsof haar ogen zich hadden losgemaakt van haar lichaam om er van een afstand naar te kijken. Ze haalde diep adem en vroeg zich af of het soort visioenen dat ze de laatste tijd had, niet de eerste voortekenen waren van een ziekte, van de dood misschien. Het overkwam haar steeds vaker. Als ze overdag in slaap viel, deed ze 's nachts geen oog dicht. Andere keren daarentegen viel ze zodra ze in bed lag meteen in slaap, maar werd ze na een paar uur weer wakker om de rest van de nacht niet meer te kunnen slapen, verbaasd dat het nog zoveel uur duurde voordat het licht zou worden, alsof haar gepijnigde lichaam al meer dan genoeg rust had gehad. Dat was die zaterdag dat Gloria was vermoord ook het geval geweest. Ze waren in Madrid en ze had Octavio vroeg op horen staan, eerder dan gewoonlijk. Ze had op haar horloge gekeken, en het was halfzeven. Zij was met haar ogen open in bed blijven liggen, en had gedacht dat hij misschien nog iets op kantoor te doen had voordat hij naar het laboratorium ging, waar hij die morgen wat testjes moest ondergaan, of dat hij misschien ook niet goed kon slapen, slapeloosheid is tenslotte geen kwaal die alleen aan oude mensen is voorbehouden. Ze had er verder niet over nagedacht tot ze de maandag daarna had gehoord dat er in het park, tweehonderd kilometer van Madrid, een meisje was vermoord. Ze wist zeker dat ze hen zouden komen verhoren, want alles wat er gebeurde in het Paternósterpark werd op hen betrokken. Ze had hem gevraagd hoe laat hij van huis was gegaan, en Octavio had geantwoord dat het halfnegen was geweest, net als altijd. Ze liet die leugen maar, zonder hem tegen te spreken, want ze was ervan overtuigd dat hij nooit iemand zou durven vermoorden. Niet alleen omdat hij niet slecht genoeg was, hij had er ook de moed niet voor. Verder had hij haar de volgende dag de resultaten van de tests laten zien, waaruit bleek dat hij niets onder de leden had, en zij had gekeken naar het tijdstip waarop ze het bloed bij hem hadden afgenomen:

halfelf. Dat maakte dat ze het helemaal zeker wist, want hij zou niet genoeg tijd hebben gehad om heen en weer naar Breda te gaan, hoewel de schaduw van de leugen over het verschil van die twee uur bleef hangen. Ze had zijn verhaal tegenover de luitenant van de guardia civil en de detective bevestigd om problemen vanwege een niet sluitend alibi te voorkomen... alibi, wat een lelijk woord, maar, zo zei ze tegen zichzelf, het was niet nodig geweest om háár voor te liegen. Haar ongerustheid was nog toegenomen toen ze hoorde wie het slachtoffer was: Gloria, het knappe meisje van wie hij zo ondersteboven was geweest bij hun vluchtige ontmoetingen. Toch wilde ze er tegenover Octavio verder niet over beginnen. Wat er ook gebeurde, zij zou hem beschermen tegen de wereld. Hij was haar dierbaar als een zoon, en ze was niet bereid hem voor de wolven te gooien.

Het licht dat door de ramen naar binnen viel was minder schel geworden. Een dikke strontvlieg was door de warmte van het huis naar binnen gelokt, maar binnen de kortste keren zoemde hij tegen de ramen, op zoek naar een uitweg, op de vlucht voor de invallende duisternis. 'De winter komt eraan. Je had al dood moeten zijn', fluisterde ze, toen ze zag dat hij uitgeput bewegingloos in een hoekje bleef liggen. Ze keek op het ovale polshorloge dat haar al veertig jaar vergezelde. Het was te laat, Octavio had allang thuis moeten zijn. Het zou niet lang meer duren of de zon ging onder, en na zijn siësta was hij alleen maar het huis uit gegaan om even ergens een kopje koffie te gaan drinken. Hij kende haast niemand in Breda en het was vreemd dat hij zo laat was. Ze leunde met haar gerimpelde ellebogen op de armleuningen van haar stoel en richtte zich iets op, in een poging een geluid in huis op te vangen. Misschien was hij thuisgekomen terwijl zij sliep en had hij haar niet wakker willen maken. Maar ze hoorde niets. Ze pakte het belletje van de tafel en liet het klingelen. Het dienstmeisje verscheen onmiddellijk.

'Is mijnheer al terug?' vroeg ze. Ze hield nog steeds vast aan de oude formuleringen die ze had geleerd voordat de wereld veranderde, en ze was niet bereid om mee te gaan in de vulgaire taal die men tegenwoordig gebruikte.

'Nee, mevrouw.'

Daar was ze al bang voor geweest en ze zweeg weer, niet wetend wat ze verder moest zeggen. Het meisje bleef naast de deur staan wachten.

'Dat is alles, je kunt gaan. Zeg hem dat hij naar me toe komt, zodra hij thuis is.'

Ze voelde de onrust in zich groeien naarmate de schaduwen langer werden. Ze wilde geen lamp aansteken, alsof ze het in het donker beter zou kunnen horen als er stappen in de straat naderbij kwamen en de deur openging. 'Mijn arme jongen', mompelde ze. Het was zo lang geleden dat ze had gehuild, dat de twee tranen die ze op haar wangen voelde, haar verbaasden. Ze veegde ze snel weg, want Octavio kon elk moment thuiskomen en ze wilde niet dat hij haar zo zag. Maar misschien zou die gehate luitenant van de guardia civil de enige zijn die in de deuropening verscheen, om haar mee te delen dat ze hem hadden gearresteerd op verdenking van moord. 'Nee, het is niet mogelijk', fluisterde ze nogmaals. Die woensdag, toen het tweede meisje werd vermoord, was Octavio de hele middag in Madrid. Maar toch… die twee uur… Ze zou graag de hele waarheid weten, maar ze wilde het hem niet vragen, want iedere twijfel tussen hen zou erger zijn dan een beschuldiging.

23

Het was eindelijk helemaal donker, maar ze wilde nog niet eten voordat hij thuis was. 's Avonds samen eten was een gewoonte waar ze altijd strikt aan vast hadden gehouden, en niet omdat zij het soort emotionele chantage uitoefende van moeders die met honger in het lijf opblijven tot hun lastige kroost terug is van een nachtelijke uitstapje, maar omdat, in het concept dat zij had van een gezin, in een relatie die nooit dezelfde zou zijn als die tussen echte moeders en zonen, dit soort gezamenlijke momenten de band die ze met elkaar hadden versterkte. Bij het zwakke licht van de straatlantaarn schonk ze zichzelf nog een port in om het hongergevoel te dempen. Ze zat nog met het lege glas in haar hand, met op haar tong de kleverig zoete smaak van de drank, toen ze de deur open hoorde gaan. Aan het geluid van de voetstappen in de hal wist ze al voordat hij de trap op liep, dat hij het was, en dat hij alleen was. Ze veegde haar ogen nogmaals af zodat hij niet zou merken dat ze had gehuild. Ze hoorde hem aan komen lopen door de gang en de deur van de woonkamer openmaken. Het was donker in de kamer en omdat hij haar niet kon zien zou hij zich afvragen waar ze was.

'Octavio', riep ze vanuit de schaduwen, met alle zachtheid in haar stem waartoe ze in staat was.

Hij deed twee stappen naar voren en knipte het licht aan. De antieke bronzen plafonnière met de kristallen druppeltjes stortte het felle licht van zijn zes lampen uit over het grijze hoofd van de oude dame, haar verblindend, maar zij vond het wel best omdat het plotselinge licht de tranen in haar ogen kon verklaren.

'Waarom zit u hier in het donker?' vroeg hij verwonderd.

'Ik ben in slaap gevallen.'

Hij boog zich naar haar toe en gaf haar een snelle kus op een wang. Hij nam haar aandachtig op, zoals een dokter naar een patiënt kijkt.

'U kunt maar beter overdag niet slapen', kapittelde hij haar mild. 'Anders komt u 's avonds niet meer in slaap.'

'Ik weet het. Waar heb jij gezeten?' vroeg ze. Toen hij haar een kus gaf had ze gemerkt dat zijn adem naar whisky rook, en dat terwijl hij eigenlijk nooit dronk, behalve dan zijn portje in de namiddag.

'Overal en nergens, ik heb wat rondgelopen', antwoordde hij vaag.

Doña Victoria wilde niet doorvragen. Ze staarde weer naar het donkere raam. Ze waren lang, die novemberavonden. Ze moest naar het toilet, want ze had te lang stilgezeten. Ze steunde met haar ellebogen op de armleuningen en probeerde zich op te richten, maar merkte tot haar verbazing dat haar benen haar niet gehoorzaamden; dat was nog nooit gebeurd, het was alsof ze sliepen, hoewel ze het gekriebel dat daarbij hoorde niet voelde. Ze probeerde het te verbergen, maar Octavio had het al gemerkt en hij hielp haar met een zorgzaam gebaar overeind. Doña Victoria bedacht dat ze hem nog nooit zo nodig had gehad.

'Laat me niet in de steek', zei ze, voor het eerst in haar leven toegevend aan zwakte. Ze had zich altijd sterk moeten houden, zoals de laatste erfgenaam van een oud geslacht uit de provincie betaamt. Zonder van adel te zijn had de familie haar goede naam altijd hoog gehouden, ze hadden nooit iemand om geld gevraagd, nooit zelf vlees hoeven kopen, en nooit andere arbeiders in dienst genomen dan de kinderen van hun eigen pachters.

De oude vrouw liep de kamer uit en Octavio bleef alleen achter. Hij keek om zich heen, naar alle dingen die er stonden en bedacht dat hij vanaf nu, nu ze het gevecht om het bezit van het woud definitief hadden verloren en er niet eens meer de kans bestond dat ze tot een vergelijk konden komen waarin zowel de winnaars als de verliezers zich zouden kunnen vinden, er geen enkele reden meer was om nog zo vaak naar Breda te komen. Hier hadden ze alleen nog dat huis, en een paar kleine veldjes waarmee Gabino in zijn onderhoud voorzag. Hij zou in ieder geval meer op het advocatenkantoor in Madrid moeten werken, want in de verwachting van een schadeloosstelling waren hun financiële reserves na al die lange rechtszaken zo goed als uitgeput. Het zou zelfs niet meevallen een dienstmeisje te betalen om het huis het hele jaar open te houden.

Toen doña Victoria naar haar stoel terugliep hoorden ze driemaal op de voordeur bonzen. Ze keken elkaar een paar eeuwigdurende seconden aan, zonder iets te zeggen, maar ze vreesden allebei hetzelfde bezoek. Ze hoorden de ingehouden stappen van het dienstmeisje, het geluid van de deur die openging, en het verre gemurmel van een stem die ze beiden meteen herkenden.

'Het is mijnheer Ricardo Cupido', bevestigde het meisje in de deuropening, op antwoord wachtend.

'Wil je met hem praten?' vroeg doña Victoria uiteindelijk.

'Ik denk niet dat we een optie hebben.'

'Laat maar binnenkomen.'

Doña Victoria nam plaats in de leunstoel waarin ze altijd had gezeten, alsof de hoge rug haar kon beschermen tegen de dreiging die ze in dit nieuwe bezoek van de detective vermoedde, want aangezien de laatste keer alle vragen al waren gesteld, kon zijn verschijning alleen maar betekenen dat hij een antwoord kwam brengen op onopgeloste kwesties. Ze zag hoe Octavio naar haar toe kwam en achter haar ging staan. Ze voelde zijn handen op de meubelstof steunen, vlak naast haar hoofd, bij haar haren, fijn en grijs als spinnenweb. Voor het eerst kon ze niet zeggen of die houding voortkwam uit de behoefte om haar te beschermen of om de angst die hij voelde te verbergen.

Vanaf die plek, vanuit de bescherming van die stoel, zagen ze hoe het dienstmeisje de deur opendeed, opzij stapte om de detective doorgang te verlenen, en zich terugtrok toen ze merkte dat ze niet langer nodig was.

Cupido groette hen met dezelfde beleefde woorden als de vorige twee maal, maar ze merkten dat zijn stem enigszins gespannen klonk.

'Octavio, cognac alsjeblieft', zei doña Victoria, in een poging om net te doen of er niets was veranderd, alsof ze nergens bang voor waren, en om haar wat hooghartige, afwerende houding tegenover alles wat van buiten hun leven kwam verstoren, vast te houden.

De advocaat schonk cognac in en vulde de kleine glaasjes met port. Ze nipten alledrie van hun glas, alsof ze het gesprek nog even uit wilden stellen omdat niemand wist hoe te beginnen.

'Zijn er nog vragen die u ons wilt stellen?' vroeg doña Victoria uiteindelijk.

'Nee', antwoordde de detective. 'Er zijn geen vragen meer. Vandaag kom ik u de antwoorden brengen.'

'U kunt beginnen', zei ze, nog steeds met die wantrouwige, hooghartige toon in haar stem.

'Er ontbreekt nog één gast', zei Cupido.

'Wat betekent dat?' vroeg de advocaat.

De oude vrouw en Octavio keken elkaar ongelovig en vragend aan.

'Ik heb de laatste getuige die we nodig hebben uitgenodigd naar dit huis te komen. Hij is al onderweg en kan ieder moment hier zijn. Hij is op de motor, een zware.'

Cupido zag hoe Expósito een snelle blik op de telefoon wierp, maar hij liep er niet heen.

'Hoe durft u!' kwam doña Victoria woedend tussenbeide. 'Hoe durft u op deze manier onze privacy te schenden!'

De detective keek haar recht aan, de woede in haar ogen negerend, haar trillende lippen als die van een oude hond, haar gejaagde, zware ademhaling.

'Verlaat onmiddellijk dit huis', commandeerde ze. 'Ik had u nooit moeten binnenlaten. Ik wist van het begin af aan dat u degene was voor wie we moesten oppassen.'

'Dat is goed,' zei Cupido gehoorzaam, 'ik zal buiten op straat wachten. Maar zodra ik weg ben zult u zich afvragen wat ik allemaal weet, en waartegen u zich vanaf nu écht zult moeten verdedigen.'

Hij had de eerste stap nog niet gezet toen er tweemaal discreet op de voordeur werd geklopt, alsof hij slechts een voorbode was geweest van de eigenlijke bezoeker. Hierop had de detective gewacht en hij bleef rustig staan, in de wetenschap dat dat kloppen de situatie volledig veranderde en zijn gastvrouw zou dwingen terug te komen op haar eerdere bevel, het huis te verlaten. Alledrie luisterden ze naar de trippelende passen van het dienstmeisje, dat naar de voordeur liep en op fluistertoon een paar zinnen met iemand wisselde.

'Ze vragen naar u', zei ze tegen Expósito toen ze terug was in de woonkamer. 'Hij weigerde zijn naam te noemen.'

Toen de advocaat aanstalten maakte naar de gang te lopen, haalde Cupido twee foto's uit zijn colbertje en legde die op het kleine tafeltje, naast de glazen cognac en port.

Expósito en doña Victoria richtten hun blikken op de foto's. Op een van de afdrukken waren een lachende Gloria en Marcos te zien, tegenover elkaar, allebei aan een kant van een bureau, hand in hand. Tussen hun hoofden, op de achtergrond, vaag een afstudeerfoto. De andere foto, veel grover van korrel, was een uitvergroting van een klein stukje van de eerste; een van de gezichten was uit de diepte van het negatief gelicht zoals een fossiel bij een archeologische opgraving uit zijn omgeving wordt gepeuterd. Het gezicht was weliswaar vijf of zes jaar jonger en nog bleker en nog smaller, maar perfect herkenbaar. Ondanks dat de letters enigszins vaag waren, was onder dat onzekere gezicht dat gespannen in de lens keek, zijn naam duidelijk te lezen: Octavio Expósito Blanco.

Zwijgend wachtte Cupido zijn reactie af. De advocaat keek naar doña Victoria, alsof zij degene was wie hij een verklaring schuldig was.

'Wat wilt u hiermee bewijzen?' vroeg hij, maar zijn stem had niet langer het aplomb van een strafpleiter die de rechtbank probeert te overtuigen van de onschuld van zijn cliënt.

'Nog niets. Maar ik denk dat u een oud-studiekameraad niet nog langer voor de deur moet laten staan.'

'Laat hem binnenkomen', droeg doña Victoria het dienstmeisje op. Haar eerdere woede had plaatsgemaakt voor verwarring en angst. Ze was haar fortuin en het land van haar voorvaderen kwijtgeraakt in een eindeloze strijd om haar recht. Octavio was het enige wat haar overbleef, en nu begon ze te vermoeden dat ze hem ook nog kon verliezen. De detective begreep dat de oude vrouw de gehele waarheid kende. Hij was ervan overtuigd dat ze Octavio tegen alle gevaar van buiten zou verdedigen, en dat ze dat nog feller zou doen als ze de aard van de bedreiging kende. Ze zou alles wat haar ter beschikking stond in de strijd werpen om hem te verdedigen, haar huis en alles wat erin stond opofferen, en al haar krachten gebruiken. Daarna zou ze zich terugtrekken, in stilte, als een oude matriarch die zich terugtrekt uit de kudde olifanten.

In de deur verscheen de lange, atletische gestalte van Anglada. Hij leek niet geschrokken door de aanwezigheid van Cupido en doña Victoria, alleen vol wantrouwen. Dit was niet wat hij had verwacht. Hij droeg een zwartleren motorbroek en een geruit overhemd met lange mouwen met daarover een leren jack. Zijn kleding benadrukte zijn gespierdheid en het zweterige, verwarde haar dat tevoorschijn kwam toen hij zijn helm afzette, gaf zijn uiterlijk een nieuwe, agressieve uitstraling. Hij bleef met de helm in zijn handen staan.

'Híj heeft je de boodschap gestuurd hierheen te komen', zei Octavio, naar de detective wijzend.

Anglada keek hem woedend aan, vol minachting, zoals je kijkt naar iemand die uit pure onhandigheid een zorgvuldig gekoesterd geheim prijsgeeft.

'Het is niet meer nodig om het te verbergen', zei Cupido. 'Jullie kennen elkaar al heel lang, al sinds jullie samen studeerden.'

Hij boog zich over de tafel en liet Anglada de twee foto's zien.

'Als u de afstudeerfoto niet had verwisseld, was ik er misschien niet achter gekomen. Maar daar klopte iets niet aan, niet met het beeld van de briljante advocaat die trots is op zijn titel.'

'Ik heb nooit iets verborgen gehouden', zei Anglada. Hij maakte een gebaar met open handen, en dwong zijn lippen in een glimlach. 'We hebben samen gestudeerd en we kennen elkaar, daar is niets vreemds aan. Wat wilt u daarmee bewijzen? Waar wilt u heen?' vroeg hij. Vanaf het moment dat hij de kamer was binnengekomen had hij alle aandacht naar zich toe getrokken, als de hoofdrolspeler in een klassieke tragedie die, als hij op het toneel verschijnt, het koor en de bijrollen naar de achtergrond doet verdwijnen. Expósito leek zijn gedrag te accepteren, maar doña Victoria keek afkeurend naar de nonchalante manier waarop Anglada zonder toestemming te vragen zijn helm op de tafel legde, en naar zijn energieke manier van lopen met die grote stoffige laarzen, in dat huis waar alles langzaam en stil was.

'Er is nog iets', zei Cupido.

'U hebt eindelijk het dagboek gevonden?'

'Ja, en daarin vond ik de helft van de waarheid.'

'Na haar dood heeft ze de naam opgeschreven van degene die haar heeft vermoord', zei de man spottend.

'Nee, dat was niet eens nodig', antwoordde Cupido op milde toon, zonder een spoortje sarcasme. 'Gloria is vermoord door twee advocaten die samen hebben gestudeerd, die in Madrid woonden, die Breda kenden, op de hoogte waren van haar zwerftochten door het park en wisten welke routes ze graag nam. Een van hen had tot enkele dagen voor haar dood een verhouding met haar. De ander zou dat mogelijk graag willen. Ze vermoordden haar en vervolgens, om het onderzoek een andere richting in te sturen én om druk op de ketel te houden in de zaak omtrent de eigendomsrechten van de landerijen, vermoordden ze nóg een meisje, zodat iedereen dacht dat het allemaal het werk van een maniak was. Later moest ook Molina eraan geloven omdat hij te veel wist. Het was zorgvuldig gepland. Ze waren niet voor niets twee slimme advocaten die precies wisten hoe de wet in elkaar zit. Voor een perfect sluitend alibi waren ze van elkaar afhankelijk. Niemand wist dat ze elkaar kenden. Speelde u elkaar in uw studententijd misschien al aantekeningen door?'

Expósito antwoordde niet. Hij wachtte zwijgend af. Anglada grijnsde breed.

'We spiekten bij elkaar tijdens tentamens', zei hij, nog steeds op provocerende toon, nog steeds overtuigd van zijn onkwetsbaarheid.

'Ze waren van elkaar afhankelijk', herhaalde Cupido, 'zoals klimplanten afhankelijk zijn van hun hechtwortels. Op zoek naar steun smeedden de twee briljante advocaten samen hun plannetjes en allebei maakten ze de vergissing te denken dat ze de ander konden vertrouwen, maar net als een klimopplant die geen stam heeft om zich aan vast te houden, gaven zij elkaar geen steun, en vielen ze op de grond. Twee maal nul blijft altijd nog nul.'

'Mooie toespraak. Een hersenspinsel over helden en schuldigen', zei Anglada. 'Maar dit is het echte leven, mijnheer de detective. Het enige wat telt zijn harde bewijzen en niemand hier gaat iets bekennen', voegde hij eraan toe, naar Expósito en doña Victoria kijkend, en zijn ogen spuwden vuur, uit woede omdat hun geheim was uitgekomen. 'Het is waar dat we elkaar van vroeger kennen, dat hebt u al bewezen met uw slimme trucje met de foto, maar dat is nog geen bewijs voor uw hypothese.'

'Wat voor bewijzen hebt u voor uw beschuldigingen?' Het was de eerste keer dat doña Victoria iets zei. Haar stem had zich hersteld en bezat opnieuw die natuurlijke autoriteit die het onnodig maakte om te schreeuwen om gehoord te worden.

Cupido draaide zich naar haar om. Aangezien Expósito niets zei en Anglada sarcastisch reageerde, was de oude dame de enige in de kamer tegenover wie hij zich verplicht voelde verder te praten. Hij moest haar de hele waarheid uiteenzetten, gedetailleerd en helder. Het was een afsluiting en, zoals altijd, bij ieder onderzoek, het moment waar hij het meest tegen opzag. Hij hield niet van directe, persoonlijke beschuldigingen, en als het maar even kon probeerde hij zich daar altijd onderuit te wurmen. Het hele proces van een onderzoek vond hij vaak fascinerend, maar de uiteindelijke uitkomst maakte dat hij regelmatig tegen zichzelf zei dat hij zijn vak haatte.

'Uw stiefzoon heeft Gloria vermoord.'

'Gaat u verder', beval ze, en ze richtte zich op in haar stoel. 'Maar als u uw beschuldigingen niet waar kunt maken, dan klaag ik u aan wegens smaad en zal ik ervoor zorgen dat u uw smerige beroep nooit meer uit zult kunnen oefenen.'

'Uw stiefzoon heeft Gloria vermoord', herhaalde hij. 'En niet omdat hij haar toevallig ergens midden in het park tegenkwam, maar met voorbedachten rade. Hij wist precies wat hij deed. Die zaterdag vertrok hij 's morgens vroeg uit Madrid, vroeger dan u hebt verteld, misschien omdat u sliep en geloofde wat hij zei of misschien omdat u loog. Oude mensen slapen weinig en worden wakker bij het minste geluid.'

Hij wachtte op een antwoord, of op een tegenwerping van een van de drie, maar niemand die iets zei.

'Die anderhalf à twee uur', ging hij verder, 'was alles wat hij nodig had voor een sluitend alibi. De rest van de tijd was goed afgedekt: hij had bloedtesten laten afnemen in een laboratorium en aankopen met zijn creditcard betaald in El Corte Inglés. Allemaal gelogen. In werkelijkheid was hij, gekleed in Anglada's motorpak, op diens zware motor onderweg naar het park, naar dat ene pad waar Gloria langs móést komen op weg naar de grotschilderingen. Het was louter toeval dat ik tijdens de staking van het openbaar vervoer achter iets kwam wat Anglada had verzwegen: dat hij een motor had. Camila, de mede-eigenaar van de galerie, vond het maar vreemd dat hij hem die dag niet gebruikte om de opstoppingen te omzeilen. Op dat moment hechtte ik daar geen belang aan, het leek een futiliteit. Maar later begreep ik waarom hij het had verzwegen. Die morgen, terwijl uw stiefzoon verborgen in de bosjes naast het pad op Gloria wachtte, was het Anglada die, vermomd met Expósito's bril en in Expósito's kleren, de inkopen met de creditcard deed en bloed afgaf in het laboratorium. Uiteraard had hij ervoor gezorgd voor die tijd in zijn functie als advocaat voor de rechtbank te verschijnen, omringd door getuigen die hem kenden, waardoor niemand eraan zou twijfelen dat hij tijdens die uren in Madrid was geweest.'

Cupido zuchtte en nam voor het eerst een slok van zijn cognac. Als hij alcohol naar binnen kreeg snakte zijn hele systeem nog steeds naar een dosis nicotine, maar het kostte hem al niet meer zoveel moeite om die roep te weerstaan.

'Op de wrede details van de moord hoef ik niet meer in te gaan, behalve dan op een kleine fout en een onvoorziene omstandigheid. De fout was dat hij Gloria de button van zijn jas liet rukken. Dat maakte dat wij vermoedden dat de moordenaar iemand uit Gloria's omgeving moest zijn. De onvoorziene omstandigheid was dat er een geweerschot klonk, niet ver van de plaats waar ze werd vermoord.'

Cupido en doña Victoria zagen hoe de twee advocaten elkaar even ongerust aankeken.

'Als die kleine fout de aanleiding was om het tweede meisje te vermoorden, om te bewijzen dat men te maken had met een sadist en om extra druk op de rechtszaak te zetten – want als er in een gebied dermate ernstige misdrijven zijn begaan blijft er een vloek op rusten, en er is geen wandelaar die er nog in durft – de onvoorziene omstandigheid dwong hen tot nóg een moord, die op Molina. De parkwachter zwierf die morgen ook ergens in die buurt rond, maar niet omdat hij dienst had. Hij was een ambitieus man, iets te happig op geld en van tijd tot tijd beunde hij bij met eigen handeltjes. Hij schoot dan een hert en liet de kop prepareren om die voor goed geld te verkopen. Helemaal het fijne weet ik er niet van, maar op zich is dat al zo'n zware overtreding dat de rest er niet toe doet, nu niet meer. Ik veronderstel dat ze elkaar zijn tegengekomen: beide mannen hadden net hun misdaad gepleegd, en hun wegen kruisten zich onverwacht, net op het moment dat ze zich uit de voeten maakten. De wachter kon niets zeggen. Voor hem stond er meer op het spel dan alleen zijn baan. Beide partijen moesten dus zwijgen, en dat kwam hen beiden ook het beste uit. Maar omdat een moord op een meisje een zwaarder misdrijf is dan een moord op een hert, werd Molina financieel gecompenseerd voor zijn zwijgen. In de tussentijd had Anglada mij in dienst genomen, zodat geen mens meer zou kunnen twijfelen aan zijn verlangen naar wraak, het was duidelijk dat hij de moord opgehelderd wilde zien. Een tweederangs detective uit de provincie, een boerenkinkel die hopeloos verstrikt zou raken in de jungle van de hoofdstad als hij in Madrid op zoek zou gaan naar sporen van de button. Tien dagen later zette hij me weer aan de kant, vlak na de moord op het tweede meisje. Hij had me niet meer nodig. Ze gingen ervan uit dat ze toen alles achter de rug hadden. Maar problemen zijn er altijd, en na een moord blijft dat zo. Molina moet door de tweede moord behoorlijk zenuwachtig zijn geworden. Dat hadden ze niet afgesproken toen hij zich in ruil voor zijn zwijgen had laten afkopen. De detective en de luitenant van de guardia civil zaten hem dicht op de huid. Hij begon meer geld te eisen. En toen moest ook hij vermoord worden, zij het niet met een mes. Molina was een sterke vent. Nog maar kort daarvoor had hij me zelf verteld dat alleen een vrouw op die manier vermoord kon worden, dat de grond van het bos bezaaid lag met stokken en stenen waarmee je je teweer kon stellen. Ditmaal gebruikten ze een geweer. Korte tijd daarna ontdekte de detective een nieuwe aanwijzing over de mogelijke schuilhoek van het dagboek. Natuurlijk, hij is maar een provinciaaltje, maar hij houdt er niet van zijn werk niet af te maken en zoals wel vaker bij een onderzoek waarvan hij zo langzamerhand alle feiten boven tafel heeft, wordt hij ook dit keer overvallen door twijfel: waar is hij zelf achter gekomen, en wat is hem voorgeschoteld… Hij vermoedt dat men hem in het begin moedwillig op sommige doodlopende sporen heeft gezet, en dat hij nu, nu hij niet meer op de zaak zit, het licht begint te zien. Als hij het dagboek ontdekt, wordt alles hem duidelijk.'

Cupido zweeg. Het was een lange monoloog en hij was moe, het was hem zwaar gevallen die woorden uit te spreken. Maar hij hernam zich, zich nog steeds tot doña Victoria richtend.

'Hij', zei hij en hij wees op Expósito, 'heeft Gloria vermoord. Anglada het andere meisje. En omdat ze allebei een waterdicht alibi hadden voor de ochtend van de eerste moord, en men als vaststaand aannam dat er één dader was die dezelfde moordmethode tweemaal had gebruikt, werden zij niet als verdachten aangemerkt. Anglada's verhaal werd algemeen geloofd, hij zou de middag van de tweede moord thuis zijn geweest en zich een stuk in zijn kraag hebben gedronken. Iedereen kon daar gezien de omstandigheden maar al te goed in komen, en verder zou niemand het tegengestelde kunnen bewijzen. Wat betreft Expósito, u en uw dienstmeisje in Madrid wisten dat hij die hele middag daar was geweest.'

'We hádden een alibi? Dat hebben we nog', wierp Anglada tegen, nog steeds met een glimlach op zijn gezicht. Maar inmiddels was het de glimlach van een man die zich door niemand gesteund weet.

'Nee, dat hebt u niet meer. Hoewel u beiden dezelfde bloedgroep hebt – een kleine toevalligheid die u handig wist te gebruiken – is er iets wat u over het hoofd hebt gezien. U mag dan uitstekende advocaten zijn, dokters bent u niet.'

Cupido zag dat ze opnieuw meer gespannen leken en zijn woorden aanhoorden met een mengeling van angst en bezorgdheid.

'Ondanks dat het zondag is heeft de luitenant vanmorgen de hand weten te leggen op de resultaten van de bloedtesten op naam van Octavio Expósito, die in werkelijkheid bij u zijn afgenomen', zei hij, en nu richtte hij zich direct tot Anglada. 'De dag daarvoor had u Gloria gezegd dat u niet met haar mee kon omdat u in het ziekenhuis wat tests moest ondergaan. Het was een routineonderzoek, en noch u noch Expósito zou erdoor gecompromitteerd kunnen worden, een eenvoudig bloedonderzoekje naar antistoffen, en u was er vast van overtuigd dat geen van u beiden iets onder de leden had. U hoefde alleen een beetje bloed te geven om het te bewijzen. U wist ook dat het laboratorium bloedmonsters van dergelijke eenvoudige testjes na achtenveertig uur vernietigt en hoewel de jongens Gloria's lichaam wat u betreft eigenlijk te vroeg vonden, was het niet meer mogelijk uw bloed verder te onderzoeken. U had alleen naar die zaken gevraagd die u nodig zou hebben voor uw alibi: de bloedgroep, die altijd aangegeven wordt, de aantallen rode en witte bloedlichaampjes, en de mogelijke aanwezigheid van antistoffen. En inderdaad, in het geanalyseerde bloed heeft men niets kunnen vinden.'

'En wat betekent dat?' vroeg Expósito. Zijn stem trilde en in zijn opengesperde ogen achter de dikke brillenglazen was een angst verschenen die zich uitbreidde over zijn hele gezicht.

'Dat het bloed niet afkomstig was uit uw aderen. U hebt namelijk wel degelijk antistoffen in uw bloed, van het herpesvirus dat de koortsuitslag op uw lip had veroorzaakt. En dat staat niet in de uitslag.'

Het werd zo stil in de kamer dat het leek of er niemand was, alsof zelfs de stokoude houten meubelen waren gestopt met kraken en de wind van buiten de vitrage niet durfde te beroeren. Het was afgelopen.

Cupido haalde de fotokopie van het papier met het stempel van het laboratorium erop tevoorschijn. Expósito bewoog zich niet, hij hoefde niet te zien waar het vandaan kwam en van wie het was, maar Anglada liep op de detective af en rukte hem het papier uit de hand. Hij liet zijn ogen langs de regels glijden en ontcijferde de technische termen die hun uitgekiende plannetjes in de war hadden geschopt, en het zo zorgvuldig geconstrueerde web van haat en hebzucht uiteenreten. De detective keek naar Expósito. Zijn lippen, die nu weer vrij van de infectie waren, trilden, en zijn mond was pijnlijk vertrokken, niet vanwege het korstje dat het virus achterlaat als het zich weer in zijn schuilplaats terugtrekt – in de zenuwknopen waar het slaapt om als een kolonie vreselijke, allesverslindende mieren, opnieuw, in de vorm van een pijnlijke koortsuitslag, de aanval in te zetten zodra het door een nieuwe prikkel wordt gewekt – maar uit smart, uit schaamte, uit angst, uit verslagenheid.

Cupido voelde zich gedeprimeerd en moe, zoals altijd wanneer hij een zaak had opgelost en eindelijk alle motieven die tot de misdaad hadden geleid op een rijtje had; maar hij probeerde zich niet te laten meeslepen door zijn gevoel van medelijden, want hij wist maar al te goed hoe handig sommige misdadigers zich de slachtofferrol weten aan te meten zodra het duidelijk is dat ze erbij zijn. Hij dacht bij zichzelf dat het kwaad in de mens zich net zo gedraagt als het herpesvirus. Net zoals het onverwoestbare virus zich terugtrekt en binnen in de zenuwknoop slaapt tot het weer tot leven wordt gewekt door ziekte, spanning of uitspattingen, en dan naar de lippen wordt gestuurd om daar de pijnlijke blaasjes te veroorzaken, zo slaapt het kwaad in de ziel van de mens om naar boven te komen als het door haat of afgunst wakker wordt ge-maakt. En net als bij herpes is het niet mogelijk van het kwaad te genezen, mensen die zijn besmet dragen het hun hele leven met zich mee.

Anglada blikte op van het papier en keek naar Expósito en doña Victoria op zoek naar steun. Toen begon hij de kamer op en neer te lopen, alsof de muren hem terugkaatsten, en Cupido vroeg zich af of hij wellicht een wapen zocht. Hij was de sterkste van de drie en leek de enige die de nederlaag weigerde te accepteren. Terwijl de oude vrouw volkomen van haar stuk was gebracht door de onthulling en Expósito met gebogen hoofd en met zijn handen tegen zijn slapen bleef zitten, leek Anglada op het punt te staan naar de deur te springen, als een gekooide wolf die een uitweg zoekt. Het leren motorpak gaf hem iets dreigends. De detective vroeg zich af waarom de luitenant er zo lang over deed, terwijl ze toch hadden afgesproken dat hij tien minuten na de komst van de laatste genodigde zou binnenvallen. Die tien minuten uitstel had hij bedongen uit consideratie met doña Victoria, in ruil voor alle informatie die hij had aangedragen. Hij had met haar te doen en voelde zich verplicht haar met enige egards te behandelen en haar persoonlijk te vertellen wat er allemaal was gebeurd, zonder juridische taal te gebruiken en zonder uniformen en fotografen eromheen. Hij wist dat een dader na de moord geen gedachten meer aan zijn slachtoffer vuilmaakt, alle wroeging opzij schuift en alleen nog maar aan zichzelf denkt; hoe hij zichzelf in veiligheid kan brengen, zijn eigen huid redden, niet gepakt worden… Hij was bang dat Anglada gewelddadig zou kunnen worden als hij dacht dat hij als enige de waarheid kende. Ondanks dat verraste het hem toen hij doña Victoria met harde stem hoorde vragen: 'Wat kost het om u uw mond te laten houden?'

Ze was weer rechtop in haar stoel gaan zitten, klaar voor een strijd waar Expósito de kracht niet meer voor had. Hiermee doorbrak ze de wet van de tijd, ze draaide de normale gang van zaken om; als twee generaties onder een dak wonen, horen de jongeren vol kracht en ambitie te zijn en de ouderen vol angst. Cupido zag dat haar ogen weer open en alert waren, haar hals gespannen, en dat de uitdrukking van haar gezicht uiting gaf aan haar weigering om de nederlaag toe te geven, om te accepteren dat ze het dierbaarste zou verliezen wat ze nog had.

'Wat kost het om u uw mond te laten houden?' herhaalde ze.

'Nee', antwoordde hij. Hij zou er eigenlijk aan toe willen voegen dat hij alleen zou zwijgen om haar. Met de twee advocaten had hij geen greintje medelijden.

'Wie weet het nog meer?' vroeg Anglada, die eindelijk de woorden kon uitspreken die hem al minutenlang voor op de tong moeten hebben gelegen. 'Wij kunnen u met zijn tweeën zoveel geld geven dat u nooit meer zult hoeven werken. Is er nog iemand die het weet?'

Heel even moest Cupido aan Molina denken. Hij moest dezelfde woorden hebben gehoord en hij had ze geloofd.

Voordat hij iets kon antwoorden klonk er geschreeuw vanaf de gang, en een geluid alsof er iets viel. Gallardo smeet de deur open. Hij bleef in de deuropening staan, verbaasd over de vreedzame atmosfeer die in de kamer hing, alsof hij had gerekend op een gewelddadige scène. Achter hem zagen ze twee guardia's die Gabino bij zijn armen vasthielden, die zijn geboeide handen omhooghief om het bloed dat van zijn neus naar zijn mond liep weg te vegen.

De luitenant richtte zich rechtstreeks tot Anglada, zonder naar de detective te kijken. Hij sprak diens volledige naam uit en terwijl een van zijn mannen Anglada handboeien omdeed, las Gallardo helder en duidelijk het arrestatiebevel voor; zorgvuldig alle formaliteiten betrachtend die bij zijn werk hoorden. Anglada sloeg zijn ogen niet neer, alsof hij zelfs op dat moment de vernedering nog niet kon verdragen, alsof het iets wezensvreemds voor hem was.

Toen ze zijn eerste snik hoorden, draaide iedereen zich om naar Expósito. De ogen achter de dikke brillenglazen stonden vol tranen; er was er een naar beneden gebiggeld die nu aan zijn kin hing, wat hem er haast belachelijk deed uitzien. Hij stond op van de stoel waarin hij met zijn hoofd tussen zijn handen had gezeten, dezelfde handen die het mes hadden gehanteerd, en liep de paar stappen die hem van doña Victoria scheidden, zich niets aantrekkend van de andere aanwezigen – Anglada, de luitenant, de detective en de soldaat, die onzeker naast hem bleef staan met geopende handboeien. Hij had voor niemand anders oog dan voor de oude dame, die onbeweeglijk in haar fauteuil bleef zitten. Hij knielde voor haar neer en verborg schokkend van het huilen zijn hoofd in haar schoot. Cupido wist dat ze niet zou meegaan in Expósito's verdriet, en dat haar ogen droog zouden blijven. Hij kon zich niet voorstellen dat ze ooit huilde. Integendeel, hij vermoedde dat ze zo iemand was die korzelig werd van andermans gejammer, omdat ze zichzelf die troost altijd had ontzegd. Doña Victoria streek hem over zijn haar, zonder zich door zijn verdriet te laten meeslepen, zonder dat haar ogen of haar handen blijk gaven van enige zwakheid, om hem duidelijk te maken dat ze sterk was en dat hij op haar kon rekenen. Vervolgens tilde ze zijn hoofd op, en ze dwong hem haar aan te kijken, zodat hij de woorden die ze tot hem sprak niet zou vergeten, om hem te doordringen van hun betekenis: 'Jij bent mijn zoon.'

Expósito kalmeerde, als iemand die het boetesacrament heeft ontvangen. Hij richtte zich op en liet heel rustig toe dat de guardia hem de handboeien omdeed. Vervolgens verliet iedereen de kamer, op Cupido en doña Victoria na. Ze zat nog steeds in haar stoel en probeerde haar krachten te verzamelen voor alles wat haar nog te wachten stond, een strijd die nog harder en pijnlijker zou zijn en nog langer zou duren dan het gevecht dat ze de afgelopen twintig jaar had gevoerd.

'Ik denk dat ik u de rest van mijn leven zal haten', zei ze uiteindelijk, zonder hem aan te kijken, verloren de kamer in starend.

'Dat zal het wachten makkelijker maken', antwoordde de detective. Hij geloofde die woorden oprecht, vol medelijden jegens die zo tengere, maar zo harde vrouw, en hij peinsde dat het niet alleen de pijn van het slachtoffer is, niet alleen het verdriet van de nabestaanden wat een moord zo vreselijk en weerzinwekkend maakt, maar ook het verdriet van degenen die naast de moordenaar staan, die ondanks hun onschuld door zijn misdaad besmet raken en voor altijd zijn gebrandmerkt.

'Hoe lang?'

'Twintig jaar, vijfentwintig misschien. Als alles goed gaat laten ze hem over een jaar of acht een dag in het weekeinde naar huis gaan. En niet al te lang daarna zal hij dan ook thuis mogen blijven slapen.'

'Ik zal hem iedere dag van het jaar opzoeken. Ik heb niets anders te doen in het leven. Tot zolang zal ik op hem wachten.'

Cupido begaf zich naar de deur, deed hem zachtjes dicht en ging de straat op. Hij begon te lopen, de oude stenen muren van het huis achter zich latend, met de oude meubels en de oude, ontroostbare bewoonster.

24

De aarde resoneerde als een trommel. De eerste druppels, zo dik als knikkers, sloegen tegen zijn rug en zijn dijen en de helm versterkte het lawaai nog. Ondanks de buien die de meteorologen voor die middag hadden aangekondigd, was hij er op de fiets op uitgetrokken, want de herfst liep alweer op zijn eind en straks zou de winterse kou hem tot nietsdoen veroordelen. En verder, na een vier jaar durende droogte die zo intens was geweest dat niet alleen de vruchten maar ook de bomen zelf waren aangetast, geloofde hij er niet meer in dat de aanwezigheid van wolken regen betekende. Hij had ze de afgelopen vier jaar zo vaak zien ontstaan en weer oplossen, zonder ook maar een druppel te laten vallen, het land diep teleurgesteld achterlatend, nog droger dan voor hun komst.

Maar nu regende het dan eindelijk, en hij raakte van top tot teen doorweekt. Het water kletste tegen het asfalt en overal ontstonden plassen. Hij had moeite grip te houden met zijn smalle bandjes, wat nog erger werd toen de weg glibberig begon te worden door het olieachtige laagje modder dat zich bij de eerste regen altijd vormt. Hij leunde wat dieper over het stuur, schakelde een tandje terug en concentreerde zich alleen nog maar op overeind blijven. Het begon steeds harder te gieten en na vijf minuten moest hij afstappen. Hij zag een buitenhuis vlak bij de weg, liep erheen en schuilde in het portiek. Daar wachtte hij een halfuur, maar het bleef regenen. Dikke, onheilspellende wolken sloten hun schouders aaneen en vulden de hemel. Uit hun contact met de aarde steeg een geur van soldeersel op, of van gloeiend ijzer dat ineens wordt afgekoeld.

Ondanks dat hij het koud begon te krijgen, in zijn doorweekte shirt en fietsbroek, zei hij tegen zichzelf dat het een goed moment

345

was voor regen. De ooievaars en de zwaluwen trokken al weg, en de eerste tekenen van de herfst hadden zich al aangekondigd: olijven als geitenkeuteltjes zo klein, rossige kastanjes met doppen die door de dorst nog harder en stekeliger waren dan normaal, paddestoelen die op kleine eitjes leken, en allerlei soorten fruit die in de kou verder zouden rijpen. Maar nu, nu het regende, zou alles veranderen. Nu konden de bomen zich weer volzuigen en de fris gewassen, als spiegelglas glanzende blaadjes zich weer oprichten. En als ze over de velden liepen zouden de boeren de modder weer prettig aan hun schoenen voelen plakken. Er zou minstens een miljoen vliegen sterven.

Hij kreeg genoeg van het wachten en zodra de regen iets in heftigheid afnam stapte hij weer op zijn fiets. Hij reed langzaam want er stonden hele delen van de weg onder water en hij was een beetje stijf, maar hij kwam zonder verdere problemen bij de garage aan. Toen hij langs de eerste huizen van de stad fietste, had hij mensen lachend voor de ramen zien staan, alsof ze getuige waren van een prachtig, reeds lang vergeten schouwspel. Moeders lieten hun kleine kinderen die ze op de arm droegen een handje naar buiten steken om ze het onbekende gevoel van water dat uit de wolken valt te laten ervaren.

Hij nam een uitgebreid, gloeiend heet bad, zijn spieren strekkend en hij miste het gezelschap van iemand die zijn rug en zijn nek kon masseren, die pijn deden door het diep gebogen over het stuur hangen. Hij nam een schone handdoek om zich mee af te drogen en scharrelde naakt door zijn appartement – nog zo'n vrijgezellengewoonte, net als de terloopse, ongezellige manier waarop hij zijn maaltijden at, of 's middags op de meest ongelegen momenten indutte waardoor hij 's nachts de slaap niet meer kon vatten – tot hij naar de gangkast liep waar hij zijn jassen en winterkleren bewaarde. Hij koos een dunne trui en toen hij hem over zijn T-shirt aantrok, de lichte kamfergeur rook en de wol prettig tegen zijn nek voelde kriebelen, wist hij dat het winterseizoen was geopend. Toen hij helemaal aangekleed was, bekeek hij zichzelf in de spiegel en ondanks dat hij niet ontevreden was over wat hij zag, hij was gebruind en afgetraind, als iemand die net van een lange, late vakantie terug is, kon hij opnieuw niet om een gevoel van leegte heen, net zoals hem dat vroeger in zijn studententijd overviel als hij in juni de laatste colleges en tentamens achter de rug had, en niet wist wat hij met al die vrije tijd aan moest die hij ineens voor zich had, ondanks alle plannen die hij in de loop van het studiejaar had gemaakt. Terug naar de eenzaamheid, na zoveel dagen vol vragen en woorden.

Toen hij zijn jack aantrok voelde hij een bobbel in zijn binnenzak. Hij haalde een zo goed als vol pakje lichte sigaretten tevoorschijn. Die vondst verbaasde hem, want nog maar net een week geleden had hij al zijn kleren doorzocht naar een verdwaalde sigaret. Hij lachte tevreden, ademde de zoete nicotinegeur diep in en haalde er eentje uit, die hij naar zijn mond bracht. Toen hij nogmaals naar zichzelf keek, met de sigaret die in een mondhoek bungelde, liet de spiegel een beeld van hem zien dat niet meer klopte, iets van vroeger. Hij gooide het pakje in de vuilnisbak en vertrok.

Met een paraplu boven zijn hoofd om zich te beschermen tegen de regen die onophoudelijk bleef vallen, kwam hij bij het Casino. Alkalino was met twee mannen aan het praten, maar liep op hem af zodra hij hem zag, alsof hij op hem had staan wachten.

'Wat een stomme manier om een miljoen peseta mis te lopen', zei hij. 'Vandaag zal ik jou een drankje moeten aanbieden.'

Hij riep de ober, en zonder Cupido iets te vragen bestelde hij twee glazen cognac, ondertussen pruttelend over de regen en de kou.

'Lekker baantje heb je!' voegde hij eraan toe. 'Denk je dat je betaald gaat krijgen om achter de waarheid te komen, en als dat dan is gelukt krijg je niks meer! Je zou ander werk moeten zoeken.'

'Dan had ik minder vaak de gelegenheid om met jou te praten', antwoordde hij lachend. Hij was Alkalino erkentelijk voor de informatie over de stroper die het schot had gehoord en dit was de beste manier om daar blijk van de geven. Alkalino zou iedere formele dankbetuiging hebben afgewezen. Verder had hij nog gelijk ook, het was inderdaad vreemd, maar ondanks het contract dat hij zwart op wit had, kon hij moeilijk naar de gevangenis gaan om van Anglada het miljoen te eisen dat ze overeengekomen waren als hij erachter kwam wie Gloria had vermoord.

'Nu ben jij aan de beurt om te praten. Nu betaal ik en praat jij', stelde Alkalino voor, terwijl hij nogmaals de handige polsbeweging demonstreerde waarmee hij een glas achteroversloeg.

'Wat wil je weten?'

'Alles. Wie heeft het eerste meisje vermoord?'

'Expósito. Anglada gaf hem rugdekking door hem een waterdicht alibi te bezorgen, tenminste, tot Gloria's dagboek me het enige zwakke punt erin onthulde: zij had hem dat weekeinde meegevraagd naar Breda en hij had geweigerd omdat hij naar het laboratorium moest om tests te ondergaan. Haar kon hij dat rustig vertellen, want hij wist dat ze de volgende dag ging sterven. Maar vervolgens verklaarde Expósito dat hij naar het laboratorium was geweest. Ze kozen een bijzonder druk ziekenhuis, waar het iedere dag een komen en gaan van mensen is. Anglada zette een bril op met net zulke dikke brillenglazen als Expósito die draagt, mogelijkerwijs een pruik omdat hij zijn haar heel kort draagt, trok zijn soort kleren aan en ging voor hem in de plaats. Voor de rechtbank zou iemand misschien kunnen verklaren dat ze hem niet herkenden, maar niemand zou durven zweren dat het Expósito niet was geweest. Ze hebben dezelfde bloedgroep. Precies zoals ze hadden voorzien, werd er bij het bloedonderzoek niets gevonden, maar daarmee maakten ze hun tweede fout: het bloedonderzoek zou moeten hebben aangetoond dat Expósito antistoffen tegen een herpesvirus in zijn bloed draagt. Anglada heeft het tweede meisje vermoord. Dienst en wederdienst. Expósito vertrouwde erop dat een tweede moord de definitieve onteigening van de landerijen zou voorkomen. Niemand die

nog het park in durfde. Op die manier werkten ze samen, ongeveer net als de krokodillen en die vogeltjes door wie ze hun tanden
schoon laten pikken.'

'Wist de doña ervan?'

'Nee, maar misschien had ze zo haar vermoedens.'

'En de moord op Molina?'

'Dat was opnieuw Expósito, want hij had voor de andere twee
moorden een perfect sluitend alibi. Hij gebruikte een oud geweer
dat ze nog ergens in huis hadden liggen.'

'Maar waarom hebben ze hem ook vermoord?'

'Hij was degene die het schot loste dat jouw stroper hoorde. Hij
had een illegaal handeltje in jachttrofeeën. Die bewuste morgen
liep hij Expósito tegen het lijf, begreep meteen wat er was gebeurd
en eiste zwijggeld. Ze betaalden hem, maar zijn dagen waren
geteld. Bedank je stroper overigens namens mij. Hij is een grote
hulp geweest.'

'Dat had ik je toch al gezegd', schepte Alkalino op. Hij liet even
een stilte vallen, nadenkend over iets wat hij nog niet begreep en
voegde er toen aan toe: 'Waren die twee advocaten zo dik met
elkaar?'

'Ze hadden een vreemd soort vriendschap, ze begrepen elkaar,
het wederzijdse begrip van mensen die aan dezelfde ziekte lijden.
De luitenant heeft alles al uit hen gekregen. Hij is ontzettend
gehaaid en weet hen zo te manipuleren dat ze elkaar overal de
schuld van geven. Hij zegt tegen allebei dat de ander hem be-
schuldigt de drijvende kracht achter de moorden te zijn. Zoals het
er nu naar uitziet kwam de eerste aanzet van Expósito: "Ik zou in
staat zijn een moord te plegen om dat land terug te krijgen." Als
een dergelijke uitspraak terechtkomt op aarde die al is bemest met
wrok, kan die snel ontkiemen en komt er een proces op gang dat
niet makkelijk meer te stoppen is. Als het Expósito was die de
eerste stap heeft gezet, zonder overigens een idee te hebben waar
die heen zou leiden, dan was het Anglada die de volgende twee
nam en de ander dwong hem te volgen. Tijdens hun studie had-

349

den ze al gemerkt dat ze elkaar complementeerden.'

'Net als de krokodil en de vogeltjes', herhaalde Alkalino.

'Expósito heeft hem meer dan eens geholpen om door zware examens te komen. Daar stond tegenover dat Anglada een van de weinige studenten van zijn jaar was die zich iets aan hem gelegen liet liggen. Ze waren zo verschillend dat ze wisten dat ze niets van elkaar te duchten hadden. Als Anglada alle meisjes van hun jaar versierde, Expósito probeerde het niet eens, zo zeker was hij ervan toch afgewezen te worden; als Anglada zoop, Expósito werd zo ziek als een hond van drank; als Anglada zich erop liet voorstaan meermalen naar het buitenland te zijn gereisd, Expósito was alleen op en neer geweest tussen Breda en Madrid. Kortom, ze waren als de twee verschillende zijden van hetzelfde muntstuk.'

'Jawel, maar uiteindelijk allebei even slecht', oordeelde Alkalino.

Hij zat nog vol vragen en Cupido was bereid om alles tot in de kleinste details toe te lichten, zodat Alkalino er later goede sier mee zou kunnen maken, als inside-information waarmee hij alle krankzinnige verhalen, die nu eenmaal altijd over een nog niet opgelost misdrijf circuleren, zou ontkrachten. Maar voor Cupido verder kon gaan, maakte Alkalino een verrassende opmerking: 'De redenen voor Expósito om te moorden begrijp ik. Ik heb je zelf verteld dat je in die richting moest denken', zei hij. 'Maar ik snap niet wat Anglada voor motieven had.'

Cupido nam een eerste slokje van zijn cognac.

'Ieder mens heeft zo zijn eigen zwakke punt, iets waar hij heel gevoelig voor is, maar zolang het niet onszelf betreft kunnen we het ons alleen niet voorstellen dat we om die reden iemand zouden vermoorden. Gloria had hem een aantal keren bedrogen, en van een paar affaires was hij op de hoogte. Maar die waren slechts vluchtig geweest, en bovendien in een tijd dat hun relatie nog niet vast en serieus was. Maar vrij kort geleden heeft ze hem in een zwak moment verteld over een andere verhouding, die zeker twee of drie maanden heeft geduurd, met een vreemde, een beetje ranzige vent, wat het bedrog in zijn ogen nog vernederender maakte. Ik begrijp zelf ook niet zo goed waarom Anglada juist toen zo heftig begon te reageren. Ik veronderstel dat het net zoiets is als een man die zijn huis heel heeft weten te houden tijdens een heftige orkaan, maar die als er daarna een klein scharniertje van een deur valt, verkrampt en niet eens meer in staat is dat op te rapen. Alles wat er in het verleden mis was gegaan kwam bij hem terug, want hij had er de kracht niet meer voor zich daartegen teweer te stellen. Hij kon niet stoppen van haar te houden, maar hij was ook niet meer in staat te verdragen nog een keer belazerd te worden. In die toestand, heen en weer geslingerd tussen vergeving en haat, maar zich er wellicht al van bewust dat de haat zou winnen, kwam hij op een gegeven moment Expósito tegen in een van de Madrileense rechtbanken. Ze hadden elkaar al een keer eerder weer ontmoet, in het park, bij een uit de hand gelopen kampvuur, en toen hadden ze elkaar vluchtig gegroet, maar in de verwarring was er geen tijd voor meer geweest. Ze gebruikten samen de lunch in een restaurant om te praten over vroegere tijden en over wat ze tegenwoordig deden. Expósito vertelde over de problemen die ze hadden met de rechtszaken om de onteigening van de landerijen van El Paternóster – hetzelfde park waar Gloria zo vaak ging wandelen – over zijn angst dat de definitieve uitspraak voor hen negatief zou uitpakken, waardoor het park zou veranderen in een toeristische trekpleister, en over zijn bereidheid alles te doen om een invasie van wandelaars tegen te houden; hij vertelde zelfs over hun kleine sabotageacties en bedreigingen. Tijdens dat etentje kwam voor het eerst het idee in hen op hun krachten te bundelen. Nadat Anglada Expósito had ontmoet, werd ineens uitvoerbaar wat hij zich had voorgesteld in zijn ergste nachtmerries of op de momenten dat hij werd geteisterd door zijn zwartste jaloezieaanvallen: ineens leek alles tot de reële mogelijkheden te behoren. Daarna ontmoetten ze elkaar nog een paar keer. Als advocaten moesten ze de zaken toch zo kunnen plooien dat geen van hen beiden gevaar liep. Hun plan begon al snel vastere vormen aan te nemen en het leek uitvoerbaar. Misschien dat Anglada eerst nog wat twijfels koesterde, maar korte tijd later zette hij die van zich af en gaf volledig toe aan zijn verzengende haat.'

'We vergeten goede dingen die we meemaken nu eenmaal gemakkelijker dan onrecht dat ons wordt aangedaan', zei Alkalino, terwijl hij Cupido ernstig en bedachtzaam aankeek, met samengeknepen ogen. Hij greep naar zijn volgende glas cognac, dat hij met een handgebaar bij de ober had besteld, en met een snelle polsbeweging goot hij zijn borrel naar binnen, nagenietend van het aroma.

'Het is het aloude, onverbiddelijk terugkerende verhaal van liefde en bedrog. We zijn niet bijster origineel. Altijd maar weer dezelfde emoties in nieuwe harten, hetzelfde oude geloof een weg te bewandelen die nog niemand eerder is gegaan.'

'Net als dromen', zei Alkalino. 'We denken dat we iedere nacht iets nieuws ervaren, maar we hoeven alleen maar wakker te worden om te beseffen dat het altijd maar weer dezelfde nachtmerries zijn.'

'Ja, altijd maar weer dezelfde nachtmerries.'

ƒ. 22,50 -7860